U0739489

俄罗斯

芬兰

新加坡

卢森堡

意大利

丹麦

日本

阿尔巴尼亚

塞尔维亚

比利时

法国

加拿大

挪威 德国 梵蒂冈

奥地利 新西兰 韩国 朝鲜

匈牙 印度 南非

黑山

荷兰 泰国 阿联酋

瑞典

苗源/著

遇见世界

中国旅游出版社

责任编辑： 王佳慧　高　辰
责任印制： 冯冬青
封面设计： 中文天地

图书在版编目（CIP）数据

遇见世界 / 苗源著 . -- 北京：中国旅游出版社，
2023.5

ISBN 978-7-5032-7094-9

Ⅰ.①遇… Ⅱ.①苗… Ⅲ.①游记 – 作品集 – 中国 –
当代　Ⅳ.① I267.4

中国国家版本馆 CIP 数据核字（2023）第 048492 号

书　　名：遇见世界

作　　者：苗　源　著
出版发行：中国旅游出版社
　　　　　（北京静安东里 6 号　邮编：100028）
　　　　　http://www.cttp.net.cn　E-mail: cttp@mct.gov.cn
　　　　　营销中心电话：010–57377103，010–57377106
　　　　　读者服务部电话：010–57377107
排　　版：北京中文天地文化艺术有限公司
印　　刷：北京金吉士印刷有限责任公司
版　　次：2023 年 5 月第 1 版　2023 年 5 月第 1 次印刷
开　　本：720 毫米 ×970 毫米　1/16
印　　张：24
字　　数：344 千
定　　价：98.00 元
ＩＳＢＮ　978–7–5032–7094–9

版权所有　翻印必究
如发现质量问题，请直接与营销中心联系调换

序　一

认识苗源，是我在内蒙古自治区新闻出版局的任上。

当时，他是鄂尔多斯市新华书店的经理。由于工作的原因，我每到鄂尔多斯调研，免不了要到书店看看，一来二去，他给我留下了为人朴实、踏实肯干的印象。

那个时期，内蒙古自治区各级新华书店都面临拆迁改造，每每遇到来自地方的阻力，都得我出面协调。唯独鄂尔多斯市重建新华书店营业楼时，没人找我，让我很是欣慰。

后来，他调到自治区新华发行集团工作后，见面的机会多了，我们之间的关系就更进一步了。

如今，他也已经退休，见面的时间反而少了。突然有一天他打电话给我，说要自己出书，请我作序，让我大为惊讶。且不说个人的文字功底如何，光要写出几十万字，那是要付出很大精力的。他竟然敢于涉足，一始而终，不失当年在职场上驰骋时的那股劲头。

他写的是一本游记。通过对游历过国家的回忆，把不同地域、不同民族、不同宗教、不同社会制度下的不同文化呈现了出来。

翻开他的游记，地球上五花八门的旅行地跃然纸上。东至朝鲜、日本，南至印度、泰国，西至法国、南非；北到俄罗斯、加拿大，那些名山大川、奇花异草、历史古迹以及美丽的传说，在他的娓娓叙述中给人一种身临其境的感觉。尤其对还没有去过这些地方的人来说，是一份难得的文化快餐。

通篇看来，有的段落言语生动活泼，有的段落文字激情飞扬，再配以艳丽的照片，让版面顿时丰富了起来。

我深知，没有深切的感受，写不出这么接地气的文章。没有坚强的毅力，写不出这本几十万字的游记。它就好比一朵小花，在百花园中虽然不那么出众，但总有人会在它绽放时闻到它的花香。也许，我就是第一个。

　　是为序。

原内蒙古自治区新闻出版局局长　石玉平

壬寅年夏月

序 二

　　"西欧八国行"是我写的第一篇游记。一路走来，到处都是第一次看到，也就有了一次又一次的心动，我当时有一种"刘姥姥走进大观园"的感觉。

　　比如，第一次在德国惊奇地看到科隆大教堂那直插云天的大尖顶，第一次在荷兰看见五颜六色一望无际的郁金香，第一次品尝比利时巧克力的芳香……

　　站在埃菲尔铁塔遥望巴黎圣母院和凯旋门，仿佛在穿越法兰西的历史。踏入卢浮宫时，有一种自己也是一尊流动雕塑的感觉。

　　从欧洲袖珍小国卢森堡到音乐之都奥地利，无论站在佩特罗斯大峡谷的顶端，还是站在维也纳金色大厅的门前，都会有一种心潮澎湃的感叹。

　　来到罗马城，一半是历史，一半是现代。如果没有威尼斯这座漂在水面上的城市带来的兴奋，一时半会儿走不出罗马城带来的沉重感。

　　在罗马城内藏着一个国中之国梵蒂冈。至今让人想不明白的是，一个只有600多人，面积不足1平方千米的国家，却拥有全世界十几亿教徒。而那座圣彼得大教堂，在天主教徒的心中，就是一生向往的圣地。

　　临水而居，是人类社会不可逆转的定式思维。流经韩国的汉江和朝鲜的大同江，让半岛上的这个民族得到了生存和繁衍。朝鲜战争后，南北划线而治，走上了不同的发展道路。作为游者，看到了两种社会制度下百姓的生存状态。朝鲜虽穷，精气神十足，韩国虽富，脱不开任人摆布。到朝鲜看到的大多是红色教育，去韩国，除了都市就是济州岛。

　　作为岛国的日本，除了工业化程度之高以及管理细节的井井有条，它深入人心的各类宗教文化，有时让你感到吃惊。最受宠的景点是富士山和开满樱花的上野公园和大阪公园。

如果一生中上不了另一个星球，那就到地球的另一半去看看。去处在南半球的澳大利亚、新西兰旅游就是不错的选择。悉尼歌剧院的风采、墨尔本迷人的夜晚、大堡礁千姿百态的海底世界和原野中跳跃的袋鼠，让你看到了虽在同一个星球上却又如此的与众不同。

当新西兰的奇异鸟鸣唱时，那些温顺的绵羊，在绿草如茵的牧场自由地生长，让人不由得投下了羡慕的目光。此时，羊毛剪子嚓嚓响，剪出了一幅蓝蓝的天，白白的云，牛群自觉排队去挤奶的美丽画卷。

俄罗斯，曾经是中国可以称为"同志"的国家。从莫斯科到圣彼得堡，一座座历史建筑引出了青春时代的记忆。站在红场上，仰望克里姆林宫角楼上的红星，苏联时期的世界"一霸"，已经消失在莫斯科河的长流中。

圣彼得堡是一座让人能静下心来的古都。沿着涅瓦河边走去，那一座座博物馆，就能消磨你大半的时光。

又在一年春光时，美丽的维多利亚港湾和落基山脉中的班夫小镇，吸引着成千上万人前来观光。我看到了加拿大国旗上的枫叶，也看到了温哥华唐人街上的中国红。

当夏日来临，便兴致勃勃地飞到北欧，去芬兰捕捉圣诞老人的气息，到瑞典观诺贝尔奖颁奖的地方，来挪威游览壮美的峡湾，感受大自然神奇的力量。当然，维格兰雕塑公园是必去打卡的地方，那里直击心扉的人物雕塑，把对生命的思考表现得淋漓尽致。

最后，我在丹麦的哥本哈根看到了安徒生童话中的小美人鱼。只见她孤独地坐在海边的石头上，还在等待心中牵挂的王子。与之相反的是，吉菲昂女神驾驭四头神牛，开疆破土，用智慧换来了神奇。

转眼雪花飘来。去南非探秘非洲草原，登好望角实现少年时的梦想。喝完最后一杯南非的红酒，告别了桌山，飞到了富得流油的阿联酋。

从非洲来到中东，猛然觉得阿拉伯男人身穿白袍，如同飘然而至的天外来客。仰望让人瞠目结舌的摩天大楼，再看举世无双、富丽堂皇的帆船酒店，真正见识和体会了一把什么是创举，什么是奢华。

泰国是一个惊艳世界目光的国家。从泰南到泰北，到处是数不清的庙堂，看不够的大象，分不清的水果。给人最温馨的是普吉岛的浪漫，最刺激的是清莱的金三角地区。

说到印度，就想到了唐僧西天取经的故事。来到斋普尔，粉红色的风之宫殿让人真假难辨。琥珀堡里的镜宫，晚上点一支蜡烛就让你眼花缭乱。阿格拉的泰姬陵，气势宏大，成为印度的又一张名片。

回首再望欧洲，巴尔干半岛成为出行的首选。这个曾经的南斯拉夫联邦，早已被肢解得四分五裂。走在贝尔格莱德的大街上，行人都会向你投来友好的目光。这座英雄的城市，经历了无数次战争的洗礼，至今依然屹立在多瑙河畔。

当旅行车穿过黑山境内的塔拉河大桥时，那首《啊，朋友再见》的歌曲在耳边响起。激昂的旋律，曾经激励着南斯拉夫人民反抗德国法西斯直至最后胜利。

忘不了那一顿黑山烤羊肉。每一个人面前的盘子里，看不到一点残留的肉屑。

阿尔巴尼亚最亮眼的是斯坎德培广场。每到黄昏时分，这里就成了市民休闲的好去处。一座建于 5 世纪的古城堡，成为阿尔巴尼亚旅游的重要景点。

波黑的首都是萨拉热窝。它是 20 世纪中国人最熟悉的一座外国城市。那部名叫《瓦尔特保卫萨拉热窝》的电影功不可没。在市中心的古旧街巷，游人怀着敬仰之心去探寻铜匠铺。

苗　源

2022.10.15

目 录

01

西欧八国行
——我的第一例开胃"大菜"

2004 年 10 月初，带着从未有过的兴奋，我随新闻出版考察团对西欧八国进行为期半个月的访问。终于要走出国门了，心中的好奇和渴望就像点燃的火苗，腾地一下窜了起来，热切地盼望飞往欧洲。

欧洲的全名叫欧罗巴洲，它是现代工业的摇篮，是资本主义和马克思主义的诞生地，也是第一次和第二次世界大战的策源地。千百年来，在不同文明的碰撞下，这里产生了前卫与时尚的西方文明，其建筑、绘画、文学、音乐、科学等吸引了世界的目光。

遇 见
世 界
Meet the World

德国 *Germany*

一个把欧洲历史"粉刷"了几遍的国家

好大的波音客机，搭载着几百号乘客，来到万米高空，追着太阳飞行。不知飞越了多少高山峡谷、大漠绿洲、江河湖海，经过十个小时的忍耐，飞机终于钻出云层，一座森林中的城市清晰可见，它就是德国法兰克福。

随着飞机的落地，双脚真切地踏上了德国的土地！

国家档案

全称： 德意志联邦共和国

人口： 约 8300 多万（2020 年）

面积： 约 35.75 万平方千米

首都： 柏林

民族： 德意志人、丹麦人、索布人

语言： 德语

货币： 欧元

宗教： 天主教、基督新教

经济： 人均 GDP 5.08 万美元（2021 年）。汽车工业、机械设备制造、电子电器、化工和制药等是它的支柱产业。

气候： 温带海洋性气候

你好，法兰克福！

法兰克福意为"法兰克人渡过浅滩"，位于莱茵河支流，美因河的下游。它是德国的第五大城市，是德国著名的国际会展中心，每年至少有五十多个国际性的展览在这里举行。包括世界最著名的法兰克福国际图书展，拥有国际顶尖的大学——法兰克福大学，从该校毕业的学生中，有19人获得诺贝尔奖章。它曾是神圣罗马皇帝选举和加冕的地方，也是世界文豪歌德的故乡。

下了飞机，随着人流进入机场大厅，才发现全团没有一个会说外语的。在国内个个都是"小灵通"，今天却变成了大"盲人"。望着眼前黑压压的人群，找不着出关的"门"。情急之下，我赶紧去找黑头发的人碰碰运气，结果对方一句日语，让人不知所措。转身又去别的旅行团寻找中国人的声音，最终得到了同胞的指点。对呀，跟着他们走不就省事了嘛。

过了关，刚刚放下的心又悬了起来。行李在哪儿取呢？同志们又是一脸茫然。作为团里小同志的我，再次一马当先，跑去问一位穿制服的胖大姐，用尽了全身的表演技能想让她明白我的意思，结果对方双手一摊耸耸肩，一脸的疑惑。我急得满头大汗，竟然脱口喊出了"行李""行李"的中国话，最终她还是明白了，给我指明了方向。羞愧得我真想找一条地缝钻进去。

来到出口处，看到举牌的导游，这颗忐忑的心总算平静了下来。

晚上入住市郊万海姆 NH 酒店。电梯很小，进去三至四个人就满员了。客房的面积也很小，小桌、小椅摆放其中，弧形状的小长台上放着小电视。

知识点

皇帝

中国有皇帝，欧洲也有皇帝。中国的皇帝可以号令天下，而欧洲的皇帝没有得到罗马教廷的承认，你再强大也只能称为国王。欧洲的皇帝实行一夫一妻制，没有后宫嫔妃，于是就会出现没有男嗣继承王位的现象，为了争夺皇位，亲属之间不惜动用武力来解决。

西罗马帝国灭亡后，出现了神圣罗马帝国。这顶皇帝的金冠成为许多国王争夺的荣耀。在他们的心里，只要有了皇帝的称号，就有了高贵的血统，有了统治欧洲的合法权。为了高人一等，就连伟大的拿破仑也不能免俗。

卫生间里，除了洗发水、洗浴液外，其他一概没有。

晚餐是"泰餐"。跑到德国品尝东南亚的饮食，是有点奇怪但还是觉得新鲜。

不知是德国的床舒适，还是一天的车马劳顿，晚上睡得很香。

第二天早晨要去吃早餐了，我一路不停地练着昨天才学会的德语"毛根"（早晨好），好多人看着我，误认为我在发神经，都是一帮不懂德语的家伙。

我第一次在外国的酒店吃西餐。这倒好，拿惯筷子的手，突然拿起了刀叉开始左右开弓，是左手拿叉还是右手拿叉？出国前学的那点小常识早忘得一干二净，也顾不得什么礼节了，怎么顺手怎么来吧，用刀子把那个叫"培根"的肉条在盘子里划来划去，发出了滋滋的响声，这外国的刀子怎么这么钝呢？我干脆用内蒙古手抓肉的动作，一下子把肉送入口中，边嚼边环顾左右，除了夫人捂着嘴笑外，别人也顾不上看我。唉，这顿早餐吃的，是又不顺口，又丢人呐。

● 会展中心

第二天上午的重头戏是参观第 56 届法兰克福书展，它是全球最大的图书展览交易盛会。

毛毛小雨洒向了这些来自世界各地的参会者。今天我算是开了眼，一次哪见过这么多的外国人呀。混在这浩浩荡荡的人群里，第一次以"老外"的身份出现在国际大型书展的会场，下意识地把胸脯挺得老高走了进去。

法兰克福会展中心，是世界上第三大展览中心，占地面积47万平方米，而那座展览中心的办公大楼，像一支铅笔头直探蓝天，据说有 70 多米高。仰着头望去，看得脖子都酸了，还是看不到顶层是啥样子，心里想，这要是停了电，上面的人可怎么下来呀？

展区面积之大，令人惊讶。由于语言不通，面对众多的展厅，我只选了八号厅进去参观。厅内厅外没有大幅广告和宣传招牌，展位上放有图书订单、宣传页、名片等。一张小桌和几张椅子就是洽谈业务的地方。在这里你可以第一时间看到许多国外出版社的最新上市图书，你可以了解世界出版行业的最新动态，你还也可以向世界推荐你的新书，或通过版权贸易，引进新书。有人统计，那时候利用这个平台达成的图书交易，要占世界图书交易量的75%。

法兰克福书展每年十月的第一个星期三开幕。有100多个国家的几千家出版社和书商在这里聚会，俨然像世界出版界的"奥运会"。

转了半天，还是没有找到我们中国的展台。好不容易发现了一本有中国元素的外文书，一看定价80欧元，皱皱眉放弃了购买。最终拿了几张新加坡的中文少儿宣传页，算是对得起30欧元的门票。

从展览中心出来，已是中午时分，大家的兴趣一点都不减，又跑去股票交易中心的广场上，不亦乐乎地与股市的两个形象大使——一头牛和一只熊的铜像合影。

秒读历史 READING HISTORY

德国人的祖先是日耳曼人。最早也是一支渔猎部落，在当时的罗马人眼里，他们就是一群野蛮人。

大约公元前600年，日耳曼人开始向南迁移，经常去骚扰南方的罗马帝国。到了公元9年，在和罗马帝国交战中，日耳曼人取得了一次重大胜利。这场战役中日耳曼人的领导者赫尔曼，被称为德意志的第一位民族英雄。经过这场战争，双方和平相处了近二百年。

史学家把日耳曼人分为三个分支：法兰克人、盎格鲁人和哥特人。

公元476年，日耳曼人推翻了西罗马帝国，在西罗马帝国的故土上定居下来，并建起了许多王国。他们从罗马人那里学到了许多先进的生产技术，并开始接受基督教，向文明社会迈出了重要的一步。

众多的王国中，一个名叫法兰克的王国势力最大，它的第一个王朝史称墨洛温王朝，两百多年后，被加洛林王朝取代。

加洛林王朝中，出现了一位查理大帝（也称卡尔大帝）。他雄心勃勃将版图一再扩大，几乎恢复了西罗马帝国的疆域。之后通过罗马教皇的加冕，他成为"罗马人的皇帝"。

查理大帝驾崩后，帝国一分为三。以莱茵河为界，左岸说古罗曼语的为西法兰克王国，右岸说日耳曼语的为东法兰克王国，南部为中法兰克王国。这就是后来的法国、德国、意大利的雏形。

公元919年，萨克森公爵亨利建立了德意志王国，史称亨利一世。从此萨克森王朝诞生了，

• 罗马广场

罗马广场位于法兰克福美茵河畔老城区，是这座城市唯一保留下来的中世纪广场。虽然二战时受到了破坏，但在重建后的今天，它依然以华彩的身姿展现在游人的面前。

广场周围的建筑被涂上了各种色彩，看上去有点儿花里胡哨的。特别是屋顶，有的像登山的梯子，有的尖得像一把锥子，还有的在上面开了许多小窗子。感觉西方人盖房子也太随心所欲了。广场西边旧市政厅的那三幢连体楼，也称罗马厅，里面有个皇帝殿，是神圣罗马帝国皇帝加冕后大摆庆宴的地方。而广场东边的那座法兰克福大教堂，凭借直插云霄的塔楼，吸引了至少十个德国皇帝在此加冕。好一块风水宝地！

在广场的中间，有一尊正义女神喷泉，只见那女神一手持宝剑，一手举天平，大有捍卫法律的公正、公平的气势。沉思片刻后，猛然觉得西方

德意志民族的历史翻开了新的一页。

亨利的儿子奥托一世继位后，由于他治国有方，国家开始强盛起来。但他觉得自己不是正宗的罗马人，就逼迫教皇加冕他为罗马帝国的皇帝。于是，东法兰克王国摇身一变成了"神圣罗马帝国"。

从公元962年罗马教皇给奥托加冕算起，神圣罗马帝国存在了844年。诸侯国最多时能有上千个。

其间，帝国历经法兰克尼亚王朝、斯陶芬王朝和哈布斯堡王朝等三个王朝的统治。

17世纪初，经历了新、旧两教派长达三十年的战争，此时的神圣罗马帝国已经开始摇摇欲坠。1806年，经受不住法兰西帝国拿破仑的打击，"神圣罗马帝国"终于寿终正寝。

1871年1月18日，普鲁士王国打败奥地利和法国后，在首相俾斯麦"铁血政策"的治理下，重新统一了德国，建立了德意志帝国。威廉一世坐上了帝国皇帝的宝座，史称霍亨索伦王朝。这期间，德国利用法国的巨额战争赔款，发展科学技术，跻身世界工业强国之列。

1914年，德国挑起了第一次世界大战。随着战败的到来，在1918年，最后一个王朝——霍亨索隆王朝被推翻，封建君主制度从此被彻底废除，之后建立了议会制下的资产阶级共和国。

1939年，纳粹德国元首希特勒，发动了第二次世界大战，在1945年最终以战败自杀而告终。战后德国一分为二，被分为"东德"和"西德"。1990年10月3日，民主德国并入了联邦德国，德国再次实现了统一。

人不仅喜欢色彩，还喜欢崇拜女神。

旁边那座红、白相间，绿色尖顶的教堂，名为尼古拉教堂，早期用作神圣罗马帝国宫廷的礼拜堂，后来成为城市议员们做弥撒和祷告的地方。由于它"长相"并不气派，往往被游人忽略。

马路对面的圣保罗教堂，"长相"还算魁梧，但由于时间的关系，也只能看看它红色的外观而已。人家说，它是德国的摇篮，因为这里曾举行过制宪会议，出台了德国的第一部宪法，使它成为一座政治和宗教双重意义的教堂。

与上帝对话的地方——科隆大教堂

科隆大教堂，就在科隆市。这座城市在二战时是德国的军火制造中心，由于这种特殊的身份，这座城市在二战时几乎被盟军炸为平地。唯有这座高达 157 米的庞然大物幸免于难，只受了一些"轻伤"。难道是盟军最高指挥官下令保护？还是飞行员对天主教的虔诚？总之，耸立在我们面前的是最原始的，用了 600 多年才完工的欧洲第三大教堂。也就是说，这座约 6000 平方米的建筑，从中国的南宋开始，一直建到清朝的晚期。这种平均一年 10 平方米的施工效率，除了当初被大火焚烧过，欧洲持续的战乱和筹资的困难，也影响了它的建造速度。

那为什么要建造这么宏大的教堂呢？

当初，神圣罗马帝国皇帝腓特烈一世从意大利夺来了"东方三贤士"的遗

知识点

神圣罗马帝国

神圣罗马帝国和罗马帝国不是一回事，前者不是正宗的罗马血统。只能说它是罗马帝国的追随者。

神圣罗马帝国的前身是东法兰克王国。公元 962 年，东法兰克王国国王奥托一世，受罗马教皇的加冕称帝，尊号为"罗马人的皇帝"。奥托建立的帝国，就是后来的"神圣罗马帝国"。

数百年后，神圣罗马帝国演变成了由数百个诸侯小国组成的一个松散联合体，相当于现在的欧盟。皇帝也由七大选帝侯推选产生。奥地利的哈布斯堡王朝垄断皇位长达四百年之久。

1806 年，在拿破仑的威逼下，当时的弗朗茨二世放弃了神圣罗马帝国的尊号，该帝国灭亡。

骸，被科隆大主教视为圣骨。如何安置？那就得建教堂，而且越壮观越好。只有这样，才能让科隆成为欧洲新的朝圣地。

如今三人的遗骸，存放在用黄金珠宝打造的雕花盒里，并被摆上了圣坛。它为科隆带来了巨大的人气。

有人说科隆大教堂是世界上最完美的哥特式天主教教堂。教堂的尖塔就是哥特式的象征。向上仰望，顶上的两座尖塔如同利剑，直插苍穹。再看那些众多的小塔，围在了它的身边，如同众星捧月。

这西方人建的教堂，虽然精致，但也太复杂了，尤其是那些密密麻麻的雕

知识点

哥特式建筑

11世纪起源于法国，13—15世纪流行于欧洲的一种建筑风格。主要见于天主教堂，它的特点是：尖塔、拱门、彩色玻璃窗。

至于什么是哥特，原指德国的哥特人。当初他们侵略和洗劫了罗马城，意大利人自然不会忘记这段历史。为了与正在兴起的文艺复兴式风格有所区别，就将中世纪时期出现的艺术风格贬称为哥特式，意思是不属于正规流派，而是野蛮的、乡巴佬的低俗之作。后来这种风格从建筑传播到文学、艺术、音乐等方面，表现出阴森、神秘、恐怖、黑暗、厌世等情调。

刻图案，还有那些绘画、雕塑，看得让人眼花缭乱，一脸茫然。我就像一个呆子，只能跟着人流看个新鲜。

走进教堂，高大的穹顶，在多根柱子合在一起的支撑下，形成了百米长的大殿堂，穹顶下那一扇扇巨大的窗户上，镶嵌着花花绿绿的彩色玻璃，上面的图案画的都是圣经里的人物。巨大的管风琴响起，唱诗班柔美的歌声，回荡在空旷的教堂里，让在场所有人的心灵随之激荡了起来。原来教堂还是一个如此典雅的地方。

📍 直插云霄的科隆大教堂（刘乃 摄）

科隆大教堂，作为哥特式建筑艺术的顶尖作品，已被列入世界文化遗产名录。在它的身后，就是德国人的父亲河——莱茵河。因为德国人习惯把祖国称为父亲，莱茵河就有了这样的美称。

杜塞尔多夫的夜晚，飘荡着酒香

离开科隆来到杜塞尔多夫。晚饭时，队员们拿出国内带来的白酒开始推杯换盏。一时间，歌声响起，笑声回荡，内蒙古人豪放的情趣像溢出的酒水，在异国他乡飘香。旁边吃饭的德国人没有被这喧嚣的吵闹声气恼，反而伸出了大拇指。原来德国也是酒的故乡。

饭后约了几个朋友来到了酒店旁边的一条小巷，里面有许多啤酒屋。每家门前都人头攒动，非常热闹。昏暗的灯光下，三五成群的青年男女站在那里边喝边聊。没有桌椅，也没有下酒的菜，更不用酒杯，每一个人对准瓶口，咕噜一口，喝得自然、爽口、潇洒。看着人家喝酒，心里怪痒痒的，本想上去也咕噜一瓶，一看天黑路暗，人那么多，又不会德语，只得恋恋不舍地走出了小巷。

一天下来，见识了许多新鲜的事物。比如德国人开车，不乱插队，不乱鸣笛，行人优先等；还比如它们把南北路用单数表示，把东西向的路用偶数表示，所有路标全部用颜色来区分，这样行车时不会混淆；再比如，无论是商店还是书店，都利用橱窗作展示，在那时还是让我们大开眼界的……

杜塞尔多夫市，最初是莱茵河畔的一个小渔村，如今已发展成为德国的时装之都、会展之城、通信业高地。德国著名诗人海涅就出生在这里。每年的六、七月，这里会举办爵士摇滚音乐节，成千上万的人从世界各地赶来，参加这一音乐盛会。

给我们开车的师傅是一位德国大叔，他驾驶着奔驰客车，将一直陪我们走完欧洲全程。几天相处下来，觉得他开车很稳，职业素养也很棒。他有个习惯，每到一个服务区，就独自要一杯咖啡，也不和别人交流，像一个孤独的老头。

"大奔"在高速路上狂奔。窗外是广袤的原野，偶尔有村庄闪过。教堂作为村中最高的建筑，非常抢眼。车上许多人开始昏睡，只有那位德国大叔正睁大眼睛，把握着方向和路线向前开去。

来到海德堡，已到黄昏时分，导游急忙带领大家上山去看古城堡。穿过古老的石桥、登上山坡后就看到一座红褐色残墙断壁立在那里。这是一座中世纪的城堡，虽然遭受战争的破坏，但它的轮廓还存有王宫般的威严。后来人们发现，残缺也代表一种美，于是古堡就被保留了下来。

站在山头，远望晚霞中的海德堡城，白墙红瓦，绿树点缀，一条河流穿城而过，像一幅浓淡相宜的油画铺陈在眼前。我那时还不知道它曾是德国诗人和艺术家的精神圣地，也不知道那里有一所欧洲古老的海德堡大学，大哲学家黑格尔也曾在那里求学，但我清楚地知道，海德堡牌的印刷设备驰名世界。

汽车之城——斯图加特

从本斯海姆出发，继续向东南方向行进。当看到一座新颖的建筑顶上那枚熟悉的奔驰车标闪耀时，斯图加特就到了。

斯图加特，是德国的一个工业城市，其城市规模在德国排名第六，但它的精密仪器制造是世界驰名，"奔驰""保时捷"就诞生在这里。能参观梅赛德斯博物馆使我非常兴奋，因为可以亲眼目睹奔驰汽车的百年传奇。

博物馆有 16500 平方米，荷兰人给设计了"双螺旋"式的两条参观线路。一进场馆，先发一个讲解器，然后坐电梯来到顶层，从上而下，层层

奔驰藏品（刘乃 摄）

观赏。第一条线路是参观七个"传奇区"，展区里展示着奔驰辉煌的发展历史；第二条线路是参观五个"陈列区"，展区里展示着不同年代出品的各式汽车，两条线路可以互相穿插。

这回真是开了眼，见到了各种各样的奔驰古董车。原来最早的奔驰就是一辆两轮摩托车。看那轮子，有点自行车的感觉，只是下面装有小型发动机。而那些造型各异的老爷车，现在看上去仍然很洋气。回头再看五颜六色的高档跑车、方程式赛车，不由得发出了一串赞叹声。

啤酒之城——慕尼黑

离开斯图加特，来到了巴伐利亚州的首府——慕尼黑。

慕尼黑，曾是纳粹党的总部，当年，英、法、德、意四国在这里共同签署了《慕尼黑协定》。

它是 1972 年第二十届夏季奥运会的举办城市，还是世界三大啤酒生产地之一，尤其是每年一度的慕尼黑啤酒节，让整座城市狂醉在欢乐之中。

听说德国人喜好啤酒，视它为生命

> **———— 知识点 ————**
>
> **慕尼黑协定**
>
> 1938 年 9 月，刚刚吞并奥地利后的纳粹德国，提出要将捷克斯洛伐克的苏台德地区划归己有（说德语的地区），当时的英、法两国，面对希特勒的战争威胁，牺牲了捷克斯洛伐克的利益，同意了纳粹德国的要求。1938 年 9 月 29 日，英、法、纳粹德国、意大利四国在慕尼黑签订了《慕尼黑协定》。

的营养液。而慕尼黑人更是酷爱啤酒，每天没有啤酒陪伴，便感觉生活索然无味。当听到人家每年每人平均要喝 230 升，约 460 斤的啤酒时，才觉得我们这些来自草原上的人都是小酒量。更有甚者，这里还有啤酒大学，啤酒被视为一门学问，这恐怕在世界上少之又少。

在慕尼黑，最著名的啤酒屋是 HB 皇家啤酒屋。由于茜茜公主、歌德、莫扎特、列宁这些名人政客都曾在这里品过酒，因此它的身份越发高贵起来。如果时间允许，来这里边欣赏歌舞，边小酌一杯，感受德国啤酒的魅力，一定是个不错的选择。

德国师傅载着我们进入市区。在导游的指点下，看到了拜仁队的主场——用两千多块气垫构成外表面的"安联球场"，经过了"普法战争纪念碑"和"人权广场"，还看到了原纳粹党的总部大楼，最后来到了巴伐利亚国王的王宫——纽芬堡。

● 纽芬堡

纽芬堡位于慕尼黑西郊，是巴伐利亚王国五代国王的居住地，也是德国最大的宫殿。宫殿始建于 1664 年，传说是维特尔斯巴赫家族的选帝侯——费南迪德·马里亚送给妻子的礼物，以感谢她为自己生了个儿子，让王室后继有人。

这是一座巴洛克式建筑，由主楼和两翼对称的附楼组成。红瓦白墙的方形宫殿在蓝天碧水的映衬下，显得格外朴素、庄严、气派。

宫殿的广场前是一座特别大的人工湖，秋水虽凉，也挡不住白天鹅和野鸭子在水中游荡。

宫殿的后面是宫廷式花园，向前望去，宽阔的人行大道和人工河，把人们带入远处茂密的森林。两边修剪整齐的草坪，精心布局的鲜花，传神生动的石雕，展现了欧洲王室当年的生活氛围。

> **知识点**
>
> **巴洛克式建筑**
>
> "巴洛克"这个词，最早从西班牙传出，意思是"变形的珍珠"。后来被人们用来称呼一种流行于 17 世纪欧洲的新潮艺术风格，有贬低的味道，因为当时的古典主义者认为这种风格"离经叛道"。"巴洛克"作为一种艺术形式，最早出现在意大利，涵盖了建筑、文化、艺术等方面。从建筑的角度看，它打破了古罗马和文艺复兴时期的表现手法，追求动态、变化、浪漫、豪华，以鲜明的色彩、华丽的装饰、宏大的气势闻名天下。代表作是罗马耶稣会教堂，代表人物是意大利的建筑师贝尼尼。绘画方面代表人物是比利时的鲁本斯。

这是我第一次见识欧洲的皇宫，发现与中国有很大的不同。他们注重园林山水，而不是红墙绿瓦。神兽变成了雕塑，大水缸变成了喷泉，大院套小院变成了花圃草坪。漫步在这里，非常轻松自在，有一种生活在大自然的感觉，让你完全忘了繁杂纷扰的外部世界，犹如进入了世外桃源。

导游介绍说，纽芬堡虽没有凡尔赛宫奢华、浩大，但它的建造规模和典雅的园林，绝不逊色于欧洲的其他宫殿。巴伐利亚路德维希一世，被称为"爱美人国王"。他命画家专门为他画出自己宠爱过的 36 位美女画像，挂在了纽芬堡内，画像中的美人个个天生丽质，仪态万方，成为这座古老宫殿一处别致的"美人画廊"。历史上这里还出了两位说到巴伐利亚就不得不提的著名人物：茜茜公主和路德维希二世。

茜茜公主，是巴伐利亚王国马克斯公爵的小女儿。本来她的妈妈想推荐姐姐做奥地利的皇后候选人，谁知这位陪姐姐去订婚的妹妹，却偏偏被约瑟夫国王看上了。没办法，奥地利的皇太后只能和她的妹妹商量，让只有 15 岁的茜茜嫁给了她的表兄。就这样茜茜阴差阳错地成为奥地利的新皇后。

由于茜茜喜欢自由自在，常受到婆婆和丈夫的指责，连许多奥地利人也认为她不是一个称职的皇后，但她在匈牙利却受到国民的推崇。她与匈牙利建立了深厚的感情，并在 1867 年促成了奥匈帝国的诞生，她也同时成为匈牙利的王后。后来，受儿子自杀的打击，茜茜悲痛缠身。1898 年，当她乘船要离开日内瓦时，被一个意大利人用尖锥刺死。她的传奇经历后来被搬上银幕，也被改编成音乐剧流传后世。

路德维希二世被称为"童话国王"，说的是此人突发奇想，在群山中建造林登霍夫堡，并在旁边开凿了一处仿溶洞式的地下宫，下面建有水池，他经常在池中划船取乐。由于引入彩色的灯光，五光十色，犹如童话世界，因此扬名。也是他修建了作为德国象征的"梦幻城堡"新天鹅堡，而他的童年正是与他的表姑茜茜公主一起度过的。

令人唏嘘的是，他一生为修建宫殿负债累累，而这些遗留下来的古迹，正在为德国创造着滚滚的财富。

● 玛丽亚广场

玛丽亚广场位于市中心，是慕尼黑最大的广

📍 茜茜公主画像

场，广场中耸立着圣母玛丽亚的纪念碑。抬头仰望，只见她左手持权杖，右手抱圣子，圣洁端庄。广场的钟楼有百米之高，每到上午十一点、中午十二点、下午五点开始报时时，钟楼就会出现玩偶伴着音乐的表演，非常有趣。

不到半天的慕尼黑游览就这样结束了。晚上入住慕尼黑后，本来想约几个人去"酒城"要一盘卤猪手，再来一扎黑啤酒，弥补杜塞尔多夫的缺憾，但还没等我把计划想成熟，导游来到房间直接问我，你是不是答应请德国大叔喝酒？没有啊，我也不会德语，怎么会请他呢？导游说，反正人家已经坐在酒吧等你了。噢！猛然响起，在停车场等人时，曾经对他有过一番比画，当时是想通过我的手势看他能否听懂我的意思，不曾想，他还真听懂了，我却早忘了。事情是这样的：在停车场，我用手指着我和他，再指着太阳，做了个落山的动作，然后，又比画了个咕咕喝酒的动作，就这么简单地比画两下，他就当真了，也没看见他点个头啊？

导游说，德国人都很认真，答应的事他们不会失约。既然这样，那中国人也不能失约呀。只好硬着头皮走吧。

来到酒吧，德国大叔已经坐在了那里。上前表示歉意后，要了十扎啤酒，结果一会儿的功夫他就干掉了四扎。若不是刘老师起身劝离，这位德国大叔恐怕再喝四大扎也不会眨眼的。一结账加小费 47 欧元，好贵哟，470 元人民币就这样被比画出去了。

明天，就要离开德国了。从德国大叔的那股认真劲儿，联想到受车迷青睐的奔驰、宝马、保时捷、奥迪等世界名车，联想到受酒徒追捧的德国啤酒，联想到精美的厨具和风靡世界的阿迪达斯，还有被球迷们热捧的足球队——"日尔曼战车"。似乎明白了，所有一切都离不开那股认真劲儿。

知识点

普鲁士

　　原是德国北部的一个地名，是德国的前身。普鲁士的主要统治者是霍亨索伦家族。16 世纪起，从普鲁士公国到普鲁士王国，再到德意志帝国，普鲁士这个地方影响了德意志几百年的历史进程。一战后，因为历史原因，普鲁士这个行政建制从此不复存在。

荷兰 *Netherlands*
曾经称雄世界的"海霸"

荷兰位于欧洲的西北部。它的两个近邻一个是东部的德国，一个是南部的比利时，西部隔着英吉利海峡与英国相望。国土面积略大于中国台湾，但几乎有一半的国土与海平面持平，还有四分之一低于海平面。所以，面对大海的侵蚀，围海造地成了荷兰人祖祖辈辈的生存之道，也成就了它一个世纪的海上霸主地位。

每当提起荷兰时，人们都会想起郁金香和风车。因为，郁金香和风车是荷兰最负盛名的两张旅游名片。

国家档案

全称： 荷兰王国

人口： 约 1700 多万（2020 年）

面积： 约 4.2 万平方千米

首都： 阿姆斯特丹

民族： 荷兰人，弗里斯人

语言： 荷兰语

货币： 欧元

宗教： 天主教、基督新教

经济： 人均 GDP 5.81 万美元（2021 年）。工业方面，壳牌石油公司、联合利华公司、飞利浦公司等大型跨国企业排在世界 500 强前列。农业方面，它是世界第三大农产品出口国。

气候： 温带海洋性气候

水上花都——阿姆斯特丹

早晨，我们乘车由南向北跨过德、荷边境，驶向阿姆斯特丹。300多千米的路程看不到收费站，也没有海关检查。这是"申根协定"带来的方便，所有签字国边境开放。

路边的草场就像一块大地毯，绿茵松软，非常诱人。虽然家乡的草原也很美，但异国草原总给我一种说不出的新鲜感。草场上黑白两色的"花牛"，个个体型高大，就连母牛的乳房也特别丰满硕大，走起路来沉甸甸的。生活在这里的牛有吃不完的草，喝不完的水，悠然自得地享受着大自然地恩赐。唯一要奉献的是白花花的乳汁。据说荷兰的奶牛有300多万头，如果把它们集中在一起来挤奶，一条流淌的奶河定会震撼世界。

突然间，一片花海闯进了人们的视野。那一条条、一块块整齐划一、五颜六色的花圃，铺满了广袤的田野。株株鲜花，婷婷玉立，含苞欲放。

秒读历史 READING HISTORY

1000多年前，一群探险者乘坐被挖空的原木漂流到阿姆斯特丹，开始搭建房屋，定居了下来。他们最初以捕鱼为生，并把多余的卖到欧洲各地，回来时再带一部分土特产转卖出去。通过这种贸易活动积累了财富。之后，荷兰的雏形逐渐浮出了水面。

有人说，1581年以前荷兰都在其他国家的统治下，这话也不为过。你看它最早是日耳曼人的地盘，一会儿又变成了罗马帝国的一部分，后来又成了法兰克王国的占领地。之后，又受到了哈布斯堡王朝和西班牙帝国的统治。

在西班牙统治时期，荷兰人不堪忍受压迫，扛起了独立大旗，与西班牙人展开了八十年漫长的独立战争。1581年，当尼德兰联合共和国成立时，独立战争仍在进行。直到1648年，西班牙才被迫承认其独立。

值得称道的是，满脑子生意经的荷兰人，就算在战争期间也没有停下做生意的脚步。17世纪初，它们成立了赫赫有名的荷兰东印度公司。从表面上看，它是一家足迹遍布多半个地球的跨国公司，但在光鲜的外衣下，它还是一个承担着体现国家意志的殖民机构，和当年日本侵华前的贸易商社有相似的作用。到了鼎盛期，东、西两个印度公司，几乎垄断了欧洲的国际贸易，还把触角伸向了亚洲、非洲、美洲地区。万艘商船游弋在世界五大洋的海面上，成就了荷兰一个时代的辉煌。

中国明末清初，荷兰人曾染指中国的台湾岛，后来被郑成功赶了出去。

在阳光的照射下，一派生机盎然。花圃里种的就是著名的荷兰国花郁金香。见过郁金香，但从没见过这么大面积又有这么多花色的郁金香，让人大开眼界。

花香飘进了车厢，郁金香的故事娓娓道来：

传说，古代有一位漂亮的少女，同时被三个勇士爱上，有人送她皇冠，有人送她宝剑，另外一个人送她了一块金子，可她偏偏谁都没看上。情急之下，少女只得向花神祷告，花神为了成全他们，就将皇冠变成了鲜花，宝剑变成了绿叶，金子变成了根茎。就这样，一朵花香四溢的郁金香被捧在了少女的手中。

其实，郁金香不是荷兰人发明的，最早是由土耳其引入的。就是这种漂亮的花卉，曾经让荷兰的经济走向动荡。正所谓成也郁金香，败也郁金香。

面对堆积的财富，聪明的荷兰人，在阿姆斯特丹开办了世界第一家证券交易所，引领世界玩起了资本交易的"把戏"。那些曾经的欧洲禁书，在这里也可以出版，然后再返销欧洲其他地区。

当时的英、法两国，看到荷兰人蒙头发大财，很是不爽。他们分别从海上、陆地夹击荷兰。眼看国家就要灭亡，威廉三世力挽狂澜，通过一系列的政治、军事、外交手段，使英、法退了兵，保住了荷兰。

但事情的发展让人出乎意料。威廉三世身兼英国和荷兰两国的国王后，在英国进行了财政和军事的改革，为"日不落帝国"的强大奠定了基础。等他死后，羽翼丰满的英国人反过来，对荷兰虎视眈眈。一旁的法国人，担心这块肥肉被英国人吃掉，遂出兵占领了荷兰。就这样，英国人拿走了海上霸主的王冠，法国人当上了宗主，荷兰人再次遭到了外国统治。而那些荷兰精心培育的海外殖民体系也开始土崩瓦解。

时间到了1815年，荷兰人挣脱了法国的统治宣布独立，荷兰王国从此诞生。可是，此时的荷兰已经元气大伤，只能沦为欧洲的二流国家。

在后来发生的两次世界大战中，它缩回脑袋，宣布中立。但最终还是在二战时遭到了纳粹德国的占领，直到1945年才恢复独立。

这就是荷兰的历史，一部殖民和被殖民的历史。

那还是 17 世纪 30 年代，一场为郁金香而疯狂的"击鼓传花"式活动，在荷兰大张旗鼓地铺开，几乎所有的人着迷般地加入了这场投机，最后竟到了百业荒废，一家独大的境地。此时的郁金香早已不是观赏的花了，已经变成了追逐暴利的工具，一株珍贵的品种能换 16 头公牛。当泡沫越吹越大时，崩盘终于来了，一夜之间，富翁变成了乞丐，更多的人倾家荡产，而那些后来接盘的人，成为被人嘲笑的傻瓜。这一惨痛的教训，终于让荷兰人如梦初醒，明白了投机不能创造财富的道理。尽管这样，荷兰人对郁金香的依恋，从没有削减。

花海渐渐远去，阿姆斯特丹就在眼前。

阿姆斯特丹，是荷兰最大的城市，也是第二大港口。当初它只是一个小渔村，是 17 世纪的辉煌，成就了它在世界商贸中心的地位。岁月峥嵘，繁华再现。如今，它以仅次于伦敦和巴黎的实力，坐上了欧洲城市第三把交椅。

在荷兰语中，阿姆斯特丹的"丹"字是水坝的意思。12 世纪末，为了防止海水入侵，当时的荷兰人就在阿姆斯特尔河上筑起了水坝，阿姆斯特丹由此而得名。

最让人震撼的是，经过 800 年的坚持，荷兰人硬是采用筑坝围堤、风车抽水的办法，在低于海平面的陆地上，造出了一座水中有城、城中有水的水上之都。

最让人费解的是，它把首都设在阿姆斯特丹，却把中央政府、皇室和各国使馆都设在了海牙。

知识点

荷兰东印度公司

17 世纪初，欧洲正处于大航海时代。为了做大做强，几家荷兰公司共同组建这家跨国商贸公司。它具有国家背景，拥有雇佣兵，允许和别国签订条约，并有对殖民地实行统治的权力。在近两百年的经营期间，它先靠发行股票获得资本金，然后靠香料的高额利润积累财富，最后扩展到各种商品的交易，把足迹延伸到非洲的南部和亚洲的大部分。发展到巅峰时，拥有 150 艘商船，40 艘战舰，5 万名员工，1 万人的军队，成为有史以来世界上最强大也最富有的贸易公司。1799 年，由于法国占领荷兰，公司的贸易量大幅减少，曾经叱咤风云的东印度公司最终宣布解散。

最让人惊讶的是，阿姆斯特丹是全球自由开放度极高的都市。在这里，同性恋、安乐死等都是公开合法的。这荷兰的件件所为，让中国人感到匪夷所思。

走进阿姆斯特丹，这里河道纵横，小桥众多。傍水而建的居民楼，大都三至四层，依然保留了 17、18 世纪的建筑风貌。褐红色的墙面，配以白色的百叶窗，给人一种沉稳、端庄的感觉。唯独这小门大窗让人纳闷，人高马大的荷兰人为什么这样做呢？原来，为了躲避当年按门面大小收税，家家户户就把门建得很小，窗子大可以进出家具。

运河边停泊着造型各异、色彩斑斓的船屋，成为阿姆斯特丹的一道独特风景。

● 水坝广场

水坝广场，在阿姆斯特丹的市中心，是荷兰历史的发祥地，也是这座城市最具有活力的地方。让人费解的是，它用数以万计的花岗岩小石块砌筑而成。这让喜欢穿高跟鞋的欧洲女人，走起来咋能挺胸抬头，趾高气扬？真不如中国故宫大青砖铺设的广场，那是又舒展又气派，走上去坦坦荡荡。

广场左侧的王宫建于 17 世纪，是一座建在木桩上的宫殿。当时为了解决地基潮湿、松软、下沉等一系列难题，人们就向地下打入 13000 多根木桩，将整座宫殿支撑了起来。400 多年后的今天，宫殿仍然完好无缺。让人不得不为荷兰人的这一创举拍手叫绝。如今它变成了国王的迎宾馆。

漫步在广场，已难寻阿姆斯特丹河曾经流过的痕迹，那座防洪的水坝自然也就荡然无存了。无轨电车在穿行，无数灰鸽子在飞落，一批批游人来去匆匆，只有那些休闲的市民坐在那里，享受着惬意的时光。

在王宫门前的广场上，突然发现两尊巨人。一位黑纱缠身，面似骷髅，一位身披白纱，像出嫁的公主。原以为是两尊雕塑，走到跟前观望时，突然这巨人张开了嘴巴，把手臂伸了过来，吓得我赶紧后退几步。这怎么还会动呢？原来是"行为艺术"，利用和游人合影的机会赚取小费。

广场的周围，还有一座教堂和一座白色的二战纪念碑。在它的南侧，是杜莎夫人蜡像馆。

● 风车村

说到风车，就想到了荷兰，都说它是风车的王国。从 13 世纪诞生，到 17 世纪辉煌时，已有万架风车在转动。如今留下来的风车，都被涂上鲜艳的色彩，成为荷兰一道亮丽的风景。

距阿姆斯特丹 15 千米处，有一个古老而美丽的村庄，名字叫桑斯安斯风车村。

站在村边望去，一架架彩色的风车矗立在湖边的田埂上。绿茵茵的草地里有几只牛羊在张望，漂亮的木屋前，波光粼粼的小河在流淌。一队骑着自行车的中学生喊出的一声"哈喽"，聚焦了我们的目光。只见他们个个高挑壮实，脸上充满了自信和阳光。那种亲近大自然的欢笑声，随着车轮留在了乡间小道上。

本来自行车是我们国家的强项，我国曾号称自行车王国。今天看来，已被荷兰甩在了后面。他们喜欢自行车骑行的程度，远远超过了汽车。无论是大街小巷，还是广袤的田野，那五颜六色晃动的自行车骑手的头盔，像一道流动的风景，十分好看。

这里最大的风车有四至五层楼高，20 多米长的扇叶在风中转动，能为各种作坊提供源源不断的环保动力。当然了，它抽水的功能更是功不可没。当年荷兰的先人，就是靠它将沧海变为桑田，为后代创造了生存的家园。虽然现代的风力发电，让古老的大风车失去了往日的辉煌，但它已经成为荷兰人心中不可磨灭的丰碑。

风车——荷兰的一张名片（刘乃 摄）

来到一家木鞋加工厂，一只特大的黄色木鞋模型摆放在门口，像游人炫耀着它的前世今生。原来荷兰人是穿着木鞋走向今天的。荷兰地势低，地面潮湿，道路泥泞，木鞋因此而生。它是荷兰从原始走向文明的一大见证。如今虽然没人再穿木鞋了，但荷兰人把它和风车、奶酪、郁金香尊为荷兰的"四宝"。

走进售鞋大厅，满眼都是大大小小、色彩艳丽的木鞋。墙壁上、房顶上、木柱上、柜台上，挂的摆的满满当当。转一圈儿下来，难以分辨这里是鞋厂、鞋店，还是木鞋博物馆。

🔎 琳琅满目的荷兰木鞋

皇家之城——海牙

上午，冒着小雨来到了荷兰的第三大城市海牙，这是一座被森林覆盖的城市。面积约 100 平方千米。因王室、国家机关和各国外交使团设在这里，被人们称为荷兰的政治首都。海牙给我印象最深的是，当年设在这里的"联合国国际法庭"，前南联盟的总统米洛舍维奇拉曾在这里接受审判，而引起世界范围内的舆论争议。

这时，一个女人推着婴儿车出现在我的视线中。车里宝宝的奶嘴儿掉在了地上，只见她捡起来含在自己的嘴里，然后又塞进了宝宝的嘴。和中国妈妈拿起来又吹又擦相比，这荷兰妈妈倒是省事儿。

一天半的荷兰之旅就这样结束了。什么梵高美术馆、钻石博物馆，都成了美丽的传说。还好，一场已谢幕，另一场在等待，何不带着郁金香的余香走进比利时呢？

比利时 *Belgium*

一个扮演欧盟首都的国家

比利时是一个欧洲小国。尽管国家很小，但它依靠独特的地理位置，经济总量和居民收入在欧盟不输其他大国。

比利时拥有钻石之都、巧克力之都、啤酒王国等美称。

国家档案

全称： 比利时王国

人口： 约 1200 万（2020 年）

面积： 约 3 万多平方千米

首都： 布鲁塞尔

民族： 弗拉芒人占 58%.，瓦隆人占 41%。，德意志人占 19%。

语言： 荷兰语、法语、德语

货币： 欧元

宗教： 天主教

经济： 人均 GDP 5.18 万美元（2021 年）。服务业是它的主导产业，占 74%。

气候： 温带海洋性气候

布鲁塞尔——欧洲的"首都"

位于塞纳河畔的布鲁塞尔是比利时最大的城市。由于欧盟和北约的总部设在这里，还有两百多个国际组织都在这里办公，所以有人把它称作欧洲的"首都"。

布鲁塞尔的面积约162平方千米。以中央大街为界分上下两城，上城有王宫、皇家广场、皇家博物馆、政府机关等，下城是商业中心。要想看中世纪欧洲最美风格的建筑，布鲁塞尔是你不二的选择。

● 原子结构塔

布鲁塞尔西北郊一处公园内，九颗巨大相连的银色金属圆球矗立在高坡上。它是比利时工程师，为1958年布鲁塞尔万国博览会设计的一组放大的原子结构图造型，如今成了布鲁塞尔的新地标。比利时人这种独一无二的奇思妙想，吸引了各国游人的眼球。

● 独立之门

比利时的独立之门，是1880年为纪念比利时独立五十周年而建造的。在胜利女神雕像下，三个大型拱门和两侧的弧形回廊连成一个半圆式的庞大建筑群，所有墙体由

秒读历史
READING HISTORY

在历史的长河中，比利时由于处在大国的包围中，必然成为兵家的必争之地，因此战争不断。

最早来这片土地上居住的是凯尔特人。当时，它和日耳曼人、斯拉夫人被罗马人称为欧洲的三大蛮族。公元前58年，古罗马的凯撒北上攻打西欧，凯尔特人在罗马人面前不堪一击，这里就变成了罗马帝国的一个省，名叫贝尔吉卡行省。从那算起，它先后被罗马、高卢、日耳曼三个民族统治。之后，进入了封建割据的时代，一直到勃艮第王朝的建立，才将四分五裂的比利时统一了起来，纳入了自己的麾下。没过多久，奥地利、西班牙两支哈布斯堡家族和法国的统治开始轮番上演，被外国统治的阴影像一团乌云，再一次笼罩在比利时人的头上。后来经过抗争，好不容易挣脱了法国的束缚，想过两天独立自主的生活，可维也纳会议的一纸决定，荷兰又将比利时揽入了怀抱，比利时成了尼德兰联合王国的一部分，至今留下了"南荷兰"的历史称谓。经过15年的忍气吞声，比利时人终于揭竿而起，发动了起义。在众邻国的帮助下，1831年成功独立。独立后，它马上宣布永久中立，以此摆脱再次挨打的困境。没想到人算不如天算，当第一次世界大战开打后，只在几天之内比利时就被德国人占领了。第二次世界大战时，也没有逃脱纳粹德国的蹂躏。战争结束后，比利时终于过上了安稳的日子。

经历过磨难的比利时人，更加奋发努力，成为欧洲开展技术革命最早的国家，最终一举跨入了欧洲发达资本主义国家的行列。

大型方石砌筑而成。石雕、铜像和石柱，勾勒出雄伟、壮美的气势，是比利时人独立精神的象征。

● 布鲁塞尔广场

世界上每个国家都有属于自己的广场。从独立之门离开，路过比利时王宫，然后顺着一条小巷来到了被大文豪雨果称为全世界最美广场的布鲁塞尔广场。

广场位于市中心，据说始建于 12 世纪。广场的地面是用小方石铺就。环顾四周，全都是一座座古典精美、用石头砌筑的大楼，硬生生地给围出了一个大广场。无论是恢宏壮观的市政厅，还是路易十四的行宫，以及相邻的其他建筑，集中展示着欧洲建筑史上最具代表性的哥特式、巴洛克式、意大利文艺复兴式、路易十四式等建筑风格。简单看看还可以，要想区别它们，那得像比利时人那样，坐在对面的小酒吧，吃着华夫饼，喝着清爽的啤酒，拿上图片，去慢慢对比才行。

导游指着对面房间说，马克思曾在这里居住。那间"天鹅餐厅"是他经常光顾的地方。著名的《共产党宣言》也是在这里完成的。

布鲁塞尔广场，已被列入世界文化遗产名录。

● 于连小尿童

沿着巧克力街向下走去，很快看到了街角处伫立的于连小尿童的铜像。只见他对着大街和游人，无拘无束地"撒着尿"，一"尿"就是无数个日日夜夜，可称为世界上最长、最多的"一泡尿"了。再看那一头卷发，微翘的鼻子，自然的眼神和小顽童把尿的姿态，让所有前来观赏的游客发出了会心的笑声。

传说，在中世纪时，侵略者正准备用炸药炸毁这座城市，被小于连发现，他急中生智用自己的尿浇灭了正在燃烧的导火索从而保住了古城，使全城百姓幸免于难。从那以后，比利时人把他尊为英雄，并冠以"布鲁塞尔第一市民"的称号。随后建起这座只有 60 厘米高的铜像，以此纪念。

如今，各国的国家元首来访比利时，都要送他一套衣服表示对他的尊重和喜欢。据说，他现在已有 700 多套各国的服装，包括来自中国的中式对襟衣服。真的佩服比利时人的聪明和大胆，把一个光屁股小孩打造成一个民族英雄。

比利时的巧克力世界驰名。看完小于连，返回来逛巧克力街。各种风味的巧克力摆满了柜台，老板也用先尝后买的策略招揽顾客。这下好了，这个一点，那个一点，刚开始还有一种丝滑甜润的感觉，到后来满嘴都是巧克力味，早已忘了谁是谁的味道。

比利时人对巧克力更是情有独钟，年人均消费近 7 千克。拿着刚刚买到的巧克力向前走时，我发现台阶上有一个涂满巧克力颜色的人的坐像，以为是商家用于宣传的一种雕塑。走上前一看，他突然张开了嘴巴露出了白白的牙齿，原来是个伪装的大活人，又让人虚惊一场。赶紧递上一元人民币，发发善心，没想到人家摆手不要，后拿出欧元硬币投入小盒，这才伸出了大拇指并与你握手。

穿行在城市中，欧洲的古典风情，现代化的摩天大楼，随处可见的绿地和花园，还有各国的文化艺术交流活动，让这座城市多姿多彩，充满了魅力。

滑铁卢古战场

一夜醒来，布鲁塞尔小雨绵绵。在去往巴黎的途中，参观了著名的滑铁卢古战场。它就在 18 千米以外的一座山坡上。

在我的记忆里，"滑铁卢"就是一个失败的代名词，现在竟然站在了它的面前。这是一座被鲜血浸透的山丘。1815 年 6 月 18 日，法国皇帝拿破仑和英国公爵威灵顿率领的反法联军，在这里进行了一场殊死的决战。出乎意料的是，这座滑铁卢小镇，竟然成了拿破仑帝国的葬送地。人们后来分析，除了他狂妄轻敌和援军迟迟未到外，一场大雨成了压垮他的最后一根稻草。战败后的拿破仑，再次遭到流放，最后死于大西洋的一个孤岛。

这场战役，不仅让拿破仑的"百日王朝"覆灭，也彻底结束了这位曾经纵横欧洲、不可一世的传奇人物的政治生命。

爬上田野中的土山顶，只见一头威风凛凛的铁铸雄狮，抓着象征地球的圆球，盯着法国的方向。这是荷兰国王威廉一世在滑铁卢之战五年后，在其王子奥兰治受伤的地方修建的一座纪念碑，狮子是用缴获的法国军队的枪炮熔铸而成，狮子山也由此而得名（当时比利时属于荷兰）。

在狮子山下，有一尊拿破仑的小铜像。这位法国皇帝，一身戎装，表情依然很霸气。基座下面刻有"1769—1821"一组数字，告诉人们他只活到了52岁。作为失败者，他的影响力远远超过了胜利者。是啊，古今中外，人们对英雄的崇拜往往超出了事件的本身。无论是中国古代的项羽，还是称霸欧洲的拿破仑，尽管他们失败了，人们会为他们的失败仰天叹息。这不，比利时人给拿破仑立像，就是最好的证明。

算了，别想这么多，去旁边摘苹果吧。山上熟透的苹果已经落了一地，大伙笑盈盈地抖起衣襟，弯腰拾果。有几个男同胞喊着一、二的口令，用脚一起蹬树干，瞬间苹果像冰雹一般砸向地面。一帮人乐呵呵地带着收获的果实去巴黎了。

法国 *France*
高卢雄鸡的故乡

　　法国，是我比较喜欢的一个西欧国家。无论是我们国家历史上的革命家们为了寻求救国的真理来这里留学，还是历史课本中讲到拿破仑的传奇人生，巴黎公社的伟大壮举等，都给我留下了深刻的印象。还有雨果的《悲惨世界》，巴尔扎克的《人间喜剧》等经典，以及凯旋门、巴黎圣母院、埃菲尔铁塔和驰名世界的法国红酒，都让我对法国产生了一种前所未有的向往。

　　法国古称高卢，雄鸡是它的象征。它地处西欧，有德国、比利时、瑞士、西班牙等八个国家围在身边，西边的大西洋是它亲密的伙伴，与英国隔海相望。

　　法国是联合国的五大常任理事国之一，也是欧盟"三驾马车"之一。

国家档案

全称： 法兰西共和国
人口： 约 6700 万（2020 年，不含海外领地）
面积： 约 55 万平方千米
首都： 巴黎
民族： 法兰西人，布列塔尼人，科西嘉人，阿尔萨斯人等
语言： 法语
货币： 欧元
宗教： 天主教
经济： 人均 GDP 4.35 万美元（2021 年）。支柱产业有旅游、农业、核电、服装业。
气候： 温带海洋性气候，地中海气候，温带大陆性气候

初见巴黎，繁华似锦

来到巴黎，第一眼就看到了塞纳河。宽阔的大河一泻而下，像一条碧绿的玉带缠绕在这座城市的腰间。巴黎人亲切地称它为母亲河。

沿着塞纳河向城中驶去，沿岸到处是名胜古迹。那种庄重、厚实的建筑风格，与拉德芳斯新区现代化的高楼大厦形成了巨大的反差。

● 协和广场

早早起来，想分享一次巴黎早晨的霞光，结果是乌云满天。趁着无雨，抓紧跑到酒店下面的塞纳河边，去感受沿河的都市风光。

上午乘车来到了塞纳河北岸的协和广场。路易十五国王最初将它命名为"路易十五广场"，法国大革命后，改名为"革命广场"，六年后再次改名为"协和广场"。具有讽刺意味的是，路易十六国王就在他爷爷修的广场上被送上了断头台。

广场呈八角形，耸立在中央的方尖碑是埃及赠送的礼物。这座 230 吨的石碑，距今已有三千年的历史，它由一整块玫瑰色的花岗岩打造而成，上面刻有许多古埃及的象形文字，用两年多的时间才从海上运到法国，其难度可想而知。四周的八座雕像，分别代表法国的八座城市。

广场南边是"波旁宫"，现为国会大厦。北边是文化部和海军部大楼，卢浮宫、总统府（爱丽舍宫）也在不远的地方。

● 巴黎圣母院

巴黎圣母院最早是从雨果的小说看到的。小说中的主人公吉普赛少女艾丝美拉达和驼背敲钟人卡西莫多的故事至今令我难以忘怀。后来根据小

知识点

高卢雄鸡

在罗马帝国时代，罗马皇帝把今天法国人居住的地方命名为高卢地区，当地人被称为高卢人。由于在拉丁语中，高卢和雄鸡的意思相近，就索性把后来的法国人称为高卢雄鸡。这种带有嘲讽味道的外号，竟被后来的法国国王接受了，他觉得公鸡勤劳、勇敢有什么不好？从此，公鸡走进了法国人的生活，成了王权的标志，被放在了第一共和国的国徽上。拿破仑在位时，总觉得雄鹰更适合法兰西，但最终没能如愿。后来，真正让雄鸡走向世界的是法国的足球队，因为他们的队徽就是高卢雄鸡。

说拍成的电影，更让这座古老的天主教堂声名远扬。

　　这是一座哥特式的建筑，建于 14 世纪中叶。从动工到交付使用，前后历时 180 年，至今还有两处尖塔没有完工。

　　教堂的正面，是三个桃形大门，两侧刻满了层层叠叠的浮雕，门头上方有 28 位人物雕像，究竟是何方神圣？放在这里想表现什么？脑袋里一片空白。此时此刻才觉得，不懂宗教，不懂欧洲历史来参观教堂也就是凑个热闹而已。

　　参观教堂这天是星期日，正好赶上教堂做礼拜，几百名教徒坐在长条凳上专心聆听神父诵读《圣经》。前来参加礼拜的男男女女，个个表情严肃，满怀虔诚，就像课堂上接受老师教育的一群孩子。赶紧找个空位坐了下来，生怕打扰人家这一神圣的时刻。

巴黎圣母院

　　这时，空旷的教堂响起了柔美的歌声，一群身穿蓝色长裙的唱诗班女信徒，正在演唱圣经歌曲，歌声在空旷的教堂回荡。

　　导游介绍说，圣坛上供奉的是圣母圣婴，左右两侧站立的是亚当和夏娃，那些巨大的彩色玻璃窗户上画的是《圣经》的故事。

● 凯旋门

　　宽广的香榭丽舍大街是法兰西的一张名片。两旁高大的梧桐树俨然像一队法国的礼兵，迎接来自世界各地的游客。沿着香榭丽舍大街向远处望去，那座宏伟壮观的凯旋门，巍然耸立在大街尽头的高坡上。

　　我们走进人行人道，大片金黄的叶子洛满一地，铺了厚厚的一层。伙伴们尽情地躺在这松软的落叶之中，兴奋地欣赏着巴黎的秋色。

对面一家家洋气十足的店铺，都是世界一流的品牌，把香榭丽舍大街打扮得雍容华贵。让这条 1.8 千米的大道，充满了商机和活力。不仅如此，每年的 7 月 14 日，法国的国庆大阅兵就在这里举行，到那时它再次被世界瞩目。

凯旋门位于戴高乐广场，是拿破仑为纪念自己在 1805 年打败俄奥联军而兴建的。正是这场胜利，奠定了法国在欧洲的霸主地位。修建此门，目的是炫耀自己的军功，激励将士的斗志。他的这种做法，后来被欧洲其他国家纷纷效仿。

秒读历史 READING HISTORY

公元前 1000 年左右，凯尔特人最早来到这里定居，逐渐变成了这里的主人。他们仗着自己掌握了造刀枪的技术，就经常跑到南边骚扰罗马人。

公元前 1 世纪，被彻底激怒的罗马人，在凯撒的率领下，挥师北上，把凯尔特人打得趴在地上求饶。从那以后，凯撒将这里命名为高卢，把凯尔特人称为高卢人。至此，凯尔特人被彻底漂白了身份，被迫接受了 500 年的统治。

公元 476 年，西罗马帝国灭亡，高卢人一下子成了没有人管的"孩子"。就在这时，从北方来的法兰克人趁机占领了这里，建立了法兰克王国。后来，这个王国在合合分分的传承中又度过了几百年，一直到加洛林王朝的查理大帝（也称卡尔国王）出现。

查理大帝继位后，不仅再次统一了法兰克，还将版图扩大到几乎整个欧洲，当上了欧洲的霸主。后人把他崇拜得不行，就把他印在了扑克牌上，红桃 K 就是查理大帝。

查理大帝在世时，将帝国的江山分给了三个儿子。20 年后，他的三个孙子将法兰克王国再次一分为三。分别为东法兰克、中法兰克、西法兰克三个王国。其中西法兰克王国就是今天法国的雏形，后改名为法兰西。

分家后的法兰西王国，过了许多年的太平日子，但本朝国王无嗣可继位成了一大心病。最后，在众贵族的鼓动下，把王位传给了本家的叔伯兄弟。消息被本朝国王的外甥，当时的英格兰国王听到后，气得直跺脚。于是，为了抢夺王位，谋取更多的领土，英格兰国王就真刀真枪地和他舅舅家打了起来。从 14 世纪一直打到 15 世纪，这就是著名的英法百年战争，最终战争以英格兰王国的失败而告终。

17 世纪时，国力空虚的法兰西，终于又迎来了硬气的国王——路易十四。他在位 72 年，将法国又一次带向了强盛，同时也开启了"路易系列"的统治。

到了路易十六时，赶上美国为挣脱英国的殖民统治而爆发了起义，法国很爽快地出钱支持

　　两面的门墩上，有四组浮雕。意为："出征""胜利""和平""抵抗"。其中最著名的是正对香榭丽舍大街右下侧的"出征图"（也称马赛图），法国国歌《马赛曲》就是由它而得名。左下侧的"胜利图"，是拿破仑的加冕图，这两幅浮雕在世界美术史上占有很重要的位置。在大拱门的上方，又有六组平面浮雕，重点呈现了拿破仑几场著名战役的场景。两边侧门内，还刻上了许多英雄将士的名字和打胜的战役的名字。总之，想把得胜的战绩都刻在这座石门上永世流传。遗憾的是，建造者拿破仑最终没有看到竣工后的凯旋门。

美国打英国。结果，给人家的多了，自己受穷了，老百姓不干了。

　　1789 年．法国爆发了大革命，群众攻占了巴士底狱，推翻了波旁王朝，将路易十六送上了断头台。法兰西第一共和国诞生。

　　新上来的统治者软弱无能，把国家搞得乱七八糟的。就在这时，那些西方的君主制国家，担心法国革命的这把火烧到自己的家门口，于是组织反法联盟，对法国发动了战争。

　　正当法国内外交困时，拿破仑夺取了政权，并于 1804 年称帝，建立了法兰西第一帝国。

　　拿破仑经历了退位、流放和百日王朝，但最终让他跌落神坛的是滑铁卢的战败，这场败仗让波旁王朝卷土重来。

　　1848 年 2 月，法国再度爆发革命，把掌权的七月王朝赶下了台，建立了法兰西第二共和国。出乎意料的是，新上任的总统竟然是拿破仑的侄子。四年后，他发动政变，效仿拿破仑恢复了帝制，建立了法兰西第二帝国。就此，共和制再次变成了帝制，总统变成了拿破仑三世。（二世是拿破仑的独苗，英年早逝）

　　1870 年，普法战争失败后，巴黎革命推翻了第二帝国，成立了法兰西第三共和国，该政权一直延续了 70 年。在此期间，还诞生了世界上第一个无产阶级政权——巴黎公社。

　　1940 年，第二次世界大战法国战役开始，最后德军战胜法军，巴黎沦陷，法国投降，第三共和国覆灭。

　　1946 年，法国成立了第四共和国。

　　1958 年，法国通过了新宪法，成立了第五共和国，戴高乐任首任总统。戴高乐力挽狂澜，带法国走进了欧洲强国的行列。

　　今天的法国，实现了发达资本主义国家的蜕变，正以高卢雄鸡的姿态，傲立于西方世界。

凯旋门，作为一座纪念胜利之门，它没有忘记那些无数为此献出生命的勇士们。在拱门前有一座"无名战士墓"，那燃烧的火焰，好像在告诉人们，胜利之魂，永不熄灭。

对了，凯旋门内设有电梯，顶层有一间小型博物馆和一间放映室。你可以登高望远，一览十二条放射状的大街同时通向这里的壮观街景。

● 埃菲尔铁塔

终于看到了这座世界级"明星"建筑——埃菲尔铁塔。它以高大的雄姿，俯视着整个巴黎街区，成为巴黎人引以为豪的一张法国名片。

铁塔位于塞纳河畔的战神广场。广场前有一大片绿色的草坪，一群身穿球衣的孩子们正在草地上踢足球，这让我大吃一惊！怎么可以在世界著名铁塔下面的草坪上踢球呢？这时，孩子们踢球的呼喊声把我从沉思中拽了回来，我随即向他们发出了"哈罗"的招呼声，一听是个外国人的声音，呼地一下子跑来八九个孩子，兴冲冲地围拢上来合影拍照，然后一句"拜拜"跑回了赛场。望着他们可爱的背影，我真为他们活泼开朗的性格而感到高兴。

埃菲尔铁塔，始建于1889年，是为纪念那场资产阶级大革命胜利一百周年举办的国际博览会而兴建的。铁塔是用设计者的名字命名，后人为了纪念设计者，也在铁塔的下面给他立了半身塑像。

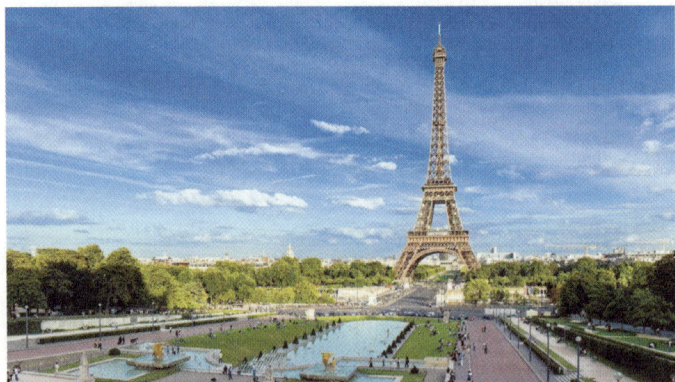

📍 远眺埃菲尔铁塔

埃菲尔铁塔全塔高 330 米，望着这个钢铁"巨人"，一种攀登的欲望急不可耐。缆车前排起了长队，许多人索性选择从狭窄的铁梯步行登塔。广场上，几名荷枪实弹的士兵正在巡逻，反倒增加了一种紧张的气氛。

终于登上了三层的观光台，眼前的巴黎一改往日的张扬，瞬间凝固成一幅超大的地图。交织如网的街道成了图上醒目的线条，塞纳河是众多线条中最粗壮的那条。此时的凯旋门，孤独地立在那里。假如你能把图卷走，那么整个巴黎都是你的。

● 卢浮宫

卢浮宫始建于 13 世纪初，现在是法国的国家博物馆。最初只是一座战争庇护所，后经扩建变成了法国的王宫，曾先后有五十位国王和他们的王后居住在这里。经历了八百多年的岁月沧桑，如今，它变成了一座世界顶级的艺术宝库。

卢浮宫建筑占地面积约 48000 平方米，拥有 198 个展览大厅。在 40 多万件的藏品中，以古典绘画、雕刻而闻名天下，涵盖了古埃及、古希腊、古罗马、古代东方等六大门类的艺术珍品。

踏入由贝聿铭大师（美籍华人）设计的金字塔入口，一种自豪感油然而生。

每个展厅满眼都是人。油画中的人，艺术雕塑的人，和那些移动中观"人"的人，相互欣赏着对方，没有语言，只有直直的眼神。好不容易看到了蒙娜丽莎的面孔，却被大批游客团团围住。感谢蒙娜丽莎一直用眼睛望着我，并对我送上了祝福的微笑。

卢浮宫除了达芬奇的《蒙娜丽莎》这件不朽之作外，还有另外三件镇馆之宝。分别是《断臂维纳斯》《胜利女神》和巨型油画《拿破仑登基》。《断臂维纳斯》，在中国被许多人熟知。据说这座古希腊女神雕像的双臂是在法国与别国抢夺时被弄断的，也有说是雕刻家不愿意让局部的美破坏整体的美感，而主动选择了"断臂"。《胜利女神》是从神庙的废墟中挖掘出来的一件无头无臂的古希腊雕塑杰作。《拿破仑登基》是大卫的作品，展现了拿破仑大帝登基时的宏大场面。

三个小时的游览，走马观花，浮光掠影。有道是"会看的看个门道，不会看的看个热闹"。由于自己不懂艺术，充当了一回凑热闹的看客。

参观完卢浮宫，走的脚都有点疼。好在除了开眼，还悟出了二点：一是因有法国曾经的辉煌，才有了今天如此盛大的收藏。二是没有好体力，别来博物馆磨鞋底。

带着一身倦意离开了卢浮宫。乘坐的车子穿过由俄国沙皇名字命名的亚历山大三世大桥后，继续沿着塞纳河向酒店开去。隔窗观望，巴黎的街景尽收眼底。

街道上跑的小汽车很多，但大都是一厢或两厢式的，体现出西方人简单实用，以车代步的消费理念。在每个十字路口，都安装了高低两组红绿灯，让孩子与大人一样能方便地看到。每次有人过马路时，司机会主动停车挥手让你优先通过。由于交通秩序良好，在街上很少看到交警，偶尔看见一个，也是身体壮实的黑人女警。唯一看的让人担心的是一群摩托车族，他们带着头盔，骑着大马力的摩托车，轰着油门在车流中穿行。

巴黎老城区的房子，大都高不过六层。"V"形的街道让看惯"井"字型的我们，感觉很不适应。城市的街道、排水、路面沿用了几百年，不像国内，三年一翻，五年一换，就缺给大街上一道拉锁了。

周末街头的许多商店关门停业，商家宁可放弃赚钱，也要出去度假，和我们的商店在周末加倍营销截然相反。

● 凡尔赛宫

凡尔赛宫位于巴黎西南约 20 千米处，是由路易十四建造的法国封建专制时期波旁王朝的王宫。从路易十四兴建到路易十六终结，前后为王室服务了 100 多年，至今有 300 多年的历史。它与北京的故宫、美国的白宫、英国的白金汉宫、俄罗斯的克里姆林宫一同被列为世界五大宫殿。巧合的是，五大宫殿的拥有者，恰好是联合国的五个常任理事国。

步入王宫广场，首先看见一座路易十四的骑马铜像，让我们在第一时间就认识了王宫的老主人。那扇工艺繁杂的黄金大门，如今已成为游客观赏的一件文物。

凡尔赛皇宫花园

王宫规模浩大，占地 1110000 平方米，仅用于园林的土地就达 1000000 平方米。宫内富丽堂皇，王气十足，无论是宫顶的油画、墙上的挂毯，还是那些精美的家具、显贵的吊灯，都讲述着古老而远去的故事，给后人留下了永远的印记。

如今，这座拥有成百上千间房屋的王宫，早已人去楼空，被改为法国的历史博物馆。当今的法国领导人偶尔也会在这里会见外国的国家元首。

最让人震撼的是王宫后面的皇家园林，居高临下，一览无余。那无数的喷泉，整齐的树墙，人造的运河，还有各种图案的花圃草坪，再经过一尊尊精美的古希腊神话人物塑像的点缀，一幅锦绣大图呈现在眼前，看着让人浮想联翩。

走到"阿波罗喷泉"旁，被奉为太阳神的阿波罗驾驭战车，英姿勃发，威武雄壮。当年的路易十四，也把自己比作太阳神，以此彰显天下唯我独尊的王者霸气。

凡尔赛宫，有一种大气磅礴的美感。向下看，仿佛天上看人间，向上望，犹如王宫在云端，是一座将艺术、音乐和自然界的水系、花草、树木完美融为一体的园林式宫殿，成为欧洲皇宫的典范。

身处巴黎，何不体验一次浪漫？

巴黎不仅是一座历史文化名城，同时也是一座美食的天堂。中午时分，在导游的带动下去吃法国大餐，每人 35 欧元，由旅行社补贴 10 欧元。说也奇怪，平时上一趟"WC"，付 0.5 欧元都舍不得，怎么一说吃就都大方起来了呢？看来，内蒙古人爱吃爱喝的"老毛病"到哪儿都改不了。

这是一家中型餐厅，外面挂的招牌很大。大伙喜笑颜开地坐在长桌旁，店内有一种春节茶话会的氛围。

说话间，一位服务员给每人面前摆了一套锃光发亮的工具，有刀、叉、钳、锥、勺，这架势，还没等吃，看得就有点眼晕。接着上来的葡萄酒，赢得了一片掌声。一会儿，服务员端来了法式面包，一下子心又凉了半截，吃的大餐怎么变成了面包？管它呢，不吃白不吃，先抹上一层特制的蘸料尝尝再说。当堆满盘子的螃蟹、海螺、生蚝、扇贝等海鲜大盘出现在眼前时，刚才的疑虑立马消散。最后一道菜是牛排和三文鱼任选一种。菜上齐，大家纷纷举杯祝福。情绪一上来，红酒当成了白酒喝，螃蟹腿当成了羊腿啃，竟忘了手边的钳子了。更有甚者，拿着海螺下不去手，后来才发现锥子的用途。一顿大餐，笑话频出，但大伙儿吃得非常尽兴。

吃饱喝足了，下午去逛巴黎著名的百年老店——老佛爷百货店。刚跨入大门，就被宫殿般的大厅所吸引，在大型彩绘玻璃组成的挑空穹顶下，每层半圆型的店面就像剧场的包厢，新奇漂亮。这里几乎集中了世界上所有的名牌。由于中国游客的迅速增长，中国姑娘成了商场服务的主力军。这时，那些受托的人，紧张地在寻觅清单上的商品，像我们这种囊中羞涩的，充个脸面买点小零碎，也算不枉此行。

跟团出游，就怕被导游鼓动。这不，经导游吹捧，到红磨坊看演出，立马变成了难得享受的一次法国文化大餐。

红磨坊，最早是巴黎街头的

📍 新颖的书店橱窗

一间酒吧，经过百年转型打造，现已成为巴黎乃至欧洲娱乐圈不朽的传奇。

出发时，专门选择乘地铁前往，就是想看看法国的地铁长什么样。到了站台一看，就是三个字：老、旧、差。也难怪，人家"年龄"在那摆着呢。来到剧场前，霓虹初现，红得有点香艳。

一踏进剧场的大门，就被眼前的场景彻底搞蒙了，一排排长条桌椅，一盏盏蜡烛台灯和桌上的一瓶瓶香槟，让你误以为来到了大型聚会。

这座弧形的剧场，由低到高分为三个区域，能容纳 800 多名观众。浪漫的装修风格，新奇的座位布局，彻底颠覆了我对剧场的认知。

演出在欢快、激昂的乐曲声中开始。一群头顶羽毛的舞女走上舞台，那修长苗条的身材，娇艳如花的容貌，美若天仙。一下子让我瞪大了眼睛，手中的香槟越握越紧。发呆中，被一片欢呼和掌声惊醒。随着乐曲节奏的加快，演员们在魔幻灯光的照耀下开始了表演，那种有着炫耀式大尺度动作的舞蹈，让人看得眼睛发热，心情跟着动荡不安。随着观众的一阵又一阵尖叫声，舞台上的演员好像上足了发条似的，表演得更加起劲，全场观众的眼睛都被吸引在了舞台上。在一个半小时演出中，除了舞蹈，还穿插了杂技、滑稽表演等节目。

不管怎么说，这的确是一场高水准的演出，也让我大开眼界。那梦幻的舞台，绚丽的场景，夸张的舞姿和惊艳的服装，让我见识了法国人如何把香艳和浪漫糅进了舞台表演艺术中，同时也体验了一回在动感音乐的渲染下，品香槟、看舞蹈的法式浪漫。

巴黎之行时间虽短，但它让我收获很多。其中最重要的一条是：

来巴黎，要有一颗平静又浪漫的心。心不静，看到的塞纳河只是满河的水；无激情，看到的巴黎只是一座城。

卢森堡 *Luxembourg*
欧洲的"袖珍王国"

　　卢森堡，位于欧洲西北部，是一个处在德国、法国和比利时包围中的内陆小国。就是这样一个面积不如内蒙古苏木乡大的小国，却是世界最富有的国家之一，就连欧洲的许多国家都对它羡慕不已。

　　其致富门路有四大板块。一是由于有丰富的矿产资源，从而孕育出了世界最大的钢铁公司——米塔尔钢铁公司。二是由于有完善便利的服务保障，金融业给它带来了"金色的口粮"。在卢森堡，存款没有利息，反而要交保管费，仅靠这一项，就能养活这个国家。三是由于欧洲卫星公司总部设在这里，广播电视的收入为它锦上添花。四是由于古堡众多，景色宜人，每年来旅游的人超过了国家人口总数。

国家档案

全称： 卢森堡大公国
人口： 约63万（2020年）
面积： 约2500多平方千米
首都： 卢森堡市
民族： 卢森堡人
语言： 卢森堡语、德语、法语
货币： 欧元
宗教： 天主教
经济： 人均GDP 13.57万美元（2021年），三大支柱产业为金融业、钢铁业和广播电视业。
气候： 海洋—大陆过渡性气候

早晨的巴黎，终于看见了阳光。我们收拾好行装前往奥地利。途中经过卢森堡。当汽车驶出巴黎城区时，大家不约而同地喊出："奥娃，巴黎！""奥娃，塞纳河！"

中午时分，来到了卢森堡。它的建筑和人的样貌与前面走过的国家，并没有多大的区别。原来它属于民族杂居的一个国家，超过半数的国民是外国人。

卢森堡市，是卢森堡最大的城市，也是一座建在峡谷之上的千年古城。如果把比利时的布鲁塞尔（欧盟总部）称为欧洲的第一首都，把法国的斯

> **知识点**
>
> **大公**
>
> 原为欧洲封建诸侯的称号，其地位高于公爵。后来随着各诸侯国的独立，大公就变成了君主的称号，如卢森堡大公。

秒读历史
READING HISTORY

卢森堡，最早属于高卢地区。公元前 1 世纪，被凯撒征服并归顺了罗马。几百年后，又被法兰克人占领。到了公元 963 年，才逐步形成了伯爵统治下的一个统一体。15—19 世纪，又被西班牙、法国、奥地利等国轮番争夺和统治，直至 1890 年，卢森堡彻底摆脱了荷兰统治，宣布独立。

历史上，卢森堡经历了三次大的瓜分：

第一次瓜分，1659 年，在欧洲爆发的三十年战争后，西班牙战败，跟随西班牙的卢森堡被法国人划走了南部的土地。

第二次瓜分，1815 年，欧洲列强通过维也纳会议，将卢森堡东部 24% 的土地划归了普鲁士。

第三次瓜分，1839 年，比利时人闹独立，卢森堡跟着凑热闹，结果英、法、俄、普、奥五国将它一分为二，西部法语区划归了比利时，东部继续受荷兰统治。就这样，4000 多平方千米土地眼睁睁地被人拿走。

经过这三次瓜分，原有近 1 万平方千米土地的卢森堡，如今只剩下 2000 多平方千米国土面积，变成了再也不被强国盯着的小国。

在两次世界大战中，都被德国占领或兼并。二战后，卢森堡开始重振经济，进入了快速发展的资本主义国家行列。

1972 年与中国建交。

特拉斯堡（欧洲议会总部）称为第二首都的话，那么，卢森堡就是欧洲的第三首都。因为欧洲法院、欧洲投资银行都设在这里。这里到处是郁郁葱葱的森林和被绿色遮掩的一座座古堡。"千堡之国"由此而得名。

由于时间的关系，我赶紧填饱了肚子，就匆匆跑到宪法广场瞄了一眼。

宪法广场位于卢森堡市中心，一座第一次世界大战的"阵亡将士纪念碑"，耸立在广场的中央，顶上是胜利女神像，碑前有一座金色少女像。广场不是很大，右侧有一处贝特流斯炮台。该国著名的景点——佩特罗斯大峡谷就在眼前。

卢森堡的地形地貌十分奇特，一条佩特罗斯河将卢森堡城一分为二。被分割出来的旧城区就在峡谷的边上。站在边缘向下望去，百米宽的峡谷，到处是悬崖峭壁，看得有点惊心动魄。在谷底，隐约看到绿色灌木中有一条公路蜿蜒曲折向前伸去，与奔腾的细流并肩相伴。真的惊叹于大自然的鬼斧神工，硬生生地在平坦的土地上开裂出这么一条大峡谷，让大桥有了用武之地。在一百多座大桥中，最著名的就是阿道夫大桥。这些各具特色的大桥，成为大峡谷上的一道道迷人的风景。

还没来得及下去探底，就听见"上车出发"的吆喝声，就这样带着遗憾，当了一回匆匆一瞥卢森堡的过客。

奥地利 *Austria*

一个曾经的欧洲霸主

奥地利，全称奥地利共和国，是一个位于中欧南部，夹在德国和意大利中间的内陆国家。国土面积有 8 万多平方千米，有一半被森林覆盖。

奥地利是一个发达的资本主义国家，但它的工业国有化程度非常高，几乎占了 95%，别看它国小人少，却出了多位诺贝尔奖获得者。

国家档案

全称： 奥地利共和国
人口： 约 890 万（2020 年）
面积： 约 8.39 万平方千米
首都： 维也纳
民族： 奥地利人
语言： 德语
货币： 欧元
宗教： 天主教
经济： 人均 GDP 5.33 万美元（2021 年），主要产业为钢铁业、制造业、化工业。
气候： 海洋—大陆过渡性气候

音乐之都——维也纳

维也纳，奥地利的首都，是奥地利第一大城市，面积400多平方千米，哈布斯堡王朝曾在这里统治几百年。维也纳临近阿尔卑斯山脉，美丽的多瑙河穿城而过。

维也纳是世界公认的音乐之都，涌现出了海顿、莫扎特、舒伯特、约翰·施特劳斯和德国音乐家贝多芬等一大批世界顶级的音乐大师。一年一度的维也纳新年音乐会成为全世界迎接新年最美的旋律和号角。

途经萨尔茨堡时，参观了18世纪著名的音乐大师莫扎特的故居。导游介绍说，在莫扎特36年短暂的生命中，有一半的时间是在这里度过的。

这是一幢黄色的六层楼建筑，莫扎特就出生在这里，如今是莫扎特的故居博物馆，里边收藏着他生前使用过的小提琴、钢琴、乐谱等物品，一缕莫扎特的金色头发，成为馆内的镇馆之宝。他的铜像就竖立在楼前的莫扎特广场中央。前来参观的人熙熙攘攘，我虽不懂音乐，但属于喜欢的那种，敬仰中仿佛听到了莫扎特活泼跳跃的圆号声。

萨尔茨堡是奥地利的第四大城市，人口只有十几万。一年一度世界古典音

知识点

哈布斯堡王朝

是欧洲历史上最强大的王室。这个家族的老祖宗就是跑到法国的日耳曼人一个分支，后来迁移到瑞士，在那里建立了一座鹰堡，取名为哈布斯堡，自此以后，哈布斯堡变成了这个家族的名称。

从1273年开始，它利用军事和联姻的手段，曾经先后统治神圣罗马帝国、西班牙帝国、奥地利帝国、奥匈帝国和意大利等。哈布斯堡家族又称奥地利家族，从1278年开始了哈布斯堡王朝长达640年的统治。在鼎盛时的16世纪，神圣罗马帝国哈布斯堡王朝查理五世使其统治下的西班牙成为世界上第一个横跨欧、亚、非、美四大洲的日不落帝国，领地和人口高居欧洲第一。但第一次世界大战后，随着奥匈帝国的解体，哈布斯堡家族的统治宣告结束，这支古老的贵族风光不再。

历史上，当查理五世去世后，帝国分成了他弟弟斐迪南一世统治的奥地利哈布斯堡王朝，和儿子费利佩二世统治的西班牙哈布斯堡王朝。1700年，西班牙哈布斯堡王朝卡洛斯二世去世，王位传到了他的外甥——法国波旁家族费利佩五世的手里。奥地利哈布斯堡王朝也因无男儿继位，由公主玛丽亚·特雷莎和夫婿弗朗茨一世一起掌管国家。从而开创了哈布斯堡－洛林王朝，这个王朝一直持续到最后。

乐最高水平的萨尔茨堡音乐节，为这座城市带来了狂欢和荣耀。

● 美泉宫

经过 400 多千米的长途跋涉，终于在下午五点多到达维也纳。没有喘息就匆忙来到美泉宫参观。

美泉宫，是奥地利哈布斯堡王朝的皇宫，也称夏宫。传说，当年喜欢打猎的神圣罗马帝国皇帝马蒂亚斯干渴至极，猛然间发现了前边有一处清澈的泉水，一口下去，甘甜清爽，遂将此泉命名为"美丽泉"。后来，奥地利女皇玛丽亚·特雷莎，下令在此建造了这座巴洛克式的皇宫，并取名为"美泉宫"。

美泉宫占地 2.6 万平方米。整座皇宫，无论从宫内的装饰，还是宫外的布局，都给人一种似曾相识的感觉。

观光中，没忘记寻找那眼赫赫有名的"美丽泉"，它就在海神泉的东边。从泉边远望山坡上的那组巍然屹立的凯旋门，就像排列整齐的卫兵，守护着皇宫的安宁。

美泉宫虽然是模仿法国凡尔赛宫建成的，但还是被选入《世界文化遗产名录》，成为奥地利一处著名的景观。

● 金色大厅

来到音乐之都，必看金色大厅。带着这种强烈的愿望，我们几个人匆匆忙忙走上了维也纳大街，最终在路人的指点下，站在了这座音乐圣殿的面前。

这是一座黄、红相间的三层大楼，在周围的建筑群中独树一帜。里边的音乐厅因金碧辉煌的装饰，被人亲切地称为金色大厅。世界著名的音乐家、歌唱家以能在这里举办独唱音乐会为荣。

遗憾的是，它大门紧闭，拒绝了所有的访客。凝望中，一幅演出盛况的画面在脑海中闪过，美妙的交响乐声在大厅中响起，忽而舒缓，忽而激昂，忽而旋转，忽而万马奔腾。从《春天的华尔兹》开始，到《拉德斯基进行曲》结束，顿时掌声、欢呼声响彻大厅……

每年的元旦，北京时间晚上六点，全世界音乐爱好者翘首以盼的维也纳

📍 音乐大厅外观

秒读历史 READING HISTORY

　　奥地利和欧洲其他小国一样，由于所处地理位置的特殊，千百年来，成了其他民族你来我往的落脚地和占领区。所以，奥地利的历史，一半是受辱的辛酸史，一半是哈布斯堡家族的兴衰史。

　　很早的时候，它经历了伊利里亚人、凯尔特人和匈人等外族的不断侵扰和占据，又遭遇了罗马帝国和法兰克王国（查理）的轮番统治，还被奥托二世当礼物送给了巴本堡家族。直到后来，才落到了哈布斯堡家族大首领鲁道夫一世（时任德意志国王）的手里，这里后来变成了哈布斯堡家族走向欧洲的大本营。奥地利也迎来了自己崭新的未来。

　　当年的哈布斯堡王朝的主人，不仅身兼几个邦国的国王，还经过罗马教廷的加冕，坐上了神圣罗马帝国皇帝的宝座。从此，踌躇满志的王朝主人，在这块土地上开创了欧洲霸主的宏大伟业。

　　野心勃勃的哈布斯堡王朝在不断的扩张中，埋下了树敌过多、民族复杂、宗教不和、鞭长莫及等重大隐患。最终，在三十年战争和西班牙王位继承战争中，留下了的惨痛的教训，统治面积大为缩水。

　　1806 年，在拿破仑的威逼下，神圣罗马帝国宣布解散，哈布斯堡王朝从此跌下了神坛。虽然一时失去了欧洲霸主的地位，但哈布斯堡家族创立的奥地利帝国还在。后来又遭遇了意大利新年音乐会就在这里上演。享誉世界乐坛的维也纳爱乐乐团，用高雅、欢快、轻松、热烈的一场文化盛宴，为全人类送上美好的新年祝福！

走在维也纳的大街上，感觉空气中到处飘荡着美妙的旋律。尤其是那些街头艺人，他们用自己娴熟的技艺，为这座城市带来灵动和生机。让来自世界各地的游客耳濡目染音乐之都的独特魅力。

维也纳人酷爱音乐的程度和慕尼黑人喜好啤酒完全不分伯仲。音乐是他们生命中最温馨、最抒情的伴侣。

一阵惜别之情过后，赶紧跟着人流，走进了霍夫堡皇宫。

● 霍夫堡皇宫

霍夫堡皇宫，曾是哈斯堡王朝奥匈帝国的统治中心，也称冬宫，有700多年的历史。它占地24万平方米，里面有19座庭院，2900间房子，单出口就有54个。一座礼仪大厅非常巧妙地把新、老皇宫连在了一起，形成了一座庞大的帝国宫院。现在这里是奥地利总统办公的地方。

独立战争和普奥战争的两连败，被踢出了德意志邦联。这让一向自负的哈布斯堡家族终于痛定思痛，允许原来被它统治的匈牙利人高度自治，与它结成紧密伙伴。于是，1867年，奥匈帝国正式成立，开启了共主邦联下的51年新征程。

当时的奥匈帝国，兵强马壮，再次跻身欧洲的强国之列。在欧洲，土地面积排名第二，人口排名第三，钢铁和制造业排名第四，农产品和原油产量为欧洲之冠。面对轰轰烈烈的工业化进程，奥匈帝国似乎看到了伟大的复兴之光。

遗憾的是，这个强大的帝国，没有吸取神圣罗马帝国时期所犯的错误。语言、文字、宗教信仰还是五花八门，执政的主体民族人口没有超过50%以上。更致命的是，不断的扩张，导致国力下降，在内忧外患面前，奥匈帝国变成了外强中干的纸灯笼。第一次世界大战的爆发，成为压垮奥匈帝国的最后一根稻草，让它分崩离析，消失在历史的长河之中。

一战后，匈牙利宣布独立，被肢解的奥地利变成了一个孤零零的二流国家，哈布斯堡家族也遭到了驱逐。二战前，奥地利被纳粹德国吞并。二战结束后，被美、苏、英、法实行了长达十年的"四国分治"。直到1955年，奥地利正式宣布为永久中立国后，才获得了真正的独立。这时的国土面积只剩下80000多平方千米。当年这个曾经不可一世的大国就这样成为了荣光不在的小国。

穿过新霍夫堡皇宫大门，就是英雄广场。奥地利人为他们心中的两位英雄塑造了青铜塑像，安放在广场显著的位置。一位是成功抵御拿破仑的名将——卡尔大公，另一位是在与奥斯曼帝国的战争中连连获胜的欧根亲王。

环视这座帝国大院，一座座庄严、雄伟的古典建筑，展现出当时帝国强大的实力。由于哈布斯堡王朝统治时间长、跨度大以及各个帝王的喜好不同，这里汇集了欧洲各时代的建筑风格，看起来像一座欧洲建筑博物馆。

当你游览这座浩大的霍夫堡皇宫时，仿佛在阅读一部王朝的兴衰史。无论是它的盛世与辉煌，还是挣扎和绝望，每一个场景都让人感到荡气回肠。

这里有菲特烈三世凯旋而归的欢呼，有特雷莎女王对远嫁女儿的思念，有茜茜公主内心的独白，有末代帝王卡尔一世对王朝垮塌的叹息……

这里有皇帝的居室、教堂、广场，有各类展览馆、珍宝馆、国立图书馆等，还有一所非常有名的西班牙骑术学校……

这里所有的一切，都成为人们了解奥地利历史乃至欧洲历史的一扇窗口。

大院的广场上，停放了几辆欧洲贵族马车，这种只在西方电影中看到

📍 帝国大院的仿古马车（刘乃 摄）

的贵族交通工具，今天就在眼前，好玩的人都经不住劝，交了欧元就笑嘻嘻地坐上了车。

驾车人是一位头戴黑色礼帽的欧洲小姐，只见她抖动缰绳，轻轻喊出指令，两匹一白一黑光溜溜的高头大马就叩响了蹄声。坐着精致的仿古四轮马车，沿着皇城根转去，一边观景，一边还不时地向奥地利市民挥手致意，尽情体验着那种欧洲贵族出行时的一分一秒。

上午十点，我们一行离开维也纳，将跨过阿尔卑斯山脉，去往 600 千米之外的意大利威尼斯。

也不知过了多久，德国大叔把车开进了加油站。当得知旁边的大山就是欧洲著名的阿尔卑斯山脉时，身上的困意立刻消失，大家赶紧下车一睹它的雄伟风姿。

阿尔卑斯山脉，是欧洲最大、最高的山脉，以风光优美而著称。抬头望去，它高大起伏的身躯被白云环绕，瓦蓝瓦蓝的山色，蓝的深沉，蓝的俊俏，蓝的迷人。山坳中堆积的白雪，似乎让人感觉到了山上的冰冷。山脚下，森林茂密，灌木丛生。有几座零星的小木房成为加油站唯一的邻居。

阿尔卑斯山脉（刘乃 摄）

意大利 *Italy*

欧洲文化的摇篮

意大利位于欧洲南部的亚平宁半岛，领土还包括地中海中的西西里岛和萨丁岛。它的北边是阿尔卑斯山脉，其余三面临地中海。与法国、瑞士、奥地利和斯洛文尼亚相邻。

意大利曾经是盛极一时的罗马帝国，如今是高度发达的资本主义国家。它虽然自然资源贫乏，但制造业仅次于德国，农业仅次于法国。

非常有趣的是，它的版图就像一只女人的高筒靴子在踢一块石头，你就明白为什么意大利足球和时装名扬天下了。

国家档案

全称： 意大利共和国

人口： 约 6000 多万（2020 年）

面积： 约 30.1 万平方千米

首都： 罗马

民族： 意大利人

语言： 官方语言为意大利语

货币： 欧元

宗教： 天主教

经济： 人均 GDP 约 3.56 万美元（2021 年），支柱产业为航空航天、机械、医药、服装皮革业、旅游业。

气候： 亚热带地中海型气候

对意大利的最初印象是两句能让我脱口而出的话。一句是"墨索里尼总是有理",一句是"条条大路通罗马"。

今天,终于沿着北京的这条大道,通向期待已久的罗马城。

翻过阿尔卑斯山,就进入了意大利。猛然发现,这边山上树木很少,几近荒山秃岭。山下河床裸露,只有一股小溪在缓缓流淌。与山北相比,如同两个世界。尽管道路两旁有大片的玉米地和葡萄园,但一看那简陋的民居,就感觉意大利的北部一定不是富饶的地方。这不,公路也开始收费了。当汽车通过收费亭时,并没有工作人员值守,司机直接扫描电子卡就完成了缴费。哇,好先进的科技,让一车人啧啧称奇。

晚上七点多,我们来到了威尼斯。横过马路时,汽车刷刷地从身边穿过,个别停车等待的司机,会把头伸出窗外,大声呼喊并摆手示意你赶紧

秒读历史 READING HISTORY

意大利最早的文明,是公元前9世纪伊特鲁里亚人创造的。600年后,古罗马人占领了伊特鲁里亚城,结束了罗马王政时代,并建立了自己的共和国,国家的权力由元老院、执政官和部族会议分别执掌。从那以后,伊特鲁里亚文明就被古罗马彻底同化。

古罗马,特别是在凯撒统治时期,通过东征西战,拥有了一个以地中海为中心,跨越欧、亚、非三大洲的版图,那句"条条大路通罗马",说的就是当时罗马的繁荣景象。在中国东汉时,丝绸之路就已经通到罗马,有"东有洛阳,西有罗马"一说。我们玩的扑克牌方块K就是凯撒的画像。

然而,凯撒怎么也不会想到,当他遇刺身亡后,一生拼死拼活打下的江山,还是被后人来了个一分为二。

公元395年,狄奥多西王朝的狄奥多西一世在临终前,将帝国的天下分给了两个儿子。西罗马帝国由他的长子阿卡迪乌斯统治,东罗马帝国由他的幼子霍诺里乌斯统治。这样就形成了东、西分治的两大帝国。

西罗马帝国是以意大利为中心的欧洲地区,使用拉丁语。东罗马帝国是以土耳其为中心的亚洲地区,使用拉丁语、希腊语。

拜占庭从罗马皇帝君士坦丁一世进驻后,就被改名为君士坦丁堡(今天的伊斯坦布尔)。后来东罗马帝国的首都也设在此城,所以东罗马帝国也称拜占庭帝国。

公元476年,西罗马帝国被日尔曼人所灭,公元1453年,东罗马帝国被奥斯曼帝国所灭。

通过，显出很不耐烦的样子。这是怎么回事？难道意大利不是欧洲啊，文明古国的文明哪里去了？刚刚提高的出行认知一下子又回到了原点。导游解释说，在意大利，一定要走斑马线。意大利人耐心差，三句说不对就会和你吵架。再就是这里的小偷特别多，要我们提高警惕，保护好自己的"钱袋子"。

这就是意大利给我的第一印象。

水上之城——威尼斯

威尼斯，位于意大利的北部。它四面环海，像一座水上长出来的城市。在 8 平方千米的区域内，有上百条水道，100 多个小岛，400 座桥梁。在这

西罗马帝国灭亡后，其故土很快被分成了众多小国，一时间，群雄割据，战火不断，欧洲进入了长达千年的"黑暗的中世纪"。在这期间，意大利还经历了神圣罗马帝国的统治。

15 世纪时，意大利出现了一群思想开放的文艺工作者，他们用自己最擅长的艺术形式，去唤起黑暗中的人们的觉醒，一场风靡欧洲的文艺复兴运动就此拉开了序幕。

文艺复兴，打破了僵化的神学，破除了封建特权思想，让思想得到了解放，创造出了人类艺术宝库中精湛的文学艺术品和建筑杰作。

到了 15 世纪末，法国和西班牙为了争夺亚平宁半岛，开始了数十年的战争，这让意大利这个"老前辈"丢尽了颜面。大部分领土先后被法、西、奥占领。

1870 年，随着民族意识的觉醒，意大利终于实现了统一，摘掉了受屈辱的帽子。意大利王国的首都由佛罗伦萨迁到了罗马。可没过多久（1900 年），生性好战的意大利，竟然不远万里参加了八国联军来攻打中国，腐败无能的清朝政府被迫签订的《辛丑条约》，成为中国历史的一大污点。

第一次世界大战时，意大利加入了德国、奥匈帝国的同盟国。当看到形势不妙时，就投靠了英、法、俄等国的协约国阵营。一战后，墨索里尼上台执政，对意大利实行了 20 多年的法西斯统治。

第二次世界大战时，不长记性的德国人又拉它作盟友。结果，意大利中途反过来对德宣战，把希特勒肠子都悔青了。当然，这事和墨索里尼无关，他当时已经被人赶下了台。

1946 年 6 月 2 日，意大利举行全民投票，废除了君主立宪制，正式改名为意大利共和国。

里，没有汽车，没有红绿灯，水道就是街道，小船就是公交。这种独特的地理环境和别样的城市风光，使它成为"因水而生，因水而美，因水而兴"的世界著名水城。

顺着海平面远远望去，威尼斯像一座海上的孤岛，所有探访它的人们，都得坐船前往。站在船头，莎士比亚笔下《威尼斯商人》的故事跃上心头。剧中"一磅肉"的借贷协议，所刻画出的重情守义的安东尼奥、利欲熏心的夏洛克和聪明美丽的鲍西娅，至今让"莎迷"们津津乐道。

● 圣马可广场

威尼斯的早晨阴雨绵绵。酒店的早餐简单了许多，没有鸡蛋。咖啡和水果按人分配。

圣马可广场建在主岛上，大家冒雨上船前往。一会儿，雨越下越大，花花绿绿的雨伞随船漂移，宛如大海上生长出无数的彩色蘑菇。船刚到岸，雨点又大又急，大家的心情一下子冷了起来，这天上、地上都是水，怎么进"水城"呢？不多一会儿，雨停了，太阳露了出来。

来到广场，还没等转圈，一波潮水就涌进来和我们会面，这种始料不及的自然现象反倒增加了游览水城的乐趣。转眼间，皮鞋变成了水鞋，许多人干脆赤脚走在水里。一些孩子更是感觉喜从天降，他们在水中追逐飞落的鸽子，溅起了串串水花。那些调皮的鸽子，把游人的肩膀和头顶当成了它们落脚的地方，吓得那些胆小的女士缩成了一团。

圣马可广场，被总督府、圣马可教堂、图书馆、钟楼包围着，当潮水涌进时，广场变成了一块明镜，四周的这些精美建筑全都倒映在水面上，我突然想起拿破仑称它为"世界上最美丽的客厅"的那句话，现在它已完全呈现在我们的面前。

涉水离开广场，来到了一个玻璃制品商店。说是商店，其实包括制作车间。游客被安排在阶梯式的长凳上，观看用传统工艺烧制玻璃器皿的全过程。通过烧、吹、拉、碾几个环节，用时 10 分钟左右，一个带把的水杯制作完成。老师傅娴熟的手艺赢得了阵阵掌声。看完表演，货架上晶莹剔透、五光十色的玻璃制品吸引了人们的眼球，立马萌生了购买的欲望。要知道意大利的玻璃制品工艺那可是世界驰名。有意思的是，在这里可以砍价，一个精致的烟灰缸砍到了100欧元。其实，只要不换算汇率，按意大利的市场价，这个价位还是可以接受的。

● 叹息桥

叹息桥是死囚临刑前必须要经过的一座桥。整座桥封闭得像一条很短的过道，有两扇镂空的小窗透着光亮，当死囚经过小窗时，面对外面的世界，都会留下悔恨或失去生命的叹息。

如今，在电影《情定落日桥》的影响下，叹息桥一改它往日的阴森、冰冷的面孔，成为许多情侣们光顾的浪漫之桥。它让我看到了文化改变世界的强大力量。

来到一个码头，导游鼓动说，来了威尼斯不坐贡多拉（小船），就算白来了。还别说，这一招真灵，想想下次再来还不知猴年马月，我们六人随即上了一条贡多拉，从水上观赏这座神秘的水城。

这种名叫"贡多拉"的黑色小船，像艘独木舟，船头和船尾尖角向上翘起，撑船人用一根单桨把舵，就将小船轻快地驶向前方。

威尼斯曾经是强大的海上共和国，公元14—15世纪最为辉煌。它的建筑、绘画、雕刻和歌剧至今影响世界。

飘在"水街"上，被一幢幢色彩艳丽的古建筑所吸引。这些常年浸泡在海水里的房子，建造的方法是采用木桩加大石块做支撑，和荷兰王宫如出一辙。经过了几百年的风风雨雨，留下了斑驳的历史痕迹。

"贡多拉"在迷宫般的水巷中穿行，纵横交叉的拱桥，像一张蜘蛛网，把整座城市连接了起来。一幅人在桥上走，水在桥下流，小船荡悠悠，飞鸟立肩头的美妙画面展现在眼前。这时，一首意大利民歌从水上飘来，美妙的旋律引发了船上人的共鸣。威尼斯，一座多么浪漫的水城。

钻山小水巷，驶进了大运河，眼前的景色更加宏大。一座座高大的建筑坐落两岸，穿梭往来的游艇和众多的贡多拉，成为运河上最繁忙的交通工具。

📍宽阔的威尼斯大运河

📍"贡多拉"小船

　　看完马可波罗的故居，船夫又带我们来到了威尼斯最著名的跨河大桥——里亚托桥。向上望去，它是一座全部用白色大理石筑成的拱桥，至今也有 900 多年的历史。桥的两侧商铺林立，当地人也叫它"商桥"，有点像中国南方少数民族建的"风雨桥"。

　　下船后走进了几家纪念品商店。意大利的手工艺品都非常精美，只是出门的预算有限，只能饱饱眼福罢了。这时只听有人在喊："走了走了，要不就误船了。"这才收回眼光，夺门而出。此时的潮水已经淹没了脚背，搭起的木板上已经拥挤不堪，见此情景，有的人干脆挽起了裤角，提着鞋走进了水里。到了集合地清点人数时，发现两位老同志未归，眼看船要开了，为了不让船票作废，团长决定让我留下等候。让一个不懂外语的人孤身留下来，那组织对我也太信任了吧！只得硬着头皮答应了下来。看着远离的人们，嘴里不停地背诵着导游叮嘱的那句话："托轮卡头上岸"，"托轮卡头上岸"，生怕忘了回不到驻地。正在心慌意乱时，突然听到游船客满，本团人马要改乘下一班游轮。消息传来，如喜从天降，那颗紧绷的心终于松弛了下来。也就在这时，掉队的两人终于出现了，所有的人都松了一口气。

　　浪漫的水城还有两个浪漫的节日，一个是每年 2 月，在这里举办世界三大嘉年华之一的"威尼斯狂欢节"。届时，威尼斯人穿着盛装，带着面具，将舞动整个水城。第二个是每年的8—9月，在这里举办欧洲三大国际电影节之一的"威尼斯国际电影节"。届时，众多国际明星走上红地毯，向世界影迷惊艳亮相。

欧洲文艺复兴的摇篮——佛罗伦萨

晚上，威尼斯上空不停地响雷打闪，雨声不断。写完游记，已接近凌晨。

早上起床，雨停了，天开始逐渐转亮。收拾完毕，踩着钟点来到餐厅，忽然看见一名男服务生佩戴着毛主席像章穿行在大厅内，他看到我好奇，就用半生不熟的汉语说："我也崇拜毛主席。"听完他的话，无形中对他产生了好感。

佛罗伦萨，位于意大利的中部，是托斯卡纳大区的首府，面积100多平方千米。作为欧洲文艺复兴的发祥地，这里涌现出了一大批像达芬奇、米开朗基罗、但丁等文化艺术大师，他们为这座城市和世界留下了不朽的杰作，同时也成就了欧洲文艺复兴的辉煌。

● 圣母百花大教堂

圣母百花大教堂，也叫花之圣母大教堂，是佛罗伦萨的一大地标性建筑，也是世界上最美的教堂。它从1296年开始兴建，到1436年完工。最大的看点：一是外墙全部采用绿、白、红，接近意大利国旗颜色的大理石装饰；二是采用大穹顶，一改欧洲其他国家哥特式尖顶教堂的模样；三是穹顶内壁上大型油画《最后的审判》，与大厅墙壁上《乔凡尼·阿古托纪念碑》《但丁与神曲》两幅油画，形成了上下呼应的格局，展示出文艺复兴时期的一种新追求。

最神奇的是，这座雄伟的建筑，设计师没用一张图纸就完成了他的全部构想，他就是被称为天才设计师的布鲁涅斯基。

在教堂广场上，还有著名建筑家乔托设计的钟楼和八角形的洗礼堂。它们均采用三色大理石装饰，特别是洗礼堂那三扇刻有浮雕的青铜大门，曾被米开朗基罗称为"天国之门"。当年这里曾是佛罗伦萨的统治者——美第奇家族及许多名人接受洗礼的地方。而这个显赫一时的美第奇家族曾为欧洲文艺复兴立下过汗马功劳。

漫步在佛罗伦萨，到处弥漫着浓浓的艺术气息，让人感受到文艺复兴给欧洲乃至世界带来的巨大变化，同时也领悟到，为什么世界各地那么多美术爱好者纷至沓来。

● 维奇奥宫

维奇奥宫原是美第奇家族的故居，坐落在西纽利亚广场，建造于 13 世纪，后来得以重建。有人称它为"老宫"，有人说它是一座碉堡，我觉得二者兼而有之。与欧洲其他王宫的外观相比，用"朴实无华"来形容它最为恰当。里面收藏了大量的绘画和雕塑，又像是个艺术博物馆。

"老宫"呈四方形，有一座 100 多米高的钟楼，当时就是一个观察敌情的瞭望台。上面安装的钟表，至今仍是过往行人的时间指南。据说，战争爆发时，老宫里储存的粮食够吃几个月。在它门口，左边是一尊米开朗基罗的大卫像，右边是大力神海格力斯的雕像。广场上还有一尊被佛罗伦萨人称为"国父"的科西莫·美第奇骑马铜像。

提到科西莫·美第奇，就得多说两句。他是美第奇家族的第三代领导者。由于没有经过合法程序就当上佛罗伦萨的最高领袖，历史上称他为无冕之王。在位期间，他乐善好施，又为文艺复兴慷慨解囊，并多次击败入侵者，不仅守护了家族的荣光，也为自己留下了"国父"的美名。

更让人惊叹的是这个家族在历史上出了三位教皇，两位皇后。

非常巧合的是，在这里遇上了前来参加威尼斯国际电影节的内蒙古著名电影演员宁才和娜仁花。老乡相见，格外高兴。大家兴致勃勃地拍照留念。

就在大家离开广场时，刘老师不见了，急得夫人边喊边找，"今天还特意给他穿上红马甲，怎么转眼就不见了呢？"我只好和她分头去找。穿过狭长的小巷，前面就是一条大河，猛然看到"红马甲"站在那里举着相机对着天空，过去拉他走时，他却不慌不忙地说，等那片云彩过去，再拍一张。

相遇在佛罗伦萨（刘乃　摄）

哇！人家都在等你，你在这等云彩，你也太执着了吧？

　　王宫的旁边有一座维奇奥石拱桥，横跨在阿尔诺河上。这条奔腾不息的河流向了比萨城。

　　在佛罗伦萨市区参观时，第一次乘坐无人售票的公共汽车。车上只设了一个投币口，未带零钱的乘客可在附近的便利店购票，市民也可以刷卡乘坐。为方便老年人和残疾人乘车，车的底盘设计得很低，并且安装了残疾人专用座椅。感觉这西方人想得也太周到了。

面向大地躬身谦卑——比萨斜塔

　　比萨斜塔建在了比萨城北的奇迹广场上，是去往罗马路上的一个重要景点。

　　据说，这座给教堂配套的钟楼建到三层时人们就发现有点倾斜，尽管建筑师们费尽心思，也没有把它扶正回位，任它倾斜了800多年。让人没想到的是，它凭着倾斜的"身段"，反倒成了全世界追捧的名塔。更有意思的是，从塔上回到地面后，看什么都有点斜。比萨斜塔，斜而不倒的神奇，成为千古之谜。

其实，中国也有斜塔，那就是苏州的虎丘斜塔，要比比萨斜塔早 200 多年。但由于宣传力度不够，中外游客知之甚少。

太阳西斜，"大奔"向罗马驶去。

永恒之城——罗马

说到罗马，年少时只知道它在遥远的西方。后来观看了电影《罗马假日》，喜欢上了剧中格里高利·派克扮演的记者和奥黛丽·赫本扮演的王室公主在罗马偶遇中发生的浪漫故事，对罗马的认知也增添了几分温馨。尤其是影片中展现出的罗马风光，令人难忘。

再后来，对罗马的认知，就是跑车、时装、足球……

罗马，位于意大利半岛的中南部，面积有 1200 多平方千米。距今已有 2700 多年的历史。由于它悠久的历史和灿烂的文化，被戴上了许多顶桂冠：

——世界历史文化名城

——古罗马帝国的发祥地

——欧洲文艺复兴的发源地

……

走进罗马，仿佛走进了历史。那些残墙断壁的古建筑，就像一座巨大的露天博物馆，给人带来另一种震撼。那种"残缺也是一种美"的说法，在这里得到了充分的展示。

它建城的传说是这样的：公元前 7 世纪，当时的罗马国王遭到了篡位胞弟的流放，儿子也被杀害，女儿偏偏这时生下了一对双胞胎。她的叔父为了斩草除根，就对侄女痛下杀手，并命人将这对孪生婴儿扔在河里。或许是命不该绝，两兄弟随篮子飘在岸边，被一只在河边喝水的母狼发现，此时的母狼母性大发，就将他们拖回用狼奶救活。后来，又被一个猎人养育成人。长大后，兄弟俩为了报仇，就杀死了叔父，迎回外祖父重登王位。外祖父随即将台伯河畔的七座小山丘送给他们建造新城。后来哥哥罗慕路斯因为划界问题杀死了弟弟雷穆斯，用自己的名字命名新城为罗马，并把

"母狼乳婴"图案定为罗马市徽。罗马也被称为"七丘之城"。

走进罗马，我被沉重的历史遗迹压得有点儿喘不过气来。看一眼残缺的城郭，一边感叹罗马帝国曾经的辉煌，一边领悟战争给人类带来的巨大灾难。

● 罗马竞技场

罗马竞技场，也叫斗兽场。建于公元 72 年，公元 80 年完工。占地 2 万平方米，分四层，可容纳 5 万名观众。除 80 个大门外，还有 160 个出口遍布四周，便于观众迅速散场。为了完成这项浩大的工程，统治者动用了 8 万名战俘参与了建设。

在庆祝竞技场落成时，这里举行了 100 天的表演活动，动用了 5 千头猛兽，10000 名奴隶参加血腥的杀戮，美其名曰"斗兽"和"角斗"。皇家贵族把这种残忍的活动当作一种消遣，也吸引了许多民众前来观看。传说，当时只要到角斗场上挖一把沙土用手一捏，手指间就会流出血来，可想当时血腥的恐怖景象。

这种人与兽、人与人的角斗和搏杀直到公元 6 世纪才被终止。

当我们走进这座破败的遗址时，心情有一种说不出的恐怖，生怕摸一摸石墙就会沾染千年前的血腥。再看斗士们出场时的门洞阴暗潮湿，一个个鲜活的生命就在这里消失，当年野兽的吼叫声，角斗士

📍 罗马竞技场（刘乃 摄）

流血时发出的呻吟声，还有观众们那失去人性的呐喊和狂叫声，似乎还在场内回荡。

真该出去了，让外面的阳光和空气赶紧净化一下沉重的心情。

回头再望竞技场，虽然只剩下大半个残缺的轮廓，但其磅礴之势依然可见。它那独特的椭圆形设计，至今仍被现代体育场馆效仿。

● 威尼斯广场

走在罗马的大街上，你会看到许多广场：有古罗马的圆柱广场，有瀑布式台阶下的西班牙广场，有水神喷泉所在的共和国广场，还有著名的威尼斯广场。在众多的广场中，威尼斯广场最大，也最引人注目。

广场的正面是埃曼纽尔二世纪念堂，也称"祖国大祭坛"，是为纪念埃曼纽尔二世 1870 年统一意大利而建，现为意大利统一博物馆。

纪念堂全部用白色大理石建成。16 根圆柱围成一个弧形，顶部两侧为胜利女神驾车铜像，下方刻有"祖国统一，人民自由"的拉丁文。难以计数的雕刻作品，分布在它的各个角落。台阶下的两组喷泉，分别代表意大利的东西海岸。埃曼纽尔二世的骑马铜像就在它们中间的高台上。下面是"无名烈士墓"，两名卫兵常年守护在那里。

祖国大祭坛（刘乃 摄）

威尼斯广场的西面是威尼斯宫，墨索里尼曾在这里办公。

就要离开广场时，发现一群小朋友坐在纪念堂的石阶上休息。听到招呼声，他们高兴地围拢过来和两位中国叔叔阿姨合影。在她们的眼里，我们是黑头发的外国人，在我们的眼里，她们是一群活泼可爱的洋孩子。

再见了，孩子们！我们要去许愿泉了。

● 许愿泉

许愿池也叫特莱维喷泉，设在罗马的市中心，是罗马知名度最高的喷泉。一股股清泉从海神雕像的身边涌出，欢天喜地地汇入池中。池边围满了游客，他们背对着喷泉，向里面投扔硬币，以此希望许愿成真。

● 西班牙广场

西班牙广场位于罗马三一教堂所在的山下。只因旁边有座西班牙大使馆，便取名为"西班牙广场"。它最出彩的还是 137 级台阶，像一处瀑布从上到下自然流下。据介绍，这组漂亮的台阶是由一个法国外交官捐助建造，而它的设计者是个意大利人。

从 18 世纪建成以来，西班牙广场的四周散布着许多英式咖啡馆，吸引了众多文化艺术名流前来小聚。如作家易卜生、歌德、巴尔扎克、果戈里、司汤达；音乐家肖邦、李斯特；建筑设计、雕塑家贝尼尼等。

如今的西班牙广场，上百级台阶上几乎坐满了人，成为罗马最好的休闲广场。

梵蒂冈 *Vatican*
天主教圣地

这个不到 0.5 平方千米的国家，却是全世界十几亿天主教徒向往的中心，影响力扩展到了世界五大洲。这里没有海关，没有警察，但设有电话局、气象台、银行、电视台等机构，还有自己的货币。由 110 名瑞士人组成的卫队就是它的国家军队。有人戏说，在梵蒂冈踢球，一不留神就踢出国界了。事实上，它没有故宫大，转一圈用不了一个小时。

国家档案

全称： 梵蒂冈城国
人口： 618 人（2020 年）
面积： 0.44 平方千米
首都： 梵蒂冈城
民族： 意大利人
语言： 拉丁语、意大利语
货币： 通用货币为欧元，硬币有现任教皇头像
宗教： 天主教
经济： 人均 GDP 约 9.5 万美元（2020 年），主要收入来源为捐款、旅游、邮票、纪念品和宗教租息。
气候： 地中海气候

梵蒂冈是一个政教合一的国家，教皇为国家元首。自从梵蒂冈从意大利独立出来后，就开始一心一意从事它的宗教事业。

● 圣彼得大教堂

圣彼得大教堂是用耶稣十二门徒之首彼得的名字来命名的。

传说，耶稣到了天堂后，就把通往天堂之门的金钥匙授予了彼得，从此彼得坐上了基督教的头把交椅。当他到罗马传教时，罗马皇帝因仇视基督教，导演了火烧罗马最后嫁祸于基督教的阴谋丑剧，随后处死了彼得。为了纪念他，公元 326 年，君士坦丁大帝下令，在他的安葬地修建了这座以彼得命名的大教堂。

1503 年，教皇犹利二世开始了对圣彼得大教堂的重建。他下令拆除了君士坦丁大帝修建的旧教堂，并网罗了文艺复兴时期几乎所有的著名设计师、建筑师参与建设，经过多年的不断建设，最终由米开朗基罗带领的团队完成了这一宏大巨作。此后，又由贝尼尼为它进行了长达 20 年的内外装饰，使其更加雄伟壮丽。

教堂占地 2.3 万平方米，可容纳 6 万多人同时祈祷，为世界上最大的教堂，也是欧洲文艺复兴最有代表性的建筑。

圣彼得大教堂庄严肃穆，气势恢宏。从世界各地前来朝圣的信徒排起了长长的队伍，从大门延伸到了广场。

教堂门前有两尊雕塑，左边拿着那把能打开天国大门钥匙的是耶稣的大弟子圣彼得，右边是耶稣的另一个得意门徒——保罗。

教堂中看到了一尊《圣母哀痛》（也译圣殇）的大理石雕像，它是米开朗基罗的又一杰作。一个母亲怀抱死去儿子的那种悲痛，被他刻画得惟妙惟肖。整座雕塑中，人体的各个部位，细到血管、

> **━━━━━ 知识点 ━━━━━**
>
> **文艺复兴时期建筑**
>
> 　　15 世纪源于意大利的佛罗伦萨。它一改哥特式建筑神权至上的风格，提倡复古，采用古希腊和罗马时期的非宗教的建筑风格。主要特点是：罗马柱、大穹顶、内部彩绘，并讲究对称。其代表作是比萨大教堂、圣母百花大教堂、圣彼得堡大教堂等。

手纹，以及衣服的皱褶都非常逼真。在当时，许多人都不相信这是大师25岁时的作品。

来到教堂，还有两件作品不容错过。一件是号称"巴洛克艺术之父"贝尼尼设计制作的《青铜华盖》，另一件是他的杰作《圣彼得宝座》。

在米开朗基罗设计的那个特大的穹顶下方，就是贝尼尼建造的青铜华盖。当一束阳光穿过穹顶的彩色玻璃照在青铜华盖的顶上时，便会给昏暗的教堂带来灿烂的金光。两位大师在这神圣的教堂，用这种方式进行着永久的交流和问候。

秒读历史
READING HISTORY

西罗马帝国灭亡后，当时的罗马城实际由教皇管理。到了法兰克王国的时期，矮子丕平将罗马及周边的地区赠给了教皇，建立了教皇国。从此，教皇不仅是西方的精神领袖，还是一国之君。之后的时间里，教皇与欧洲各国国王明和暗斗，相互利用。其间，也遭受了拿破仑灭国及后来拿破仑侄子的保护。到了1870年，法国在普法战争中失利，法军撤离罗马，意大利军队占领罗马城，但教皇拒绝承认意大利对教皇国领土的占领，双方陷入了僵局一直到1929年，当时的墨索里尼政府与教皇谈判，终于在拉特兰宫签订了《拉特兰条约》，梵蒂冈城国获得了独立。

青铜华盖像一把青铜铸造的大伞，有四层楼高，由4根雕满神像的立柱支撑，下面是祭坛和圣彼得的坟墓。周围的栏杆上点亮了许多支长明灯。

从教堂出来，环视圣彼得广场，就五个字：非常的壮观。两组半圆型的长廊，就像张开的双臂，拥抱从世界各地涌来朝圣的人们，也可解读为拥抱和平和美好的明天。

教皇实行终身制，教皇去世后，由各国红衣主教来梵蒂冈选举新教皇。如果选举出了新教皇，教堂顶上的烟囱冒白烟，如果没有合适的人选则是黑烟。这种奇特的选举结果公布办法一直延续至今。

走马观花的欧洲之行结束了。这是我第一次走进陌生的西方国家，幸运地来到马克思的祖国，来到《国际歌》发源地，来到马可波罗的家乡……一路走来，有新奇，有发现，有感动，有疑惑。开了眼界，长了见识。无论观摩欧洲皇宫、教堂、广场，还是浏览其他名胜古迹、自然景观，西方古老的历史及人和自然和谐相处的情景都给我留下了深刻的印象。

02

太平洋上的一条美丽弧线
——走进亚洲四近邻

　　朝鲜、韩国、日本、泰国，由于民族和地域的不同，以及社会制度及历史的原因，都会引发游者一探究竟的欲望。

　　踏上朝鲜半岛的土地，去看两种社会制度下异彩纷呈的生活场景。去四面环海的日本，游览富士山、赏樱花。来到中南半岛的泰国，去体验普吉岛的浪漫，感受最神秘的"金三角"的刺激……

遇见
世界
Meet the World

朝鲜 *North Korea*

自古中朝友谊深
只因一江两岸亲

朝鲜和中国为邻，历史渊源深厚。一场抗美援朝之战，更是让中国几代人记住了它的名字。

我的想法很简单，就是去看看这片洒满志愿军鲜血的土地，看一看朝鲜到底是什么样子。

国家档案

全称： 朝鲜民主主义人民共和国
人口： 约 2500 万
面积： 约 12.3 万平方千米
首都： 平壤
民族： 单一民族
语言： 朝鲜语
货币： 朝鲜圆
宗教： 天道教、基督教
经济： 人均 GDP1231 美元（2021），实行计划经济，以工业和服务业为主。
气候： 温带季风气候

2010年国庆节，陪着母亲，带着儿孙从丹东进入朝鲜。

这是一列由中国制造的国际专列。车厢上中朝两国文字"丹东—平壤"的标牌特别醒目。

当列车通过鸭绿江大桥时，一座当年被美军炸毁的"断桥"，依然屹立在江面上，成为那段血与火的历史见证。

伴随着列车的隆隆声，那首气贯长虹的战歌"雄赳赳，气昂昂，跨过鸭绿江"，一时间在碧绿的江面上响起。

鸭绿江的南岸是朝鲜的第四大城市——新义州。仅从城市的建筑来看和对岸的丹东犹如两个世界。

进入新义州，要接受朝方边境海关的检查。车厢的门口，有一名卫兵值守，几名身穿不同制服的海关和安全部门的人员，履行着各自的职责。等到漫长的检查结束后，才允许旅客下车到站台上走动。

从车窗望去，铁路沿线出现了大片金色的稻田，一群穿着简朴、脸色黑红的农民，还在用原始的手工方法收割稻子。

一辆大货车从公路上驶过，一片尘土飞扬，道路两边的树叶挂满了灰

秒读历史 READING HISTORY

相传公元前2300年，这里出现了国家的雏形。

传说中国商朝灭亡后，商纣王的叔叔箕子逃到朝鲜半岛，建立了箕子王朝，史称"箕子朝鲜"。后对周武王俯首称臣，做了周朝的诸侯国。当时，箕子每次去周朝进贡，回来时总要带些农具、种子、典籍等。等到箕子去世后，当地人把他奉为神明，包括后来的历代国王都要为他祭祀。不过，在现代朝韩均否认箕子朝鲜的存在。

西汉时，燕国人卫满逃到朝鲜，灭了箕子王朝，建立了"卫满朝鲜"，但最终又被汉所灭。汉武帝将其故土划分为四个郡，是为汉四郡。东汉灭亡之后，朝鲜半岛出现了三个小国：高句丽、百济、新罗，形成了朝鲜半岛版的"三国时期"。

唐朝时，力量最弱的新罗国得到了大唐的撑腰，当上了霸主，建立了新罗王朝，并统一了朝鲜，开启了长达900年的统治。直到公元918年，新罗王朝被高丽王朝所灭。高丽王朝存在了475年后，就被该王朝的大将李成桂取而代之，李成桂之后建立了朝鲜王朝。

朝鲜王朝也称"李氏王朝"，统治时间长达500多年，是朝鲜半岛最后一个统一的封建王

尘，看不到一丁点的绿色。那些行走在路边的人们，也不去躲闪，无奈中透出几分自然。

让人眼前一亮的是，田野里彩旗飘扬，写着朝鲜文字的大幅标语立在了田埂上，一下子把我带回到了当年下乡时人民公社农田大会战的火热年代……

远处山坡下的向阳湾，有一片白色的农舍。"人"字形坡顶，"八"字形翘檐，加上防寒的小门窗，一幅具有朝鲜民族特色的村落图展现在眼前。

列车继续向前。一个城市的轮廓越来越清晰可见，平壤就要到了。

平壤，因其地势平坦而得名。在古代又因城内柳树遍地曾被称为"柳京"。现在是朝鲜的政治、经济、文化中心。

平壤是一座花园城市，以 80% 的绿化面积，成为世界上绿化面积比重最大的城市之一。

下午五点多，专列缓缓开进了平壤火车站。

眼前的平壤火车站，干净整洁，宏大气派，有点苏联时期建筑的样子。廊柱式的主楼上方，有一座八角形钟楼，它的前面并排悬挂着金日成和金

朝，也是中国明朝的藩属国。当时，日本侵略朝鲜，朝鲜求援，明朝派军队协同作战打败了日本人。

清朝时，1894 年发生了甲午战争，清朝战败，签订了《马关条约》，朝鲜沦为日本的半殖民地，1897 年改国号为"大韩帝国"。从 1910 年至 1945 年，日本人整整统治了朝鲜半岛 35 年。这个时期，朝鲜半岛有一部分人逃到中国南方建立了临时政府，另一部分人跑到中国东北组织游击队，参加了抗击日本的斗争。

二战结束后，由于美苏两国的介入，以北纬三十八度为界，将朝鲜半岛一分为二。在北部成立了"朝鲜民主主义人民共和国"，在南部成立了"大韩民国"。南北对峙的局面就此开始。

1950 年 6 月 25 日朝鲜战争全面爆发。就在朝鲜即将取得胜利的时候，美国宣布出兵朝鲜，并迅速占领平壤。朝鲜立即求援中国，中国应朝鲜的请求，做出了"抗美援朝，保家卫国"的决策。

一场震撼世界的抗美援朝战争，中朝将士打败了以美国为首的十六国联军。近 20 万志愿军将士用生命换来了我们几十年的和平生活。

📍 火车站外景

📍 万寿台纪念碑广场

正日的画像，隐约看见有两位士兵在那里守护。

前来接站的是一男一女两位朝鲜导游，身着民族服装的女导游，在人群中特别亮眼。在他俩的带领下，很快办完了出站的手续。

黄昏，旅行车开进了市区。平壤大街上除了路灯外，很少能看见都市的霓虹。没有了霓虹灯，城市反倒显得素雅、安静。只有过往的有轨电车、自行车和步履匆匆的市民还在昏暗的街道上穿行。

趁着夜幕来到万寿台大纪念碑参观。万寿台的山顶上是一个宽广的纪念广场。首先映入眼帘的是金日成和金正日的两尊高大的铜像，在灯光的照射下，父子俩神色从容，略带微笑，一个叉腰站立，一个挥手致意，展现出守护三千里江山的领袖气概。铜像的后面是朝鲜革命圣地——白头山的巨型壁画，两侧巨幅红旗下是众志成城奋勇向前的人物群雕。

纪念碑广场建于 1972 年 4 月，是朝鲜最重要的纪念场所之一。团员们在导游指导下向铜像献花时，几批朝鲜的群众也来这里缅怀自己的领袖。

从广场向四周望去，整个平壤城月黑灯暗，没有想象中的灯火辉煌。就连大同江对岸那座朝鲜的标志性建筑——千里马铜像，也只是在微弱的灯光下隐隐闪现。

这晚入住"羊角岛国际大酒店"。该酒店位于大同江羊角岛上，兴建于1995 年，共有 47 层，是朝鲜专门用来接待外宾的豪华酒店。一座跨江钢桥是进入酒店的唯一通道。

酒店外观朴实无华，内部装修都很现代。一楼设有总台、餐厅、商店、咖啡店、泳池、保龄球场、美容美发室等，二、三层是宴会厅、会议室，顶层有旋转餐厅。令人惊讶的是，在地下一层，还设有夜总会、桑拿浴和赌场，确实让人难以置信。

晚餐的安排出乎意料。有冷菜、热菜，有汤，有点心，还有免费啤酒。在优雅的环境里，有彬彬有礼的服务员为你端茶倒水，早已忘了自己游客的身份，还以为是参加国际会议的代表呢。说实话，朝鲜的大同江啤酒非常爽口。就连从不喝酒的 85 岁老母亲，也高兴地和大家一起端起了酒杯。

第二天早晨打开窗子，清新的空气扑面而来。平壤城还在等待着阳光来叫醒，只有穿城而过的大同江在一刻不停地向前奔腾……

这天要去板门店参观，往返大概需要 6 个小时。

板门店位于朝鲜半岛中西部，是 1953 年朝鲜战争停战协定签字的地方，也是朝、韩南北军事分界线。事实上，它不是三八线，真正的三八线是向北 5 千米的北纬三十八度线上。

最初的板门店，是一个木板房子的小山村。60 年前，中、朝两国联手打败了以美国为首的十六国联军，就在这里签订了停战协定。这个无名的小村庄从此成为世界关注的焦点。

平壤的早晨

从平壤出发，大街两旁每隔一段，就能看到似曾相识的那种充满战斗激情的宣传画。

出城后，旅行车驶上了双向四车道的高速路。由于年久失修，路上到处是坑坑洼洼，哪还有高速可言？一路上，不停的颠簸、摇晃，还要经受

📍 充满激情的建设者

师傅冷不丁地紧急刹车，车上的人个个皱起了眉头，苦不堪言。说实话，这种路况还没有中国 20 世纪七八十年代的土路好走。这不，还没等到地头，就开始愁上怎么回去了。女导游为了缓解大家的情绪，风趣地讲笑话。

来朝鲜旅游，你得接受导游每天一换的规则。每次两个人中一个穿职业装，一个穿民族服，她们胸前都佩戴领袖像章，看上去朝气蓬勃，身上散发出一种主人翁的爱国情怀。

大雾渐渐散去，露出了几栋整齐的楼房，导游指着说："在我们国家，住房、上学和看病都是免费的，农村也一样。住房实行国家分配，年轻人结婚时，由国家免费提供住房，等到了一定的工龄或到了一定的级别，可以分到更大的房子。"这和我们国家 20 世纪五六十年代时福利住房是一样的，房属于国家，可以周转使用。她继续说："那些科技专家和有突出贡献的人，都可以住上 200 多平方米的房子，客厅可以骑自行车。"接着又补充道："不过水电费需要自己交的。"

接着，她用婉转、凄凉的声音演唱了中国老一辈人最熟悉的朝鲜歌曲《卖花姑娘》，随着歌声的起伏，那个清纯犹豫的卖花姑娘形象重现在我的眼前。20 世纪 70 年代，这部电影曾牵动无数中国观众的心。

3 个小时后，终于来到了板门店。前边是一座老旧的办公小楼。来到二楼的平台上向对面一看，韩国新大楼特别显眼。

在两国办公楼的中间地段，有几排活动板房是联合安全区。中间蓝色的是停战委员会的会议厅和中立国的工作场所，北面几排属朝鲜管辖，称"统一阁"，由朝鲜卫兵把守，南面属韩国管辖，叫"自由之家"，由韩国卫兵把守。朝方的卫兵表情严肃，目不斜视，像一尊雕塑，而韩国的卫兵双手下垂，戴着钢盔、墨镜，很有现代感。一条高 5 厘米的水泥标志线是两国的军事分界线，成为不可轻易跨越的禁区。

朝方一侧，属于军事管理区，不准随意拍照，更不能拍军人。到了二楼平台就可以自由发挥了。如果你能送人民军军官一个小礼物，他会微笑地过来与你合影留念。

随后参观了停战协定的谈判会场和签字大厅。一名军人用朝语进行讲解，等翻译解说完，那张签字的大桌子，很快成了游客拍照的道具。在展览大厅的墙壁上，挂满了当时双方谈判和签字的照片。

又一轮颠簸后终于返回了平壤。带着一种好奇，急不可待地去乘坐朝鲜的地铁。在中国和苏联等国的援助下，经过5年（1968—1973年）的努力，朝鲜的第一条地铁在平壤顺利通车。

朝鲜的地铁吸纳了俄罗斯的设计，号称世界上最深的地铁，乘滚梯下去100多米才能来到站台，高大开阔的车站，宛如

◎ 人民军战士正在讲述

◎ 站台上方的领袖画像

一座地下宫殿。巨幅的领袖宣传画冲击着每个人的眼球，一盏盏彩色的吊灯，在这昏暗的世界中显得尤为灿烂。一会儿的工夫，我们走进了老式、干净的车厢，仿佛又回到绿皮车的时代。

从地铁口出来，行人一下多了起来，在南来北往的人流中，男士们身穿简单朴素的夹克服，脸部黑红，体型显瘦，女士们一头短发，身着套裙，长相清纯。但有一点是统一的，她们都佩戴领袖像章，虽然衣服灰暗但像章鲜红，表达出一种对领袖的忠诚。

去往少年宫的路上，一幢幢崭新的科学家高层公寓矗立在大同江边。

📍 高端时尚的科学家公寓

📍 打起手鼓唱起歌

时尚的线条、现代化的风格，在平壤众多的建筑中脱颖而出，彰显出国家对科研人员的关怀和重视程度。

在朝鲜，由于汽车都姓"公"，所以大街上除了电车、公交车、旅游车外，小轿车很难一见，也就没有堵车一说。因为这种街宽车少的路况，乘车感觉特别舒畅。

平壤少年宫建于1963年，占地11万平方米，现在看还是那样庄重大气。走进大厅，两边墙上是领袖和孩子们在一起的巨幅画像。一名女少先队员用朝文介绍少年宫的概况。

每间教室里，孩子们有的在练书法，有的在练琴，有的在学跳舞，有的在练武术……这些朝鲜的祖国花朵，明天一定是国家的栋梁。

从少年宫出来，已经是迫不及待地要到剧场看演出了。随着音乐的响起，大幕徐徐拉开，一群身穿艳丽民族服装的小演员，为观众献上了开场舞，孩子们优美娴熟的舞姿，充满激情的表演，立马赢得了满堂喝彩。

接下来无论是婉转高亢的独唱，还是声情并茂、富有感染力的女声小合唱，都打动着每一位观众的心。长鼓舞表演尤其精彩，旋律舒缓，节奏明亮，善舞飘逸的小仙女，看得令人赞叹不已。演出结束后，全体演员来到台前谢幕，两个孙子跑上台去代表全家向小演员们献花。

"太棒了！"这是所有观众一致的心声。有一种久旱逢甘露的感觉。她们每个人表现出的那种朴实、自信以及发自内心的微笑，是我许多年来不曾见过的。毫不夸张地说，这是一场漂亮、精彩、具有专业水准的演出。

带着意犹未尽的心情来到金日成广场参观，这里是朝鲜举行庆祝大会和阅兵式的重要场所，也是CCTV新闻里出镜率最高的地方。

广场建于 1954 年，占地 7.5 万平方米，全部采用花岗岩铺成。正面是人民大学习堂和国家图书馆，金日成、金正日的画像挂在了正面墙上，北边是朝鲜国立中央历史博物馆，南面是朝鲜国立美术博物馆。

在空旷的广场，此时此刻看不到人山人海的场景，更听不到万众振臂的欢呼声，只有中国游客的招呼声在打破这里的宁静。

金日成广场对面是主题思想塔，二者隔江相望。它是一座通体花岗岩的建筑，塔高 170 米，据说要比华盛顿纪念碑还要高出 1 米，塔内加装了电梯，可以登顶俯瞰平壤全景。

来朝鲜的第三天，天气特别晴朗，乘车跨过大同江，兴致勃勃地奔向新的景点。

第一个景点是朝鲜祖国解放战争胜利纪念馆。用石头砌成的大门墩上刻有"1950""1953"两组数字，代表着朝鲜战争两个重要的时间节点。看上去有一种历史的厚重感。

这是一座始建于 1953 年、展出面积有 5 万多平方米的大型纪念馆，这对于刚刚结束战争百废待兴的朝鲜来说，不能不称为大手笔的慷慨之作。

最让人印象深刻的是二楼的志愿军展馆。一面称为志愿军英雄谱的墙上，挂满了志愿军英烈的照片。站在英雄的面前，心情久久

金日成广场

主题思想塔

大同江风姿

朝鲜祖国解放战争胜利纪念馆

志愿军纪念塔

不能平静。这些年轻的战士，还没等分享祖国解放后的喜悦，还没等为父母尽一份孝心，就这样把热血洒在了异国他乡。没有他们，哪有我们的今天。志愿军官兵可歌可泣的英雄事迹将会永远铭记在中朝两国人民的心中。

来到顶楼的战争全景馆，全景式的实景加声、光、电的效果，呈现出一幕幕炮火连天、硝烟弥漫的战争场面。联想到志愿军赴朝作战时，在冰天雪地里，衣服单薄，没饭吃，没水喝，他们没有退缩，面对敌人的狂轰滥炸，他们没有被吓倒，为了在长津湖潜伏中不被发现，宁可冻死变成一尊尊"冰雕"等故事，心灵再一次体会到什么是感天动地。

为了纪念志愿军烈士不朽的精神，朝鲜于1959年在牡丹峰修建了中朝友谊塔，成为每一个到朝鲜的中国人必去拜谒的崇敬之地。

当手捧鲜花缓缓走上台阶时，心里突然喊出"英雄们，祖国人民来看你们来了！"余音刚落，泪水已模糊了眼睛。

两位小孙子代表全家向英烈献花，以表达我们的哀思和敬仰。也希望这个小小的举动能给他们留下难忘的印象。

虽然参加了祭拜仪式，但人们还是利用这宝贵的时间守护在塔的周围。随后导游的声音打破了这种凝重的气氛："跟我们一起战斗在这块土地上、打败共同敌人的中国人民志愿军烈士们，你们不朽的丰功伟绩和用鲜血凝成的朝中两国人民的国际主义友谊，将在这块繁荣的土地上永放光芒。"

在塔内一个大理石台上，摆放着几本厚厚的烈士花名册，有毛岸英、黄继光、邱少云、杨根思等熟悉的名字。他们都是我们这一代人少年时最崇敬的英雄。

回首再望纪念塔，塔顶上的那颗红星就像烈士的一双眼睛，还在默默地遥望着祖国，那里有他热爱的黄河长城，那里有他永别的父老乡亲……

离开纪念塔前往朝鲜参观又一座纪念式建筑——凯旋门。

记忆中，凯旋门是欧洲纪念战争胜利的一种建筑样式。来到朝鲜才发现凯旋门不是西方人的专利。

为了纪念战胜侵略朝鲜的日本和美国，朝鲜于 1982 年 4 月 15 日在牡丹峰脚下建成了一座属于自己的凯旋门。

这是一座世界上最高的凯旋门。它以 60 米的高度超过了法国凯旋门。正面的门头上方镌刻着《金日成将军之歌》，拱门两边的大理石柱上刻有"1925"和"1945"的字样，分别代表金日成将军投身革命和凯旋回国的时间，两边的人物群雕刻画出慷慨激昂的气势，边缘还有 70 块金达莱花纹浮雕石板。

离开凯旋门，前去参观朝鲜著名的将泉农场。它是朝鲜全国模范蔬菜合作农场，曾受到朝鲜国家领导人的多次视察。

朝鲜的农场主体是农民合作社。合作社提供土地、人力，国家提供水利设施、大型机械（有偿使用）。他们把场里的农民分为班，下设几个作业小组，用记"工分"的办法来体现按劳取酬。产品除了上交国家，剩下的可以自由分配。和中国人民公社时期几乎大同小异。

开阔的农场大院已全部硬化。这里既是秋天晒谷物的地方，又是节日活动的场所。在它的四周设有卫生院、学校、幼儿园和文化馆等公共设施。宣传伟大领袖的画坛更是最不能缺少的建筑。

在农场接待人员的带领下，首先来到幼儿园参观。孩子们正在老师的指导下唱歌跳舞，一张张小脸就像一朵朵绽放的向阳花。

幼儿园的对面就是农场的居民区。一排排白墙蓝瓦的农户小院，十分抢眼。每户的屋顶都有太阳能热水器和太阳能板，地里除了沼气池，房前屋后还种满了各种蔬菜。别小看这块地，它可是农户能自己做主的自留地。

带着浓厚的兴趣到农户的家里参观。三间房子虽不算大，但干净整洁，墙上挂着领袖的画像，电视、冰箱、电风扇等家庭用品一应俱全。参观后忽然感觉到人家吃的、用的全部绿色环保，小日子过得何止是有滋有味？

📍 四代同游，故居留影

当然，作为外宾接待的地方，一定是要比其他地方好一些。

临走时买了一袋农场自产的黄瓜，一口下去吃到了多少年没有吃到的黄瓜味。

下午，到南浦西海水闸参观。这是一座拦海大坝，全长8千米，由中国援建，据说耗资40亿美元。它的最大功能是防止海水倒灌，还可以蓄水发电。站在山顶的白塔前，可以一览这座水利枢纽工程的全貌。

沿着颠簸不平的柏油路返回了市区。赶去参观最后一个景点，万景台金日成故居。

万景台，坐落在距离平壤市中心西南约12千米处，紧邻大同江。它既是金日成的诞生地，也是他度过童年的地方。这里山水相连，森林茂密，风景迷人，来到这里如同走进一个大的公园。从主峰万景峰的万景楼上，可以眺望平壤全城。

沿着一条弯曲的柏油路来到了故居。这是掩映在树丛中的一座极为普通的茅草屋，低矮的篱笆把小院围了起来。从门口向里看去，正房的墙壁上挂着金日成爷爷和奶奶的照片，房间里摆放着几件简易的家具，一张小书桌是金日成童年学习的伙伴。院子边儿上，有陈列生产工具的简易库房，还有牛棚、草房等。

不知不觉四天的朝鲜观光游就这样全部结束了。回想起来，有一种像在中国红色旅游的感觉，也有点"爱国主义"教育的味道。

朝鲜的物质生活确实很匮乏，没有像样的高速，没有私家车，没有奢侈品，更没有高铁，也看不到农业机械化；但他们展现出的那种精神风貌和超强的自信心，以及平和的生活态度，足以让你怀念那个曾经拥有的、热火朝天的年代。

他们虽穷，但看不到乞丐，有面无表情的，没有痛苦万分的。

他们虽穷，但环境整洁，有坑坑洼洼的，没有乱扔垃圾的。

他们虽穷，但安全度高，有楼房陈旧的，没有装防护栏的。

他们虽穷，上学没有接送的，很少看到胖墩儿的，也没有带眼镜的。

他们虽穷，上学、住房、医疗都由国家包揽，因为他们都是国家的人。

……

难怪儿子从朝鲜回来感慨地说："人的幸福指数与物质条件的好坏没有绝对的关系。"

温馨提示

1. 手机基本不能上网，相机的镜头不可超过 200 毫米。

2. 朝鲜圆不能与外币直接兑换，也不能刷卡，可以用人民币。

3. 人参鸡汤、石锅拌饭、朝鲜凉面、泡菜都是朝鲜族的特色，有机会一定要尝尝正宗的味道。

韩国 *South Korea*

木槿花开飘香来

　　不知何时，韩国成为一些国人心目中时尚的代名词。韩国的美容、化妆品、女装、流行音乐、韩国电视剧，都受到国人的追捧，一股"韩（寒）流"不断地从东北方涌来。

国家档案

全称： 大韩民国

人口： 约 5162 万（2020 年）

面积： 约 10.3 万平方千米

首都： 首尔

民族： 单一民族

语言： 韩语

货币： 韩元

宗教： 基督新教、佛教、天主教

经济： 人均 GDP 3.48 万美元（2021 年）。三大支柱产业分别是半导体产业、造船业、汽车制造业。

气候： 温带季风气候和亚热带季风气候

　　　　想到要去韩国旅游，去观赏"邻居"家最尊贵的木槿花，去探秘"韩流"的发源地，心里不由产生一种莫名的期待。

　　这是一次不同寻常的旅行。母亲和岳母都已是八十岁高龄，这是第一次带她们走出国门。多年来的直觉告诉我，要想让老人高兴，就抽时间陪她们去旅游。我们就从北京乘坐海航班机飞向了韩国。

知识点

三八线

　　二战结束后，美国和苏联两国在朝鲜半岛临近北纬三十八度的地方划定的一条军事分界线，成为南、北两国的临时国界线。两侧各留出 2 公里为非军事区。从此，朝鲜半岛进入了分裂、分治的时代。

　　韩国三面环海，北边隔着"三八线"与朝鲜相邻。作为一个发达的资本主义国家，曾经被称为"亚洲四小龙"之一。

　　全新的一天开始了。

　　首先来到了韩方一侧的"三八线"非武装地带，参观了"统一展望台""临津阁""自由桥"等景点。

　　从展望台望去，对面朝鲜的山光秃秃的，原有的树木全部被砍光。此刻，或许有一双朝鲜士兵的眼睛，正在山洞里盯着这里的一举一动。

　　韩国这边，在绿树林中我好像看到了木槿花。它以顽强的生命，守护着这片曾被战火烧焦的土地，用红艳艳的温馨衬托着一个躺在非武装地里的千疮百孔的火车头，告诉人们，要和平不要战争。

　　一个大的展示牌上，贴满了各种照片和纸条，当看到一张张韩国老人驻足凝望的照片时，豁然明白了纸条上的内容，他们在思念北方的亲人。此时，你会亲身感受到那场战争留下的创伤，也会感受到渴望统一的气息。

　　首尔，原名汉城。是韩国的首都和最大的城市。穿城而过的汉江，养育了两岸的众多人口，也给这座城市带来了巨大的生机和活力。1988 年和 2002 年，这里成功举办了第 24 届夏季奥林匹克运动会和第 17 届世界杯足球赛。

首尔是一座兼具东方神秘和西方文明的城市。摩天大楼下，古老的宫殿依然以它厚重的历史、独特的建筑风格吸引着世界各地的游客。被韩国人称为"五宫"之首的景福宫，自然成为游者必去的地方。

景福宫，是李氏朝鲜王朝（1392—1910）时期的宫殿，也是朝鲜太祖李成桂的正宫。有学者说它取名自中国的《诗经》，"君子万年，介尔景福"。

进入皇宫，一座带有红色相间的青玉色大殿出现在眼前，牌匾上写有"勤政殿"三个苍劲有力的汉字，它是国王接受百官朝贺、接见外国使节的重要场所。

大殿前的广场，除了入朝的正道铺设了青石板，其余两边全是沙子铺垫，有人说它寒酸，殊不知，是为了防止刺客而有意为之。

这座建在台基上的木质结构殿堂，采用梁柱和门窗作为它的墙体，看上去有些单薄，但也不失一国王宫的典雅庄重。两边的栏杆上雕有各种寓意的动物，中国的十二生肖也在其中。台阶两旁的"品阶石"是文武百官身份的象征。

在勤政殿的周围，还有国王办公的"思政殿"、就寝的"康宁殿"、太后住的"慈庆殿"和王妃住的"交泰殿"等。

虽然它的"宫龄"更早，但与北京紫禁城相比，稍逊故宫的宏伟气派，更没有金碧辉煌，也比不上北京恭王府的奢华。但从历史的角度看，作为中国的藩属国，李氏朝鲜就算有钱也不能压过宗主国的势头。话虽这么说，不甘寂寞的朝鲜国王竟然在自己的王座顶上的藻井里偷偷雕刻了两条戏珠

知识点

朝鲜王朝

朝鲜王朝（1392~1910），也称李氏朝鲜，是朝鲜半岛最后一个封建王朝。1392年，原高丽王朝的大将李成桂，发动兵变，推翻了腐败的朝廷，成为新主，开启了李氏朝鲜500余年的基业。建国后遂向明朝称臣纳贡，明朝皇帝朱元璋赐国名为"朝鲜"。甲午战争后，与清朝脱离藩属关系。1897年，高宗李熙改国号为"大韩帝国"。1910年，延续了13年的大韩帝国，被迫与日本签订了《日韩合并条约》，将朝鲜半岛的主权永久让与日本。大韩帝国灭亡。至此，历经27位君主，国祚长达519年的朝鲜王朝彻底结束。

的七爪龙，比中国皇宫里的龙还多了俩爪，为了不让到访的中国使节发现，就用宫灯和梁柱进行了巧妙的遮挡。

现在的景福宫大部分是在日本人毁坏的基础上重建的。其他新建的宫殿里只摆了几件现代仿品，失去了古色古香的韵味。尽管这样，游览后还是非常感慨，无论建筑，还是牌匾，处处体现了中国传统文化对这个国家的影响力。至今他们当中的许多人还在推崇儒家文化的"仁、义、礼"的道德标准。并把中国的春节、端午节、中秋节视为自己的重要节日。

在景富宫的旁边有一座青瓦白墙的房子，被称为青瓦台。它最早是高丽王朝的离宫（指皇宫以外的宫殿），后来被李氏朝鲜王朝改为景福宫的后花园，也曾是韩国的总统府，2022年已对民众开放。

虽然景福宫、青瓦台都曾是权力中心，但后者显然没有了王宫的气派。只有那条连接总统府和王宫的小道，在风雨中见证了历史的变迁。

到韩国的第二天，参观"华城行宫"。

秒读历史
READING HISTORY

韩国的古代和近代史也是一部朝鲜半岛民族的历史。但是韩国作为国名的历史并不长，往远了说，从1897年改国号为大韩帝国算起至今也就120多年。往近了说，从1919年在上海成立大韩民国临时政府，至今也就100年出头儿。

公元前2000多年，朝鲜半岛就出现了许多部落。传说，中国商朝的箕子逃到这里，建立了"箕子王朝"，坐拥江山900多年。到了西汉时期，又有一个叫卫满的人逃亡到朝鲜半岛，灭了箕子王朝，建立了新的政权，史称"卫满朝鲜"。在现代，朝韩均否认箕子王朝，承认卫满王朝。

公元1世纪，朝鲜半岛形成高句丽、百济、新罗三个小国。

公元7世纪，新罗国统一了朝鲜，史称"金氏新罗"。

公元10世纪，高丽取代新罗，史称"王氏高丽"。

公元14世纪末，李氏王朝取代王氏高丽，定国号为朝鲜，史称"李氏朝鲜"。

1897年，李氏朝鲜国王李熙，改国号为大韩帝国，简称韩国。

1910—1945年，被日本占领，沦为殖民地。

1945年8月15日，日本宣布投降退出。

1948年8月15日，大韩民国宣告成立，李承晚当选首任总统。

在韩国京畿道的首府水原市，有一座"水原华城"古城。它是李氏王朝的第二十二代正祖大王，为安放自己父王的遗骨而修建的一座城池，带有军事要塞的功能，后因战乱，大部分被毁。直到20世纪70年代才得以重建。著名的华城行宫就在其中。

华城行宫，是正祖大王来拜谒他父王陵墓时休息的地方，是韩国最大最早的行宫。里边包括正祖大王为母亲六十大寿所建的"奉寿堂"，供留守人员居住的"福内堂"等建筑。"新丰楼"是它的正门，所谓"新丰"，意为新的故乡，折射出正祖大王对这里的怀念与眷恋。

宫内有一棵600多年的榉树，它被韩国人奉为"神树"。传说，只要有什么祈求，写张纸条挂在树上，神树就会显灵。

行宫内一个房间里的一个米柜引起了游客的好奇。据说，当年正祖大王的父亲就是在派系的排挤下，被活活折磨死在米柜里。

行宫里还有一排敞开式房间，母亲和岳母坐上去体验了一把韩国人的炕头。上炕盘腿本是她们的强项，现如今年事已高，已坐不了那么端正了。在她们的心里只有中国人才有炕，怎么外国人也住炕呢？

看完"打年糕"表演准备跨出宫门时，突然发现门口有一枚四方铜制的印台，专供游客盖纪念章。

给书盖章，是我的一大偏好。尤其是在国内，无论是旅行，还是出差，只要到了一个城市，就要想尽办法到当地的新华书店买书盖章，顺便了解书店的一些情况，家人说我到了痴迷的状态。

水原华城作为一处世界文化遗产，却到处能感受到中国文化的存在。人到宫殿小到门楼，每　个都是中国明朝建筑的缩小版。尤其是一幅幅清晰可见的汉字匾额，让每一个中国人备感亲切。当然，环视古城，不得不佩服正祖大王对中国儒家孝道文化的尊崇。

行走在水原华城，不忘寻找木槿花娇艳的影子。城廓下，街巷旁，绿荫中，不知它把自己藏到了哪里？

中午高高兴兴地吃完正宗的韩国铁锅烤肉，下午来到泡菜体验馆，体验了一回泡菜制作。两位老人的主动参与，让韩国指导备受感动。

光化门广场，可看作韩国的"天安门广场"。它长 550 米，宽只有 34 米。两边现代化的高楼大厦与景福宫的正门——光化门相依相拥，组成了一座历史和现代交织的广场。从广场跨入光化门，犹如从现代走入历史，有一种穿越的感觉。

广场上的两座雕塑吸引了无数游客的眼睛。最前面是韩国的民族英雄、著名的海军将领李舜臣将军的铜像。传说在一场海战中他以少胜多打败了日本。铜像下的石碑上用汉字刻着"忠武公李舜臣将军像"。后边是世宗大王的铜像。他是李氏王朝第四代国王，22 岁执政，54 岁去世。在位时，他创立了朝鲜文字，他统治的时期也是朝鲜王朝的鼎盛时期。

让人感到惊讶的是，铜像旁边有一条景观水道，一路走去，你会看到朝鲜王朝的历史。这样轻轻松松地学历史，不愧为首尔的一大创新。

漫步在韩国著名的广场，没有看到绚烂的木槿花，难免有些遗憾。不过，身着时装的靓男倩女，像一道流动的风景，让人眼前一亮。男生穿普通的 T 恤或纯色的衬衫，搭配一条牛仔裤，自然清爽，休闲感十足，尤其是棕色的头发用刘海遮住前额的发型，更具时尚感。女生精致的小衬衣，迷人的超短裙，一双小短靴，露出了小蛮腰和大长腿，再戴上太阳镜，挎个小女包，穿出了新潮，穿出了"韩范"。韩国的中老年妇女，着装也非常讲究，给人一种优雅、大方的印象，再加上她们善于化妆，把自己打扮得很漂亮。

广场不远处是清溪川，从光华门广场流出的水流向了这里。沿着台阶下去，小河奔腾向前，坐在岸边，清风吹来，好不惬意。在繁杂的闹市区还有这么一块清静之地，不得不称赞城市规划者的良苦用心。

晚饭后，去逛韩国著名的东大门市场。

第三天是全天购物。

第一站是高丽参专卖店。导游说，凡是楼顶挂国旗的商店都是国家办的，但或许这只是一种误导。走进商店，第一次看到了这么多高丽参，想到它的保健作用，我就买了一盒给老人享用。

第二站是紫水晶商店。当买了戒指送给两位老人时，一开始她俩还说不要、不要，可一出商店大门就把戴着戒指的手指，高兴地伸到了阳光下。

第三站是化妆品商店。韩国的化妆品，在中国也很流行。中国游客不仅自己买来用，买回去送朋友都觉得有面子。不一会儿，游客们面前摆满了五颜六色的小盒子，他们拿起这个，放下那个，那满脸的笑容就好像发现了深山宝藏似的。

之后，我们带着满满的收获，飞往号称"东方夏威夷"的济州岛。

济州岛是因120万年前火山活动而形成的火山岛，也是韩国最大的岛。它位于韩国的西南部，相隔济州海峡与本土相望。韩国的第一高峰，海拔1950米的汉拿山就在岛的中央。

第四天，我们迎来了济州岛第一缕阳光。

走出酒店，大口地呼吸起岛上清新的空气。四周看不到田野，只有大片的像焦炭似的火山石铺满地面。没有土就留不住雨水，禾苗在这里失去了生长的环境。

登岛之前就听介绍，济州岛有"三多""三无""三丽"。

"三多"：风多、石头多、女人多。

女人多是因为男人经常出海捕鱼，海难频发，岛上的女人就多了起来。

"三无"：无小偷、无大门、无乞丐。

岛上艰苦的环境让人们形成了邻里互帮互助的传统，主人外出，只要在门口搭上一根木棍已示家中无人就可以了，无须上锁。

"三丽"：民俗、水产品、传统工艺品。

早餐后，前往"龙头岩"。

龙头岩，是由汉拿山火山喷发的熔岩凝结成龙头模样的岩石。它以一幅黑色的面孔、黑色的眼睛，昂首屹立在海边。周边大小不一的黑礁石像是它的龙子龙孙。游人们冒着被海浪打湿的风险，下到海边拍照留念。一时间，黑乎乎的石林里多了许多艳丽的色彩。

📍 龙头岩

📍 大家一起上山

离开龙头岩直奔城山日出峰。该峰只有 182 米，也是火山喷发后留下的"杰作"。远望像一块立在海边的巨石，顶部是巨大的火山口。东南面是陡峭的悬崖，西北面是长满绿草的山脊。

开始登山了，两位老人也想上去看看。半道上，岳母因身体不适气喘得厉害，只好由女儿陪着原地休息。母亲还是执意要登顶，望着她坚毅的面孔，只好随她所愿。来到又陡又窄的石阶前，我和二弟前拉后推，三步一停，五步一息，等爬上山顶，三人都已大汗淋漓。母亲望着脚下的茫茫大海，那张饱经风霜的脸上露出了笑容。

搀着母亲在异国他乡登山观海，这一刻多么珍贵，又多么幸福。我想，这也许是她今生要登的最后一座山了。

城邑民俗村，是一个保留完整古貌的村庄。每户门口摆放着一对祈福的石神像。低矮简陋的房子，由火山石墙体、茅草屋顶搭建而成，小院里摆放着水罐、泡菜坛、小酒瓮等生产、生活用品。

济州岛上还有一座泰迪熊博物馆，在这里你会看到来自世界各地的大大小小形状各异的玩具熊。个个憨态可掬，萌动可爱。望着这些淘气的小精灵，你的童心会瞬间萌发。

游完济州岛，韩国之行就要结束了。大家最后兴致勃勃地体验了一把韩式桑拿浴。两位老人几经劝说，鼓起勇气平生第一次走进桑拿浴室。

洗完桑拿，一顿海鲜火锅成为济州岛的告别晚宴。

第五天，从釜山飞回北京。

六天的韩国之行，留下了这样的印象：

在饮食方面，韩国口味和中国的口味相差无几。比较有名的是"石锅拌饭""人参炖鸡""韩式火锅""韩国烤肉"和"韩国泡菜"等。这里的大米特别好吃，为了环保吃饭都用铁筷。

在交通方面，韩国的交通秩序全部交由电子警察管监，警察只有重大活动或出现交通事故时才会现身。市区内所有车辆行驶有序，没有发现超车、加塞的现象。和欧洲一样，行人过马路时，司机会主动避让。

韩国的机场都不太大，但很便捷，体现了科学的管理理念。

在景福宫参观时，看到老师带着学生在现场授课，在欧洲时就看到过这种教学的场景，非常赞同。走到街上，看到三五成群的小学生放学回家，不见有家长来接。我在想，除了是有意培养孩子们的独立能力外，韩国良好的交通、治安才是最大的保障。

在环卫方面，无论是首尔、釜山还是济州岛，都非常好。街道上看不到环卫工，也看不到垃圾桶。一问才知，自己产生的垃圾自己带走，家庭垃圾每晚有车来上门收走。政府要求垃圾分类，否则拒收或罚款。

在化妆方面，韩国女性有美容化妆的习惯，甚至达到了不化妆不出门的地步。无论街上的行人、餐馆的服务员，还是机场的保洁员，都有得体的妆容。韩国人把公共卫生间称为化妆间，足以看出其对化妆的重视程度。

泰国 *Thailand*

是谁惊艳了世界的目光

　　泰国是一个东南亚的国家，旧称暹罗。如今的它，以绚丽的景色和惊艳的旅游业，吸引了世界的目光。那里有金碧辉煌的大皇宫，有温情脉脉的湄南河，有蓝天碧海的普吉岛，有浪漫多情的巴提雅。还有"千佛之国""大象之国""微笑之国""水果王国"等一串串实至名归的美称。

国家档案

全称： 泰王国
人口： 约 6900 多万，华人约 900 万（2020 年）
面积： 约 51.3 万平方千米
首都： 曼谷
民族： 泰族为主
语言： 泰语
货币： 泰铢
宗教： 佛教
经济： 人均 GDP 7233 美元（2021 年），三大支柱产业为农业、制造业、旅游业。
气候： 热带季风气候，分三季
　　　　热季，2—5 月
　　　　雨季，6—10 月
　　　　凉季，11 月—次年 1 月

曼谷——一座佛光闪耀的都市

近几年，"泰国游"受到了国人的追捧。受之感染，2018 年春，我约上老朋友一起，登上了泰航班机，开启了"下南洋"的泰国之旅。

泰航的飞机，宽敞舒适，尤其是空姐浅浅的笑容，让飞行中的游客如沐春风。5 个小时后，走出素万那普国际机场时，曼谷已是万家灯火。

一觉醒来，感觉很闷热，气温达到 33℃。床头放好 20 泰铢，便兴冲冲地去品尝第一顿泰式早餐。餐台上摆满了各种颜色的菜肴，看得一时不知该从哪儿下手。挑了几样吃起来，有的酸中有甜，有的辣中带酸，但都离不开浓郁的咖喱味道。看来泰国人对咖喱是情有独钟。

一辆崭新的大巴早已停在酒店的门前。上车后，导游双手合十，用泰语"萨瓦迪卡"（早上好），向大家问候。随即驶离了酒店。

旧城的建筑低矮老旧，特别是乱七八糟的电线，像蜘蛛网似的，让街区显得杂乱无章。进入市中心，一座座现代化的高楼迎面而来，曾经的"亚洲四小虎"风采依旧。

跨过宽阔的湄南河，驶入了皇家大道。路中央的绿化带上出现了历代国王和王后的巨幅画像。转眼间，一片金光闪闪的建筑群出现在眼前，它就是著名的大皇宫。

温馨提示

交通： 嘟嘟车充当着出租车的角色。

购物： 乳胶制品、鳄鱼制品、蓝宝石等，是泰国最有名气的产品。

食品： 有各种新鲜的水果干、烤海苔、炸猪皮、皇家奶片、泰国香米等都是特色食品。

药品： 青草膏（跌打损伤、烫伤、止痛、防蚊）、五塔散（腹泻、晕车、肠胃不舒服）是好用的旅行随身药品

美食： 酸辣是泰餐的主打，咖喱是泰餐的标配。有菠萝炒饭、芒果糯米饭、猪脚饭、咖喱牛肉、冬阴功汤等。

在泰国大街上看不到城管，皇宫外面都有小商小贩。看不到乞丐，因为寺庙是他们最终的落脚点。也看不到任何的药品广告。但"711"便利店，随处可见。

● 大皇宫

大皇宫和中国的故宫一样，它是泰王办公、就寝的地方。1782 年。拉玛一世在曼谷建都称王，开始兴建大皇宫，后经历代国王的扩建，形成了泰国现在保存完整、规模最大的皇家建筑群。八世王在宫中遇刺的事件发生后，王室搬离此处，这里就变成了泰国版的"故宫"。除皇家举办重大活动外，平时是供游人参观的历史景点。

来到大皇宫，最让人震撼的是这里的金碧辉煌。在 21.8 万平方米的皇家领地上，挤满了包括玉佛寺、节基宫、律实宫和阿玛林宫等精美的建筑，使大皇宫坐上了泰王室众多宫殿的"头把交椅"。

玉佛寺，坐落在大皇宫的东北角，被视为泰国佛教最神圣的地方。

📍 大皇宫外景

秒读历史
READING HISTORY

泰国只有不到 1000 年的历史，历史上有四大王朝。

1. 素可泰王朝。1238 年，泰族首领膺它沙罗铁率领泰族人，挣脱了柬埔寨吴哥王朝的统治，建立了泰国的第一个王朝——素可泰王朝。第三代国王兰甘亨统治时，势力范围扩展到老挝、缅甸及中南半岛的其他地区。在 100 多年的时间里，该王朝国富民安，并创造了泰国文字，开创了泰国历史的新纪元。

2. 大城王朝。1350 年，乌通王宣布脱离素可泰王国，在大城府建都，建立了阿瑜陀耶王国，后又吞并了素可泰王国。国王被当时的中国明朝封为暹罗王。400 多年后，被缅甸灭亡。

3. 吞武里王朝。1767 年，华人郑信带兵赶走了统治仅有 7 个月的缅甸人，统一了国家。在吞武里建立了第三代王朝，后被心腹查库里所杀，结束了短短 15 年的统治。

4. 曼谷王朝。1782 年，查库里将军将曼谷作为首都，建立了曼谷王朝。查库里自称拉玛一世，清朝册封他为暹罗新国王，为清王朝的藩属国（"拉玛"取自泰国民间的英雄名）。

该王朝一直延续至今。1932 年改为君主立宪制国家，国王变成了象征性的国家元首。1949 年，改国名为泰国。

在泰国北部清迈，历史上还曾有过一个相对独立的王朝，史称兰纳王朝。曾经在 16 世纪到 18 世纪被缅甸人统治。复国后，该王朝在和泰国南部的王朝交往中，拥有高度的自治权。一直到 20 世纪初，才正式成为泰国的一个行政区。

它是全泰国唯一没有僧侣住持的寺庙，因寺内供奉着一尊用整块翡翠雕成的玉佛而名扬海外。

说到玉佛的"身世"话就长了。相传，在清莱兰纳王朝时，忽然有一座佛塔被雷劈开，出现了一尊泥佛，人们将它搬到寺庙供奉。时间久了，它身上的泥土开始脱落，露出了玉佛的尊容。消息传开，还没等清莱人把上香的热乎劲儿过完，就被老挝人抢去，在万象一住就是 200 多年。一直到了郑皇时代，才被当时的大将军、后来的拉玛一世夺回，供奉至今。

这尊玉佛高 66 厘米，阔 48 厘米。头顶金冠，面庞圆润，全身晶莹剔透，金饰点缀，安详的神态中透出一丝庄严。在它的两边，有两尊金身佛像守护，分别代表拉玛一世和拉玛二世。每到换季时，时任国王都要亲自为它更衣，上香礼拜。

整座玉佛寺，包括玉佛殿（大雄宝殿）、先王殿、佛骨殿、藏经阁、钟楼和佛塔。周边还塑造了"鸟身男儿""狮身仙女"等瑞神形象，成为守护玉佛的第一道防线。走廊四周的墙面上有 100 多幅壁画，为拉玛一世时期所绘。

藏经阁里面存放着一本用金子打造的经书，每页金光闪闪，是难得一见的宝物。

卧佛寺，就在大皇宫的旁边。它兴建于泰国大城王朝时期，是泰国最古老的寺庙。后来到了曼谷王朝，拉玛一世对它进行了大规模的扩建。

寺庙内的佛像，右手托头侧卧，脚掌上镶嵌了 108 幅吉祥图案。传说释迦牟尼圆寂时，选用侧卧的姿势，让大家看到他并没有走远，以此安抚芸芸众生。

卧佛寺周围，是一片"塔林"，有大小佛塔 99 座。有的贴着金箔，有的镶嵌

知识点

寺庙

中国唐朝诗人杜牧的诗句，"南朝四百八十寺，多少楼台烟雨中"，用来比喻泰国也非常贴切。

泰国有 95% 以上的人信奉佛教。所以，泰国寺庙众多。从传统寺庙的建筑风格来看，大同小异。

主殿称大雄宝殿。三重檐或四重檐的屋顶设计，立体感很强，给人一种层层向上、雄伟庄严的感觉。佛门东开，殿堂呈长方形，里面供奉着释迦牟尼的佛像。主殿的后面必有佛塔紧随。它们大都是高僧的"坟墓"，最著名的佛塔才是佛陀舍利子的存放地。

彩瓷，一眼望去，十分壮观。

在大皇宫，有座西式外表、泰式殿顶的建筑，叫节基宫。由主楼和东西两侧辅楼组成。主楼和西楼的顶层分别安放着历代王族和皇后、亲王的灵骨，主楼的二楼是泰王接见国宾的地方。没人想到，这么漂亮的建筑，竟然是皇家的一座"坟墓"。在它的西边为律实宫，是国王等王室成员举行丧礼的地方。东侧的阿玛林宫，才是国王举行加冕的辉煌之地。

大皇宫内，人头攒动。为了躲避太阳的暴晒，人们纷纷躲到了长廊、凉亭和菩提树下。一颗躁动的心逐渐平静了下来。前世泰王怎么也想不到，自己威严的皇宫会变成今天百姓自由出入的场所。

离开熙熙攘攘的皇宫，前往大理石寺。

● 大理石寺

这是一处实至名归的寺庙，建造的石材全部来自意大利。走进两只雄狮把守的正门，一尊高约 3 米的金佛，在鲜花的簇拥下，盘坐在大殿内的莲花宝座上，接受着不同肤色的人顶礼膜拜。

大厅一侧的红色地毯上，一位僧人正在为两位明天就要出家的小伙子教化训导，这是每个泰国男人必须要做的事。在他们的心里，一生不做一次和尚，就不是一个完整的男人。

来到后边，发现有 50 尊各个历史时期的佛像在这里展示。看来，它们一旦离开了庄严的殿堂，就变成了古董或供人欣赏的艺术品。

大理石寺的外形像一只待飞的大鸟。它保留了泰式三重檐设计，采用中国琉璃瓦铺顶，安装着仿照西方教堂的长窗和彩色玻璃装饰，使得这座寺庙具有了东西方文化的特征，这里唯独没有看到佛塔。相反，广场上的小湖、凉厅、拱桥等园林景观，看得让人心情特别轻松。

走出寺庙，奔向郊外的北榄鳄鱼潭。

大皇宫内景

103

● 每一次的表演都是一种挑战

● 北榄鳄鱼潭

乘车一个多小时后，来到了位于曼谷东南角的北榄鳄鱼潭，它由泰国华人富商杨海泉创办。这位富商养鳄成瘾，出巨资喂养了近十万条鳄鱼，使这里成为世界最大的鳄鱼养殖场，杨海泉的公司也成为世界名牌"爱马仕"的供货商。

园区里，原本凶恶成性的鳄鱼，竟然变成了没有生命的"雕塑"。一个个张着大嘴，一动不动地蜷缩在岸边。

人鳄大战是专为游客设置的一场表演。看台下，两个穿着红色短衫的小伙子晃动着手中的短棍，将一条3米多长的鳄鱼拖上岸来，用中文喊着"醒醒了，该上班了"。这时，鳄鱼张开了嘴巴，露出了锋利的牙齿，小伙子正要上前触摸，突然大嘴巴啪的一声合上，吓得观众一片尖叫。正当惊魂未定时，一位小伙子把观众打赏的百元红钞，放进了鳄鱼的嘴里，然后来了一次鳄鱼口中夺钱的惊险表演。接下来更让人提心吊胆，另一个小伙子竟然把脑袋伸进了鳄鱼的大嘴，观众们屏住呼吸，一片静默，心都提到了嗓子眼儿上，生怕鳄鱼受点刺激，再来啪的一声，那颗脑袋岂不就像它嘴里的一颗西瓜吗？表演一结束，全场掌声雷动。

返回曼谷，已是华灯初上。夜色下，湄南河岸的郑王庙熠熠生辉。

● 沙美岛

是天空把蓝丢进了大海，还是大海无私映衬了蓝天？踏上沙美岛你就会找到答案。

眼前是一片湛蓝、湛蓝的大海，舒目远望，碧波万顷，海天相连。柔软的沙滩黄里透白，美得让人不忍踩踏。那些翠绿的椰子树叶和棕榈树叶，默默地守护在这里，生怕海风吹走它脚下的每一粒沙子。

在美丽的海滩诱惑下，人们全然不顾平时怕裸露曝光的尴尬，穿着那点儿"遮羞布"，在海滩这个舒展的舞台上，尽情宣泄着难以掩饰的美好心情。就连两鬓斑白的老友们，在浪花的拍打下，也兴奋地拉起手来，喊着口令，玩起了飞跳，虽然个个气喘吁吁，但还是把笑声留给了大海。

　　那些青春活力的少男少女们，不是在沙滩上撒欢儿，就是在海浪中嬉戏，还有黄发蓝眼的西方人，穿着比基尼直直地趴在海滩上，沉浸在日光浴的火热中，在他们的眼里，皮肤要晒成古铜色，因为那才是最棒的健康色。再看那些怕晒的亚洲人，早已跑到椰子和棕榈树下，享受着那份清凉。

　　热闹的钻石海滩，留住了匆匆的脚步。没有去看王子和美人鱼的雕像，也顾不上去奥派海滩狂野一番，反倒变成了一个看客，观赏着浮潜、冲浪、滑水等一幅幅精彩刺激的闹海图。

　　一艘艘快艇在海面上穿梭，划出了一道道白色的弧线，回望沙美岛，真有点不忍离去。假如能在岛上看一眼大海落日，假如能在篝火晚会上炫耀一下自己的才艺，假如……那就一定要重上沙美岛。

● 九世皇庙

　　九世皇庙是拉玛九世王的一大杰作，建造所需款项大部分由华人黄亮先生提供。

　　本以为九世皇庙一定是富丽堂皇的，原来只是一座白白的佛塔。

　　白塔内简单朴素，看不到灿烂的金光，也

浪花中飞出欢乐的歌

海滩炙烤

九世皇庙

知识点

拉玛九世

拉玛九世普密蓬是最受泰国人民爱戴的一位国王。他活了 88 岁，在位 70 年，创造了曼谷王朝在位时间最长君主的纪录。

拉玛九世在位期间，注重经济发展，化解国内矛盾，改善贫困农民的生活，免除学生学费，为孤儿提供奖学金等，为泰国人民做出了突出的贡献。

他一生注重农业，在皇宫内就有自己的实验田，用来培育良种。他动用王室的资金，兴修水利，修建电站，造福百姓。

他的足迹踏遍泰国的各个角落。尤其在泰北地区，实行罂粟替代种植项目计划，受到了国际社会的普遍赞誉。

他一生娶了一个老婆，生育四个孩子。儿子玛哈·哇集拉隆功为现任国王，大女儿从事慈善事业，二女儿诗琳通为泰国红十字会会长，也是中国人民的老朋友。三女儿是泰国癌症协会的会长。

他多才多艺，喜欢音乐、绘画、摄影等活动，受到了泰国老百姓的敬仰。

没有精美的雕饰，但镇塔之宝舍利子供奉在这里。假如把玉佛寺看成是一个披金戴银的贵妇，那九世皇庙就是一个素面清秀的村姑。

在泰国人的心目中，舍利子是最珍贵的圣物。而对于普通人来说，能看到它就是一次非常难得的机缘。这些舍利子的光泽中透出一种神秘，是历代高僧大德留给信徒们的最后一份礼物。

别看九世皇庙装饰简约，可为它而修的皇家园林却尽显奢华。它保留了泰国皇家园林的特点，也借鉴了中国园林和西方园林的一些风格，看上去非常雅致。漫步林间小道，空气清新，满目绿色。槟榔树下，一湾绿水碧波荡漾，路边的各种雕塑、盆景赏心悦目。好一个清清幽幽的世外桃源。难怪拉玛九世在世时对它备加青睐。

九世皇庙和它的蜡像馆，以及周边的七珍佛山，被称为泰国的三大奇观。

● 七珍佛山

七珍佛山建于 1997 年。是泰国政府、当地百姓、华人黄亮共同出资，为泰国国王拉玛九世登基 50 周年送上的一份厚礼。

当初，黄先生买下这座山头时，正值美越开战，美军需要大量的石头用来修建军事基地，就用高价买走了山上近一半的石头。黄先生望着留下的半壁大山，萌发了用它修建释迦牟尼佛像的构想。施工很快开始，先用镭射光束在修整后的石壁上打出了 130 米之高的佛像轮廓，再用 18 吨黄金镶嵌在线条上，然后，把释迦牟尼的舍利子埋在大佛心脏的位置，并在上面镶嵌了七颗价值连城的宝石。七珍佛山就此面世了。

七珍佛山

仰望佛山，不由得想起四川的乐山大佛，两座跨越国界的佛山，用他们不同的自然景观，体现出山是一座佛像，佛像是一座山的恢宏气势。

● 四面佛

早晨，在返回曼谷的途中，参观了泰南最大的四面佛。

四面佛，是华人对"梵天"的俗称。分别代表着平安、事业、婚姻和财运。在泰国被尊为有求必应佛。每当需求应验后，就在其周围摆上一个小雕塑，表示还愿。

芭提雅之行既紧张又兴奋。在见识了这座美艳海滨城市另一种繁华的同时，还饶有兴趣地游览了它周边的著名景点，又趁兴参观了珠宝中心和毒蛇研究中心，体验了痛并快乐的泰式按摩。两天多的时间，虽然有些浮光掠影，但它的美景、故事和体验，给人留下了深刻的印象。

普吉岛——度假者的天堂

普吉岛是泰国最大的岛，有人称它为安达曼海上的一颗明珠。也对，一个只有 30 多万人口的城市，每年要接待 600 多万游客。这样的火爆人气，称它为明珠，自然是当之无愧。

虽然岛上还能见到破旧的房子、如麻的电线、凌乱的广告牌，但在旅行者的眼中，它就是一个众星捧月式的度假胜地。对于普通游客来说，到普吉岛周边众多的小岛游览，成为来这里旅游的全部。

● 攀牙湾

攀牙湾，凭借奇特的海上喀斯特地貌，被人亲切称为泰国海上"小桂林"。

游艇开足马力，劈波斩浪向前驶去，在茫茫的大海里像一片漂泊的树叶。这时，颠簸的船体与海浪发出了一波又一波的撞击声，尽管大家穿着救生衣，心里还是产生了一丝的不安。船舱前，一位地导，穿着大裤头站在那里，像一个出海的渔民，镇定自如地讲述着这里的一切，他的声音在海风中断断续续，有几个姑娘干脆哼起了歌，来平复自己的心情。

突然前方的海面上，冒出了一座又一座秀美的山峰，无数个石灰岩小岛，犹如一片海上石林，蔚为壮观。而那些水中摇曳的红树林，让这片海湾充满了生机和活力。

前面就是割喉岛。这个恐怖的名字其实在泰语中叫"房屋岛"，是指岛上有一座贯通的溶洞，当地人把它看作是挡风避雨的房子。一旦潮水上涨，要想乘船通过时，就得身体仰下，否则就有被垂下的钟乳石片割喉的危险。

山的一侧，是陡峭的岩壁，经过千百年风雨的锤炼，形成了粗犷的线条和浑厚的色彩，经过绿色的点缀，一幅抽象派大师的山水巨作展现在面前。岩壁下，无数橘红色的橡皮艇，像花瓣一样洒落在清澈碧绿的海面上，形成了一道流动的风景。

再往前走，就是因电影《007》在此处取景而得名的 007 岛。只见它双峰耸立，像两扇打开的城门。一座圆柱形的山峰，挺立在它的面前，宛如一道天然屏风，山脚下裸露出一片银白色的沙滩。

事实上，这里还有一座名望更大的钟乳岛。那个巧夺天工的金石洞就在岛上，里面供奉着一尊卧佛，终年香火不断。而洞内形成的石笋、钟乳石更是千奇百态，令人叫绝。至于那个隐

📍 007 岛

士洞人气则少了许多。

一路上，跟团的几位小姑娘，显得异常兴奋，她们换上清一色的小旗袍，露出笑脸玩起了自拍。女团友们也不甘寂寞，一会儿围纱，一会儿戴帽，不想错过这美好的瞬间。饿了就在海上高脚屋吃一顿美味的午餐。

📍 海上高脚屋

● 神仙半岛

它位于普吉岛的最南端。由于这里供奉着一尊四面佛，因此而得名。顺着台阶登上山顶，有缘与四面佛再次相逢，它的旁边是拉玛九世国王的塑像。来泰国后，经常会看到佛和国王同框的场景，原来泰国人一生只崇拜两个人，一个是佛，另一个就是他们的国王。佛是他们的保护神，国王则是他们的救世主。尽管是同框，也得有高低之分，因为国王也是佛教徒。

观景台是游客非常喜欢的地方。站在这里，可以看到印度洋上落日余晖的壮丽景色。太阳慢慢下沉，把海面染成了一片红色。泛波的海水，犹如片片闪光的鱼鳞，那些激动呼喊的少女们，一个个脸蛋红得像熟透的苹果。

● 帝王岛

这名字听起来有点霸气，原本是泰国王室度假专属岛，后来对公众开放。

快艇像一只离弦的箭向南疾驰而去，瞬间把海水劈成了两半，船尾翻腾的浪花，又像一只海燕随你而来。飞溅的水花飘落在脸上，不经意间闻到了印度洋的味道。随着船体和海浪咚咚撞击声的消失，终于熬过了海上的颠簸，来到了帝王岛。

这是一座精致而幽静的小岛。如果说天堂里有海岛的话，那么这就是其投影在人间的化身。这里没有污染，没有嘈杂，也没有繁华的商业气息。只有原始的风光、清爽的空气和灿烂的阳光。走在干净松软的沙滩上，无忧无虑，任凭海风吹过。脚下的海水由清到蓝，颜色一层比一层深，就像画家的调色板，看得让人心旷神怡。

如果和淘气的海水玩累了，那就静静地躺在沙滩上，闭目养神一会儿，或者看天发呆，也可吮吸着清凉的椰子汁，听海浪拍岸，看落日飞霞，还可以和你心上的人垒一座童话沙雕，一起来感受这世外桃源带来的惬意。

● 大皮皮岛

大皮皮岛面积达 28 平方千米。1983 年，与它的"兄弟"小皮皮岛，一同被命名为国家公园。从空中俯瞰，就像一副货郎担，两头是两座小山，中间是两个半月形的海滩，最窄的地方只有几十米。

站在观景台，岛上的每一处景色，可以尽收眼底。那些散落的民居、漂亮的酒吧、特色的餐厅和一幢幢度假小楼，给岛上带来了一片繁华。海风中飘着清香的水果味，有浓郁的榴梿、甜甜的杧果、爽口的小菠萝，还有清甜的椰子汁，让人馋涎欲滴。

从来没见过这么清粼粼、绿茵茵的海水，不知是哪位仙女把翡翠洒落在海里，迷住了无数双眼睛。海水洗涤过的沙滩，又细又软，赤脚踩上去，享受大自然送来的足疗。一排停泊在通塞湾码头的长尾船，就像大海的骄子，把尾巴翘在了天上。

就是这座美丽的岛屿，2004 年曾被印度洋大海啸吞噬，凶猛的海水不知夺走了多少宝贵的生命。它再次警示人们，敬畏自然，尊重生命，这是人类永恒的主题。

晚餐是 BBQ 自助餐。随后来到了"缤纷暹罗剧场"，观看了一场国家级水准的、展示泰国素可泰王朝历史风貌的歌舞剧。

● 小皮皮岛

小皮皮岛，三面环山，一面临海，形成了一个天然的避风港湾——玛雅湾。玛雅湾虽小，但在鬼斧神工打造的悬崖峭壁下，却有一块非常浪漫的沙滩，名字叫"情人沙滩"。那些情侣们在这里摆拍合影，尽情地享受着这片沙滩带来的快乐。

人群中的一片沙滩上，一只可爱的沙雕海龟，被它的主人打扮得惟妙惟肖，这个主人一定是想让心中的爱像海龟那样千年永存。

好可爱的
沙雕海龟

热闹的小皮皮岛

旱鸭子潜水乱扑通，
教练和导游慌了神

　　小皮皮岛上，有许多天然的洞穴，是金丝燕的家，人们习惯地称它为燕窝洞。最出名的当属维京洞穴，洞里有古老的岩画和钟乳石。这些燕窝洞，看上去戒备森严，原来它们都属于皇室的资产。

　　船开到了一片海域，这里海水清澈，可见度高，是理想的浮潜区。游客们穿好救生衣，戴上护目镜，跃入湛蓝的大海，欢笑声一片。

● 珊瑚岛

　　珊瑚岛，有美丽的珊瑚礁。

　　踩着漂浮的气垫桥，一摇三晃登上了小岛。火红的太阳把许多人赶到了遮阳篷下。但我和老伴儿兴致不减，顶着烈日，走进清澈、温暖的海水里。猛然间发现，无数只身着"彩妆"的热带鱼一涌而来。这种"欢迎"的场面让人喜出望外。我们情不自禁地把手伸向它们，小鱼们迅速四散，当你一动不动时，它们就会再次围拢上来。这群海洋里的小精灵，活泼可爱，嬉戏中我竟有点难舍难分。海滩上，也有三三两两的女孩子，打着花伞在寻找心爱的贝壳。

　　珊瑚岛，尽兴的项目非常多，如果身体允许，那就首选海底漫步，亲眼目睹色彩缤纷的珊瑚世界，或坐上滑翔伞到高空俯瞰珊瑚岛的全景。如果你想寻求速度的刺激，摩托艇就是不二的选择。

　　普吉岛，不愧是泰国人气最旺的旅游胜地。这里处处弥漫着温馨和浪

111

漫的气息。无论是无与伦比的阳光、沙滩、海水和岛屿，还是彬彬有礼的服务人员，都给人留下了美好的印象。

清迈——芬芳的玫瑰

它曾经是泰国兰纳王朝的首都，是邓丽君生前最喜欢的地方。这里没有大海的环绕，但有青山的环抱，它"看是一幅画，听像一首歌"，这就是清迈。它位于泰国的北部，是泰国第二大城市，面积 20 多平方千米。由于盛产玫瑰，有"泰北玫瑰"之称。

2019 年 12 月 1 日，带着憧憬，又一次来到泰国，开启了"泰北"之旅。

这是第一次没有导游领队的海外游。由于提前做了准备，机场办理落地签时有中文服务，所以顺利地通过了海关，走进了夜色中的清迈。

清迈的早晨，天空薄云笼罩，四周祥和安静。客房前郁郁葱葱，长满了各种花草，一种白绒绒的吊兰像洋娃娃辫子悬挂在树枝，另一种红彤彤的棒棒花，昂首向上层层开放，还有那些芭蕉树叶，翠绿欲滴，一尘不染。层层涟漪的泳池，透出蓝色的光。就连大门口佛台上供奉的佛像也静静地闪着金光。

太阳渐渐露出了笑脸，大巴驶出酒店，人们的心也一同飞向远方。

● 大塔寺

大塔寺，也叫柴迪龙寺，位于清迈古城的中心，因历史悠久，被评为世界文化遗产。

📍 冬阳下的大塔寺

来到寺院，就被那座雄伟壮观的大塔所震撼。远远望去，它所展现出的宏大气势，无时不在冲击着你的视觉。

这座泛红色的大塔，始建于 1411 年。在一次地震中遭到了破坏，几经修复后，残缺的塔顶保留了下来。

佛塔正面的神龛里，安放着一尊金佛，阶梯

两侧，两条威风凛凛的长龙守护着佛陀的舍利子和兰纳国王的骨灰。基座上还有六个大象头雕像。

大雄宝殿内的游客寥寥无几。在它的旁边，一棵有着几百年树龄的橡树参天而立，是老国王亲手所栽。而当今的拉玛十世国王和他漂亮的王后，出现在大金框的画面中。让泰国百姓在拜佛的同时，不忘国王才是他们的君主。

大雄宝殿

历史上清迈的兰纳王朝和中国西双版纳的傣族，是同一个祖先。直到今天，两座城市的语言、风俗、建筑和文化等相似度也很高。所以走在清迈的大街上，有一种似曾相识的感觉。今天的清迈人提到兰纳王朝难以掩饰内心的自豪，而作为来自友邦的游者，也为这份亲缘关系感到特别高兴。

● 布帕兰寺

布帕兰寺，位于古城塔佩门附近。本来这座寺庙默默无闻，自从徐峥拍摄的电影《泰囧》在这里取景后，名声大起，一下子成为中国游客的打卡之地。

这座建于 15 世纪末的寺庙，建造时正值兰纳王朝的鼎盛时期。所以，尽管寺庙规模不大，但它不缺金碧辉煌，也不缺精雕细刻。

布帕兰寺

进寺参观，不但要求脱鞋、脱帽、摘下眼镜，而且那些袒胸露背，穿着短裤、短裙的游客都会被拒之门外。

与其他寺庙不同的是，寺内三个方向供奉着三尊佛像。正面供奉的金佛，由拉玛九世国王下令建造，在佛的脚下还供奉着高僧的舍利子。右边被涂成黑色的平安佛，是由兰纳王朝第 32 任国王建造，他曾带着这尊佛，把缅甸人赶回了老家。左边的玉佛是曼谷玉佛寺玉佛的缩小版，用玻璃仿制。抬头看顶，有幅指天指地的绘画，意思是天地之间，唯我独尊。

走出寺庙，忽然发现草坪上有一只"唐老鸭"，原来这里有座佛教学校，主办者用这些活泼可爱的卡通形象，吸引孩子们来这里上学。

一上午连看两座寺庙，眼睛有点儿疲劳。但一听说乘坐嘟嘟车绕古城游览，大家的情绪马上又高涨起来。

知识点

泰国的寺庙也是一座慈善机构，救助无家可归的老人和儿童，参加救灾活动，开办佛教学校，为死去的信徒焚化亡身，超度亡灵，等等。

嘟嘟车是泰国最多、最方便的一种交通工具，其实就是一种带蓬布的三轮车，大街上到处可以看到它的影子。在拥挤的路面上，那些日系汽车都被它甩在了后面。坐上它在车流中穿行，有一种乡下人进城的感觉。望着被分割成几段的护城河和残墙断壁的古城墙，不禁感慨万千。当年威严、繁华的都城，在历史车轮的碾压下，衰败成今天的样子。

清迈古城建于 13 世纪末，是兰纳王朝都城的遗址。在保存较为完整的几座城门中，塔佩门最有名气。在这里，你会看到一段最完整的古城墙，从一个侧面看出当年兰纳王朝的富足和强大。大门外的广场上，成群的鸽子起起落落，给游客带来了一种走出沉重历史后的轻松和快乐。

● 清迈大学

坐落在素贴山下的清迈大学，创建于 1964 年。四个校区的占地面积为 14 平方千米，就读的学生多达 3 万人。

校园内，绿草茵茵、鲜花盛开。一幢幢教学楼、实验楼、宿舍楼和图书馆掩映在绿荫之中。波光粼粼的净心湖边，那些追寻梦想的学子们，阅读着、讨论着，沉浸在知识的海洋。

作为佛教国家，校园内同样设有拜佛的香台，做到了学习、拜佛两不误。每年校方还组织学生，参加重大的佛教活动，主动学习佛教思想。

离开清迈大学，向素贴山进发。

📍 净心湖边静悄悄

● 双龙寺

素贴山，海拔 1000 多米，森林茂密，风景秀丽，是泰北的佛教圣地。山上有一座著名的寺庙，因登山的台阶两旁有两条金龙盘守，被称为双龙寺。

说到双龙寺，有一段不可绕过的神奇传说。

14 世纪时，一位锡兰的高僧带着佛祖舍利子来到了泰国，为了寻找供奉的圣地，就将舍利子放在一头白象的背上，任由白象行走，结果白象来到了素贴山，就在现在大金塔的位置停下来绕了三圈，突然大叫三声，倒地死去。依照大象的指点，皇家就在此处建成了一座大金塔，将佛祖的舍利子埋在了里面。从此，双龙寺诞生了。

大金塔，是一座真真切切的金塔。32 米高的塔身贴满了金箔，塔顶又用纯金打造，使整座佛塔从上到下金光灿烂。由拉玛九世国王赠送的水晶莲花和宝石，镶嵌在上方，让佛塔更加耀眼夺目。

金塔的四个角上有四把金伞，那是皇室用来为佛像遮风挡雨的。四周神态各异的小金佛，围在佛祖身边诵经守护。

金塔下，只见一队队人马，赤脚低头，双手合一，念念有词，围着金塔转了起来，祈求佛祖的保佑。还有更多的善男信女，在殿内外上香跪拜，寻找到灵魂的安慰。

大金塔

在寺庙的西北角，一头白象雕塑被供奉在神台上，它是六百年前那头白象的化身。一棵巨大的佛诞树，守护在那里。

离开金光环绕的寺庙，来到清风拂面的观景台，远望山峦起伏，近看树影婆娑，清迈古城一览无余，仿佛又回到了平凡的世界。就在这时，一股玫瑰的清香扑鼻而来，深呼吸后，这清香开始慢慢地沁入心扉。

● 美丹人象营

泰国的大象出自清迈，都有自己的身份证明。但许多人可能不知道，

漂流的竹筏

这个笨重的家伙，竟然能活到 80~100 岁，是森林中的长寿之王。不过，驯养在这里的大象，被剥夺了自由，变成了赚钱的工具。

美丹大象营坐落在茂密的丛林中。旁边有一条小河从山谷中流过，成为大象沐浴和饮水的地方。满载着游客的竹筏漂流而下，一切显得是那样安详、宁静。

一座简易的观礼台上坐满了游客，大象的表演开始了。一上场就表演了足球射门的绝技，命中率 100%，接下来是用它粗壮的大脚给人按摩，轻轻搓揉，拿捏有度，尤其是那根粗大的鼻子卷起画笔，竟然能用不同色彩画出各种花卉图案，超出了所有人的想象。看着它又憨又萌的样子，观众们不断地拍手叫好。

表演中，发现每位驯象师的手中都有一根短棍，上面装有铁针和尖钩，可以想象大象每掌握一种技能，身上要留下多少伤痕？再想想马戏团的动物，又有哪个能逃脱这种痛苦的折磨？还有古罗马的斗兽场，西班牙的斗牛……

"请把钞票递上来"

表演刚结束，这些"演员"们，纷纷来到观众席前，先向你点头致意，然后伸出长长的鼻子，等待打赏，收到香蕉送入口中，收到小费乖乖上交，然后发出了"噢、噢"的感谢声。一头小象，发现自己的鼻子比别人短，情急之下干脆跨过了木栏。老伴儿看到它可爱的样子，鼓起勇气把人民币放到了它的鼻孔里。

到了互动收费环节，那些大胆的女孩子们，有的被象鼻子卷到了空中，有的被象鼻子缠住了脖子，还有的坐在两根象鼻子的中间荡起了秋千。

看到大象温顺的表情，迫不及待的女团友们，每人付费八百泰铢，满心欢喜地坐在了大象的背上，一步一晃跨过河流走向森林。

● 元宝庄园

元宝庄园，在美丹县的元宝村，是一处正在开发的旅游度假地。

漫步在这里，看不到一丝庄园的影子，满眼都是绿色的田野。一片片绿油油的稻田，一行行柠檬、菠萝、火龙果等果树，还有望不到头的芭蕉林。稻田边，几间茅草屋，两头老黄牛，一个稻草人，连同山坡上的那堆草垛，被斜阳照得一片金黄。而那些穿得花红柳绿的村姑们，像一只只彩蝶在田间穿行，给这片土地带来了生机和希望。

一阵轰鸣声打破了宁静。男士们开着山地摩托车飞驰在田间小路上。女团友们也毫不示弱，全副武装跨上摩托车，伸出拳头，摆出一副冲锋在即的架势。随着车轮的转动，留下了她们英姿飒爽的背影。

♀ 谁说女子不如男

清风吹来，花果飘香。一桌丰盛的水果宴摆在了眼前。看到这么多新鲜好吃的水果，女士们个个喜笑颜开。大家边吃边聊，欢乐的笑声飞向了田野。

晚霞映红了天边，激情高涨的人们，忘记了旅途的劳累，忘记了归去的时间，面对着被霞光染红的山谷，久久不愿离去。

● 魏功甘古城

这是一座被埋在地下 700 多年的古城，直到 20 世纪 80 年代才被发现，得以重见天日。

早在 1286 年，兰纳王朝的明莱王，在这里建起了王朝的第一个首都。可惜好景不长，在连年水患的困扰下，明莱王被迫迁都于清迈。之后，一场更大的洪水，让原本失落的都城再遭灭顶之灾，淤泥把它彻底埋在了地下，从此被人遗忘。

从挖掘的现场看，许多建筑损毁严重。令人欣慰的是，一座 5 层高的四方佛塔被完整地保存

♀ 四方佛塔

下来。传说，塔上雕刻的 64 尊佛像中，有 60 尊是明莱王为纪念他 60 位妃子而立。其余 4 尊是缅甸人统治时另加上去的。

古城到处是残墙断壁，相信在不久的将来，一定会看到它历史的原貌。

● 泰国国家博物馆

这是一座兰纳风格的建筑。馆内收藏着许多兰纳王朝的历史文物。一座地方城市能有国家级的博物馆，清迈的历史地位可见一斑。

博物馆分上下两层。展厅通过实物、模型、画板、照片、文字等，展示了兰纳王朝过去的辉煌。许多展品，给人留下了深刻的印象。

大厅里有尊青铜佛陀头像，硕大的造型、精湛的工艺让人惊叹不已。提到冶炼青铜，那可是中国古代的独门手艺，莫非这尊青铜头像得到了中国的真传？

一副宽大如床、雕工精细的国王宝座，驮在了大象背上，它的四周刻有蝙蝠、喜鹊、龙等中国的吉祥图案、从中看到了中国文化在泰国的传播。

展示柜里陈列着清迈兰纳王朝第九位国王的金衣王袍。缜密的线条、亮丽的花纹、闪光的金片，让这件王袍像一件将军的战袍。和中国汉代出土的金缕玉衣，有异曲同工之妙。

一圈下来，发现那墙上画的，地上摆的，什么猿人头像、石器工具，什么钻石取火、象形文字等，让我仿佛回到了中国原始社会的石器时代。要不是兰纳风格的木雕、佛塔在那里陈列，还以为是在重温中国的古代史。

● 宁曼一号

别以为来清迈只是观寺庙、骑大象。想要体验现代和时尚，那就到宁曼路上的宁曼一号去逛逛。它可是无数年轻人的热捧之地。

漫步街区，看到欧式、泰式和东南亚风格的不同建筑在这里扎堆亮相。一座座门店被打扮得高雅时尚，门口那些活泼可爱的卡通形象，留住了游客匆匆过往的脚步。

走进宁曼一号的大门，第一眼就看到了画着京剧脸谱的老人。他在用这种独特有趣的方法，吸引孩子们买他的气球玩具。一口流利的中文，让你不知道他是泰国人还是中国人。

前边就是被红砖建筑包围的露天中心广场。望着高高的钟楼，有一种置身北欧街区的错觉。广场上，临时搭建的店面，被彩灯串联了起来。狭窄的通道，挡不住"汹涌"的人流。五颜六色的各式甜点，看得让人口水打转。

在一个角落，有一个音乐小广场。在那里许多人边吃边欣赏吉他手忘我的演唱，享受着这慢悠悠的轻松时光。或许，这就是人们常说的，不要亏待自己的一种生活方式。

转身拐进另一条小巷，有一座露天的小商品市场，各式各样的商品，看得人眼花缭乱。这里有一群来自清迈大学的年轻人，她们设计的作品新潮、时尚，个性十足，充满了小资情调，成为许多外国游客选购的伴手礼。

至于楼上的那些世界名牌，就留给名人们去盘点吧。

清莱——"黑""白""蓝"的诱惑

中午时分，吃完热气腾腾的"火山排骨"，就向清莱出发。

清莱，是泰国的一个府。面积有1万多平方千米。清莱和清迈是泰北的一对兄弟，如果把清迈说成是泰北，那么清莱就是泰北的泰北。

13世纪中叶，明莱王到这里安营扎寨，建立了自己的独立王国。但因这里地处"金三角"，战略地位非常重要，相邻的泰、老、缅三国不时兵刃相见。又遇都城连年水患，为了安生，明莱王忍痛率众迁都清迈。

18至19世纪，在西方人的怂恿下，这里开始种植罂粟。到了20世纪80年代，妖艳的罂粟花已经满山遍野，这里一跃成为世界最大的毒品生产基地。后来，在中国的支持和泰国政府的强力干预下，采用替代植物安抚百姓。从此，这种被称为"魔鬼之花"的罂粟，逐渐淡出了人们的视线。"金三角"地区的百姓开始了全新的生活。

车子驶出颠簸的山区，前边就是边境小城美塞。

● 美塞

美塞位于湄公河与美塞河交汇处，是进入"金三角"的必经之地。小城有一条南北大街，北端就是美塞河。眼前的美塞河，河道宽广，只有一条细流缓缓流过。如果没有海关和铁丝网的阻挡，走过石桥就可以到对岸缅甸的大其力镇。

小城街道两旁的商铺一家挨着一家，从里到外摆满了土特产品和手工制品。在众多的商品中，中国义乌的商品特别亮眼，散发着现代的光泽。那些行色匆匆的男女，穿梭往来的摩托车，还有出关入关的各式货车，为小城增添了繁荣的景象。这里的泰国人、中国人，还有脸上涂着厚厚白粉的缅甸女人，生意做得风生水起。让这座曾经毒品泛滥的小城，以一种崭新的面孔，重新站在了世界的面前。

● 金三角

提起金三角，国人几乎无人不知。金三角是泰国、缅甸、老挝三国交界的一块三不管的三角地带。在这片 19.4 万平方千米的土地上，种植的鸦片、开采的玉石、交易的黄金，并没有给这里的百姓带来富足，反而滋生了掠夺、残杀和恐惧。那些荷枪实弹的武装、那些走私贩毒的团伙、那些刀尖上行走的亡命之徒，让这片土地充满了血腥。

流经金三角的湄公河，是亚洲唯一一条穿越六国的国际河流。所以有人称它为"东方的多瑙河"。它的上游是中国云南的澜沧江。一旦澜沧江枯竭，将给沿途国家带来灭顶之灾。从这个意义上讲，喝这条江水的国家，没有不友好的任何理由。

然而在 2011 年 10 月 5 日，这里曾发生了湄公河惨案，造成了 13 名中国船员全部遇难的悲剧。这是中国人对金三角最彻骨铭心的印象。

如今，站在这片曾经令人毛骨悚然的土地上，你已看不出曾经的混乱、罪恶的痕迹，一切变得宁静安详，只有湄公河还在滔滔不息地洗刷着过去发生的罪恶。

沿着湄公河，来到了金三角的中心——索拉。由于它靠山傍河，曾经是贩毒最猖獗的地方，如今被改造成了日渐火爆的旅游景区。

最亮眼的是那尊坐镇河边的大金佛。只见他端庄慈祥，含笑不语。以大慈大悲之心，泯灭人世间所有的苦难，让昔日的国仇家怨，随着湄公河而永远流逝。

最招人的是那座立在河边的牌坊，上面有泰、缅、老三国的版图和国旗，被争先恐后的游客当作到此一游的见证物。

📍 金佛乘舟行，两岸皆平安

最惬意的是那艘有龙凤模样的游船，站在船头，眺望对岸老挝的山水草木，到此一游的心情早已按捺不住。

游船离开码头，开进了水流湍急的湄公河。浑浊的河水，夹裹着泥沙一路向南奔去。一阵清风吹来，顿感神清气爽。忽然左边的岸上，出现了一块巨大的广告牌，上面写着：淘金圣地，度假天堂。下边的石头护墙上，一行"金三角经济特区欢迎您"的大字也特别醒目。这些用汉字书写的广告，明摆着想吸引中国人的投资。就在离它不远的地方，一座现代化的高楼拔地而起，原来是澳门人新建的豪华赌场。这澳门人眼光也太独到了，凭借湄公河，坐拥金三角，要赚几国人的钱啊？

虽有隔河千里远一说，但只要有船，问题就变得简单了许多。游船停靠在了老挝一方的木棉岛码头。岛上有一座小商品市场为游客敞开了大门。本土产的咖啡、水果、啤酒、香烟，都可以先尝后买。那些用锡制作的工艺品精致好看，成为爱好者的囊中之物。经过导游的指点，许多游客纷纷为这些会讲流利中文的老挝姑娘们，递上了一张张钞票。

虽然只是一个多小时的购物，但还是有点

📍 木棉岛市场

小兴奋，我们曾经来过老挝。

● 白庙

白庙也叫龙昆寺，是泰国艺术大师查伦猜于 1998 年建成的私人寺庙。由大雄宝殿、博物馆、许愿池和黄金厕所等建筑组成。

这座像雪一样白的庙宇，朦胧中让人不觉失神。这一定是天堂降临的寺庙，否则，这大师一定是疯了。

他的疯狂，给世界带来了一座独一无二的寺庙。它是寺庙，但更是一件无与伦比的艺术品。他的疯狂，让你感悟到了，原来寺庙还可以这样，庄严中还可以充满浪漫。

那白色，象征着佛祖的圣洁。发光的玻璃片，代表着佛祖的智慧。无数的线条，是照亮宇宙的射线。还有那些出神入化的图案和精细的雕刻，是提醒人们在欣赏中不忘沉思，按照佛祖指引的方向，锲而不舍地向前走去。

寺庙前，是一池清澈的湖水。当太阳西下时，白色的寺庙倒映在水面，和水中的蓝天、白云融为一体，给人一种天空之镜的幻觉。池边的"奈何桥"是大师又一独到的设计。用一座小桥，把人间、地狱、天堂表现得淋漓尽致。当你走上桥后，看到两边地狱中伸出无数的"鬼手"，仿佛在呼唤来救赎他们的灵魂。过了桥就是天堂——大雄宝殿。他在告诫人们，地狱和天堂仅一步之遥。所以活着就要行善积德，死后才能进入天堂。

过桥时，不要回头，也不要走回头路，讲究。

白庙的旁边，有座被人刮目相看的黄金厕所，它是这里唯一一座金灿灿的建筑。把一个"出恭"的地方，硬生生地"豪"成了一大景点，恐怕全世界也只有查伦猜大师才能做得出来。

许愿池就在这座金色建筑的旁边，仿照的是意大利古罗马时代的一处水池，但被查伦猜大师消化吸收，并融进了泰国的元素，成为游客的新宠。

白庙之雅

白色的穹顶下，一座精致的水池里收纳了无数枚硬币。几位姐妹兴致勃勃地围在一起，双眼一闭开始许愿，投下了手中的硬币。

● 蓝庙

蓝庙，顾名思义也就是蓝色的庙。他是查伦猜的弟子吸收了师父的大胆设计，把一座寺庙装扮成了蓝色的殿堂，就连供奉的释迦牟尼也被蓝光笼罩，让人再次看到了泰国人对佛教文化的全新表达。

蓝色大雄宝殿的入口处，有两条蓝色长龙把守。走进大殿，大佛的金身也披上了幽静的蓝光。金色的画框，在蓝色中特别的耀眼，画框中的画作讲述着佛祖苦心修炼、教化世人的故事。

一圈下来，觉得蓝色在这里被用到了极致，也感受到了设计者的用心良苦。从主殿到佛塔，从池边的泰式"美人鱼"，再到大门口的两尊人面龙身雕像，都被涂上了浓浓的蓝色，散发出凝重、静谧之美，仿佛是海底世界浮出的一座蓝色的龙宫。

如果把白庙比作一朵盛开的白菊花，那么蓝庙就像草原上的一朵马兰花。当清脆的菩提风铃声渐渐远去时，蓝庙送来的这份宁静将在心中沉淀。

清莱，是一个色彩斑斓的地方，更是一个激动人心的地方。

假如你有时间，那就租辆自行车，去丛林深处的村庄，去看看大毒枭坤沙曾经是如何在这里搅动世界的。

假如时间由你支配，那就到清莱西北 60 千米的美斯乐。那里有泰国最大的华人村，他们大都是国民党 93 师的军人及他们的后代。70 多年来，他们还在这片异国他乡的土地上繁衍生存。当年香港歌手张明敏激情演唱的《美斯乐》，唱出了中华儿女的心声：

在遥远的中南半岛 / 有几个小小的村落 / 有一群中国人在那里生活 / 流落的中华儿女 / 在别人的土地上日子难过 / 饱受战争的折磨 / ……

📍 蓝庙之幽

日本 *Japan*
一衣带水的东瀛之旅

日本是一个四面环海的岛国，以繁华、发达、干净、讲究礼仪闻名世界。日本又是一个让中国人无法忘却的国家。20世纪三四十年代日本侵华战争的那段屈辱历史，已经成为每个中国人永远的痛点。

虽然说要不忘历史，面向未来，但一提到去日本旅游，心里还是有些纠结，一直到2019年3月，我才踏上了这块土地。

国家档案

全称：日本国
人口：约1.26亿（2020年）
面积：约37.8万平方千米（山地和丘陵占71%）
民族：主体民族为大和民族
首都：东京
语言：日语
货币：日元
宗教：神道教（本土教）、佛教
经济：人均GDP 3.93万美元（2021年），世界第三大经济体，支柱产业为汽车产业、动漫产业、电子和半导体产业。
气候：温带海洋性季风气候

初春的大阪

大阪位于日本的关西地区。这座以寺庙为中心而修建起来的城市，曾一度是日本的首都。16 世纪后期，丰田秀吉重建了大阪城，使它焕发了新的生机。到了 17 世纪，德川家康将它变成了当时日本重要的经济中心，1899 年正式设市。

如今的大阪，已经成为日本第二大城市和日本最重要的国际贸易港口。

从关西国际机场走出，最眼熟的是日文中夹杂汉字的标牌，想到马上要和大和民族面对面接触，一种好奇开始在心里蠕动。

早就听说日本管理精细，今天终于有所见识：

在机场，运送行李的传送带周围用黄线间隔，没有了人挤人的乱象，对于那些行动不便的旅客，有专门的行李员提供帮助。

在酒店，服务生会主动送你一张卡片，上面写着酒店的名称、Wi-Fi

秒读历史 READING HISTORY

说日本人来自中国，你一定会觉得惊讶，不过一直都传说秦始皇派出寻找长生不老仙药的方士徐福曾带五百童男童女来到这里繁衍。不说日本的天皇始祖，就是日本前首相羽田孜，也曾公开承认自己是中国秦始皇的后人。

按日本的传说在中国东周时期（公元前 6 世纪），日本岛上一个号称"大和"的政权，征服了众多小国，建立了统领大半个日本的"大和国"，首领自称"天皇"，当时的开国始祖便是神武天皇。

不过按中国史籍的记载，中国东汉时，日本被称为"倭奴国"，也叫倭国，是东汉的藩属国。当时的东汉朝廷也曾赐给这个国家的国王一枚金印。

中国三国时，日本邪马台国的女王卑弥呼，一举成为众多小国的盟主，并与三国中的魏国保持着密切的关系。

到了唐朝，日本元明天皇迁都（公元 710 年）平城京（奈良），这位女皇开始不断地派遣唐使来中国学习，全方位向中国学习，定律令、铸钱币、仿长安、建京城等。她虽在位七年，但政绩颇丰，后让位于女儿。她在位时，日本进入了著名的奈良时代。

公元 12 世纪，日本进入了长达 600 多年的幕府时代。武士从此登上了政治舞台，逐步掌控国家权力。

的密码、联系方式等，非常方便。

在商店，购物时不用担心语言沟通问题，商家备有小翻译机，有的干脆接通翻译中心为你提供一对一服务。

在路上，空中天桥四通八达，实现了人在桥上走，车在桥下行的人车分流出行方式。再加上纵横交错的地铁，形成了立体的交通网络，破解了人多地少的难题。就连上、下天桥的楼梯，也是按方便盲人

大阪市区

的标准设计，防滑并装有扶手，晚上还能发光为行人引路。

所有这些，似乎让我明白了一个小小的岛国竟然能成为世界十大经济体之一的秘诀。

走出酒店，夜幕下的大阪，早已灯火璀璨，流光溢彩。一座巨大的摩

最初是镰仓幕府，之后是室町幕府。后来随着室町幕府的倒台，全国陷入了混乱，日本进入了战国时代。

公元 16 世纪末，骁勇善战的丰田秀吉统一了日本。之后，他两次派兵入侵朝鲜，但在中国明朝政府和朝鲜王朝的抗击下失败。最后他因病而亡，日本再次陷入混乱。

公元 17 世纪初，德川家康创立江户幕府，国家大权被德川家康把持，天皇成了摆设。日本走上了国内和平时代。

公元 19 世纪中叶，明治天皇进行"明治维新"，引进西方文化，推行富国强兵政策，开启了一系列近代化改革。

1894 年，日本发动了甲午战争，1895 年与清朝政府签订了《马关条约》，侵占了中国台湾和钓鱼岛等。

1910 年，吞并朝鲜，在朝鲜半岛殖民长达 35 年。

1931 年至 1945 年，日本发动了侵华战争。最终以战败国的身份在投降书上签字。

2019 年，日本第 125 代天皇明仁退位，"平成"时代结束，其子德仁天皇继位，国号"令和"。

天轮，在彩色灯光的照耀下美轮美奂。走在天桥上看着匆匆而过的行人，顿时有一种身在他乡的孤独感。

早晨来到餐厅，突然看到身穿不同国家制服的空姐也在这里用餐，原来这里是她们常住的酒店。这些飞越蓝天的国之骄子，个个身材窈窕，气质高雅，妩媚动人，像一只只美丽的蝴蝶穿行在餐厅中。人群中，身穿紫红色制服的中国空姐非常显眼。我从来没有在一个场合里看到这么多国家的空姐，一时间，一顿早餐变成了空姐专场服装秀。

餐台前一件六格小菜托盘，给人一种新鲜感。每个小格子里只能放很少的小菜，达到了多品种、少浪费的目的，吃起来还显得讲究，不得不佩服日本人的精打细算。

这天的早餐尝了新，养了眼，愉悦中新的一天开始了。

● 春日大社

春日大社是位于奈良公园春日山下的一座神社，也称春日神社。它是全日本春日神社的总部，也是日本的三大神社之一，距今已有1300多年的历史，被评为世界文化遗产。

神社里供奉的是日本古代传说中的四位大神。传说曾经有位大神骑着一头白鹿

> **—— 知识点 ——**
>
> **神社**
>
> 　　指日本本土宗教——神道教里所说的神的住所。神道教所尊的神包罗万象，有人、有山、有河，也有动物。所以，日本的神社很多。

到此仙游，权势显赫的藤原家族得到这个消息后，立即在这里建起了神社，并为那头神鹿塑造了铜像，还在园内放养了众多小鹿。

公园广场，一块刻着"春日大社"四个汉字的巨石特别醒目，可见中国文化对日本影响之深远。最受游客喜欢的是那些三五成群的小鹿，它们一双双眼睛不停地盯着游人，一旦看见有人吃东西，就会迅速贴上去

📍 见面分一口行不？

张嘴讨要，还有的小鹿不停地向你鞠躬致谢，让人忍俊不禁。

进山的门呈"开"字形，被称为"鸟居"。它像一个简易的大牌坊，是神住地域和人住地域的分界线。我只是不明白为什么要叫鸟居。进入鸟居，有一座泉水台，专供信徒们舀水净手，喝水静心，让清凉的泉水把污秽和杂念全部清洗干净。

参拜道两旁，排列着大小不一、造型别致的石头灯笼，都是由企业和个人捐赠，所以也称"献灯"。它们如同一条长龙随着山势浩浩荡荡，盘踞而上，形成了一道独特的景观。长满绿苔的灯柱之间经常有小鹿探出头来，让这片幽静的神域，增添了一种灵动。

神社的四周古木参天，遮天蔽日。最老的古藤树龄长达 700 多岁。供奉神灵的朱红色大殿，在原始森林的守护中，在 3000 个灯笼和上千只小鹿的陪伴下，已经成为日本人心中永远的精神家园。

除了参观的游客，一些前来参拜的日本人也络绎不绝。

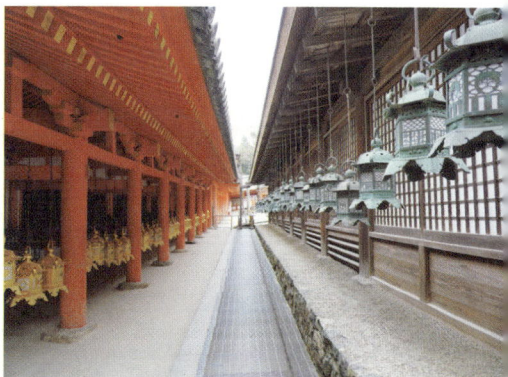
神社里的灯笼

● 心斋桥

心斋桥，不是一座桥，而是大阪市的一条著名商业步行街。在 600 米长的弧形棚下，拥挤着几百家大大小小的商店，用密密麻麻、川流不息来形容这里的人流没有一点夸张。

走进一家服装店，有一位身材高挑、眉清目秀的女店员，看到客人进来选购衣服，她非常热情，马上拿出翻译机与你沟通，当你选购了自己喜欢的服装后，她像一个调皮的孩子，迅速为你打包，

繁华的心斋桥

129

并高高兴兴地送你到门口。

在"吉野家"吃过午餐，奔向大阪城公园。

● 大阪城公园

公园内的大阪城是日本历史名城。高大的石头城墙，看上去有一种威严冷酷、不可撼动的感觉。一条护城河将大阪城紧紧围住。最耀眼的是一座八层之高的、镇守中央的天守阁，它是这座城堡中最高的建筑。16世纪时，这里原本是一座寺庙。后由"战国三杰"之一的丰田秀吉，在原址上建造了这座豪华宫殿。之后的几个世纪中，多次遭战火损毁。一直到1931年，通过民间集资才得以重建。重建的天守阁

绿树掩映中的天守阁

使用了现代的钢筋水泥，失去了古建筑传承历史的功能，因此没有被评为世界文化遗产。

古城分内、中、外三部分。唯有樱花门是仅存的历史真迹。

公园内还有让你意想不到的看点：日本人把两个不锈钢制作的球型"时间舱"埋在了这里。舱内存放了包括种子、布匹、电视等各种物品，每隔一百年开封一次，查验、采集里面物品的变化数据。看到这儿，不得不佩服日本人深谋远虑。

漫步在护城河边，闻到了樱花的清香。那些树冠硕大的樱花树，正在春天的暖阳下扬红吐绿，英姿勃发，呈现出万朵花蕾挂满枝的壮观景象。或许就在明天，这里就会变成一片花海，装扮整个春天。

> ### 知识点
>
> **战国三杰（16世纪）**
>
> 织田信长：日本的政治家、军事家。他的目标是谋求全国统一。在愿望就要实现时，因自己的心腹反叛而死。
>
> 丰田秀吉：是织田信长的部将。织田死后，他总揽大权，完成了日本的统一。后因病去世。
>
> 德川家康：他是织田信长的发小，儿女亲家，又是丰田秀吉的妹夫。他们之间有合有分，丰田秀吉死后，他趁势崛起，建立了江户幕府，带领日本走进了国内和平的时代。

雨又下了起来，一支打着花伞的队伍瞬间变得五彩斑斓。春天来了，春雨从来挡不住游人的脚步。

早晨起来，小雨绵绵，望着雨中的大阪感到意犹未尽。

去往京都的路上全是高架路，总感觉自己行驶在没有尽头的大桥上。迎面而来的路标，挤满了汉字，使我有一种仍在国内高速路上行驶的错觉。桥下，一片片田字格的农田，一排排塑料大棚，有点中国江南水乡的模样。路过一座小城镇，出现了一支开着类似赛车的队伍，他们兴高采烈，像是来郊游的游客。街道上看不到行人，只有几棵快要光秃的行道树还在那里挺立。从又长又窄的小巷望去，二至三层的民居小楼拥挤在一起，看不出发达国家的一点现代气息。唯独让人惊讶的是街道非常干净。

一个多小时后，来到了京都。

京都一瞥

京都市地处关西地区，是京都府所在地。古代桓武天皇在这里建都，称它为"平安京"。那个时候，正赶上中国的唐朝兴旺发达，天皇继续派遣使臣西渡学习，唐朝的长安城变成了他们建都的样板。这座古老的城市曾作为日本的首都长达1000多年，直到新的首都东京诞生。

京都作为历史古城，保存了大量的神社、佛寺等宗教文化遗产，其中金阁寺名气最大。

金阁寺，正名叫"鹿苑寺"，是一座佛寺。由于外墙上贴满了金箔，就被称作金阁寺。

金阁寺，建于1397年，最初是足利义满将军为自己建造的住宅，等他离世后，后人就按照他的遗愿将其改建为寺

依山傍水的金阁寺

院。20 世纪 50 年代，遭大火烧毁，后经重建再次展现在人们的面前。

眼前的金阁寺，分上、中、下三层，身居青山绿水之中。优雅、恬静的环境，的确是学佛修行者的世外桃源。尽管没有宏大的气势，也没有精雕细刻的造型，但它还是以端庄、尊贵和悠久的历史成为赫赫有名的世界文化遗产。

站在碧绿如镜的湖水边，金阁寺的倒影十分好看。湖中圆心小岛上，两棵绿树相依在一起，犹如一对僧侣在那里默默诵经，几只野鸭围着小岛轻轻地划过，一起分享着这美景。

传说，日本动画片中的"一休"，八岁时曾来到这里，留下了一段与足利义满将军交往的佳话。

自古以来，日本就是一个信奉神明的国家，大大小小的神社遍布全国。所以，看古迹进神社是跟团游绕不开的行程。

平安神宫

平安神宫和伏见稻荷神社是京都的两大神社。

平安神宫是 1895 年，为纪念桓武天皇迁都平安 1100 年而建。建设京都的日本第五十代桓武天皇，就成了这里的主祭神。排在第二位的是日本第 121 代的孝明天皇，他是一位最后住在平安京的天皇。

1976 年，这座寿命只有 80 多年的神社，遭人纵火焚烧，直到 3 年后，在民间捐资下得以重建。

京都的伏见稻荷大社，建于 8 世纪，是全国万座稻荷神社的总社。这里供奉着掌管农业和商业的大神——稻荷，是日本香火最盛的神社之一。里边众多朱红色的"千本鸟居"，组成了一条红色的长廊一直通到了山顶，有点像中国安徽歙县棠樾村的牌坊群。而这里的狐狸石像被视为稻荷的使者。

日本神社起源于 7 世纪，正好是中国唐朝，受中国文化的影响，无论是它的主殿，还是平安神宫里的"神苑"，都明显保留了浓厚的盛唐时期的风格。

平安神宫旁有一家喝日本"抹茶"的茶室。落座后，在讲解员的指导下，先用小草刷把杯里的茶搅成绿色糊状，然后左手托底，右手护杯，分三口将其喝完。口味很浓，勉强咽下。

其实，日本的茶道来自于中国，来日本品茶最重要的是体验改良后的日式服务。

从伏见稻荷大社下来，沿路看见了许多穿和服的少女，花花绿绿，非常显眼。一看走路的姿势，十有八九就能猜中哪些是真正的日本少女，哪些是租上服装专为拍照的中国游客。

📍 伏见稻荷大社

火锅是亚洲人的独创。有韩式的、泰式的、中式的，各自配菜不同，味道也各有特色。这天午餐正好赶上一种专门为日本相扑运动员量身定制的"相扑火锅"。里面放了鸡肉、鱼肉、豆腐，搭配了各种蔬菜，相当于中国北方的什锦火锅，吃起来还算可口。据说，这四人大锅不够相扑运动员一人充饥。

听说入住的"滨名湖酒店"设有温泉，奔波了一天的我顿时喜出望外。掀开带"汤"字的布帘进去一看，眼前的温泉原来是一个大澡堂子。里面设施陈旧，但规矩还得遵从：穿浴袍要用左襟压右襟，反之，就变成了穿寿衣；入浴时，要求先洗身；冲沈

📍 团员们开心地吃着日本火锅

时，为了不给别人溅水，只得坐在小板凳上用喷头冲洗，等等。望着周围赤条条陌生冰冷的面孔，泡温泉的惬意已经跑得无影无踪。

早晨起来，终于看到天空干净得不挂一片云彩，兴奋地举着相机站在阳台上，与晨曦下寂静的海湾和远处依稀可见的山峦，一起等候着一轮红日冉冉升起。

一轮红日喷薄而出

车窗外的富士山

天边开始出现了一抹红色，那是躲在山后的太阳露出羞涩的红光。一会儿，它慢慢地探出半个脑袋观望世界，然后带着一身的金光跃过山顶，光芒四射。此时，我的相机响起了清脆的快门声。

带着早晨收获的愉悦，来到了富士山脚下。

● 富士山

富士山位于东京西南方约 80 千米处，高 3776 米，是日本最高、最美的山峰。多少年来，它是日本文学赞颂的主题，也是世界摄影家们纷至沓来的拍摄地，更是旅游爱好者必去的打卡地。

在日本人的心中，它是"神山""圣地"，被誉为国家的象征。2013 年入选世界文化遗产名录。

让人惊讶的是，这座处于休眠状态的活火山，为德川家族私人所有。日本政府多次出面收购，均遭到了拒绝。

旅行车顺着山路向前驶去，在游客的尖叫声中，富士山终于露出了她的容颜。

记忆中照片上的富士山，山巅上的那团白雪犹如戴在少女头上的一顶帽子，下边薄薄的云雾如同一块纱巾围在了她的脖子上，显得纯洁美丽，风姿优雅。今天她却一反常态，全身白雪皑皑，变成了一个披着婚纱出嫁的新娘。也许是为了不被人"打扰"，上山的路也被封了，让原本想登上"五合目"问候"五湖""八岳"的来客的美梦化成了泡影，真切感受了一把有"机"没"缘"的窘境。虽然未能登山，但她独特的、洁白优雅的姿态深深印在了我的脑海里。

富士山下有一处"忍野八海"景区，号称日本小九寨沟。去了一看，让人大失所望。原来它是利用富士山融化的雪水，建了八个小水池，又修了几座人工小景观，为了拉拢游客，就给大大的起了个"八海"的名字。

忍野八海旁边的村落

见到东京

东京原名江户，位于关东地区。历史上曾受到地震和战争的多次伤害，尤其是二战时期，遭到了美军飞机的轰炸，让它遍体鳞伤。战后，经济发展迅速，一跃成为实至名归的现代化大都市。

穿过高楼大厦的街区，来到了东京赏樱胜地——上野公园。

东京近郊的早晨

● 上野公园

上野公园被称为日本第一园。原本是德川家族家庙之地，1873 年改建为公园。它不仅是东京著名的赏樱之地，也是东京的文化中心。

上野公园占地 50 多万平方米。每到春天来临，1000 多棵樱花树，把这里打扮得分外妖娆。春风吹来时，粉白、轻柔的花瓣满天飘洒，犹如一场盛大的樱花雨，花香四溢，令无数赏樱人流连忘返，迟迟不愿离去。

许多人坐在树下品酒赏樱，其乐融融，让时光在这姹紫嫣红的世界里慢慢流淌。而那些匆匆

知识点

区划

一都：东京都。

一道：北海道。

二府：京都府，大阪府。另有四十三个县。

135

而来的过客，正在漫无目标地寻找着触动心灵的那一个景，那一朵花。

作为东京的文化休闲中心，园内建有美术馆、科技馆、博物馆等，仅一座国立博物馆没有一天的时间走不出来。另有"不忍池"、喷泉广场、棒球场、神社和佛塔等，足够陪你度过明媚的春光。这里还有一个动物园，里面饲养着我们的国宝大熊猫，由于它的存在，牵动了无数日本人的心，让熊猫文化风靡日本。公园内，还有一尊西乡隆盛的铜像，他是一位参与推翻德川幕府的统治、建立了明治新时代的大功臣。

上野公园，曾经留下了孙中山、周恩来、陈独秀、李大钊、鲁迅等一代先贤的足迹。当年，他们东渡日本，寻找救国救民的真理，成为中国革命的先驱者。

上野公园的旁边就是著名的浅草寺。

● 浅草寺

浅草寺全名浅草雷门观音寺，也称祈愿所，建于公元 628 年。它是日本历史最悠久、香火最旺的寺庙，也是日本观音寺的总堂。

当走进这座没有围墙的寺院，看到书写"雷门"字样的那盏巨大的红灯笼挂在寺门中央时，就觉得此"寺"非同彼"寺"。从川流不息的人流也能看出它的不同凡响。

关于浅草寺，至今流传着一个动人的故事：当年有一对渔民兄弟捕鱼时，捞到了一尊5.5厘米高的观音金像，村民们见到后，共同修建了一处浅草寺，供奉观音菩萨，但后来寺庙屡遭火灾焚毁，到了德川家康时才将它重建。而今天展现在人们眼前的是 1960 年又一次重建的浅草寺。

浅草寺，由雷门、宝藏门和观音堂组成。雷门是它入口的大门，由左边的雷神和右边的风神镇守，中间挂的那盏大红灯笼特别招人，建此门是用来祈求来年风调雨顺、五谷丰登。宝藏门中间也挂着"小舟町"字样的大红灯笼，不知为何两边挂着黑色灯笼。除了大门两边立着凶神恶煞般的仁王像外，在门的后面还挂着两只大草鞋具有辟邪的意思。

宝藏门的对面是正殿——观音堂，用汉字书写的"浅草寺"三个金色大字的匾额挂在其上方。听导游介绍，大堂的神龛里供奉的是观音菩萨，而那传说中的小金像不知被秘藏何处。

在雷门的对面，有一条百米长的步行商业街，各种店铺鳞次栉比，商家生意十分兴旺。望着门前、屋内密密麻麻的小商品，不知有多少是从中国的义乌东渡而来。

在寺院的西南角，还建有一座五重塔，据说里边存放佛祖释迦牟尼的舍利子。

太阳落山后，被灯光照亮的浅草寺分外好看。那些穿着花花绿绿和服的日本少女，在灯光的照耀下，光彩照人。

今天是游览日本的最后一天，允许自由活动，大多数人选择去银座。

● 银座

银座是日本最繁华、最有气派的商业大街，有点像中国的王府井和巴黎的香榭丽舍大街。由于这里曾是铸造银币的地方，所以日本人就把它叫作银座。听说有的日本太太为了沾这里的财气，又想显示她的高贵，为一瓶酱油都要打车到这里来购买。

走进银座，两边高楼林立，人流如织。各种各样竖立的招牌，充满了浓浓的商业气氛。这里不仅有众多日本创立的百货公司，世界顶级奢侈品牌的旗舰店也都汇集在这里，而且能做到新款和欧洲同时上市。一句话，只要你兜里有钱，这里都能满足你购物的欲望。

◉ 享受幸福的时光

◉ 黄昏中的浅草寺

◉ 热闹非凡的步行街

◉ 日本银座

一个名叫"三越百货"的商店，只因其八楼为免税店，一下子成了中国游客的首选。

全长 1.5 千米的银座大街，被巧妙地划分为八个"丁目"，每一个丁目用十字路分开。你只要记住路牌上标的是几丁目，就不会迷失方向，可以放心地逛了。

中午时分，特意光顾了"木村家"这家网红店。坐在二楼窗前的一个角落，一边吃着日本皇室最喜欢吃的"红豆小仓"面包，一边喝着日本清茶，偶尔看一眼大街上南来北往的行人，再侧耳听听日本大妈们叽叽咕咕地说话，竟然忘记了自己旅游者的身份。

逛银座虽然很累，但也很享受。不管走进哪家商店，服务员都是微笑迎客，鞠躬送客。购物时，没有推销的絮叨，也没有因交流得不到解决的困惑，更没有因不买东西而遭白眼。总之，在日本购物，能让你真正体验到"顾客就是上帝"的感觉。

晚餐选在酒店附近的一家日本料理店。老板是一位头发花白的老头，看见我们老两口是中国人，随即给予了特别的关照。在他的帮助下，点了金枪鱼火锅和一份乌冬面。很快菜品端到了桌上，他一会儿帮着煮菜，一会儿帮着捞面，嘴里还不停地说着听不懂的日语，又热情地打开一瓶清酒，让我们免费品尝，让我们感觉他在做东请客。

一顿日本餐，吃得很香，吃得舒心。临别时，他又送了一张东京地图，并特意用红笔标注了我们入住酒店的位置，然后送到门外，此情此景，让人感动。

日本之行，就这样要结束了。虽然是走马观花，但觉得日本还有许多地方值得我们学习，就像当年日本学习我们那样。只有这样，才能让中华民族的强盛，为人

📍 热心的餐馆老板

类命运共同体贡献力量和智慧。

体会最深的是日本的管理、服务和教育。这里只对教育做简单的介绍。

1.在幼儿园时，注重培养孩子们学会礼仪，学会劳动，学会吃苦而不是教授知识。放学回家后要孩子帮助家长做一些家务事。

2.日本小学生上、下学，没有家长接送。除了得益于日本的治安、交通环境好外，最主要的是日本的家长从小教育孩子要坚强、勇敢、独立。

3.日本的小学注重实践课，比如防震、做饭、种花等，经常到田野去，接触大自然，认识大自然，而不是满堂灌输，作业一大堆。

4.日本的中学，注重兴趣培养，发挥每一个学生的自主创新精神，而不是死记硬背，让孩子压力很大。

5.为均衡教育资源，体现教育公平，教师每两年轮换一次，所以没有什么学区房，家长也不用劳心劳肺地跑关系。

6.小学生的书包特别讲究，具有防后摔、防震（顶头）、防洪水（救生）等多项功能，为孩子在遇到灾难时，提供了一种自主保障。

再多说一句，作为岛国，为了保护环境，日本的垃圾分类世界最细。

温馨提示

1.饮食：日本的饮食普遍清淡、量少、精致。常见的有：

生鱼片，也叫刺身。被称为日本的国菜。

寿司，用米饭、海鲜、醋、酱油等做成的一种食品。吃寿司时，配一杯水用来洗手，千万别当水喝。

乌冬面，用小麦面和鸡蛋做成的面条，配以牛肉汤调制。

2.伴手礼：白色恋人巧克力，薯系三兄弟。与中国不同，商场大都晚七点下班。

3.卫生间：日本的卫生纸可以溶水，使用完直接扔到马桶里。

4.讲卫生：日本不允许随地吐痰，乱扔垃圾，也很少看到垃圾桶，而且垃圾是要分类的。

5.电压：日本的电压为100伏特，使用两脚扁插头，需要带转换器。

03

快乐行走在南半球——澳新之旅

如果一生中上不了另一个星球，那就一定要到地球的另一半去看看。

到南半球去，那里有让人浮想联翩的澳洲地标建筑——悉尼歌剧院，有让人眼前一亮的另类动物——跳跃的袋鼠，还有一处处让人赞不绝口的美景。

当你飞向新西兰，就像来到了一块未开发的处女地。动听的羊毛剪子嚓嚓声响起，它会为你剪出一片蓝蓝的天、白白的云和牛羊散落在草原的美丽画卷。

遇见
世界
Meet the World

澳大利亚 *Australia*
袋鼠跳跃的乐土

澳大利亚，位于南太平洋和印度洋之间，四面环海，是世界上唯一占据一个大陆的国家，所以也称"澳洲"。

澳大利亚，拥有异彩纷呈的多元文化和美丽迷人的自然风光。最让人称奇的是森林中跳跃的袋鼠，被视为这个国家的象征。

国家档案

全称： 澳大利亚联邦
人口： 约 2500 万（2020 年）
面积： 约 769 万平方千米
首都： 堪培拉
民族： 英裔澳大利亚人，亚裔澳大利亚人，原住民
语言： 英语
货币： 澳大利亚元
宗教： 天主教、基督新教
经济： 人均 GDP 5.99 万美元（2021 年），支柱产业为矿产业、农牧业、渔业。
气候： 北部属于热带，南部属于温带，中部属于沙漠气候

2015年11月6日凌晨一点，踏着北半球的皑皑白雪，带着对南半球的热盼，我登上了国航空客 A330 航班，开始了从北京直达澳大利亚墨尔本的长途飞行。

伴随着发动机的轰鸣声，飞机从首都国际机场起飞，冲向了漆黑的夜空。舷窗下的北京城，灯火通明，渐渐地变成了一团闪烁的繁星。在座无虚席的机舱内，旅客们开始调整自己的情绪，准备来一次空中休眠。屏幕显示：飞行速度已达每小时 860 千米，飞行高度 1.1 万米，飞行距离是 9600 千米。

经过十一个半小时的飞行，飞机平稳地落在了墨尔本图拉曼里机场。

由于飞行时间太长，又赶在晚上，老伴一路晕机，难受至极，声称再也不遭此罪了。人可能都是这样，为了自己的喜好，不惜忍受旅途的种种煎熬。但只要走下飞机，吸到新鲜的空气，看到了不一样的风景，之前的苦涩就会一扫而光。也许，这就是旅游的魅力。

来接机的是一位林姓小伙，云南人，高高大大，长相有点混血的

秒读历史
READING HISTORY

很久以前，从东南亚漂来的第一批移民（原始的土著人），在这块土地上开始繁衍生息，过着几乎与世隔绝的日子。当地球上其他地方战火不断的时候，这里却是一处安宁的世外桃源。

伴随着 16 世纪大航海时代的到来，西班牙人、荷兰人先后到这里窥探和涉足。这些异域面孔的出现，打破了土著人平静的生活。特别让土著人憎恨的是英国人的到来，使他们受尽了欺凌和杀戮，造成了人口锐减。更痛心的是，这片祖祖辈辈生存的家园，转眼间变成了英国人的领土。也就从那时起，澳大利亚的历史就被英国人改写了。

1770 年，英国航海家库克船长到来后宣布这里为英王所属。这里就变成了英国政府流放囚犯的理想之地。一批又一批的囚犯被送到这里开荒种地。紧接着 1788 年，亚瑟·菲利普带首批移民来到澳大利亚，并在此建立罪犯流放地。后来，一个以悉尼为中心的殖民地逐渐向内陆延伸。再后来，澳大利亚发现了金矿，更多的抱着淘金梦想的移民纷至沓来，人口的激增，使得殖民的区域不断扩大。

1901 年，六个殖民区改为州，组建了澳大利亚联邦，并于 1931 年正式加入英联邦。

味道，曾就读墨尔本皇家理工学院。见到同胞，他表情淡淡地寒暄一番，想必接的团多了，难免身心疲惫，而我却感到很亲切，毕竟这是在他乡遇"老乡"啊！

旅行车驶向了城区。一排排高大的树木和一栋栋别墅从眼前飞逝。此时林导开始了他的"华腔"，带我们认识澳大利亚。

今天的澳大利亚，有六个州，两个地区，包括首都堪培拉所在的首都地区和土著人居住的北方领土地区。平均每平方千米约 2~3 人，人均 8 头羊。

"华腔"继续讲道：墨尔本位于澳大利亚的东南部，是维多利亚州的首府，也是澳大利亚的第二大城市。

墨尔本曾是澳大利亚的首都。它是一座充满活力的城市，也是南半球第一个举办过夏季奥运会的城市。著名的一年一度的澳网公开赛就在墨尔本举行。

汽车驶入了市区，两边的高楼大厦飞快地从眼前闪过。一会儿上坡，一会儿下坡，有点像国内青岛的街道。七拐八拐，来到了晚上就餐的地方。抬头一看，紧挨着三家四川饭店，打心里佩服"川军"的厉害。

晚上入住酒店，房间空间不算大，但很整洁，基本功能都有，有点儿像国内的商务酒店。烧水时，发现电热壶开关不好用，觉得应该提前向酒店说明，顺便问一下酒店有没有蚊香和免费的 WI-FI，带着三个问题下楼找服务员，结果，前台的女服务生不懂中文，我又不懂英文，这该如何是好。突然聪明的小姐对我做出了一个睡觉的手势，又在纸上写出几个阿拉伯数字。噢，我明白了，她是问我住在哪个房间，我很快写给了她，叵剩下的两个问题再怎么比画也搞不清楚了。这时，正好走来一位从中国来的女士帮助我们化解了尴尬。

第二天早晨起来，赶紧到一楼吃早餐，扫了一圈，全都是西餐。唯独这牛奶怎么是凉的？早就听说外国人是不喝热牛奶的，可我们这些外国人不习惯呀，看着几个洋面孔的服务员走来走去，张开的嘴又闭上了。不行，怎么也得试试。我先用手指着奶壶，让她明白我需要牛奶，然后做出了被烫后又吸气又捏耳朵的动作，这样反复两次，终于喝到了热牛奶。

用完餐，已是早上八点，抓紧时间出去想多看一眼。一路走去，感觉空气特别的清新。起伏不平的街道上，行人稀少，偶尔有汽车过往，显得是那样的自然宁静。

上午十点，参观费兹洛花园。园内古树参天，花圃点缀，绿油油的草地就像铺上了一块大地毯，看不到一丝的尘埃。几个身穿白色公主裙的小女孩在草地上跑来跑去，就像西方油画中的小天使。三三两两的青年男女躺在松软的草坪上，享受着甜蜜的时光。一对老夫妻手牵着手从眼前走过，亲昵的举动让人看得反倒不好意思。

导游带我们去参观园中的"库克船长小屋"。看着眼前这简陋的小屋，再次听到了"华腔"的声音：是英国的库克船长第一个发现了这片新大陆。所以，他被澳洲人尊为"国父"。他使我想起了明朝下西洋的郑和，他们都是受人尊重的伟大的航海家。

虽然今天的澳大利亚早已独立，但在民众的心目中还把英王视为国家元首，国家只设总督和总理，不设总统。在墨尔本仍保留着"女王街""国王街"这样名字的街道。

📍 红牛大弯角，喜欢吃嫩草

下午，前往丹尼侬国家公园。汽车行驶在平坦的公路上，两边是用网围栏围起的私人农场，一个挨着一个。听导游讲，这里的草场按季轮换，五年后这些草场要用新买来的草坯重新铺设，使其发芽吐绿，供牛羊尝鲜。

第一个景点是鹦鹉园。园子并不大，也就是百十来平方米，一米高的围栏一圈，再留个出入口就 OK 了。园中飞来的鹦鹉都是公园里的野生动物，由于游客经常到此喂食，这些可爱聪明的飞鸟就乐此不疲前来就餐。这不，看到你手上的食盘，身披洁白羽毛的鹦鹉就会从森林中飞来，有的面不改色落在了游客的头上，有的大大咧咧爬在肩上四下观望，还有的抢占先机在盘中争食。面对这群突然降临的"飞客"，真的有点儿应接不暇，稍不留心，利爪还会在你的手臂上留下血痕。尽管这样，能在异国他乡的原始森林里和鹦鹉这种灵动的飞鸟亲密接触，还是非常兴奋。

第二个景点是动物园。一听园子里有澳大利亚的国宝级动物袋鼠和考拉，刚刚恢复平静的心情又一次被点燃。

这个动物园不算很大，里面除袋鼠、考拉外，还有羊驼、小矮马、小矮驴、孔雀等。第一眼看到的是长得像鸵鸟似的鸸鹋，它们把头伸出栏外等待游客喂食。走进袋鼠园，看到十几只袋鼠懒散地卧在地上休息。一会儿，两只袋鼠妈妈带着育儿袋中的宝宝，来到水盆喝水，小宝宝露出小脑袋东张西望，给游客带来一阵惊喜。大家纷纷端着食物上前去喂，却没有出现前面鹦鹉争食的那种场景。看着它们无精打采的样子，怜悯之情油然而生。一种在广袤的大地上奔跑跳跃的野生动物，如今被圈在这方寸之地，又怎能高兴得起来呢?

在澳大利亚大约有 6000 万只袋鼠，让人震撼的是它们的总数竟然超过了澳大利亚人口总数的两倍之多，并且成为澳大利亚国徽和货币的图案。走进澳大利亚，到处都能看到它们活泼可爱的形象，澳航也将它们作为其标志。因为袋鼠只会向前跳，不会向后退，代表着一种永不退缩的精神，从而备受澳大利亚人的推崇。当你购物时，只要看到有绿色三角型袋鼠的标识，那就是纯正的澳大利亚制造。

雄性袋鼠长得高大壮实，尾巴很长，雌性袋鼠较小，腹中自带"育儿袋"，袋里长着四个

我只管喂奶，你想拍就拍

乳头，小袋鼠在这里被抚养长大。至于袋鼠的经济价值呢，两个字：超高。

讲完袋鼠，该说考拉了。考拉又称树袋熊，个头小巧，全身毛茸茸的，看上去性情温顺，憨态可鞠。导游说，考拉常年生活在树上，白天睡觉，晚上出去觅食。桉树叶是考拉的最爱。在澳大利亚，有上百种桉树，考拉却偏偏喜欢吃其中的几种。据说桉树的叶子能让考拉既充饥又止渴，所以，考拉很少到地下找水喝。它们习惯抱着树干睡觉，有时一个噩梦来袭，就会掉下树来，要了自己的性命。在园子里只看到两只考拉，它俩的地盘很小，只见它俩懒洋洋地坐在树枝上，注视着这群陌生的面孔。

再说说这个新物种——羊驼。一听名字，你就会明白几分，它比羊大，比骆驼小，是一种没有驼峰的动物。它的老家在南美洲，早年被引入澳洲定居。羊驼体重一般在50~70千克，它身上长着非常优质的卷毛，被称为"软黄金"。一床羊驼毛被要卖上万元人民币，足以见证它的价值。

第三个景点是小火车。汽车在诺大的公园内继续穿行，高大茂密的原始森林挡住了游客猎奇的目光。有几棵粗壮的桉树垂吊着脱落的树皮，露出了白色的肌肤，但它们还顽强地活着。

在森林的深处，汽车终于停了下来。眼前是一个古老而神秘的火车小

📍 火车隆隆穿林间，游客坐姿有点悬

站，站上除了蜂拥而至的游客外，几个身穿制服的工作人员在做开车前的准备工作。一位老站长指挥火车头牵引车厢，站务员开始检票，所有程序做的有模有样。一会儿，来自世界各地的旅客就坐满了车厢。等到发车的时间一到，小火车高吼一声，冒着白烟，冲出了站台。

车厢内，安放着两排长条木椅，窗口只有护栏，允许游客伸腿就坐去观光。"呜——"，小火车装满一车人的笑脸，穿梭在绿色的森林中。沿路的湖光山色十分迷人，我们喜滋滋地体验了一次短暂的休闲浪漫之旅。

澳大利亚的小火车，最初都是拉运木材的交通工具，现在摇身一变，成了旅游专列，给人们带来了一种全新的享受。

第四个景点是海豹岩。夕阳西下的大海，浪潮汹涌，成群的红嘴海鸥在人们的头顶上飞来飞去。有的落在山坡，有的冲向大海，有的相互间追逐嬉戏，全然没有把游客放在眼里。

沿着木板铺成的栈桥一路走去，冷飕飕的海风吹得让人发抖，赶紧抓拍了几张海鸥的照片，返回了岸上。今天的海豹集体失约！

最后一个景点是企鹅岛。去企鹅岛上看神仙小企鹅归巢是这天下午的重头戏。

📍 归来的我，带给你意想不到的惊喜

📍 面对大海，总想对你表白

企鹅岛，也叫菲利普岛。是为纪念澳大利亚首任总督菲利普而命名的，是世界上最小的企鹅——神仙小企鹅的栖息地。

据说，世界上有三个地方可以观赏到三种珍贵的企鹅，分别是：南极的帝企鹅，南非的斑点环企鹅，还有就是澳大利亚身高只有 33 厘米的神仙小企鹅。

来到岛上，太阳已经落海，虽然海风寒冷，但挡不住游客期盼已久的热情。在阶梯式的看台上，在松软的沙滩上，在后边的观景台上，黑压压的人群足有七八百人。望着眼前一片汪洋大海，人们都在静静地等待着激动人心的那一刻。

晚上八点半左右，突然听到了年轻同胞的喊声："快看，右边出来了！"果然在岸边灯光的照射下，看见有几个黑乎乎的东西被海浪推上了岸，这时，左边也发现了几只，小宝贝们抖抖身子站了起来，清点完小组成员，沿着各自的路线向岸边走来，它们可能是排头兵。不一会儿，大部队到了，它们陆续成群结对地钻出海面，分别登陆归巢。遗憾的是，不许拍照，防止强光对它们眼睛的伤害。

微弱的灯光下，这些可爱的小宝贝们，扭着身子，摇摇摆摆，在几百双眼睛的注视下，走向自己温馨的家园。哎，有一只怎么走在半道停了下来？哦，原来是在等自己的伴侣。听导游说，企鹅对爱情非常忠贞，如果一个死了，另一个会终身不嫁不娶。

之前，从网上看到英国《每日邮报》的一篇报道，一位巴西老人救了一只因石油覆盖海面而饿得奄奄一息的企鹅，经过他的精心调养后，企鹅被放归大海。没想到，此后每年的六月，这只企鹅远游 5000 英里回来看他，并与他亲密相处八个月后才离开。这是一个非常感人的故事，由此，我对企鹅有了一个全新的认识。

企鹅的家就筑在岛坡上的灌木草丛中。所谓家，其实就是一个洞。白天，成年的企鹅要离开小岛，劈波斩浪，游到离岸一二百里的深海觅食，天黑时，带着腹中的食物，回到岸上喂养自己的孩子。真是可怜天下"父母"心哪！

企鹅岛上有 3 万多只神仙小企鹅，体重大约 1 千克，生命的周期只有 10 年左右。每年从世界各地慕名而来的游客，都要在这里一睹它们归巢时的风采。

返回的路上，导游介绍说，在澳大利亚，最受保护的第一是小孩。小孩成长期间，享受多种福利待遇，包括免费教育、免费医疗等。第二是妇女。澳大利亚鼓励妇女多生孩子，家里只要有三个孩子，主妇就可以不上班，因为国家给予的补助远高于她去上班的工资。而澳大利亚的离婚分财产规则也是保护妇女和儿童的。第三是动物。家庭饲养动物要遵守法律法规，比如，养大型犬，要有专房。相关机构经常来检查，犬养得太胖，需要减肥；太瘦了，调查是否被虐待。遇上动物过马路，汽车必须让行，等等。第四是男子。听到这儿，中国的老爷们都替澳大利亚的男人抱打不平。

晚上十一点，回到了下榻的酒店。

第三天，墨尔本晴空万里，太阳露出久违的笑脸。上午九点半，我们来到了南半球最大的教堂——圣派翠克大教堂。抬头望去，这座哥特式建筑庄重气派，米黄色的塔尖在蓝天的映衬下，耀眼夺目。这天刚好是星期天，信徒们正在诵经祈祷。宗教活动结束后，游人可以入内参观。

走进教堂，就被眼前灿烂的金光所震撼。那高大的拱顶、精美的彩绘玻璃花窗、栩栩如生的木雕和巨大的管风琴，让游客们发出了一片赞叹声。

圣派翠克大教堂，始建于 1863 年。由著名英籍建筑师威廉·华德尔设计，1897 年正式启用，教堂的三座尖塔到 1939 年才完工。

走出教堂，坐上了免费的"叮叮"有轨电车，它可是墨尔本市区的主要交通工具，有上百年的历史。这辆紫红色的电车，内外装饰古朴，怀旧感十足，尤其那清脆的"叮叮"铃声听着特别亲切。而它的车窗犹如画框，把一幅幅古典与现代的街景呈现在人们的眼前。

来到联邦广场，一座具有百年历史的墨尔本火车站和一幢用各种几何图形建造的蓝色方形大楼与天主教堂成为广场上最耀眼的三大建筑。

转了一圈，心里纳闷，在市中心这么好的黄金地段，怎么就没有大型商场呢？想起国内的情形，正好与之相反。或许，这就是因为文化不同，所以追求的价值也不同吧。

广场的不远处，有一条墨尔本人引以自豪的母亲河——雅拉河。宽阔的河面上波光粼粼，一艘艘游船和皮划艇穿梭而过，划出了一道道白色的浪花。两岸林立的高楼时尚现代，风采各异，让站在王子大桥上的游人心旷神怡。当夜幕降临时，高楼大厦透出的五彩灯光，把这条母亲河打扮得流光溢彩，展现出一片无与伦比的迷人世界。

岸边有一条酒吧街，人来人往，生意红火。橱窗里透亮的高角杯，鲜红的葡萄酒，对行人产生了不小的诱惑。在酒吧街的空地上，各种自娱自乐的活动纷纷开展，热闹非凡。特别是表演打击乐的四个小姑娘，配合默契，活力四射，现场气氛热烈。她们每个人忘我地投入感染了围观的人，人群中不时传出阵阵掌声。

来到桥头，看到一位年龄五十开外的同胞，正用二胡拉出国人耳熟能详的《小苹果》，不由随口就跟着哼了起来。听完曲子，也没忘顺手摸兜，送上了一枚刻着英国女王头像的硬币。

下午，游览了皇家植物园。这个园子相比费兹洛花园，多了一道围墙，但游人同样可以自由进出。园内绿草如茵，一湾湖水，云朵倒映，参天大树，葱茏茂盛。尤其是许多植物，被修剪成一个个形状各异的大盆景，让人大饱眼福。此刻，无论你躺在松软的草地上小憩，还是在曲径通幽的小道上漫步，那清新的空气，入心入肺，自然宁静的氛围，让你在放松中忘记了一切。

这天正赶上周末，有许多市民来这里度假。有坐的，躺的，遛狗的，看书的，秀恩爱的，还有和孩子一起踢球的……呈现出一幅澳洲人享受自然、享受生活的休闲大图。

望着眼前的情景，不由得让人心生羡慕，有点儿乐不思蜀。两个度蜜月的年轻人开起了玩笑：我们不回去了，就留在这里了。老伴也笑着对我说：你回去吧，我也在这定居了。哈哈，如果可能，那就随你去吧，如果

📍 绿茵之上，其乐融融

不可能，让它随风去吧。

在两天半的游览中，不仅发现墨尔本这座城市公园多，教堂多，还发现人的生活质量非常高。他们工作在市中心，生活在城郊，住的是小洋楼，吃的是无污染的食品，吸的是新鲜的空气，享受的是政府高福利待遇，好像一切都被幸福笼罩。

太阳落海了，带着恋恋不舍的心情，离开了墨尔本。在 11 月 8 日准备搭乘新西兰航班飞往奥克兰，去领略更美、更亮丽的风景。

11 月 11 日，我们从新西兰乘坐阿联酋 A380 客机返回澳大利亚的布里斯班市。

A380 是目前世界上最大的客机，有空中巨无霸的美称。它长 73 米，有近十层楼高，这么一个庞然大物能飞上天，真是不可思议。

飞机分上下两层，超大的空间，能坐 500 多人。沿着螺旋楼梯来到二层一看，整个机舱又宽又长，一改普通机舱给人带来的局促感。尤其是宽大的座椅，看一眼就觉得舒服。还有靠背上一流的娱乐设备，可以根据你的爱好，选择影视、音乐、游戏等项目，让你的空中生活变得丰富多彩。飞行中，感觉非常平稳，噪音也很低，间隔几分钟更换一次机舱内的空气。据说，机舱内还设有理发室、淋浴室等专用设施，给乘客带来了一种奢华的旅行体验。真的庆幸旅行社能有这样的安排。

在三个小时的飞行中，那些穿着阿拉伯民族服装的空乘小姐，提供了热情周到的服务。送完热毛巾，就隔三差五地送什么羊（鸡）肉拌饭、面包、果酱，红、白葡萄酒，再送咖啡、威士忌。抱着啥都尝尝的态度，自然来者不拒。一边吃喝，一边欣赏娱乐系统传出的美妙音乐，突然有一种坐在酒吧里的感觉。打开记忆搜索了一番，确认这是目前为止所乘航班中规格最高的一次。不管机票多少钱，我只记得它叫阿联酋航空。

从新西兰回来的第二天早晨起来，站在酒店的阳台上，望着这座陌生的城市，心里难免有一种到了门口却不能入内观光的失落。

布里斯班，是昆士兰州的首府，位于澳大利亚东北部，是澳大利亚的第三大城市。

来接我们的导游姓童（兼司机），是一个东北小伙。他来澳大利亚已七八年了，至今乡音未改，谈吐中仍然怀念家乡的那口滚烫的小酒。这天将带我们到另一个城市——黄金海岸市游览。

黄金海岸市，距布里斯班 80 千米，是澳大利亚第六大城市，因连绵40 千米的沙滩海岸线而得名。全年温度在 7~30℃。

童导向我们介绍说，澳大利亚的中产阶层，年收入 5 万澳元左右，由于政府包揽了教育、医疗、孩子抚养和养老等方面的支出，再加物价很低，所以他们既没有贫困之扰，又没有后顾之忧，干脆把钱花在了吃、住、玩上，小日子过得只剩下滋润两个字了。

澳人有三个目标：依次是，汽车、住房、游艇。由于他们的老祖宗是坐帆船过来的，所以他们对船有着一种特殊的情感。

黄金海岸向南，看到了库克船长纪念塔。它坐落在昆士兰州与南威尔士州的交界处。这里海水拍岸，沙滩细软，是海滩运动休闲的好地方。但这里也有一处暗礁密布的海域，有"危险角"之称。传说，当年库克船长就是从这里触礁后登上澳洲大陆的。

纪念塔由四条石柱组成。顶端相连，分别对应东西南北四个方向。库克船长的头像嵌在塔柱上，他遥望太平洋，永远能听到大海的呼唤。

离开纪念塔，走进澳宝店之一。澳宝，又名欧泊，是澳大利亚出产的一种宝石。它集各种宝石的色彩于一身。灯光下，色彩斑斓，非常诱人，是世界上最美的宝石之一。销售大厅里都是满满的同胞，柜台里外，华人服务华人，好不热闹。听说是厂家直销，理性的购买变成了抢购的风潮。一时间，忙坏了店员，让一旁的老板喜上眉梢。要说中国人过日子那是既仔细又节俭，怎么一到国外就大把地花钱？这种消费现象能把外国人都看傻。

中午一点，我们来到了翠儿河边，登上游船开始了捉河蟹之旅。船舱内海鲜早已摆上了餐桌，这可是出游后的第一顿大餐。

站在游船观光的平台上，河风扑面，神情气爽。一幢幢沿河而建的别墅，掩映在绿茵之中。门前停泊的游艇就像蒙古包前主人的骏马，是当地人生活中不可缺少的重要组成部分。

行进中，一种嘴巴特别长的鹈鹕鸟，伴飞在船的两侧。它们或高或低地飞翔，像一队护船的使者。

游船停在一片浅水滩，捉河蟹开始了。通过简单培训，游客们都迫不及待地下水一试身手。捉蟹的工具很简单，一根铁管挂一个小网兜，再拿一个吸筒，就 OK 了。在水里寻找有小沙洞地方插进吸筒，用力拉动，然后把抽上来的沙子推进网兜，有蟹没

📍 船在河中行，鸟在后面追

📍 沙滩河水漫脚面，夫妻协力捉河蟹

155

笑我长的大长嘴，我是鹈鹕你是谁？

两只鹈鹕成双对，宛如鸳鸯来戏水

蟹，一目了然。

两个人费了好大的劲儿，一无所获。喘气之余，看到河面上飞来大批鹈鹕和海鸥，原来船家为了增加旅游的氛围，通过定点喂食，吸引飞鸟随船飞行，到了地头，让它们饱餐一顿。这真是一个绝妙的设计。

紧接着是捕捉大河蟹和钓鱼活动，让船上的游客们玩得不亦乐乎。

离开游船，太阳西斜，赶紧去登星空塔。据说，它是澳大利亚唯一的海滨观景台。塔高 230 米，共 77 层。我们乘坐电梯快速到达了顶层。放眼望去，大海、沙滩、蓝天、高楼融为一体，一种一望无际、心旷神怡的感觉油然而生。假如时间充足，那就端一杯咖啡坐在那里，一边望着大海白浪翻卷，一边静候夕阳落入海中，等到城市的上空霓虹闪烁，带你走进美妙的世界……

来到海边，光脚踩着松软的海沙，听到了"哇哇"的响声，难道海边的沙子也会叫？只听说中国的内蒙古、甘肃、新疆有"响沙"，不曾想澳洲也有了，这可是一个"重大"发现哟。

晚上活动更精彩。首先去参观澳人家庭。

在男主人的迎候下，大家带着浓厚的兴趣，参观了这套占地 600 多平方米的平房。里边设有客厅、餐厅和两个卧室，装饰简约。所使用的家电、家具也没什么特别的不同，唯独亮眼的是房前的游泳池和遮阳亭下面的那把躺椅。坐在那里，可以欣赏到户外河边的景色。

导游介绍说，这是一家中产阶级的家庭，年收入约七八万澳元。男主人是一名船长，女主人是一名护士。这时，导游指着打开的冰箱说，澳人的面包是不放在冰箱的，因为面包是他们的主食，要吃就得吃新鲜的。

接下来参观海上小教堂。沿着港口的栈桥，远远就看到了夜幕下的小教堂人来人往。它建在港口的海面上，形成独具特色的海上景观。别看它只有二十几平方米，还经常举办婚礼，要的就是这种与众不同。

没有面包就会饿死，没有教堂就不会重生

最后一项活动是乘坐豪华游艇。听说这艘游艇价值 450 万澳元，这可是平生第一次坐这么昂贵的私人游艇啊！

游艇平稳航行在海面上，只见两岸灯火通明，尤其是夜色中高楼大厦的灯光，如星光闪烁，别有一番意境。听导游讲，澳大利亚规定，定员 6 人以上的游船，必须雇用船长，年薪 6 万 ~8 万元，还要出很贵的停泊费、维护费。所以，这艘游艇的主人就把它交给旅游部门，做起了以艇养艇的生意。

活动结束后去吃夜宵。一盘鸸鹋烤肉，一盘袋鼠肉拌面，让其他菜顿时黯然失色。

黄金海岸市，属旅游城市，海边有许多高层酒店和公寓，华纳电影世界主题公园就在这里。

回到澳大利亚的第三天凌晨三点半就被电话叫醒，匆忙带着酒店备好的干粮，直奔布里斯班机场。经过一个多小时的车程、两个半小时的飞行，来到了度假胜地——凯恩斯。

凯恩斯，是澳大利亚第二个旅游胜地，面积 480 平方千米。糖产业出口居世界第二，仅次于巴西，也是小型飞机和直升飞机飞行员的重要培训基地。凭借独特的人文资源和地理环境，旅游业在其整个产业结构中，占到了三分之一。

凯恩斯的 80% 人口为土著人，据说他们的祖先来自东南亚的群岛。文化表现形式主要有两种：一是舞蹈；二是绘画，包括树皮画、沙石画、岩石画。他们生活在原始森林中，也有着一段民族的血泪史。

1901 年，澳联邦成立，把土著人排除在人口普查范围外，划分到"动物群体"。可想而知，当时这些土著人，受到了多大的歧视和虐待。1967 年他们才改变了命运，被纳入人口普查，并获得了投票权。2008 年，陆克文任总理时，代表政府向土著人正式道歉，土著人终于结束了百年欺辱的历史。二百年来，土著人由于战争、疾病和歧视的创伤，从最早 70 多万人，一度下降到 7 万人，几乎被殖民者灭绝，现在恢复到 30 万人。

听了导游的这段讲述，大家对土著人产生了强烈的好奇。汽车盘着山路开进了这座占地 40 公顷，被列为世界自然遗产的热带雨林公园。

眼前的树木遮天蔽日，各种新奇的植物争奇斗艳，让人目不暇接。时不时还要提防密林深处别钻出一个猛兽吓你一跳。还好，今天的游客很多，人多壮胆，那些知趣的猛兽应该早已跑到清净的地方躲避去了。

带着探险的精神，乘坐一辆在第二次世界大战中由女性建造的水陆两用战车开进了密林。驾车女司机是一位土著人，她那壮实的体魄，让你的安全指数直线上升。

战车上，一名男性导游讲解得很玄乎，更增加了热带雨林中的神秘感。他说，这里平均降雨量 2500 毫米，有 200 多种鸟生长在这里，澳大利亚的 60% 的蝴蝶品种也生长在这里，还有体长超过 7.5 米的北昆士兰岩蟒，长达 15 厘米的巨

📍 "战车"穿丛林，探险揪人心

型树蛙等。有人发问，这次我们能不能看到呀，回答是，这就要看你们的运气了。一会儿，女司机把车停了下来，导游问大家，前面有两条路由你们来选择，一条是继续向前走陆地，另一条是穿过右面的大湖，不过水里有鳄鱼，没人敢保证它喜不喜欢大家，请大家决定。

别逗了，这车轮滚滚，哪来的鳄鱼，再说了，哪个旅游景点不把安全放在首位，假如能碰上鳄鱼，也算运气嘛。听到一车男女的一致决定，女司机用她那粗壮的胳膊把方向一打，踩着油门冲进了水里。此时，鳄鱼有没有已经不重要了，体验一下战车的水上功夫那才叫过瘾。

沿岸看到了趴在树上的变色龙和树干上的白蚁巢。据说，白蚁把树干掏空后，土著人用它制作乐器。还看到了在地球上存在了超过 1.5 亿年的桫椤树（树蕨）。它被公认为是植物的"活化石""长生不老树"。

蝴蝶园是这次热带雨林之行的第二个景点。在 1500 多只蝴蝶中，蓝蝴蝶最为名贵，它翅展达 14 厘米。据说，只有澳大利亚和巴布亚新几内亚才有它们的影子，现在已成为昆士兰州的旅游标志。

走进蝴蝶园，蝴蝶满园飞。大大小小，五颜六色，看得人有点眼花缭乱。幸运地看到了名贵的蓝蝴蝶，也弄清了蝴蝶和飞蛾的区别。蝴蝶多半在白天活动，飞蛾则相反；蝴蝶停下来时，会将翅膀合在一起，飞蛾是展开平放；蝴蝶身体较为纤细，飞蛾身体较为肥大。长了知识，以后再进蝴蝶园，就可以分清它们的身份了。非常惋惜的是，这么漂亮的

📍 你不飞，在等谁？

159

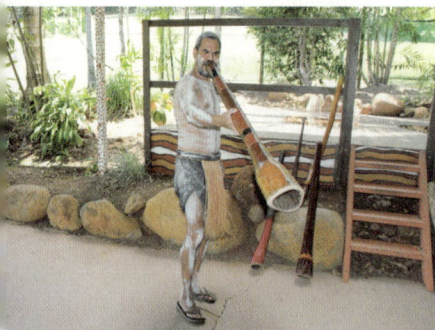

📍 这乐器，有点像喇嘛庙里的"大法号"

📍 表演狩猎的土著人

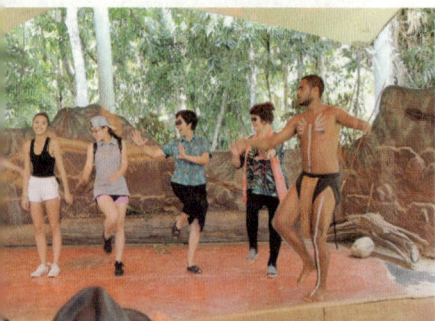

📍 只要音乐响起来。脚下到处是舞台

飞虫，生命周期只有 10~15 天，最长的也只有 9 个月。

随后观看土著人的狩猎、舞蹈表演。眼前的几个土著男子有点像巴西人：卷卷的头发、厚厚的唇、古铜色的皮肤和大眼睛，各种花纹身上涂，短裤草帘遮下身。

先看这边，一个土著男子拿起一根近两米长的木杆，吹出了各种动物的叫声和狂风的声音，音色浑厚，忽远忽近；时而像群蜂乱舞，时而像山风呼啸。这种乐器的名字叫"迪杰丽都"，是用白蚁蛀空的树干制作而成。

再看这边，几个土著男子在进行狩猎表演。他们用削尖的木杆，在一个助力装置的作用下，投向 30 米开外的靶标，十有八中。土著人用这种原始的办法猎捕丛林中的动物，养家糊口。

土著人的舞蹈是这天的压轴戏。一台由土著人自编自演的节目在热带雨林中的简易露天剧场开演了。

舞台上，一根迪杰丽都吹出了一种曲调，两个木梆敲打着节奏，三个男人扭起了身躯。他们用丰富的肢体语言，再现了劳动的场景并表达对生活的热爱。整场表演看似剧情简单，但耐人回味。让我们看到了这个民族的自强不息和文化传承。

演出结束时，邀请游客上台互动。能歌善舞的内蒙古人走上舞台，踩着鼓点欢快地跳起了土著人的舞蹈。

中午饭吃完了袋鼠烤肉，乘车离开了库兰达这座土著人居住的小镇。

回到澳大利亚的第四天，这一天早餐如日。通过这几天的磨炼，刀叉使用起来有模有样了，对西餐的包容度也有了明显的变化。

这天要游览澳大利亚的著名景点——大堡礁。

所谓大堡礁，是一个总的名称。它纵贯澳洲的东北沿海，绵延 2000 多千米，由 2900 多个大小珊瑚礁岛组成。海底 400 多种的珊瑚，构成了千姿百态、五光十色的迷人景色。在这片海域里，还生长着 1500 多种热带海洋鱼类。要想观赏这里的海底奇观，就得潜到海里，来一次美妙的海底漫步。或者乘坐直升机从空中俯看藏在水中那一串串翡翠般的岛礁。顺着导游的指点望去，发现海水有四种颜色，蓝色是深海，绿色为浅海，黄色是近海的沙滩，那黑色就是海水下面的礁石了。

既然上不了天，又入不了海，那就坐上玻璃钢船到浅海领略一下它的风采。

这是一艘特制的观光船，透过船底可以看到形态各异的珊瑚礁。有许多花纹艳丽的海鱼在船底游来游去，好像根本不理会头顶上开来的庞然大物。

正看得出神，忽听船长用并不流利的中文喊，"海龟""海龟"，大家马上把目光投向海面，哇！一只大海龟突然浮出海面，露出头"简单"地向船上的客人打了一下招呼，就跑得无影无踪。

还好，这时一只海鸥飞落在船舷的窗口，它非常友好地转动身姿，让游客尽情拍照，弥补了刚才的失落。

今天绿岛的温度达 31℃，是来到澳大利亚以来最热的一天。下午有 3 个小时的自由活动时间，大家纷纷穿好泳衣，涂上防晒霜后走向海边。

蔚蓝的大海无风无浪，海水清澈透明。瞭望台上有两个救生员手拿望远镜观察着海面。

白色松软的沙滩上，一排排躺椅在遮阳伞的守护下，静静地等待着客

📍 让爱在这里留下印记，等往日坐上摇椅慢慢回忆

人的到来，也许是嫌 35 澳元租费太贵，也许是游人喜欢躺在沙滩上享受日光浴，使这些躺椅受到了冷落。

我们这一行，大都是"旱鸭子"，只能在浅水处戏水。老蒙医玩起了"扎猛子"，把头扎进水里，扑腾几下再赶紧钻出水面，一看就知道这是小时候在河边练下的把式。我呢，拿出了陪孙子学游泳时的蛙泳动作比画了起来，还没游几米，一口海水灌进嘴里，让你嗬瑟！

不远处，老蒙医和老伴打起了水仗。我干脆拖起老伴的双手玩起了漂游。哎，别说还挺受追捧，周边的老夫老妻们纷纷效仿。

水能给人带来兴奋，只要钻进水里，似乎都回到了童年，更何况在这清澈的大海里游泳。

时间过得真快，3 个多小时的自由活动在愉悦中结束了。

晚上，领队小贺到访，拿出刚买来的澳洲红酒招待客人。第一瓶，谈天说地；第二瓶，指点人生；第三个空瓶摆在了墙角。

回到澳大利亚的第五天，这天就要离开凯恩斯飞往悉尼了。按照行程安排，导游带我们来到了棕榈湾海边，也没啥可看的，一片大海，一座栈桥，一阵海风。但既然来了，那就走走。

栈桥上有一位男士在海钓。这时，他旁边的小男孩钓起了一条小鱼，没有听到他高兴的欢呼声，反而看见他小心翼翼地把小鱼摘下并放归大海，那淡定的表情俨然像个"小渔民"。

栈桥的两边砌有 20 多厘米高的护栏墙，下边是几十米深的海面，小孩站在这低矮的墙边钓鱼，稍有不慎，就会有危险发生，也不知澳洲的爸爸是怎么想的，还在专心地盯着自己的鱼漂，看得让人担心。

经过 3 个小时的飞行，来到了悉尼的上空。从舷窗向下望去，密密麻麻的建筑分布在形状各异的海湾旁，看上去就像奇特的花朵盛开在浩瀚的大海。

　　来接机的导游姓朱，个头不高，长得敦实，南方口音。这次又是"二合一"模式（司机兼导游）。他拉着我们直接就到了市区边的邦迪海滩。站在半圆式的海滩上，踩着绵绵细细的沙粒，望着涌向沙滩的白色浪花，小时候在河边赤脚踩泥越陷越深的情景，在大洋洲的海边再次重现。

　　一群冲浪者在浪花里翻腾飞跃，还有几个小孩抱着小舢板在和浪花接吻。敬佩之余，深切感到生活在海边的人们，从小到大泡在海里，祖祖辈辈以海为生，与大海结下了不解之缘，尤其是澳、新这样的特殊国度。

　　离开邦迪海滩，走进了悉尼大学。一座哥特式的教学大楼端庄耸立，红黄搭配的颜色，给人分外醒目的感觉。走进校园如同走进一座公园。这天正好是星期天，学子们穿行在校园，显得轻松自在。

　　悉尼大学建于 1850 年，是一所综合性大学。它的生物医药和法律专业世界著名。据说，医学本科要读 8 年，只有尖子生才有可能被录取。

　　悉尼是澳大利亚的第一大城市，也是新南威尔士州的首府。悉尼几乎没有工业，它冬季不下雪，全年温度在 7~30℃。

　　自从库克船长发现澳洲大陆后，英国菲利浦船长也于 1788 年 1 月 18 日，带着 1500 多人，包括 736 名囚犯，抵达悉尼现在的植物园海湾，在此建立了殖民地。从那以后，澳大利亚就成了英国流放囚犯的地方，这样的做法一直延续了 80 多年。应该说，这些囚犯为澳大利亚的立国和繁荣发展做出了不平凡的贡献。

　　第六天这天，天空开始放晴，吹来的海风如此轻柔。早餐后，旅行车沿着起伏不平的街道驶向景区。和墨尔本一样，高楼大厦建在市中心，私人住宅建在郊外。但这里的"正房"是坐南朝北，正好和中国相反。你知道这是为什么吗？原来澳大利亚地处南半球，阳光是从北面照射来的，居民为了获取更多的阳光，所以房子以坐南朝北为主。

　　随车来到了皇家植物园，远远地看到了澳大利亚的两大地标性建筑，悉尼歌剧院和悉尼海港大桥。

　　由于植物园紧挨悉尼港，转身就可以近距离看到澳军的军舰和潜艇，这里看不到"军事禁区"之类的警示牌，允许随意拍照，没人管你。

在一处岸边的岩石上，看到了"麦考利夫人的椅子"，就在这三块普通的石条上曾经发生过一段动人的故事。

传说，麦考利总督回国述职时，要坐船从海上出发。由于海路遥远，风高浪急，往返要走很长的时间，夫人无时不在牵挂。临近归期时，她就坐在这条石凳上，吟诗、作画、祈祷，等待丈夫平安归来。日复一日，石凳上留下了她坐过的痕迹。石凳如今被澳大利亚人完整地保留了下来，也把它称为"望夫石"。上面刻有"1816年1月13日建造"的字样。

麦考利总督被澳大利亚人称为"悉尼之父"。他做出的重要贡献是释放囚犯，并从此不再接收新的囚犯，而是开始吸纳新的移民。在他主政时，悉尼的经济迅猛发展。当时，有许多英国人来到悉尼，骑着马跑上一圈，圈中的地就被占为己有，这就是所谓的"跑马圈地"。

悉尼歌剧院三面临水，视野开阔，它以独特的身姿翘首于海边。远远望去，像一队要扬帆出海的船队，又像是镶嵌在海滩的一片片巨大的贝壳，也有中国荷花盛开的美感。总之，在浪漫的诗情画意中，给你巨大的想象空间。

悉尼歌剧院由丹麦人设计，于1973年建成。整体分三个部分：歌剧厅、音乐厅、餐厅。其中最大的主厅为音乐厅，能容纳2000多人。当然了，里面还有话剧厅、电影厅、图书馆、展览馆、咖啡馆、酒吧等大小厅室900多间，是世界上著名的表演艺术中心，也是最年轻的世界文化遗产。

澳大利亚的名片

与悉尼歌剧院遥相呼应的是悉尼海港大桥，号称世界第一单孔钢结构拱桥，1932年由英国人建造完成。大桥全长1149米，宽49米。桥上设计有双向八条车道，万吨巨轮可以轻松通过。

中午时分，在码头遇上一群澳大利亚的学生。当看到我要给他们照相时，孩子们一下子活跃了起来，对着镜头做着各种俏皮的动作。有几个胆大的，拉住我这个老顽童玩起了自拍。受到这种友好气氛的感染，我和老伴童心大发，挤到他们中间用中文高喊："你好"！就这一句，孩子们的情绪再次被点燃。他们连蹦带跳跟着呼喊："你好！你好！"声音飘荡在悉尼港的上空。

船上已经为大家准备好了自助餐，人们开始排起了长队。看到此景，不如先登船顶观光。

海面上，风平浪静，游船、快艇穿梭往来。一座座现代化的大楼屹立在岸边，别墅民居淹没在绿树丛荫中，好一派独特的海港都市景象。

观赏完海景下来，餐台边几乎空荡荡的了。只有那诱人的基围虾、银鳕鱼等大菜在耐心地等着我们。

离开码头，直奔机场。带着留恋，带着美好的记忆，乘坐国航的班机向北飞去。

📍 燃爆码头的欢笑

📍 一湾碧水照悉尼

温馨提示

1. 出游之前，最好先打开"澳新通"网络浏览一下，做好功课，有备无患。
2. 记着临行前要买充电转换器。澳、新电源插头一样，为三角扁型插头，电压一般为240伏。
3. 特产：澳大利亚有葡萄酒、澳宝石、深海鱼油、袋鼠制品等，新西兰有黑蜂胶、牛初乳、羊毛被等。

新西兰 *New Zealand*
奇异鸟歌唱的地方

　　新西兰，是位于太平洋西南部，介于南极洲和赤道之间的一个岛国，由南、北两大岛和斯图尔特岛及一些小岛组成。北岛多火山和温泉，南岛多冰河与湖泊。这里湖光山色秀，水清草绿香，污染几乎为零。由于生态环境非常好，新西兰被誉为"世界上最后一片净土"。

　　尽管新西兰有广袤的田园牧场，被人戏称是羊比人多的绵羊之国，但不可否认的是，它还是一个高度发达的资本主义国家，当你走进这个不缺蓝天白云、不缺江河湖海、不缺冰川雪峰、更不缺森林草原的国度，就会为它呈现出的大自然纯净的美而陶醉。

国家档案

全称： 新西兰
人口： 约 500 多万（2020 年）
面积： 约 27 万平方千米
首都： 惠灵顿
民族： 欧洲裔、亚裔、毛利人等
语言： 英语、毛利语
货币： 新西兰元
宗教： 天主教、基督新教。
经济： 人均 GDP 4.88 万美元（2021 年）
气候： 温带海洋性气候

2015 年 11 月 8 日，经过三个半小时的飞行，飞机降落在奥克兰国际机场。新西兰的时间要比澳大利亚早两小时。机场内，随处都能看到标有中文的指示牌。这时，领队再次强调，新西兰海关检查非常严格，让我们把所有的食品扔掉。沿途广告牌上更是反复提醒：丢弃所有食品，否则罚款 400 纽币（纽币为新西兰元，约合 1700 元人民币）。快到检查口时，又一条横幅挂在前面："申报和丢弃，这是您最后的机会。"这就是最后通牒吧。

慌乱之余，偏偏有对小夫妻，又被海关叫去重点检查。更让人意外的是，已经凌晨两点了，接机的导游还没有来，这可如何是好？又等了一个小时，才总算接上了头。

第二天早上起来，站在窗口大口呼吸，想让新西兰干净的空气吹走昨晚的郁闷。

这天来带团的导游是高个头、长方脸，一看就像"圈里"的人物。他一见面就道歉，并夸下海口：接下来的行程一定让大家玩得开心，还答应午餐上两瓶新西兰红酒，以表歉意。话已说到这份儿上，你还有多少气可生？他姓乔，来自新疆，司机兼导游。

早晨九点半从奥克兰市郊出发，前往《魔戒》的前传——电影《霍比特人》的外景地一探究竟。

秒读历史
READING HISTORY

在南太平洋的一个群岛上，居住着一支不知从海上何处"飘来"的波利尼西亚人。14 世纪时，他们凭借过人的航海技术和勇敢精神，仅靠几艘独木舟，依靠星座的指引，踏上了新西兰的土地。当他们看到连片的雪山时，误以为是一片白云，于是，就将这里命名为"长白云"。后来，发现岛上有丰富的物产，便定居了下来，成为新西兰的第一批移民，被称为"毛利人"。

随着 17 世纪大航海时代的到来，新西兰和毛利人的命运被彻底改变了。

最初是荷兰的塔斯曼船长发现了它，准备登岛时，遭到了毛利人的顽强抵抗，未能踏上这片土地。但是，他用家乡的名字"西兰"另加一个"新"字，将它命名为新西兰。最终，刀耕火种的毛利人，挡不住坚船利炮的进攻，英国人成为这里新的主人，而库克船长成为第一个登陆新西兰的英国人。

1840 年，新西兰沦为英国的殖民地，毛利人数量急剧下降，由主人变成了少数族裔。

1947 年，新西兰获得了独立，同时加入了英联邦。之后，在英、美的支持下，新西兰的经济得到了快速的发展，进入了经济发展的快车道。

这路还远着呢，不妨我们先把《魔戒》《指环王》《霍比特人》三者的关系一起来捋捋。

《魔戒》是小说的原名，由英国人托尔金所写。后来，被新西兰著名导演彼得·杰克逊和好莱坞团队合作拍成电影，译名叫：《指环王》。《指环王》又分三部，分别是《护戒使者》《双塔奇兵》《王者归来》，第三部获得了多项奥斯卡大奖。而系列电影《霍比特人》呢，其故事发生在《魔戒》之前，所以称为前传，也由原团队拍成了三部电影，包括《意外之旅》《史矛革之战》《五军之战》。它们虽然名字众多，却是根系同源。

乔导一边开车，一边讲解，还不停地用手指这指那，引起了大家的担心。车上可不是你一个人！他马上解释说："在新西兰，政府允许导游兼职司机，你放心，新西兰的司机非常遵守交规。"听了他的这番话，又看到路也平，车也少，紧张的心慢慢恢复了平静。老实说，这带挂斗的旅行车要让我开，除非"鬼子"追来。

车窗外，是一望无际的大草原，这让我这个从北半球草原来的人有点欣喜若狂。那白色的羊群、花色的牛群，还有那郁郁葱葱的草地，都是如此的亲切——草原无论在哪里，都是最美的风景。

景区到了，眼睛里全是黄皮肤、黑头发的游人。母国的方言、"鸟"语，粗细有别，高低不等，这不，又多了我们一群草原上来的"狼"。也是，富裕的中国，浩浩荡荡，不可阻挡。特别是在用消费拉动经济的当下，又有谁愿意把你拒之门外呢？

走喽，坐上大巴去看霍比特人的美丽家园了。一名漂亮的新西兰小姐，带着我们走进了拍摄场地。

进入路口，两边青翠的山坡上，挖出了形状各异的小窑洞，它们错落有致，干净整洁，院内小木桌上摆放着水果、面包，院外的小菜

一坡茵茵绿草，一条弯弯小道，吾将乘风远去，留下一片美好

园堆放着土豆、南瓜，烧火用的木头劈柴码放整齐。所有道具非常逼真，把霍比特人（小矮人）的勤劳和智慧展现无遗。看着看着，"好人家"三个字脱口而出。

讲解员每到一处，都会为游人讲解电影拍摄背后的精彩故事，可惜遇上了"文盲"，只看到人家表情飞扬，听不懂人家幽默的演讲，只好惭愧地走在人群的最后。

来到高大的"聚会树"下，风景如画的景区尽收眼底。一河清水锦上添花。乔导解释说，这块地是导演坐飞机从空中俯看时选中的，通过谈判，农场主同意拿出十分之一的草场作为外景地。唯一的条件是，拍摄结束后，原地景物完整保留，收益分成。这是一个不错的想法，在共赢面前，没人会拒绝。

走过小桥，前边是一个用石头、泥巴建成的茅草屋，被称为"绿龙餐厅"，里面设有酒吧和旅游纪念品商店。坐在原始的木头桌子旁，端起农庄自制的姜汁啤酒，感觉一切都是那么自然、朴实、凉爽、痛快。OK，再来一杯！

中午在玛塔玛塔镇简单地吃一顿肯德基，便前往罗托鲁瓦市的毛利人文化村。

罗托鲁瓦是毛利语，译为"双湖"，是新西兰北部的一座工业城市，距奥克兰 220 千米。它也是毛利人集中居住的地方，占到了总人数的一半以上。所以，有人戏称它是毛利人的首都。

走进罗托鲁瓦，看到茂密的森林上空，白雾缭绕，有点儿像《西游记》里山洞冒出的仙气一般。正看得入神，一股臭臭的味道扑鼻而来，原来是火山喷发出的含有硫磺的雾气。

由于火山的存在，人们把它贴切地称为"火山上的城市"，还有一个更好听的名字——"温泉之城"。这里也是"爸爸去哪儿"的主要拍摄基地。

毛利文化村，是专为游客游览而建的"复制品"。里面有毛利人的会堂、住所等，全部是木框架、茅草顶。一艘用整棵木头打造的独木舟摆放在那里，见证了毛利人探险时，面对波涛汹涌的大海表现出的勇敢和智慧，也是人类探索世界的一大创举。

毛利人原住民，上身赤裸，下身用草帘遮挡，皮肤呈棕色，身体都很健壮。自此之后，毛利人的形象就深深印在了我的脑海里。

特别有意思的是，一块地图板立在了村中显眼的位置，导游介绍说，从地图上看，原住民是最早从中国台湾出发的，他们先航行到波利尼西亚，最后来到了新西兰。照这么说，毛利人和中国台湾的高山族是同源喽？导游说，牌子既然立在这里，说明毛利人承认了他们的祖先就是从中国台湾来的。站在一旁的老伴反应快：那么最早发现新西兰的应该是中国人啊。

在文化村，饶有兴趣地参观了毛利人的手工作坊。里边陈列了各种手工木雕，有人像、动物和工具，看上去不是那么精美，但反映了毛利人对生活和美的追求。

遗憾的是，来到村里只看到了新西兰国鸟——奇异鸟的视频画面，不知真身"藏"于何处。

穿过村子，白雾茫茫的仙境就在眼前。幸运的是，由地热形成的间歇性喷泉正在发狂，吐出的水雾高达30多米，突然间雾中出现一道彩虹，难道这是送给远方客人的礼物？

这时，导游指着喷出的泥浆说，这是最好的面膜，已被开发利用，大家要不要试试？哈哈，导游你能带个头吗？还别说真有胆大的，在大坑下面的岩浆边上，有几个小孩在那里寻找着什么，难道是挖泥浆要做面膜吗？望着热气腾腾流淌的泥浆，无意间看到了毛利人后代的胆量。

将要离开时，小试坐了一下台阶，感觉了一把什么叫热锅上的蚂蚁。当俯下身子听到了地下咕噜咕噜的声音时，神经一下子紧绷了起来，这分明是大地在沸腾，难道火山

📍 地球喷热雾腾腾，云雾缠绕现彩虹

这棵大树有点怪，躺平还能长出来

要爆发？还愣什么，赶紧逃吧！

逃出火山口，跑到了红树林，顿感凉风阵阵。

棵棵红杉树，粗壮、挺拔，直插云天，百岁大树，阵容非凡。一首《好大一棵树》的歌，随之在脑海里浮现。

红树林是当地人散步的好地方，在这里第一次看到遛狗的专用通道。漫步红树林，让心收获了一片宁静。

晚上吃完韩式火锅，来到号称世界十大温泉之地的罗托鲁瓦市区泡温泉。这里温泉遍布，吸引着世界各地的游客前来消费。

来到了一家户外温泉，这里的环境优雅，标有各种温度的泡池鳞次栉比。躺在舒适的泡池中，眼睛一闭，任凭温泉水浸透你身上的各个部位，一天的疲劳渐渐退去。

到了来新西兰的第三天。早餐后，乘车向罗托鲁瓦市的爱格顿皇家农场进发。

乔导继续开始滔滔不绝地"演说"：新西兰在 20 世纪 50~60 年代时，很富裕，现在的路、桥、车站都是那个时期修建的。

新西兰为了保护环境，几乎全部使用清洁能源，水利发电占80%，地热发电占15%，风力发电占5%。所以，你们发现，是不是新西兰的天更蓝，地更绿，空气更新鲜呢？有人用东北话大声回答：可不是咋地。

新西兰人均年工资为 4 万 ~5 万元新元，而且物价很低。全国公路没有收费站，开车出门，一脚油门踩到底。

新西兰是个高福利的国家。无论你从哪里来，只要小孩儿生在新西兰就可以入籍，到了孩子长到 18 岁，由他本人重新决定最终要入哪个国籍。

小孩儿从生下来以后，由国家免费提供牛奶金和尿不湿。幼儿园只收一半学费，小学到高中全部免费，医疗费也全免。一家如果生了三个孩子，国家给的补助更多。听到这儿，不得不为新西兰孩子们的幸福生活发出赞叹！

在新西兰，你只要到了 65 岁，无论你原来是否有工作，最后发的养老金全都是一个标准。

乔导讲得聚精会神，毫无倦意，好像要把他知道的干货全都倒出来，没想到后面的听众大半已昏昏入睡，只有一个人强竖起耳朵在听。也是，再好也是人家的，跟你没有半毛钱的关系。

汽车在起伏的公路上奔驰。两边绿色的原野，空旷而宁静。大片相邻的农场里，只看到牛羊在吃草，却看不到它们的主人在哪儿。乔导笑着说："你们内蒙古不是有一首歌吗，蓝蓝的天上白云飘，白云下面牛羊在吃草，要问牧人哪去了，都在家里睡大觉。"一个小幽默，逗出了满车笑声。这个乔导，懂的还真不少。

突然，乔导指着左前方说："你们快看，那就是新西兰的一大怪，牛排队。"仔细一看，果然看到牛儿排着一千米长的队向前移动，有人猜出来是排队去挤奶吧。乔导说："噢，忘了你们是从草原上来的了，没错，是去挤奶的。新西兰有三大怪：驼无峰，羊无尾，牛排队。前面的两怪，等到了现场，你们自然就会明白。"那么这牛排队是怎么回事呢？为了方便管理，农场主就在牛耳上扎上芯片，到了挤奶的时间，芯片发出震动，通知牛快去挤奶，所以就看到了牛排队的景象。

汽车绕下山坡，远远地看见一个巨大公羊的塑像立在路口，哦，爱格顿皇家农场到了。

农场有 400 多亩土地，英国女王伊丽莎白二世曾经来这里参观。聪明的农场主在征得英国皇家的同意后，将农场冠以"皇家"二字，从此，这个金字招牌让他的财源滚滚而来。

这不，来的人还真的不少，停车场上

🔵 这儿奶牛有多乖，排着长队去挤奶

没有尾巴人作怪，不好意思站起来

游客一到东家笑，驼羊不用加草料

"座无虚席"。这里没有高楼大厦，除了草料库、生产车间、休息室等房子外，最高大的建筑就是表演大厅。一个华人女讲解员带领我们乘坐拖拉机开始了农场观光。

第一站，到草场喂羊。这对我们从草原来的人没有多大吸引力。不过，我们看到了新西兰的又一怪：羊无尾。据说小羊一生下来，就被人用绳子把尾巴勒住，直到脱落。为啥呢？他们说，尾巴有毒。搞得我们这些经常用羊尾泡炒米的人一头雾水，是品种的问题还是地域的问题？

第二站，喂羊驼。一路上讲解员风趣、幽默，互动热烈，逗得游客笑声不断。在摇摇晃晃中，拖拉机爬上了绿油油的山坡，还没等车停下，一群羊驼就围了上来。游客们下车四散，各自寻找自己的喂食对象。

说也奇怪，这南半球所见到的动物，怎么都这样温顺呢？当用手摸完它平平的脊梁，新西兰"三怪"的谜底到此全部解开。

第三站，参观奇异果种植园。一听这名字，以为是一种奇形怪状的水果，结果走近一看，原来是猕猴桃园。不过，品尝完用它制作的酸酸甜甜的饮品后，我有了一种开胃清爽的感觉，顿时对奇异果高看一眼。

最后一个压轴节目是到演出大厅观看剪羊毛表演。用钢木结构搭建的大厅能坐四五百人。把耳机插在椅子靠背的装置上，就可以享受同声翻译。

演出开始。舞台由一对新西兰的帅哥、靓妹操控。只听帅哥一声令下，靓妹从左右把不同品种的羊牵到了后面的阶梯式站台上，为了稳住这些"角"，除锁链外，还给每只羊前面放了它们喜欢的食品。最大的美丽诺公羊重达 200 多千克，听着都有点儿咋舌。

接下来是互动环节。游客参加了挤牛奶、喂小羊的体验活动。

重头戏上演了。只见彪悍的帅哥猛地抓住一头羊，拿起电剪三下五除二，就脱去了它的"毛衣"外套，整套动作干净利落，一气呵成，赢得了一片掌声和喝彩声。

羊毛剪子沙沙响，一身厚毛剃个光

爱格顿皇家农场，拥有大片的草原，无论是平地还是山丘，到处是绿油油的景象。像一块被修剪整齐的绿毯，在蓝天白云的映衬下，显得格外美丽。用木板做成的围栏像一条彩带，沿着小路伸向了远方。

结束了一天的行程，一身轻松。看到大家情绪不错，导游乘机推销自费游览新西兰的"小九寨沟"项目，每人五十"大洋"。当然还是自愿喽。看看天色还早，倒不如"客随主便"。

走进"小九寨沟"，一条弯曲的小河流向森林深处，河水清澈见底，几条大鱼在水里自由自在地游来游去，遇见岸上的人没有一丝的惊慌。

沿着河边走去，两岸绿色的植物遮天蔽日，高大挺拔的红杉树再次映入眼帘。望着这水碧木秀的自然景观，不免对这里的环境保护，发出由衷的赞叹！有道是：小桥听水声，凭栏看风景，空谷翠欲滴，醉了画中人。

过了小桥，山坡上是一个绿草如茵的高尔夫球场。苏医生拿着捡到的一颗球，再找来一根树枝，正准备小试一把，突然听到喊声，转头一望，树林中走出一个黑脸壮汉，他背着插满球杆的袋子，向我们走来。原以为要被"驱逐"，结果却出人意料。他抽出一根球杆，示意我们来体验。这下热闹了，大家在他的指导下，轮流上阵，小试身手。离开时，他分别和在场的人握手告别，"拜拜"声一片。

这天的午餐安排在罗托鲁瓦市的一家名叫"龙楼酒家"的四川饭店。

午饭后，导游把我们领到了罗托鲁瓦市内的一家皮毛加工厂。那名气老高的羊驼毯、羊毛被自然是推荐的重点。

　　接下来，乘车直奔奥克兰。导游随即打开了播音的"开关"：奥克兰是新西兰最大的城市。它四周被海洋和火山环抱，是全世界拥有私人游艇、帆船比例最高的城市，享有"帆船之都"的美誉。每年的一月份，这里会举办世界帆船大赛，场面十分壮观。

📍 多少根桅杆多少船，多少次欢笑随风传

　　三个小时后，返回奥克兰郊区入住，晚餐照旧川菜伺候。

　　第四天早晨八点半，开始了在新西兰最后的行程。先上伊甸山，再去看港湾。

　　伊甸山，距市中心大约5千米，是为了纪念奥克兰的首位伯爵乔治·伊甸而命名的。

　　汽车绕着山路直奔山顶。沿路看到了三三两两锻炼身体的市民，导游介绍说，这座山原是私人所有，后来被捐献出来，供市民游玩、健身，最终变成了免费的旅游景点。

　　站在被毛利人称为"山神的饭碗"的火山顶上，俯看奥克兰市区和两大港湾，颇为壮观。

奥克兰市貌

　　山顶有一个直径一米大的铜罗盘，上面标出世界各大城市距奥克兰的直线距离，北京是 10407 千米。有趣的是，整个罗盘上唯独北京二字被摸得发亮，看来国人把触摸物件的喜好也带到了这里。

　　从山下回望伊甸山，感觉它就是为新西兰之行的圆满而画出的一个大大的句号。

　　来到港湾，海面上停满了游艇和帆船，看上去有点儿拥挤不堪。第一次看到这么宏大的桅杆林立的场面。在新西兰，游艇就是身份的象征。没错，在四面环海的岛国生活，游艇如同草原上的骏马，没有它们，大海和草原就等于失去了灵魂。

　　吃完丰盛的自助餐，来到奥克兰中央公园，这是离开新西兰前的最后一次游览。

　　奥克兰的中央公园和墨尔本的公园相差无几。开放式的格局，连汽车都可以开进来。大家漫无目的地在草地上行走，看不到导游的影子，无奈地望着园内那座奥克兰博物馆发呆。前方，一群中学生在白粉画出的跑道上奔跑，更多的人在休闲中让时光慢慢流逝。

　　下午六点半，登上了阿联酋 A380 客机，飞往澳大利亚的布里斯班市。

04

"北极熊"和"海狸"隔洋遥望

同处北纬 60° 的俄罗斯和加拿大，北冰洋将它们分隔。克里姆林宫角楼上的那颗红星，勾起了青春时的美好记忆，而加拿大的片片红叶，像一团火焰，点亮了游者神往已久的旅途。

俄罗斯 *Russia*
追寻青春的记忆

　　俄罗斯位于欧亚大陆的北部，是世界上国土面积最大的国家。记得有人曾这样描述它：

　　因为有了高加索山脉的巍峨和西伯利亚平原的广袤而显得豪迈和洒脱；

　　因为有了红场和克里姆林宫而显得自信和骄傲；

　　因为有了碧蓝清澈的贝加尔湖而显得充满了灵动和生机；

　　因为有了一座座"洋葱头"般的教堂而显得虔诚并有了亘古不变的信仰。

　　当然，这里还有令全世界为之惊叹的芭蕾舞剧《天鹅湖》，有文坛巨匠打造的俄罗斯文学，尤其是那本曾让人印象深刻的《战争与和平》，还有让人捧腹大笑的马戏团滑稽表演，更有口感浓烈的伏特加酒……

　　一切的一切等待着我们去探访和观赏。

国家档案

全称： 俄罗斯联邦

人口： 约 1.44 亿（2020 年）

面积： 约 1700 多万平方千米

首都： 莫斯科

民族： 主要民族为俄罗斯人，约占 78%，有 194 个民族

语言： 俄语

货币： 卢布

宗教： 东正教

经济： 人均 GDP 1.22 万美元（2021 年），能源、军工、农业为支柱产业。

气候： 整体以温带大陆性气候为主，北部属于寒带气候，温差较大。

一个年轻时追捧的"偶像"

"深夜花园里，四处静悄悄，树叶也不再沙沙响，夜色多么好，令人心神往，在这迷人的晚上。"

正是这首经久不衰的俄罗斯歌曲《莫斯科郊外的晚上》，激起了几代中国人对莫斯科的向往。

2016 年 7 月 21 日，我和老伴带着孙子冒着大雨前往北京首都机场与旅行团汇合。由于天气的缘故，等到凌晨 1:30，才登上了俄罗斯 SU204 次航班。

飞行中遇到了强气流，飞机颠簸得非常厉害，老伴儿晕机的老毛病又犯了。还在发烧的小孙子，看着奶奶难受的样子，赶紧起来给奶奶揉背。小孙子的举动，让她似乎好了许多。

经过 8 个小时的飞行，飞机降落在莫斯科谢列梅捷沃机场。

踏上俄罗斯国土的一刹那，一种前所未有的心情涌动起来。虽然昨日的"老大哥"早已不见踪影，但我们不会忘记，是"十月革命一声炮响，给我们送来了马克思列宁主义"，让中国从此看到了光明。特别是中华人民

秒读历史 READING HISTORY

俄罗斯人的祖先是斯拉夫人。在罗马帝国时期，它和日耳曼人、凯尔特人被罗马人称为欧洲的三大蛮族。后来，往西迁徙的成为西斯拉夫人，即现在的波兰人、捷克人，往南迁徙的就是南斯拉夫人，往东和北方向迁徙的就叫东斯拉夫人，包括俄罗斯人、白俄罗斯人、乌克兰人等。

俄罗斯有 1200 多年的历史，共出现两个王朝，一个是留里克王朝，统治了 700 多年，一个是罗曼诺夫王朝，经营了 300 多年。在罗曼诺夫王朝时，出现了两位冠以"大帝"称号的沙皇，一位是彼得大帝，一位是叶卡捷琳娜二世女皇。

9 世纪，留里克王朝正式建立。瑞典人留里克成为诺夫哥罗德罗斯王国的大公。留里克死后，迁都基辅，改名基辅罗斯国。

13 世纪，蒙古帝国军队占领了基辅，开始了长达 240 年的统治。

15 世纪末，伊凡三世建立了莫斯科大公国，蒙古军队败退，俄罗斯统一。

共和国成立初期，它是援助中国最多的国家。那个年代，列宁、斯大林的名字时常萦绕在我们的耳边。

俄罗斯出关手续很简单，孙子自己手持护照，顺利通关。张阿姨操着一口东北话夸奖他："你瞅你家小孙子，拉着个小箱子，扭着小屁股，有模有样。"是啊，他可是全团最小的团员了。

一辆俄罗斯大巴送我们进城。途中领队兼起了导游的职责。她介绍说：俄罗斯人在工作时间之外从不加班，每到周末就去郊外自己的小别墅度假。工资是按周发放，防止出现"月光族"。

她继续介绍说：为了应对人口逐年下降的趋势，政府鼓励多生多育，生二胎有奖励；生三胎可配备一名牙医；生四胎以上的家庭，可在郊区分到一幢小别墅。

她还讲了三则幽默的笑话：一是莫斯科有 1200 万人，有 900 多万辆汽车，经常堵车，一天堵一次，从早堵到晚。二是莫斯科的天气预报很不准确，被人调侃说，明天的天气只有明天才知道。三是，如果冬季来俄罗斯旅游，你就会看到"青青白雪盖，破车跑得快，姑娘大腿露在外，干活都是老太太"的一幕。

---

16 世纪中叶，伊凡四世建立了沙皇国，成为俄罗斯第一个沙皇。他死后传位长子，长子死后绝嗣。至此留里克王朝结束。

17 世纪初，罗曼诺夫王朝登场，罗曼诺夫坐上了本朝第一任沙皇的宝座。

18 世纪，彼得一世登基，改称俄罗斯帝国，迁都圣彼得堡，成为罗曼诺夫王朝相当有影响力的君主。他在位期间对外扩张，吞并欧、亚多国，帝国的政治、经济达到了顶峰。

18 世纪中叶开始，叶卡捷琳娜二世将俄罗斯帝国再次推向了巅峰。

19 世纪，亚历山大一世打败拿破仑，成为欧洲的"救世主"。

1917 年爆发"二月革命"。尼古拉二世宣布退位，罗曼诺夫王朝灭亡。

1917 年 11 月 7 日（俄历十月），列宁领导的十月革命胜利，之后于 1922 年建立了世界上第一个社会主义国家——苏维埃社会主义共和国联盟，后经历挫折发展为世界强国。

1991 年 12 月 26 日苏联解体，俄罗斯独立。

大巴开进了市区。两边的居民楼有点眼熟，这些苏联时期的建筑和国内 20 世纪七八十年代的楼房如同出自一张图纸。

领队说，俄罗斯人买楼不买13层，认为这个数字是凶险和死亡的象征，"7"则是成功和幸福的象征，忌讳打碎镜子，认为镜子是神圣的物品，打碎就意味着灵魂的毁灭，但如果打碎了杯盘，则认为是富贵和幸福的兆头，这和中国"岁岁平安"寓意相通。俄罗斯人还不喜欢黑猫，认为它会带来晦气。

说话间来到了下榻的"小蚂蚁"酒店，一个怪好听的名字。酒店有二十几层高，设备齐全很现代，唯一让人费解的是，人高马大的俄罗斯人，怎么造出这么小的床呢？

一座红星照耀的首都

莫斯科是俄罗斯的"心脏"，七座山丘承载着整座城市。古老的城堡、精美的教堂、现代化的大楼矗立在城市的各个角落，建筑艺术堪称世界一流。

莫斯科，是个园林城市，有100座公园，800多个街心花园，但大街两旁几乎看不到行道树。

莫斯科，我将怀着崇敬的心情慢慢来揭开你神秘的面纱。

● 俄罗斯的名片——红场

说到红场，马上就会想起俄罗斯的阅兵式。那一排排士兵昂着头、高踢腿、威武地通过红场的镜头，给人留下很深的印象。

红场位于莫斯科市中心，是世界上最著名的广场之一。9 万多平方米的广场，全部采用欧洲惯用的小方石块铺成。广场呈长方形，是天安门广场的五分之一。

走进红场，感觉被一种庄严、凝重、开阔和浪漫的气氛所包围。那高大的红色围墙、尖塔上闪亮的红星、彩色圆顶的教堂和漫步在广场的一张张笑脸，让整个广场充满了生机。

红场上热烈的氛围，点燃了乌兰牧骑老队员的激情，她们模仿俄罗斯士兵阅兵时的姿势，甩开双臂，迈开正步，英姿飒爽行走在广场上，一下子成了广场上被关注的热点。小孙子看着奶奶们有趣的表演，赶忙拿起自己的小相机，不停地按下了快门。

红场的南端，是瓦西里升天大教堂。洋葱似的圆顶披着艳丽的色彩，犹如一座童话般的城堡，让人眼前一亮。它建于 1560 年，是伊凡四世为纪念战胜喀山汗国而建的东正大教堂。其圆顶风格是由拜占庭建筑演化而来，它的圆顶是金色或者彩色的，上面立着十字架。"瓦西里"的名字，取自在此修行的一位修士的名字。它的建成奠定了莫斯科成为俄国宗教中心的地位，并成为俄罗斯摆脱外族统治、完成统一大业的一座里程碑。

教堂由高低不一的 9 座塔楼组成。中间的塔楼最高，象征着上帝至高无上，周围的 8 座塔楼，代表曾为战胜喀山汗国给予帮助的 8 位圣人。远远望去，红色的像火炬，黄色的像菠萝，红白相间的像热气球，那颗蓝白条状的像一个巨大的冰激凌……

红场的西侧，有一座由红色花岗岩和黑色长石砌成的领袖之墓。它就是世界上第一个社会主义国家的奠基者、无产阶级革命导师列宁长眠的地方。列宁的遗体安放在水晶棺中，1994 年，被联合国教科文组织确认为"世界

🔻 红场

知识点

拜占庭建筑

拜占庭原为古希腊的一座城市，后来成为东罗马帝国的首都，改名为君士坦丁堡。人们习惯称东罗马帝国为拜占庭帝国。拜占庭帝国的建筑文化是以基督教为背景，把西方古罗马时期的建筑风格和东方阿拉伯波斯建筑文化相融合而形成的独特的建筑艺术风格。其特点是：大圆形屋顶，内饰采用彩色大理石。俄罗斯的东正教堂就是这种风格的具体体现。

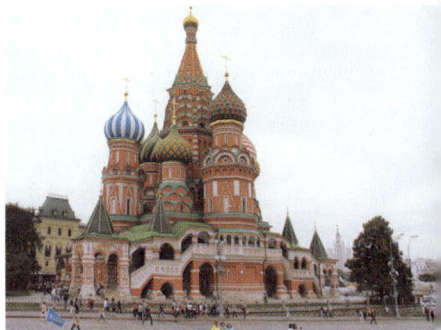
🔻 瓦西里大教堂

历史文化遗产"。

当年苏联解体后，围绕列宁墓去留的问题争论不休，叶利钦曾主张迁出红场，但遭到国家杜马的强烈反对。普京执政后，明确反对迁墓。在他看来，迁墓必须得到大多数俄罗斯人的同意方可再议。

因闭馆未能入内参观，但苏联电影《列宁在十月》《列宁在一九一八》中的人物形象，早已深入人心。此时，站在这位伟大人物的陵寝前，我怀着崇敬的心情，向他深深地鞠躬。

列宁生于 1870 年，辞世于 1924 年。这位曾经的导师和领袖，如今已在水晶棺中沉睡了近百年。

在列宁墓与克里姆林宫的红墙之间，立着 12 块墓碑，上面分别刻着"斯大林""勃列日涅夫""朱可夫""高尔基"等人的名字，还有列宁的夫人科鲁普斯卡娅和登上太空的第一人加加林等人的名字。

位于红场北侧的国家历史博物馆是一座极具俄罗斯风格的建筑物，在其紫红色的外表下，一部波澜壮阔的俄罗斯历史被收藏于内。博物馆建于 19 世纪，设有 48 个展厅，收藏了 420 多万件文物，被称为俄罗斯文化艺术品的宝库。

红场北端的出口前，有一尊被誉为"一代战神"的朱可夫元帅的青铜像，只见他身跨战马，昂首向前，一副即刻奔赴战场的英姿，令人肃然起敬。朱可夫元帅参加了发生在 20 世纪的两次世界大战。特别是第二次世界大战中，作为苏军的主要领导人，亲自指挥了列宁格勒保卫战、斯大林格勒战役、莫斯科战役、攻克柏林等一系列重大战役，都取得了重大的胜利，为国家和人民立下了不朽的功勋。1958 年他退休，1974 年去世。1995 年他的这尊铜像在红场上被树立。

无名烈士墓，位于红场边的亚历山大花园里。在红色大理石的墓台上，摆放着由青铜铸成的头盔和军旗。墓前有一个五星形状的火炬，常年不熄，寓示烈士的精神永照人间。两名持枪的卫兵神情庄重，目不斜视地守护在那里，被俄罗斯人称为"全国第一岗"。

朱可夫元帅铜像

克里姆林宫红墙

墓台上刻着这样的字句："你的名字无人知晓，你的功勋永世长存。"

这里的无名烈士墓如同北京天安门广场的人民英雄纪念碑一样，让后人永远不要忘记在战争中为自己的祖国捐躯的千千万万没有留下姓名的烈士们。

俄罗斯是一个崇尚英雄的民族，上到国家领导人，下到普通百姓，懂得今天的幸福生活来之不易，尤其是那些新婚的年轻人，都要来这里用鲜花表达他们的敬意。

在红场的东侧，有一座外表极像宫殿的大型百货商场，它就是被誉为"世界十大百货商店"之一的古姆百货商场。商场建于 1893 年，至今已有 100 多年的历史。三个大型拱门把商场与红场连在了一起，为人们在广场休闲时提供了另一种选择。

一座宏伟的玻璃穹顶贯通南北，在阳光的照射下，形成了一个明亮、舒适的购物环境。楼上楼下人流攒动，本土品牌、国际大牌都能在这里找到。两边环形的通道上设有鲜花和座椅，小憩时，闻到了淡淡的花香。一楼有一处喷泉池，是莫斯科人喜欢的约会地方，也成了旅游者汇合的标志性景观。

拱门前售卖的"老奶奶"冰激凌，是莫斯科人的最爱。本想排队去给孙子买一个，遭到本家奶奶的强烈反对，理由讲得貌似科学，"感冒不能吃冰冷的食品"，一个人说话让两个人无语，老奶奶不让吃"老奶奶"。

克里姆林，俄文意思是"内城"。在俄罗斯的许多城市都有同名的城堡。它们作为各个城市的堡垒，在古代相互讨伐的内战中，起到了重要防御作用。

克里姆林宫是红场上最大，也是最主要的一座建筑，位于市中心的一座山岗上，始建于 12 世纪中期。它的南边是莫斯科河，西北角是亚历山大罗夫斯基花园，东北和红场相连，形成了一个三角形的格局。和中国方方正正的故宫相比，总觉得有点儿别扭，也许这就是文化认知的差异吧。

知识点

世界五大宫殿

中国的故宫，法国的凡尔赛宫，英国的白金汉宫，俄罗斯的克林姆林宫，美国的白宫。

克里姆林宫，面积 27.5 万平方米，围墙高 14 米，厚 6 米，一圈下来有 2235 米，有着强大的防御能力。"克里姆林宫红星"被镶嵌在五座城门的塔楼顶上，向世人展示着一个时代胜利者不朽的辉煌。

这座昔日被称为大克里姆林宫的皇宫，现在是俄罗斯的总统府。一面三色旗在圆顶上迎风飘扬。

在部长会议大厦的后边，摆放着一尊 40 吨重的铜铸大炮，被称为俄罗斯的"炮王"。炮架上刻有沙皇费多尔的雕像，旁边还堆放着四颗炮弹。这尊从未放过一炮的大炮，在沙皇的眼里，只是用来炫耀的一种工具。与炮王相伴的是"钟王"。它比炮王的身躯还要高大，自重 200 多吨，是目前俄罗斯最大的铜钟。据说北京的永乐大钟也只能排在它的后面。可它不经敲打，铸成后第一次就被敲成哑钟（裂纹），后又遭大火烧烤，被灭火的凉水浇身后出现了爆裂，开口处掉下了一块，变成了兔子的三瓣嘴。这尊几经磨难的铜钟如今变成了克林姆林宫的一宝。

钟王的身后就是高 81 米的伊凡大帝钟楼。当时，它既是权力的象征，也是最高的瞭望台。在这座用白石头砌成的钟楼内，藏有 50

📍 "炮王"

"钟王"

圣母升天大教堂

多口大钟，使之成为名副其实的大钟楼。

最后来到克里姆林宫内的教堂广场，它是莫斯科最古老的广场。一组宏伟的教堂建筑群坐落在它的四周，成为俄罗斯宗教、历史、文化、艺术最集中的展示地。每一个来到这里的信徒，都会经受一次灵魂的洗礼。

圣母升天大教堂，建成于 1479 年，五个洋葱金顶是它最大的特征。它是历代大公和沙皇举行加冕典礼的地方，一些东正教的大牧首也安葬于此，里边保存着画有近千位圣人的圣像图。

天使大教堂，是彼得大帝之前历代君主的陵寝地，伊凡雷帝也葬于此。后来的沙皇们随着迁都圣彼得堡，也改葬在彼得保罗大教堂。

报喜大教堂，是皇族子孙接受洗礼和结婚的地方。

在克里姆林宫内还有十二使徒等许多教堂和兵器库。

这么宏大的建筑群，二战时怎么就没被德军的飞机炸毁呢？通过档案揭密后得知，在斯大林的授意下，克里姆林宫经过精心伪装，躲过了一劫。但在更早的时期，却没有躲过蒙古帝国大军的焚烧。

克里姆林宫作为世界五大宫殿之一，被联合国科教文组织列为世界文化和自然保护遗产。

《凤凰卫视》对克里姆林宫有这样一段精彩的评说："俄罗斯先民的坚韧铸就了这座钢铁堡垒，意大利人的精湛工艺成就了这一建筑奇观，它是俄罗斯人的权力中心，屡次成为历史的拐点，它是俄罗斯人不可磨灭的精神圣地，它的历史是一阕跌宕起伏的大国诗篇。"

● 心灵对话——新圣女公墓

作为一大景点的新圣女墓园，坐落在莫斯科的西南部。它建于16世纪，最早是教会上层人物、王公、贵族的安息之地。到后来，一大批为苏联做出特殊贡献的政治家、艺术家、作家、科学家也安葬在这里。赫鲁晓夫、叶利钦、戈尔巴乔夫也长眠在了这里。《卓娅和舒拉的故事》的主人公，《钢铁是怎样炼成的》作者尼古拉·奥斯特洛夫斯基也安眠在此。

这座名人墓园，与中国的陵园大相径庭。它不是阴森森的世界，而是用一尊尊鲜活的雕塑表达那不灭的灵魂，把历史轨迹中的闪亮点，变成了一种特殊的墓碑艺术，一展墓主人的精彩人生。让来自世界各地的参观者，在惊叹中沉思，在赞美中敬仰，从而燃起奋斗的希望。

● 东正教圣地——谢尔盖耶夫镇

谢尔盖耶夫镇，被俄罗斯人称为"金环小镇"，距离莫斯科只有71千米，是名副其实的卫星城。

在这个历史悠久、风景如画，有着浓郁俄罗斯风情的小镇上，一座有着700多年历史的修道院，被尊为东正教的圣地。在俄罗斯人的心中，它就像天主教徒朝拜的梵蒂冈、穆斯林朝觐的麦加那样神圣。它的名字叫谢尔盖三圣大修道院。

当年，一个名叫谢尔盖·拉多涅日斯基的年轻人带着兄弟来到这里，自己动手盖起了一座小教堂。后来，兄弟受不了这里艰苦的生活离他而去。谢尔盖孤独一人坚守在小教堂，每天诵经、祷告、供奉三圣。

当年，伊凡三世在和蒙古帝国军人交战前来到这里，得到了谢尔盖的祝福，并预测此战必胜。战争的结果验证了谢尔盖的预言。

📍 修道院里的教堂

从此，谢尔盖的名声大振，追随他的弟子越来越多，朝拜的百姓也纷至沓来。看到这种大好的形势，谢尔盖开始传播东正教，从此，小镇就变成了俄罗斯人的"精神家园"。

走进画满壁画的圆形拱门，大院内不同风格的宗教建筑刷亮了你的眼睛。

最抢眼的是圣母升天大教堂。教堂内鸦雀无声，上百名站立的信徒正在默默倾听牧师的诵经，全然不顾突然涌进来的游客。望着眼前的一切，此刻，作为游者的那颗躁动的心，得到了片刻的宁静。

最漂亮的是那座高 88 米的钟楼。它巍峨挺拔，是修道院中最高的建筑。钟楼内现有大钟 26 口，最重的约为 70 多吨。

巍峨挺拔的钟楼

信徒瞻仰最多的是那座白色的圣三一教堂。因为在教堂神龛下的棺木中，安葬着创始人大牧首谢尔盖。有许多信徒把脸贴在棺盖上，表达对这位圣人的追思和敬仰。

最受欢迎的是院中的圣水亭。周围挤满了接取圣水的人们。传说这里的圣水能治百病，究竟灵不灵，掬一捧洗洗眼睛，至少能感受一种清凉。

修道院内还设有医院、神学院、斋房等。那些身穿黑袍的修士、修女们，匆匆而过，给人带来了一种神秘感。

回望谢尔盖三圣大修道院，它经历了蒙古帝国大军的烧毁，波兰人的攻打，彼得大帝的避难等一次次重大的历史洗礼，最终成为俄罗斯人的骄傲，被列入世界文化遗产名录。

● 看马戏——孙子的最爱

俄罗斯马戏团在全世界都享有盛誉。能在它的故乡看一场真正高水平的表演，那是多少人梦寐以求的事。感谢孙子的执着，让我们一起圆梦。

来到剧场的门前，一尊小丑的铜像招来许多观众与之合影，铜像的历史原型就是大名鼎鼎的俄罗斯马戏明星——尤里·尼库林。他从事此项工作50年，从一个串场的小丑一直做到了马戏团的老板。1997年，在他75岁离开人世时，总统叶利钦亲自宣布他的死讯，并为他举行了国葬。可想而知，他在俄罗斯人心中的地位有多高。曾有人这样讲，在俄罗斯有人可能说不出总统的名字，但他的名字几乎无人不晓。

📍 回家

马戏团的剧场是圆形漏斗状的，下面是360°的圆心舞台。坐在居高临下的观众席上，眼睛寻找着舞台的入口。即将开场时，令人目眩的灯光、轰响的音乐把观众的情绪迅速提振了起来，掌声随着音乐的节奏越拍越响，全体演员在灯光闪烁下鱼贯而入，集中亮相，大放异彩。接下来的表演各有特色，精彩纷呈，有驯兽、空中飞人、魔术、杂技和小丑的滑稽表演等。一名主持人不时穿插进来烘托现场气氛，让整场晚会紧凑、热烈、精彩、动人。身边的孙子拍着小手，笑得前仰后合，完全忘记了这是在异国他乡。

这场演出，他一辈子都不会忘记的。

莫斯科的早晨四点多就已霞光满天了。我来到酒店前的河边，看到河面上五颜六色建筑群的倒影喜出望外。这时候风静、水静、人也静，生怕这幅美妙的构图被"吵醒"溜掉。孙子跟着爷爷，举起自己的小相机捕捉这一美丽的瞬间，老伴的手机拍出了好看的画面。

太阳已经升得很高了，莫斯科河面上金光闪闪。站在桥上向北望去，经常在电视中看到的克里姆林宫红墙塔楼的全景画面，一下子映入了眼帘。那座白色的救世主大教堂静静地屹立在桥头，昼夜倾听着莫斯科河对它的诉说。

下午，怀着一腔的留恋，告别了莫斯科，从谢列梅捷沃机场飞往俄罗斯的第二大城市——圣彼得堡。

多彩的教堂

站在大桥看"克宫"

一座历史厚重的古都

圣彼得堡，是彼得大帝在 1703 年下令开始建造的，以东正教圣徒彼得的名字命名。从 1712 年到 1918 年，它一直是俄国的首都，在苏联时期，改名为"列宁格勒"，后又恢复了原名。二战期间，许多古迹遭到了破坏，战后才得以重建、修复。

圣彼得堡是座历史文化名城，博物馆多达 50 多家，被誉为博物馆之城。著名的诗人普希金、莱蒙托夫，作家高尔基等都曾在这里生活和创作。

● 涅瓦河两岸的传说

涅瓦河从圣彼得堡市区缓缓流过，它见证了这座城市的变迁与兴衰。

涅瓦河的岸边有一片绿地广场，人称"十二月党人广场"。一块巨大的花岗岩石上，安放着俄罗斯人引以为豪的彼得大帝青铜骑士雕像，彼得大帝身披斗篷，腰挂佩剑，气宇轩昂，英姿威猛，给人一

知识点

世界四大博物馆

伦敦的大英博物馆、巴黎的卢浮宫、纽约的大都会艺术博物馆和俄罗斯的埃尔米塔什博物馆。

十二月党人广场

1825 年 12 月，受欧洲民主思想的影响，激进的自由党人提出要废除农奴制等政治主张，发动了十二月党人在参议院广场的起义，随即遭到沙皇尼古拉一世的镇压，起义宣告失败。一百年后，苏联为纪念这一事件，就将参议院广场更名为十二月党人广场，苏联解体后又恢复了原名。

为涅瓦河而生的一座城市

彼得大帝铜像

种奋勇向前绝不退缩的力量。为此，俄罗斯大诗人普希金写下了著名的诗篇《青铜骑士》。

这座青铜雕像是女皇叶卡捷琳娜二世下令建造的。她请来法国的雕刻艺术家法尔科内，用12年的时间完成了制作，又从芬兰湾运来巨石，将这座被世界赞叹的伟大杰作屹立在涅瓦河畔。

彼得大帝生于1672年，四岁丧父，十岁登基，和同父异母的皇兄伊凡共同执政，并由伊凡的姐姐索菲亚摄政，成为两个沙皇之一。17岁时利用自己组建的少年军夺回皇权。

为了改变俄罗斯的落后面貌，他化装出国，到荷兰等国学习造船技术，同时学习西方的文化、科学等方面的知识。回国后推行了一系列的改革：实行"胡子税"，让俄罗斯人彻底丢掉了几百年来留长须的习惯；实行"石头税"，用每一位来圣彼得堡的人上交的石头建起了一座新城，成为俄罗斯的新首都。

为了扩张，他组建了俄罗斯海军，打败了强国瑞典，夺取了芬兰湾，取得了圣彼得堡的出海权。在他执政的36年中，开通国家间的贸易往来，发展工商经济，使俄罗斯开始走上了强国之路。

因常年积劳成疾，彼得一世于1725年病逝，享年52岁。彼得大帝是俄罗斯历史上最杰出的皇帝之一，也是俄罗斯人民心中最崇拜的"大帝"。

十二月党人广场的旁边，有一座气势宏伟、构思精巧的东正教大教

堂——伊萨基耶夫大教堂。

　　教堂只有 200 年的历史。它的前身是彼得大帝建造的木制小教堂。到了叶卡捷琳娜二世时，改用石块重新建筑，遗憾的是，到她去世时教堂也未能完工。儿子保罗继位后，不顾母亲的嘱托，偷梁换柱，使用砖石混合结构草草了事。一直等到女皇的孙子亚历山大一世上台后，立志要完成奶

伊萨基耶夫大教堂

奶的遗愿，下令于 1818 年开始动工，在法国建筑师的帮助下，动用 44 万人、400 千克黄金，历时 40 年，终于完成了能容纳超万人的这一宏伟建筑，并用圣徒伊萨基的名字来命名。它是罗曼诺夫家族献给先帝彼得大帝最厚重的纪念大礼。

　　如果没有尼古拉一世的骑马铜像耸立在广场的中央，真还分不清教堂的正门在哪里。因为教堂四面都有相同的门廊，每面都有 16 根暗红色的花岗岩基柱支撑。再看教堂四面的三角门楣上，雕有许多展现圣经故事的浮雕，与教堂顶端的圣徒和天使雕像上下呼应。尤其是那四座圆顶小钟楼，围在金光闪闪的大穹顶下，享受着金光的照耀。

　　在涅瓦河的岸边，有一对狮身人面像镇守在那里，据说是埃及国王送给这座城市的礼物。仔细看，发现两座狮身人面像都没有胡子，因为胡子在埃及代表着一种权利，是不能轻易送给别人的。

　　两座高达 32 米的红色灯塔，耸立在瓦西里港口的广场上。每座灯塔的基座上，各有两尊雕像，代表着俄罗斯的四大河流（伏尔加河、沃尔霍夫河、第聂伯河和涅瓦河）。在每年的重大节日，两座灯塔顶部燃烧的火焰照亮涅瓦河两岸。

知识点

世界四大教堂

　　圣彼得大教堂（梵蒂冈），伊萨基耶夫大大教堂（俄罗斯），圣保罗大教堂（英国），花之圣母大教堂（意大利）。

📍 金光夺目的彼得保罗大教堂钟楼

涅瓦河边的兔子岛，俄罗斯人称为圣彼得堡的发源地。当初为了防范瑞典人入侵，监控涅瓦河上过往的船只，彼得大帝在这里修建了一座军事要塞。之后，这里变成了一所国家监狱。高尔基、车尔尼雪夫斯基等曾被关押在这里。如今它已是一座了解俄罗斯历史的博物馆。

从 1700 年开始，经过二十年的北方战争，俄罗斯终于从欧洲强国瑞典的手中夺取了波罗的海的出海口。在修建彼得保罗要塞的同时，圣彼得堡的城市建设也随之启动，之后得到了全新的发展。

在涅瓦河边，还有一座全身金黄、耀眼夺目的彼得保罗大教堂。钟楼上的尖塔直指蓝天，成为圣彼得堡最高的地标建筑。教堂内建有从彼得大帝到亚历山大三世等沙皇的陵墓，前来瞻仰和祈祷的人们排起了长队。

• 初见冬宫

冬宫广场是圣彼得堡最大的中心广场，面积有 5 万平方米。一座高耸入云的亚历山大石柱首先进入视线，这根石柱用重达 600 吨的整块花岗岩制作完成。令人惊奇的是，它不用任何支撑，靠自身的重量稳稳屹立在基座上，不得不佩服设计者高超的智慧。圆柱的顶端有一个手持十字架、脚踩毒蛇的天使雕塑，成为战胜敌人的象征。该纪念柱是为纪念 1812 年亚历山大一世打败拿破仑而建造的。

冬宫紧邻涅瓦河，与彼得保罗要塞遥相守望。它由意大利人设计，1762年落成，是一座典型的巴洛克风格宫殿。三层的宫殿被淡绿色的外墙、通体白色的廊柱和金色的雕塑装扮一新。楼顶栩栩如生的雕塑，入口处阿特拉斯巨神群雕，再配上三道拱形大铁门的设计组合，让整个冬宫的外观气势雄伟，透出

知识点

安娜一世

彼得大帝的侄女，是彼得大帝的哥哥伊凡五世的女儿。当年，在彼得大帝的安排下，她已远嫁被普鲁士统治的库尔兰公国。可婚后没几个月，公爵丈夫就病死了，而她作为遗孀，开始统治库尔兰将近 20 年。可让谁都没想到的是，她的那位堂侄彼得二世突然去世，又偏偏没留下子嗣，帝国最高枢密院急招她回国当沙皇，好运就此降临，37 岁的安娜就当上了俄罗斯的第二位女皇。她在位 10 年，并无大的建树，每天沉浸在风花雪月当中，47 岁时离世。

伊丽莎白一世

全名叫伊丽莎白·彼得罗芙娜，是彼得大帝的小女儿。虽美貌出众，但终身未婚。安娜女皇去世前，把皇位传给了姐姐三个月大的外孙子伊凡六世，根本就没有顾及堂姐妹伊丽莎白的感受。深处困境的伊丽莎白，就在众人的支持下，发动了宫廷政变，从伊凡六世手中夺取了王位，坐上俄罗斯第三位女皇的宝座。她继续推动父亲的改革，创立了莫斯科大学、银行等。特别是她与奥地利玛丽亚特雷莎女王、法国国王的情妇蓬帕杜夫人组成了"三条裙子联盟"，对普鲁士大帝菲特烈发动了一场著名的七年战争，威震了欧洲。伊丽莎白女王在位 21 年，由于她没有孩子，就把皇位传给了姐姐的儿子，也就是后来的彼得三世。

了皇家的威严。作为一幢历史建筑，没能逃脱大火焚毁和战争重创等各种不幸，但最终还是得以重建修复。

冬宫最初是由彼得大帝下令建造的一座木制宫殿，受当时的经济所困，他博大的雄心受阻，但不向敌人屈服。后来是俄罗斯的安娜、伊丽莎白、叶卡捷琳娜三位女皇成就了他的梦想，使冬宫逐步走向了辉煌。

冬宫作为皇宫，在叶卡捷琳娜时代被赋予了另一个功能——私人收藏馆。经过了 300 年的发展，这座 4.6 万平方米的宫殿里已经收藏了 270 万件文物精品。有位数学家曾经有过这样的测算，参观者在每个展品前驻足一分钟，每天按 8 小时计算，需要 15 年的时间才能看完所有的藏品，而要走完所有展厅等于你走了 30 千米的路程。

参观的这天正是周末，游客很多，挤在熙熙攘攘的人群里，小孙子有点儿透不

冬宫

📍 兴致勃勃的参观者

📍 酒神雕像

📍 冬宫里的藏品

📍 被冬宫里的歌声感染

过气来。穿过走廊，踏着红色地毯拾级而上，有一种外国使节入宫的感觉。二楼的展厅引发了游客们不约而同的惊叹声。无论是西欧艺术馆、东方艺术馆，还是陈列中国文物的远东艺术馆，到处是华丽的场景。那些珍贵的文物，特别是古希腊和古罗马时期的各种雕塑，件件传神夺目，大放异彩。这里还收藏了3000幅中国年画，令人惊讶不已。

　　一个半小时的游览中，那两面为俄罗斯立下战功的英雄画像墙，同样给我留下了深刻印象。是啊，一个战斗的民族唯有崇尚英雄才能继续战斗，从胜利走向胜利。

　　一首男声四重唱歌曲从角落里传来，铿锵有力的节奏，仿佛在赞颂英雄不朽的灵魂。

　　音乐让人兴奋和冲动，来自草原的三姐妹就在铠甲武士塑像前，摆出草原骑马舞的姿势。再看那位从草原上来的"酒仙"老郝同志，面对酒神塑像，做了一个与酒神干杯的幽默动作，让刚

📍 "草原轻骑兵"

才还无精打采的孙子，脸上露出了笑容。

这正是"爷奶带我游冬宫，转来转去有点儿晕，爷爷讲解听不清，奶奶跳舞笑出声"。

● 帝王花园泉水清

在距离圣彼得堡 30 千米的郊外，有一处专供沙皇避暑的行宫，名为夏宫。它坐落在芬兰湾南岸的一片茂密的森林中。

这座被誉为"俄罗斯的凡尔赛"的宫殿，由大宫殿、上花园、下花园三部分组成，是彼得大帝亲自参与设计、指挥，并由法、意等国的匠人精心打造的皇家园林杰作。而让它延续辉煌并享用最长时间的则是女皇叶卡捷琳娜二世。

大宫殿建在上花园和下花园的中间，旁边还有一座圣保罗信使教堂。每当到了炎热的夏天，这里就成了沙皇接待和宴请王公贵族、各界名流、外国使节的最佳地方。

大宫殿前的大露台下，是一座下沉式的喷泉。水池中央一位大力士用双手撑开了狮子的大嘴，一股清泉顺势喷涌而出。这就是著名的隆姆松喷泉。

知识点

叶卡捷琳娜二世

彼得大帝的外甥媳妇。她原名叫索菲亚，出生于普鲁士的贵族家庭。13 岁那年，作为普鲁士和俄国联姻的"工具"，嫁给了俄罗斯的小沙皇（皇储）、彼得大帝的外甥——彼得三世。婚后两人生活并不和谐。后来，聪明的索菲亚一边潜心学俄语，一边皈依东正教，为她后来当女王做足了准备。当伊丽莎白女皇去世后，彼得三世继位，叶卡捷琳娜利用自己掌握的一些年轻军官的势力，推翻了自己丈夫，当上了俄罗斯第四位女皇。（1762~1796 年在位）

在统治的 34 年中，她对俄罗斯的贡献不亚于彼得大帝。在她统治下的俄罗斯，两次发动俄土战争，三次瓜分波兰，打败了老牌劲敌奥斯曼帝国和瑞典，打通了黑海的出海口，完成了彼得大帝未竟的事业。此时的俄罗斯，领土横跨欧、亚、北美三大洲，跨进了世界强国的行列，并充当起了"欧洲宪兵"的角色。在俄国历史上，她与彼得大帝齐名。

📍 隆姆松喷泉

　　在上、下花园里的喷泉群中，有金字塔喷泉、太阳喷泉、亚当夏娃喷泉、丘比特喷泉等，每个喷泉构思精巧，千姿百态，银珠飞溅，雾气腾升，看得人目不暇接，叹为观止。

　　站在芬兰湾回头再望，感慨万千。当年帝王的奢华，留下了今日宏大绚丽的场景。一冬一夏两座宫殿，主人走了，我们来了。

● 俄罗斯的第一个首都

　　大巴车绕过二战纪念塔向南驶去，道路两旁到处是森林、草滩。一幢幢五颜六色的木制小别墅，散落在广袤的田野上。由此，我感受到俄罗斯民族对色彩的偏好，无论是教堂、宫殿还是民居。

　　从圣彼得堡到诺夫哥罗德要开车走3个小时。临近中午时，我们来到了俄罗斯历史上的第一个首都——诺夫哥罗德。眼前这座被厚厚的红墙围起来的城池，就是被俄罗斯人叫响的"小克里姆林宫"。走入宫门，一座用青铜铸造的千年历史纪念碑屹立在广场的中央，碑上布满了"留里克""彼得大帝"等为这座城市做出特殊贡献的各路英雄的名字。这里游人很少，也没有更多宏大的建筑，只有一座东正教的索菲亚教堂静静地矗立在那里。

走出高墙大院，前面有一座大桥，沃尔霍夫河缓缓地从桥下流过。几条游船停泊在河边，岸上翻新过的沙滩，显得既松软又干净，成了市民日光浴的好地方。

来到河边，老伴带着小孙子赤脚在河水里追逐奔跑，溅起一路水花。两个俄罗斯孩子爬上气垫，玩起了漂流。河水给她们带来了欢乐，也带来了一份勇敢。

回到桥上，一位俄罗斯少女坐在那里正在对着河水凝望，当发现我的镜头对准她时，她不仅没有反感，反而回眸一笑，露出了少女特有的羞涩。一位男子坐在栏杆的基石上，拉着手风琴，尽情抒发着思念之情。在他的旁边，一位俄罗斯妇女摆开地摊，出售小幅的俄罗斯油画，脸上没有一点招揽顾客的表情。

望着这座曾被二战炮火摧毁而后又被重建的建筑，别有一番感慨，一千多年的腥风血雨，让俄罗斯民族从小克里姆林宫走进了大克里姆林宫，一样的红墙，不一样的巍峨，一样的雄心，不一样的世界。

到了晚上，老伴她们去观赏俄罗斯著名芭蕾舞剧《天鹅湖》。我留下来陪孙子。望着孙子熟睡的小脸，感觉他突然之间长大了。一个不到六周岁

没有朝思暮想，何来如期相聚

小小摄影家，大师指导他

的孩子，感冒还没好，每天还要跟大人走那么多的路。尤其那些教堂、宫殿不是他这个年龄所喜欢的，但他没有怨言，自己挎着个小相机，不时有模有样地拍一张。刘爷爷夸他有天赋，那些喜欢他的奶奶们更是夸他有一股机灵劲，就连导游小郭姐姐也被他的小可爱所打动。

此时，已经晚上十点了，外边天还亮着……

● 一座承载三代女皇奢华生活的宫殿

在距离圣彼得堡 30 千米的地方，有一座小城，名叫普希金市，但人们习惯把它称作"皇村"。因为这里有一座皇宫，它就是声名远扬的叶卡捷琳娜宫。多年的神秘和荣耀，变成今天小城的滚滚财源。

距离宫殿的不远处，有一个五人组成的小乐队，奏响了中国的国歌。听着那熟悉的旋律，感受到了俄罗斯人的友好和热情。

叶卡捷琳娜宫建于 1717 年，最初是彼得大帝送给他妻子、后来的女皇叶卡捷琳娜一世的一处消夏别墅，后来作为遗产留给了她的女儿伊丽莎白女皇。在女皇对它的扩建中，著名意大利建筑师的天才技艺，让这座昔日的木结构别墅变成了真正意义上的皇宫。新增加的金

> **知识点**
>
> **叶卡捷琳娜一世**
>
> 彼得大帝的第二任妻子。她原是一位立陶宛贵族家的女仆，因战争被掠夺到俄罗斯的军营。偏巧被彼得大帝看上了眼，最后成了皇后。彼得大帝去世后，她得到了皇位，由此成为俄罗斯历史上的第一位女皇。（1725~1727 年在位）

铜管小乐队

叶卡捷琳娜宫

色洋葱头教堂，是这次扩建的点睛之笔。而让这座皇宫披上政治中心的外衣，布满金碧辉煌的内饰，最终名扬四海的却是俄罗斯的另一位女皇，彼得大帝的狂热追随者——叶卡捷琳娜二世。

女王餐厅

叶卡捷琳娜宫，作为俄罗斯18世纪巴洛克风格建筑的经典之作，在第二次世界大战中遭到了破坏。我们现在看到的是重新修缮的宫殿，1990年，它被联合国列入世界遗产名录。

站在宫殿的大院，你会发现，从外观的颜色上看，它和冬宫一模一样。导游说，蓝色代表她的眼睛，白色是指她的皮肤，黄色是她的头发。再从外观的造型上看，忽然发现了一个重大的秘密，外立面的柱子上，男人个个变成了顶梁柱，而女神们，都站在楼顶上神态自若地望着远方。看来，这位雄才大略的女皇叶卡捷琳娜二世，是想让所有的男人对她俯首称臣。

走进宫殿，一股强烈的古罗马的气息扑面而来，白色的罗马柱、白色的浮雕和特有的宫廷楼梯呈现在人们的眼前。尤其是楼梯边上一对被称为"睡觉"和"苏醒"的天使雕像，那传神的姿态，令人难以忘怀。

二楼有一间沙皇用来举行宴会和舞会的大厅，用金碧辉煌四个字来形容还觉得不够分量。无论是金色的浮雕装饰，还是那一扇扇高大的落地窗，都尽显皇家的尊贵和气派。抬头仰望，一幅大型油画绘满穹顶，与各种珍稀木板拼成的花纹地板形成上下呼应。那些镶在墙壁上的大型镜面，把固定

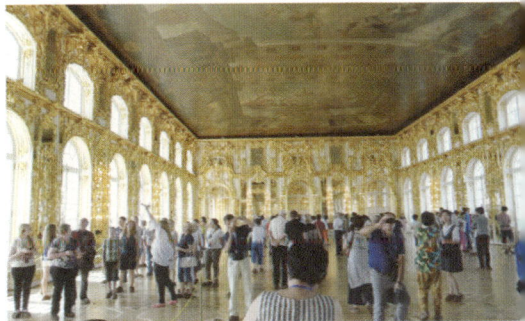

金碧辉煌的大厅

的景物和流动的人群全都装了进去，一种人在镜中游的场景让大厅充满了梦幻。可以想象，当年一对对穿着盛装的男女在这里旋转起舞的场景，是多么浪漫和奢华。

这里还有一间充满中国色彩的大厅。最亮眼的就是用青花瓷镶嵌的壁炉，侧门两边是两幅中国的花鸟画，中式的家具、瓷器摆放在那里，这些精美的物件是怎么来的，恐怕只有房子的主人才能说得清楚。

在所有的大厅中，唯有琥珀厅最为娇贵。它不让人靠近，更不让人拍照。厅子虽小，但四面通体用琥珀镶嵌，黄金只是它的陪衬。据说，当时普鲁士人为了和俄罗斯人交好，把一大批琥珀赠给了彼得大帝，建成了琥珀厅。到了二战时，被德军全部抢走。现在的琥珀厅，是俄罗斯人花费重金，历时23年重新打造的。琥珀是松脂经过上千年的积淀而形成的一种透明物体。由于稀缺，自然成了宝贝。和中国人喜欢玉一样，俄罗斯人钟爱琥珀。

游览中，经常会被那些珍贵的油画、精美的浮雕、描金画彩的桌椅、小巧玲珑的用具、高雅得体的布置所折服。皇宫外，修建了崇尚自然的英式花园和夸张浪漫的法式花园。无论是绿树环绕的湖泊，还是修剪整齐的草坪、耐人寻味的雕塑，个个排列有序，处处布局精巧。在享受这一美好时光的同时，也看到了女皇们灯红酒绿、纵情享受的生活写照。如今，女皇已逝，她们的功与过已被载入历史，只有这座富丽堂皇的宫殿成为俄罗斯永远的历史文化缩影。这正是：兴趣盎然逛"叶宫"，四壁辉煌撼人心。蓝白宫墙今还在，不见当年女主人。

俄罗斯之旅就要结束了，和俄罗斯人近距离的接触竟然以意想不到的方式出现在涅瓦河上。

这是一艘双层游船，下面观赏歌舞，上面观看两岸景色。船舱的小桌上，摆放着香槟、伏特加、水果和面包片，一勺鲟鱼鱼子酱成了小桌上的"明星"食品。大家一边品尝，一边欣赏起了俄罗斯的歌舞。

　　六人组成的演出小团队，各司其职，配合默契，把演出的气氛很快烘托了起来。一首《莫斯科郊外的晚上》，一下子拉近了游客的距离。

　　这时，身着俄罗斯传统服饰的帅哥、靓女登场，她们随着手风琴和鼓乐的节奏旋转起来，动作奔放、激情四射，感染了船上的每一位游客。在接下来的互动中，大家纷纷加入，场面十分热闹。那位俄罗斯女主唱兴奋中大胆地亲吻了她的中国舞伴，引出了一片尖叫声。

📍 青春的活力

　　随着音乐的变换，大家手拉手跳起了圆圈舞，小孙子觉得好玩也高兴地加入大人的队伍中来。人们唱着跳着，小船变成了舞台，演出变成了联欢，高昂的情绪久久不愿散去。

　　演出一结束，带着愉快的心情登上船顶，开始欣赏沿河两岸的自然风光。前方一艘正在粉刷的战舰进入了游客的视线，原来它就是著名的"阿芙乐尔"号巡洋舰。当年，它奉命向冬宫开炮，而这炮声也揭开了十月革命的序幕。现在，这艘战舰功成名就，辟为舰上博物馆，供游人参观。

　　从游船上下来，500元人民币的船票随即变成了一张纪念的凭证。

📍 "十月革命"功臣阿芙尔乐号巡洋舰

● 涅瓦大街的匆匆一瞥

　　在圣彼得堡游览的最后一天，我回想着这几天在这座城市中穿行，把陌生的感觉变成了喜欢。这里没有现代化的高楼大厦，只有保存完好的皇宫、教堂、博物馆。当你走进城市中的每一个角落，你就会看到历史的痕迹和闪光的文化。所以，它得以以历史中心及其相关古迹群的整体形式列入了世界文化遗产名录。

圣彼得堡其实是座水城。涅瓦河的众多支流，把这座城市分割成 42 个小岛，而连接它们的是 400 多座特色各异的桥梁。在涅瓦河的主河道上，横跨两岸的一座座大桥，都是可以开启的吊桥，每到凌晨规定时间，大型货船方能顺利通过。

圣彼得堡的居民小区，都在 6 层以下，大都围成了一座"圈楼"。这种城堡式的设计，一定受了防御外族入侵思想的影响吧。

导游小郭对这座城市做了精彩的概括：圣彼得堡就是一道中国菜——"宫保鸡丁"。宫：冬宫、夏宫、叶卡捷琳娜宫、斯莫尔尼宫。堡：彼得保罗要塞、米哈伊洛夫斯基城堡。基：基督教。顶：顶级艺术（芭蕾、油画、马戏团）。

闲话少说，趁着自由活动的时间，赶紧去逛涅瓦大街，再去参观圣彼得堡不能不去的另外两座著名教堂。

涅瓦大街，全长约 5 千米，是圣彼得堡最古老、最繁华的大街，也是游人必打卡的地方。说它古老是因为这里的每座建筑，都有 200 年以上的历史。这里不缺河流，也不缺教堂，那些名人故居、历史遗迹，在繁华的市井中，散发出文化的光芒。

走过一座钟楼，前方不远处就是滴血大教堂。仅凭那五颜六色的洋葱头顶和宏伟壮观的外表，就会征服每一个站在它面前的人。

滴血大教堂，还有一个名字叫基督复活大教堂。1881 年 3 月 1 日，因废除农奴制而深受百姓爱戴的亚历山大二世，坐马车去参加一个重要会议时，遭遇了极端分子的刺杀而身亡。为了纪念父皇，1883 年，其子亚历山

温馨提示

要提前熟悉行程，千万不能让导游把冬宫和夏宫安排在一个半天的时间里，否则又累又玩不好。

大三世就在父皇遭暗杀的地方，修建
了这座教堂，前后耗时达 24 年。

　　另一座教堂是位于涅瓦大街中
心的喀山大教堂，是保罗一世沙皇于
1801 年下令开工建造，由俄罗斯人设
计，用了整整 10 年的时间打造完成
的，专门为存放东正教的圣物——《喀
山圣母像》。整座教堂，效仿了罗马圣
彼得大教堂的造型，一排排廊柱围成

喀山大教堂

一个半圆的环抱形状，将那个大大的圆顶稳稳地安放在顶部的中央。站在
广场望去，非常壮观。教堂广场的两边，分别屹立着 19 世纪初的俄国将军
库图佐夫和巴克莱的塑像。

　　俄罗斯人都认为喀山圣母最为灵验。其实，东正教供奉的喀山圣母和
天主教供奉的圣母玛利亚同为一个人。传说历史上，每当俄罗斯遭遇最危
险的时刻，喀山圣母就会显灵，保佑俄罗斯民族转危为安，包括打败蒙古、
打败拿破仑、打败德军等。

　　参观完两座教堂，接下来就是女人们购物的时间了。

　　在冬宫旁边的一家旅游纪念品购物商店，她们涌进琥珀蜜蜡厅。经过
精挑细选，终于从捂得很紧的小包中拿出银行卡去付费。当她们带着自己
喜欢的饰品将要跨出大门的一刹那，还不忘回头一瞥，眼神中流露出一种
依依不舍的表情。女人只要买上自己心爱的服饰，至少七天都沉浸在快乐
之中。

　　涅瓦大街上车水马龙，繁华的大街，闪烁着购物者的眼神。在时间的
催促下，人们因为送亲友的礼品还没着落，加快了寻找的步伐。由于语言
障碍，只能从橱窗来判断商店的类型。孙子盯住一副军用望远镜发呆，我
一看，标价 900 多元人民币，这小眼睛还挺识货。当听到爷爷不能买的声
音时，那小嘴都快歪到耳根子后了。一旁的郝爷爷给他支招，"快去亲他一

口，保证给你买"。说时迟，那时快，孙子跑上来抱住就是一口，还别说，真管用，他拿到了属于自己的第一份礼物。

也许，这个年龄段的孩子都一样。总觉得你们大人想买什么就买什么，怎么一轮到小朋友就不行呢？给不给买是你对我的重视问题，挣钱是你们大人的事。好在我的孙子平时从不乱花钱，这次出门表现非常好，满足他就是对他最大的奖励。

用罢午餐，直奔机场。导游小郭的一曲《红梅花儿开》成为和圣彼得堡说声再见的告别曲。

我们飞到莫斯科，我们飞回北京城。

俄罗斯，有几件事让我不得不说：

1. 崇拜。俄罗斯民族是一个战斗的民族，也是一个崇尚英雄的民族。他们信仰东正教，许多教堂就是为了纪念一场战争或一个英雄而修建。无论是皇宫、广场或在大街上，到处可以看到人们用不同形式来纪念各个时期为俄罗斯做出特殊贡献的英雄人物。

2. 交通。莫斯科和圣彼得堡的交通都非常方便，地上、地下交通发达。但城市中，立交桥却很少见。作为首都，莫斯科堵车是再自然不过的事了。但大堵车还并没有遇上，唯一的一次是因交通事故造成的堵车，导致十分

温馨提示

1. 出行前，多听听网友的建议，和导游沟通时你就会变被动为主动。

2. 临行前，要将护照复印或者用手机拍照储存。一旦遇到意外情况，就会起到应有的作用。

3. 两人出行，要带两个行李箱，以防超重。机场托运以人为单位，每人行李不能超过 23 千克。

4. 需自带拖鞋、热水壶。如果担心食物不合口味，走时带些小咸菜、方便面是被允许的。

钟的车程，走了半个小时。

俄罗斯人开车很猛，脾气也大，但交通秩序井然。他们开的车大都是美德日韩和自己的民族品牌。全部是左舵右行，和中国一样。

3. 生活。鲜花是俄罗斯人生活中必不可少的东西。当一位女孩过生日，如果你能为她送上一束鲜花，她会感动好半天。在机场，经常能看到手捧鲜花迎接亲人的场面，当他们递上花束时，还会送上深深的一吻，既浪漫又温馨。

俄罗斯轻工业并不发达，他们的生活用品大都靠进口。尤其这几年，因经济下行，超市里的商品品种不像国内那么丰富。一种品牌的红酒，你若想多买几瓶，就很难满足。好在俄罗斯人有面包、牛奶，再加上伏特加就心满意足了。

俄罗斯人非常喜欢度假。除了周末到郊外自己的别墅休闲外，每年的夏季，就连普通的清洁工也会安排时间，全家一起出去度假。中国的海南岛就是他们心中理想的度假目的地之一。

温馨提示

到诺夫哥罗德旅游，往返要花 6 个小时的时间，而景点观赏只用 1 个多小时的时间，行程上有点浪费。

加拿大 **Canada**
枫叶之国的浪漫

2017 年的 4 月，又逢春暖花开时，带着对北美大陆的好奇之心，从北京来了一场说走就走的旅行。经过 12 个小时的飞行，飞机平稳降落在温哥华机场。

走出候机大厅，一面红色的枫叶旗帜在空中飘扬。这是加拿大人对枫叶的最高礼遇。可以这样讲，他们对枫叶的崇尚到了痴迷的地步，到处充斥着枫叶的影子，所以加拿大有了"枫叶之国"的雅称。

加拿大位于北美洲的最北端，东连大西洋，西临太平洋，北靠北冰洋，南与美国为邻。它的国土面积位居世界第二，是世界木材和纸张的重要出口国之一。同时，也是世界最大的海产品出口国和小麦出口国。

国家档案

全称： 加拿大
人口： 约 3800 万（2020 年）
面积： 约 998 万平方千米
首都： 渥太华
民族： 英裔、法裔
语言： 英语、法语
货币： 加拿大元
宗教： 天主教、基督教新教
经济： 人均 GDP 约 5.21 万美元（2021 年）。资源工业、制造业、农业为主要经济支柱。原油储量世界第三。
气候： 属于大陆性温带针叶林气候。东部气温偏低，西部气候湿润，南部气温适中，北部气候寒冷。

春天里的温哥华

接团的地导姓陈，高个头，北京腔，人长得很帅气。自嘲自己数学不好，记性差。讲起话来清晰、风趣。

一辆美式大脑袋旅行车，满载着我们向市区驶去。

温哥华是不列颠哥伦比亚省（BC 省）的一个海边城市，面积 115 平方千米，为加拿大第三大城市，也是加拿大最大、最繁忙的港口。还是继洛杉矶、纽约后，北美第三大制片中心。它的南面就是美国的西雅图。

温哥华三面环山，一面靠海，四季宜人。冬季最冷时为零下 5℃，夏季温度在 15~25℃。由于纬度高，日照时间比较长，是世界上少有的早晨去滑雪，下午去玩海的旅游胜地。因此，它被评为世界最佳居住城市。

📍 山水相间温哥华

温哥华只有 200 多年的历史。最初只有一些土著人在这里以打猎、捕鱼为生。1792 年，英国人乔治·温哥华船长探险来到这里，为英国在加拿大的殖民扩张立下了

秒读历史 READING HISTORY

加拿大最早的居民为印第安人和因纽特人，均以打鱼、捕猎为生。1497 年，意大利探险家接受英王委托，探寻去往印度的航道，却误打误撞来到了加拿大，发现了这里丰富的渔业资源。不久之后，西班牙人和葡萄牙人也陆续来到了这里，一起吞食海洋盛产的免费大餐。

到了 1534 年，野心勃勃的法国人闻讯赶来，他们的兴趣不仅仅是海产品，而是要在这里圈一块地，把它占为己有。1603 年时，第一座永久性的定居点在加拿大魁北克诞生了，从此，"新法兰西"殖民地诞生。

17 世纪，不甘寂寞的英国人，眼睁睁地看着法国人在加拿大大展拳脚，遂派军事力量闯进加拿大，攻城略地，建立了属于自己的殖民地。终究，一山不容二虎，在 18 世纪这两家打了起来，这一打就是七年。最终，法国战败，拱手割让所占地盘。英国正式成为加拿大的统治者。

得势后的英国人，对留下来的法国人做出了包容性的安排，比如，允许他们宗教信仰自由，

头功。随着欧洲移民的到来，一座小镇初具规模。等到 1886 年设市时，以温哥华船长的名字命名成为首选。酒吧老板杰克·丹顿，当上了第一任市长。

● 这里的美

盖士镇，也叫"煤气镇"。其实它和煤气没有一毛钱的关系，是这里的人们根据一位酒吧老板的绰号叫响的。此人就是这里的首任市长——杰克·丹顿。在镇上的枫树广场，能看到他的纪念塑像。

走进这座维多利亚风格的街区，看到那些复古的路灯，18 世纪的狱卒广场，以及重达 2 吨的蒸汽钟，似乎找到了当年殖民时期那种厚重的历史感。你可以静静地坐在咖啡馆外的遮阳伞下，一边品尝咖啡，一边观赏来自世界各地的游人；你也可以参观因纽特美术馆，那里展示和出售原住民的艺术品；你还可以试试淘宝的运气，在众多的手工艺品商店里，淘到自己心仪的爱物。

站在对面街口，观望全世界独一无二的景观，那座 2 米高的蒸汽钟，每隔 15 分钟就会随音乐喷出白茫茫的蒸汽。

● 亲切、亮眼的中国红

煤气镇与中国城相连。走进中华门，那红色的灯笼，红色的灯柱和那一块块用汉字书写的牌匾，一下子使人感到非常亲切。

允许法语在居住地继续使用，等等。

19 世纪初，刚刚独立没多久的美国人，因不满英国人在北美吃独食，发动了第一场对外战争。打了三年各有胜负。但最让英国人骄傲的是，他们曾一度攻陷华盛顿，焚烧白宫，让美国总统逃亡。

1867 年 7 月 1 日，是加拿大载入史册的日子。英国人将 4 个省组建成立了加拿大自治领联邦政府。虽然修宪和外交的大权仍然掌握在英国人手里，但它毕竟是加拿大第一个自治民主国家的开端。

1982 年，英女王伊丽莎白二世批准了《加拿大宪法法案》，把修改宪法的权力，从英国议会移交加拿大，加拿大真正走上了独立之路，但它继续留在了英联邦，保留君主立宪制至今。

现在魁北克省，仍然留存着强大的法国文化影响。

中国城也称唐人街。街道两侧挤满了各种店铺和餐厅，生意显得有些冷清。前边小广场上，有一座"中"字形的纪念碑，两侧是华裔军人和华工的塑像。上面写着"加华丰功光昭日月，先贤伟业志壮山河"。用以纪念华人在修建太平洋铁路和第一、第二次世界大战中做出的特殊贡献。

望着眼前的一切，感叹一百年前的华人先辈们，冒着极大的风险漂洋过海，用鲜血和生命在异国他乡拼打出一片天地，并在这片土地上，坚守中华文化传统，实为中华民族的骄傲。

● 被现代化淹没的小镇

耶鲁镇，位于温哥华市区的东南角。这里曾是加拿大太平洋铁路西岸的一个货场和机务段所在地。后来，随着铁路向南延伸，这里变成了工业区，再后来，随着城市的扩张，小镇似乎完全被现代化淹没，只有车站的站台等个别建筑同它的名字被保留了下来。

如今的耶鲁镇，新潮的高楼林立，是时尚和摩登的休闲之地。最受当地年轻人推崇。

这里除了以收藏、陈列老式火车头著名外，还是一年一度国际龙舟赛的举办地。

● 一场令人窒息的观影体验

来到"加拿大广场"，一边是繁华的城市，一边是热闹的港口。几架往来维多利亚海湾的水上飞机和一艘游轮特别引人注目。但最让人期待的还是观看 4D 电影——《飞越加拿大》。

坐在一家特殊的影院里，刚系好安全带，突然座位向前移动，半球形的屏幕上瞬间出现了海阔天空的画面，随着音响发出的轰鸣声，猛然感到被一个飞行器牵引着冲向了天空，顿时身体的各个器官紧张到了极点。一会儿被拉高飞越山顶，一会儿又俯冲抵近河流，一会儿侧转追逐马群，一会儿呼啸穿越峡谷，一会儿直冲向冰山撞去，一会儿飞到城市上空。整个身体在仰天、俯地、侧翻、迂回中飞翔，心都快要跳出来了，影院里不停地传出"啊啊"的尖叫声。飞翔中，你还会感到风的吹拂，水的雾气和不知哪儿来的淡淡的香味，给人一种身临其境的感觉。

电影虽短，但绝对让你惊心动魄。震撼中领略了加拿大的壮美风光和 4D 的神奇。所有看过的人直呼过瘾，真是"太棒了"！

导游介绍说，这部风光片耗资 2000 多万加元。

太阳就要落山了，夕阳照在了英格兰湾海边的沙滩上。一组具有喜剧风格的人物铜像伫立在那里，另一边有几个玩杂耍的艺人吸引了一圈围观者。海风吹来，游人越来越多。

酒店就在海岸附近，房间宽敞。连续 20 多个小时的舟车劳顿和时差转换，身体像散了架似的，上床倒头便睡。

夕阳下的英格兰湾

● 斯坦利——北美最大的城市公园

早晨起来，吃过加拿大的第一顿西餐，就坐着"大脑袋"直接开进了公园。

原来这里是一片原始森林，1888 年，这里以当时的总督——斯坦利的名字命名为斯坦利公园并正式对外开放。由于它距离城市很近，成了温哥华的一个天然大氧吧。公园里还有沙滩、动物园、水族馆、小火车等众多游览项目。

一座公园和一座城的故事

公园占地 1000 英亩，有 10 万棵树木，以杉树、松树、柏树为主。公园内有一条环岛步道，全长 8.8 公里，专门用于市民们的休闲和锻炼。

顺着导游的指点，在长满绿苔的树林中，看到一处图腾柱园。十几根色彩鲜艳、高低不一的图腾柱竖立在那里。这些木制的图腾柱顶端都有一只鸟的造型，它的名字叫"雷鸟"。传说，当时这里流行疟疾，是雷鸟从北方衔来了一种草，治愈了人们的疾病。从此，雷鸟被当作图腾崇拜，受到了人们的供奉。

图腾园

镜头前绽放的笑容

与中国不同的是，同为鸟的乌鸦，在这里也被看作是一种智慧的鸟，受到了人们的保护。

乘车来到一个小山顶，脚下海湾环绕，一座灯塔值守在那里。对岸大堆的硫磺石正在装船准备运往国外。远处的高山顶上，白雪覆盖。这时，一群中学生骑着单车，兴高采烈地经过这里，随着相机的咔嚓，拍下了他们微笑的瞬间。

狮门大桥是斯坦利公园里的一大景观。这座钢索悬吊大桥，长 1500 多米，设三条车道，大桥对我们中国游客并不稀罕，但桥上设置的红绿灯，却是值得学习的亮点。当桥的一头出现车辆拥堵时，红绿灯就会自动调节，给这边多亮一盏绿灯，等于多增加了一条通道，同理，它也会给桥的另一头增加通道。这小小的创意缓解了交通压力，也给有车一族带来了方便。

• 别具一格的格兰维尔岛

格兰维尔岛是一个三面环水的半岛，与温哥华市区隔海相望。它从最初的一个沙洲变成了工业区，又从废旧的工业区变成如今的休闲创意之岛，让人不得不为它华丽的转身而点赞。

站在岛上，望着远方的雪山，碧波的大海，丛林般的城市和晃动的人群，一切都是那样的美，仿佛在听一首奔放的旋律。尤其是岛上不同风格、不同色彩的建筑，把整个小岛点缀得生动、漂亮、别具一格。

假如你有的是时间，可以坐在海边，喝着咖啡，吹着海风，望着格兰维尔桥下穿梭的游船，你定会忽然觉得幸福已经降临。

假如你是个摄影爱好者，你的镜头就会对准夕阳下泛红的海水、余晖中的城市群、华灯初上的夜景，在陶醉中收获满满。

　　岛上有一家出售"扫帚"的商店，它的出彩点就是把一把把普通的扫帚做成了艺术品。中国的马未都先生来此留下的笔墨，已被店家挂在了墙上。在一家玻璃制品商店，所有制品都是自己设计，现场烧制，也可以提供定制服务。

　　岛上最大的商店是一座"公共市场"，有点像一个大超市，分饮食区、水果区、蔬菜区、海鲜区、纪念品区等。中午时分，来了一碗日本乌冬面，又到华人水果摊，品尝了像桑葚似的墨西哥黑莓后，走出了这座熙熙攘攘的市场。

　　能来一次集艺术、文化、休闲、娱乐为一体的小岛观光，体验加拿大的假日生活，的确是一件可遇不可求的事情。

● 鹭鹭酒庄品冰酒

　　去往酒庄的路上，出现了大片的蓝莓和红莓园。以为加拿大的冰酒是用它们来制作的，来到酒庄后，看完冰酒制作的视频，才明白冰酒也是一种葡萄酒。

　　冰酒是加拿大的国酒，但不是加拿大的专利，是德国人因祸得福而发明的。200多年前，德国的一个葡萄园遭受了突如其来的冰霜，还未来得及采摘的葡萄被冻在了树枝上。果农们为了挽救损失，尝试用冰冻的葡萄酿酒，结果成就了冰酒的问世。

● 渔人码头看渔人

　　这是一个很小的码头，两边停满了渔船，渔民们正在出售着他们刚刚捕获的海鲜，有满身带刺的海胆和五颜六色的海鱼。一只海狮在船边游来游去，不时地露出头来与码头上的人们打个照面，若不是身临海边，还以为是谁家饲养的宠物。

　　告别了海狮，来到码头对面的街口，有　家很不起眼的比萨饼店，店面小的放不下桌椅，即使这样，它的人气还是很旺，最贵的比萨一张能卖到880加元，普通的一张也得30加元，而且客人不断。

维多利亚也很美

　　维多利亚坐落在温哥华岛上，为英属不列颠哥伦比亚的省会城市。这里四季如春、气候温和、秀美宁静，受到了人们的喜爱。走进这座美丽的海边城市，到处弥漫着花香和英伦风情。加拿大的著名学府维多利亚大学和加拿大皇家大学就设在该市。

前往维多利亚市，要搭乘哥伦比亚渡轮。来到码头，地面上划有一条条标着数字的停车线，经询问才知道，这是用来引导前来登船的车辆，要自行按照数字排队，先到先上船，体现出管理者的精细。

上船后，匆忙登上第六层船舱，还没等把气喘匀，人们就跑到船顶的观光台上，举起手中的"工具"咔嚓起来。一些游客为了抓拍到海鸥抢食的照片，大胆地把夹着食物的手伸向半空。海鸥凭借超强的本领，一次次获得了成功，赢得一片喝彩声。渡轮在平稳的海面上划出一条白色的浪花，远处的"千岛湖"以它秀美的姿态走出了人们的视线。一个半小时后，渡轮靠岸。驱车先前往布查特花园参观。

● 梦幻般的布查特花园

布查特花园位于维多利亚市北面。是布查特家族的私人花园，被称为北美最大的私人花园之一。花园经过 100 多年的精心打造，为世界各地的游客呈现出一幅精美的山水园林画卷。

该花园建于 1904 年。花园的男主人布查特最初是在加拿大搞水泥加工生意的。随着原料石灰石被开采耗尽，山坡上出现了大片的废弃场地。而他的夫人珍妮，是一位有智慧又喜好花草的女人，在她不懈的努力下，收

万紫千红春常在，鲜花盛开迎客来

集了许多国外的奇花异草，并请知名园艺师规划设计，一座漂亮的花园就在这废弃的采石场上诞生了。再通过家族几代人的维护、扩展、经营，形成了每年能接待100多万游客的国际知名旅游景点。2004年，布查特花园建园一百周年之际，加拿大政府把它选定为"加拿大国家历史遗迹"。

走进花园，香气袭人，各种名贵花草让人目不暇接。高高的木棉花、玉兰花，绚烂的罂粟花，低矮的风信子，招人喜爱的郁金香，满地开放的无名小花，还有许许多多的品种展现在你的面前。

整座花园顺山势而建，不仅有餐厅、咖啡厅、种子店和礼品店，还有急救站、咨询处。最贴心的服务是，出借狗链、雨伞、轮椅、婴儿车等。

其中的意大利花园，以喷泉、雕塑和对称的花草图案，表现出古罗马宫苑的设计风格。日式花园，小桥流水，曲径通幽，茅屋点缀，给人一种东方文化的淡雅和恬静。下沉花园，园内花圃、花坛层层叠叠，错落有致，如同走进一座千姿百态的百花园。玫瑰花园，"名门"汇聚，争奇斗艳，是难得一见的玫瑰大观园。地中海式花园，设计别致，给人一种自然浪漫的感觉。

布查特花园为全世界提供了一个废旧利用、因地制宜、修复环境的成功范例，并以精巧的构思，开创了旅游开发新模式，也让我们从中感受到了珍妮夫人的伟大。

● 漫步在维多利亚海湾

午餐后，来到了维多利亚海湾。一座城堡式的省议会大厦屹立在岸边。乔治·温哥华的铜像塑在了圆顶下方的中央，而维多利亚女王的铜像被安放在绿草如茵的广场上。

大厦的右侧是著名的费尔蒙特帝后饭店，它曾多次接待英国王室成员，包括伊丽莎白女王二世，也是各国首脑、贵族、明星下榻的地方。令人赞叹的是，隔街相望的两座建筑，竟出自一位年轻的英国设计师，它也是见证维多利亚历史的重要标志。

📍 议会大厦

离市中心不远处，就是加拿大最有名的一号公路的零公里纪念碑。公路全长约 8000 千米，是目前全世界最长的高速公路，横贯了加拿大的东西部。纪念碑的正前方就是大西洋，对岸就是美国的西雅图，隔海相望，仿佛近在咫尺。

春天到卡尔加里来看雪

从维多利亚到卡尔加里要飞一个多小时，当走下飞机的舷梯，卡尔加里的天空，已是漫天飞舞的雪花。

从春暖花开的温哥华一下子到了冰雪世界的卡尔加里，好像从春天又穿越回到了冬天，给游客带来了意想不到的惊喜。

卡尔加里在加拿大的西部，属艾伯塔省管辖，艾伯塔省简称 AB 省，在加拿大的城市中排行老四。卡尔加里的面积有 825 平方千米，海拔 1048 米。

卡尔加里是"清澈流动的水"的意思。丰富的石油和天然气资源让这里变成了富庶的地方。"石油城"的出现，吸引了众多的石油大亨来这里分享蛋糕。1988 年这里曾举办过第十五届冬奥会，它还多次被评为世界上最干净的城市。

卡尔加里的电影业也很发达。有人统计，大大小小的影视机构就有 4000 多家。好莱坞的大片《盗梦空间》《与狼共舞》《星际穿越》《荒野猎人》以及李安的作品《断背山》和电视剧《冰血暴》等都是在这里拍摄的。

卡尔加里每年的重要活动有：三月，车展；四月，枪展；六月，石油展；七月，牛仔节。加拿大与美国相同，持枪是合法的，但持枪者必须是持有枪证的俱乐部会员。

每年七月的第一个星期五，这里将会举办为期 10 天的"牛仔节"，非常隆重。加拿大总理都要亲自参加，同时吸引世界各地 100 多万游客前来观看。在牛仔节上允许举杯狂欢，但平时在大街上拿着酒瓶行走都是违法的。

前来接机的是位大高个子的"80 后"，姓梁，山东人，讲起话来满脸堆笑。在他的带领下，到市郊的一家中餐馆用餐。一看餐台上摆放着 20 多种菜品，瞬间胃口大开。

天还在下着雪，我们坐着"大脑袋"向直升机飞行基地开去。说也奇怪，来到基地后，雪突然停了，看来运气不错。

停机坪上的两架直升飞机整装待发。办完手续后，我们一行四人就在引导员的带领下，猫着腰登上了直升飞机。一切准备就绪，飞行员随即做出了起飞的手势。飞机在轰鸣声中离开地面，巨大的气流搅动了周围的空气，地面上的积雪也跟着飞舞起来。直升飞机升到一定高度后，飞行员迅速调整好飞行姿态，按照原定的航线开始飞行。天空云层很厚，舷窗下许多景物模糊，对于我而言，兴奋度还是很高的。我坐在副驾驶的位置上，用耳麦呼喊着后边人的名字，大家喜笑颜开，还没等把高兴劲过了，六分钟的飞行就结束了。

降落后，拿着基地为每个人颁发的"勇敢者"证书，向班夫小镇进发。

● 落基山脉的灵魂——班夫小镇

班夫小镇，坐落在班夫国家公园内，四周被落基山脉环抱。茂密的森林、清澈的湖泊和河流，给这座小镇带来了取之不尽的财富。当你走进这个风景如画的小镇时，感觉就像走进了一处世外桃源。从中发现了一个常住人口不足万人的小镇，为何每年能吸引数以百万的人前来观光的奥秘。

📍 银装素裹的班夫小镇

小镇的周围建有 3 个世界级的滑雪场，还有高尔夫球场，打一场球只需 40 加元。

从卡尔加里到班夫小镇有 135 千米，迎接我们的是满天飞舞的雪花。入住酒店后，来到了海拔 1500 米的山上泡温泉。这是一个能容纳 100 多人的露天温泉，坐在池中，天上飘着大片的雪花，仰望高高的雪山、白茫茫的树林，心境得到彻底的放松，在这梦幻般的景色中，有一种身在天地交融时，飘飘欲仙的感觉。团友们在水中挥手、跳跃、呼喊，全然忘了周边其他的游客，尽情享受戏水带来的美好时光。

一个多小时后，带着一丝惬意，走在了积雪厚厚的班夫大道上。小镇的容貌逐渐清晰起来，这是小镇唯一的，也是最大的一条街。各国风味餐厅、酒吧、咖啡屋、纪念品商店、宾馆等，都以19世纪欧式建筑的面孔出现在两边。与班夫大道纵横交错的是一条条小巷，有趣的是，小巷的名字是以动物的名字命名，听起来非常亲切。许多商店的橱窗里摆放着各式各样的玩具熊，有的商店更是别出心裁，在门口放着自制的大黑熊，脚上还拴着铁链，看后让人忍俊不止。

此时的小镇，灯光在飞雪中闪耀。踏雪归来，饥肠辘辘。一碗"竹园"中餐馆的牛肉面填饱了肚子。

● 班夫国家公园

酒店的叫醒电话准时响了起来，拉开窗帘一看，哇！好大好大的雪！屋顶的积雪有一尺多厚，汽车顶上堆放着一排白雪大"面包"，所有的树都穿上了厚厚的雪衣，眼前是一片白茫茫的世界。这时，各种铲雪车全都行动了起来。果然，早餐后，"大脑袋"冒雪上山了。

班夫国家公园，位于艾伯塔省西南部的落基山脉中，面积6000多平方千米，是世界著名的国家公园。园内有冰川、雪峰、湖泊、峡谷、森林、草原等自然美景，野生动物有棕熊、黑熊、鹿等。杉树和松树是这里的主要树种。由于自然美景众多，这里成了世界各地画家、摄影家和影视制作的天堂，被联合国教科文组织列为世界自然遗产。

"大脑袋"旅行车沿着铲出的山路爬行，两边的森林在冰雪中依然挺拔向上，说也奇怪，车在弯曲的山路上行驶，竟然没有人为安全而担心。

公园里的班夫费尔蒙温泉城堡酒店，被群山和森林环抱，雄伟、典雅的外貌，保留着浓郁的英伦风格。酒店建于1888年，曾遭大火焚毁。重建后的酒店，像一座带有神秘色彩的中世纪城堡。

酒店的创始人威廉·霍恩，也是班夫国家公园的奠基人之一。楼前特意为他塑造了一尊铜像，基座上他那"既然我们不能出口风景，我们就要进口游客"的豪迈金句，为加拿大旅游业赢得了重塑的机遇。

酒店的二楼，开辟了一处荣誉展示墙，上面贴满了酒店从创建到重建的黑白照片，有两位人物的照片可谓深入人心。分别是：威廉·霍恩，美国女星玛丽莲·梦露。

酒店内设加拿大最大的 SPA 温泉水疗中心。泡完温泉来这里喝一杯下午茶，是最舒服的选择。

酒店露台

酒店后边山坡上的"惊奇之角"，是观赏酒店全貌的最佳位置。虽然被关闭，但从路边树的空隙中，还是看到了非常震撼的一幕：在云雾覆盖的山谷，费尔蒙酒店从茂密的森林中脱颖而出，它像一座童话般的古堡，给这片银色的世界带来了梦幻。

弓河，是城堡酒店附近的一条河。它的上游有一个落差很小的一个瀑布景观。由于美国影星玛丽莲·梦露主演的《大江东去》曾在这里拍摄，名气随之而来。宽阔的河面被白雪覆盖，这是一片洁白的世界，干净得看不到一片树叶，就连空气都那么的清新。老伴儿兴奋的捧起雪球抛向天空，飞落的雪片儿在笑声中散去。

童话般的城堡酒店

悄悄融化的弓河

"大脑袋"沿着山路继续向前爬行，来到一块开阔地后停了下来，人们在导游的带领下，踏着厚厚的积雪向"魔鬼岩"走去。

所谓魔鬼岩，其实就是一组风化石。传说印第安人的一个酋长带着女儿路过这里时，突然飞沙走石，迷住了双眼，等他睁开眼睛，女儿却不见了，酋长立即派人到处寻找，也没见个人影，只看到了前方这一组石头。后来，人们就把它叫作魔鬼岩。

顺着山边的观光道走走停停，终于在山坡上发现了这组奇形怪状的石柱。导游说，它被赋予了许多动物的形象，我倒觉得最前边的那根很像一个巡山的小妖，后边的是大王，被簇拥着向森林深处走去。总之，这组石头，一定是百人百说。

难道是有人得罪了魔鬼岩？就在即将离开时，"大脑袋"突然发脾气罢工了，把一行人困在了荒凉的雪原上。无奈的师傅打开了机盖，导游开始打电话求助。众人似乎没人叹气，反倒抓住这一空闲，就在脚下的这片雪地上，一场热热闹闹的玩雪大戏开锣了。首先敢于踏进深雪的是内蒙古三姐妹，只见她们趴在雪中露出脑袋，双手一竖，扮起了小兔子乖乖，这一带动不要紧，其他女团友也不惧雪深纷纷跟进。一时间，什么雪中飞跳，千手观音，雪中睡美人，美女滚雪球，轮番上演。就连年近八十的老人也不甘示弱，躺在雪地上摆起了POSE。

厚厚的白雪给落基山脉带来洁白和神秘，从这里传出的笑声震荡了山谷，熊醒了，鸟儿不见了，只有一个个穿着艳丽服装的人还在疯狂。全然不顾鞋被雪水浸透。

一个小时后，调来的车把我们从大森林中解救了出去。在向幽鹤国家公园的行进中，听到了导游关于熊的故事。

在加拿大西部，由于森林茂密，天气寒冷，灰熊和棕熊成了这里的明星动物。为了保护它们从公路中

📍 只要有欢乐，何惧冰天雪地

224

穿过，政府专门修起了高架桥，公路两侧全部用铁丝网围挡。为了防止熊到居民区翻动垃圾桶寻找食物，就在垃圾桶的顶部设计了一个装置，人必须把手伸进去按一下按钮才能打开。如果熊在这儿找到食物，下次一定还会再来，这就是动物的原始记忆。据说如果遇到了熊，千万不要慌张，立马高举双臂站在那里，让熊感到你比它还高大，这样，熊一般就会掉头走开。不过，还是不要有机会验证的好。

● 幽鹤国家公园

幽鹤国家公园在落基山脉的右侧，和班夫国家公园相连。同样被联合国教科文组织列为世界自然遗产。是市民和游客观山观水的好去处。

幽鹤国家公园，面积有1310平方千米。园中碧绿清澈的翡翠湖，凌空高挂的塔卡考大瀑布，还有奔腾咆哮的踢马河，都是幽鹤国家公园的著名景观。其中，塔卡考大瀑布，以384米高的落差，比加拿大和美国交界的尼亚加拉大瀑布高出六倍。

白雪覆盖的翡翠湖，从它的名字就能想象它绿水碧波的容貌。这座面积只有1平方千米的翡翠湖，水深28米，是园内最大最漂亮的湖泊。

向对岸望去，两座大山之间的山脊，就是著名的伯吉斯页岩化石群，至今已有5亿多年的历史。从它的身上，可以了解地球的演变过程，是全球古生物考古界的一项重大发现。桥的另一头，是一个依山傍水的度假区。前面的山坡上，两名全副武装的滑雪爱好者，从不同方向的森林中走出。一种对勇敢者的赞叹，由于语言的障碍，最终还是没有喊出来。

天然石桥是幽鹤国家公园内一座自然景观。两块巨石横卧在踢马河上，形成了一座天然的石桥。在河水不断地冲击下，原来的缝隙变成了洞孔，河水挤过洞口奔流而下，犹如万马奔腾，又一次看到了北美自然界的鬼斧神工。

白雪覆盖的翡翠湖

📍 路易丝湖

随着线路的变化，我们再次进入了班夫国家公园，去参观著名的路易丝湖。

路易丝湖，在加拿大人心中有重要的地位。这也奠定了它在班夫公园众多湖泊中的首席地位。在它的身上还隐藏着一段动人的爱情故事：

当年，英女王维多利亚的女儿顶住了皇室的反对，毅然与自己心爱的人罗恩相爱结婚，后来，公主的丈夫当上了加拿大的总督，公主与丈夫一起赴加拿大任职生活。人们为了纪念公主，就用她的姓"艾伯塔"命名了艾伯塔省，用她的名字命名了路易丝湖。

路易丝湖三面环山，面积 0.8 平方千米，深 70 米。湖水在矿物质的作用下，随着光线强弱的照射，会现出由绿变蓝的神秘色彩，因此被誉为"落基山脉的蓝宝石"。

而这天的路易丝湖，在群山的簇拥下，像一位待嫁的姑娘，羞羞答答地穿上了一层洁白的婚纱，显得那么沉静又那么纯洁。当人们站在她的身旁时，都在猜，她一定是一位高鼻梁、蓝眼睛、留有长长金黄卷发的妙龄女郎，而等待揭开她神秘面纱的是春天这个白马王子。

密林中的城堡酒店，在熊的眼里，它是一头"巨兽"，在游人的面前，它是温馨的家园，在路易丝的心中，它是婚礼的殿堂。

路易丝湖边的这座酒店，是费尔蒙酒店集团旗下最为豪华气派的百年酒店，它以尊贵的身份，跨入了全世界最美十大酒店的行列。

走进大厅，那印花的地毯，高背仿古座椅，咖啡色旋转楼梯，洁白的廊柱，以及那组漂亮的女神吊灯，处处散发着典雅和高贵。

从一楼的咖啡厅到二楼的西餐厅，有一排拱形的落地大窗。站在每一扇窗口，眼前都是一幅美得让人不愿挪步的画面。

回到房间，坐在属于自己私密的空间，端上一杯浓香的咖啡，眺望窗外的美景，似乎觉得这不单单是赏心悦目，有没有嗅出奢侈的味道？

微信中传出这晚有极光的通知，真是个大好的消息。能在春天与极光相遇，那真是运气太好了。写完每日一篇，已是 23 点了，赶紧在手机上设置了闹钟，又拉开了窗帘，在等待奇迹的发生。结果一直折腾到凌晨 3 点也未见极光的半点影子。

城堡的早餐那是太丰富了，毫不夸大地说，是来加拿大最好的一顿早餐。不过每位 45 美元的价格，高得让人咋舌。坐在落地窗前，边吃

森林中的酒店

边欣赏窗外的雪景，此刻，吃到口中的食物已变得逊色。这时一个漂亮的服务员从桌旁走过，向她吐出了半生不熟的英语单词"浩特缪克"，竟然喝到了热牛奶，她还热情帮我们拍照。离开餐厅时就闹出了笑话，我要一杯热水准备带走，结果女服务员在杯中放了茶袋，只怪我发错了音，"浩特窝特儿"说成了"浩特替"，还好，总归是热的。

从酒店到硫磺山只有 50 多千米的路程。今天的游客很少。舒适封闭的缆车向云雾缭绕的山顶爬去。缆车平稳无声，在门的一侧留有专供照相的小窗，小小的设计，很贴心。

山顶上有一座四层建筑，一层是缆车工作区，二层是小型电影院，三层是餐饮区，四层为观光平台。而前面那座更高的山顶，才是我们今天要到达的最终目的地。

刚刚下完雪的栈道，虽然工人们铲除了上面的积雪，但走起来还是很滑。团友们坚定信心向山顶进发。

走在弯道的狭窄处，与山上下来的外国游客相遇，他们都宁可踏进旁边的深雪里，也会主动为我们让道，这时，"三克油"一词，显得情真意切。一路上，那些小的观光台早已被大雪掩埋。唯独那些依山而立的一棵棵松树，勇敢地挺胸昂头，守护着这片滋养它生命的巍巍山峦。

尽管气喘吁吁，还是登上了山顶。饱览气势磅礴的落基山脉，那洁白

白云悠悠山水间

林海雪原有人家

峡谷步道

的雪山、墨绿的山林、融化的冰河、山间的浮云、红绿的人影，仿佛置身于一幅震撼人心的山水巨画之中，一切令人难以忘怀。

一座 1903 年建造的气象站，傲雪挺立在这海拔 2000 多米的山顶上，这里是俯瞰班夫全景的最佳高地。

返回到二楼观看了班夫国家公园风光片。峡谷中的班夫小镇、弓河、城堡酒店一一呈现在画面里。虽不及《飞越加拿大》惊心动魄，但同样让人喜欢，看了两遍还觉得不过瘾。

来到强斯顿峡谷的入口时，已经是下午时分。大家穿好防滑鞋，在梁导的带领下，沿着步道向峡谷深处走去。强斯顿峡谷是加拿大落基山脉四大峡谷之一，经过数千年的河水侵蚀而成。峡谷内湍急的溪流清澈见底，飞泻的瀑布雾气升腾，山坡上成片的树林挂满了白雪。这湿润的空气，寂静的空谷，是喜欢徒步健身者的天堂。

春天的峡谷，还没有完全苏醒。谷底的小河在冰层下穿梭，从融化的冰洞口偶尔还能看到它湛蓝的容颜。峡谷两边的悬崖峭壁，时而怪石裸露，时而美如壁画，既惊险又神奇。被称为上瀑布和下瀑布的两处景观，成为游客打卡的地方。这时，有的人防滑鞋松开了，干脆用手拎着，遇到冰坡时，玩起了童年打滑擦擦的动作。

返回时，人都走散了。一种"雪河清清水，空谷幽幽人"之感浮上心头。眼下只能听到心跳声、呼吸声、水流声，就怕听到狗熊的脚步声。突然，传来了老伴熟悉的歌声，"雪山啊，霞光万丈，雄鹰啊，展翅飞翔……"

这是触景生情，还是为自己壮胆呢？

● "血拼"奥特莱斯

十字铁磨，是艾伯塔省最大的奥特莱斯购物中心。商场的入口处设有电子导购触摸屏，只要输入品牌的第一个字母，就会找到你要找的品牌和该店的具体位置，非常方便。朋友们匆匆走进大门，转眼间，一群人就不见了踪影。四个小时的扫货行动，个个满载而归。

● 告别卡尔加里

从班夫小镇到路易丝湖的一号公路上，有一座外形很像欧洲中世纪城堡的大山，被称为"城堡山"。据说是 100 多年前的一位探险家发现后给它起的名字。

二战胜利后，美国艾森豪威尔将军曾到此参观，当地人准备将其改名为"艾森豪威尔山"，后因他本人缺席命名仪式，最终还是保留了原名。此山海拔 2766 米，是登山爱好者的最佳目的地。

在卡尔加里还有一座山峰是用中国人的名字命名的，叫"海凌峰"，据说，这位中国人顶住压力，仅仅用了 6 个小时就成功登顶，以铁的事实击穿了外国人认为中国人不可能登顶的说法，为中国人争了气，他的名字永远留在了卡尔加里。

卡尔加里的草原，有点内蒙古草原的味道，网围栏内的草场还没有返青，几头散落在那里的黄牛，期盼着卡尔加里的冬天快点过去。

车窗外，落基山脉渐渐远去。由于季节和时间的限制，这次虽然没有看到飘红的枫叶，没有品鉴古堡酒店的英式下午茶，也没能听到牛仔节狂欢的呼喊声，但这所有的一切，都将成为下次重游的重要理由。

在飞往温哥华的途中，亢奋的情绪还在蔓延，于是提笔写下了这样几句：张开你的双臂我们飞越加拿大 / 带着你的好奇我们来到加拿大 / 登上落基山脉让白云亲吻脸颊 / 漫步路易丝湖边给心灵放个假 / 借一朵布查特花园娇艳的鲜花 / 喝一杯班夫古堡酒店的下午茶 / 你来了，我来了 / 美丽的加拿大 / 你来了，我来了，/ 把美景带回家。

05

飘扬在北极圈上空的十字旗

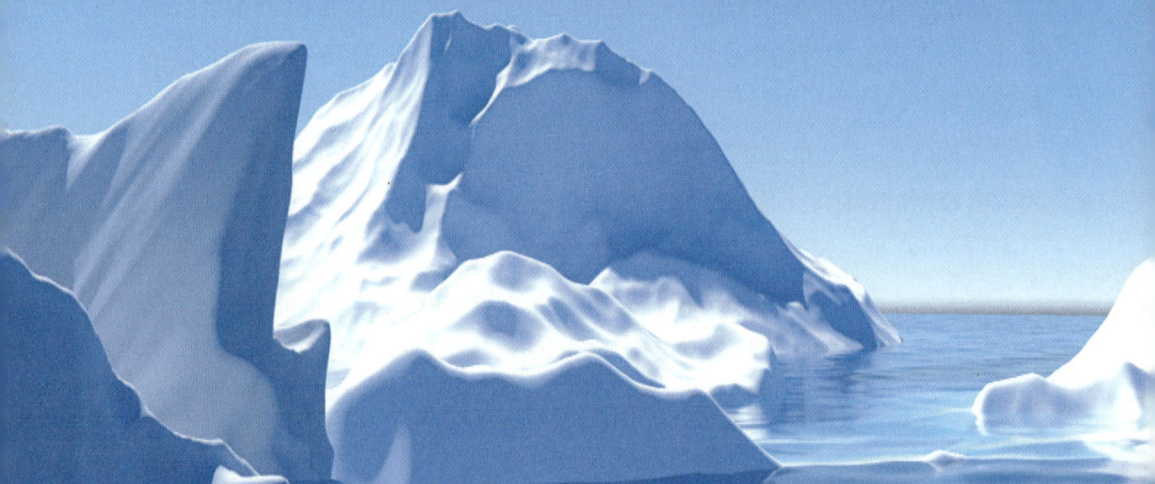

翻开北欧的地图，芬兰、瑞典、挪威、丹麦相拥在世界最北端的土地上。它们受历史的渊源和同一个宗教的影响，凭借着对世界的认知，对生活的热爱，创造出了人与自然和谐共生的佳话。国民幸福指数名列世界前列。

每当提起北欧，人们总会起想那和蔼可亲的圣诞老人、美妙动人的冰雪童话、神秘奇异的北极圣光，以及受世人追捧的诺贝尔奖，还有那油画般的自然风光，这些无不令人心驰神往。

2017年夏末，带着憧憬和朋友们一起踏上了北欧的行程。

遇 见
世 界
Meet the World

芬兰 *Finland*

圣诞老人的故乡

芬兰是圣诞老人的故乡，有着"千湖之国"的美誉。风靡世界的桑拿浴及一度耀眼的诺基亚手机就诞生在这里。

国家档案

全称： 芬兰共和国

人口： 约 550 万

面积： 约 33.8 万平方千米（森林覆盖率达到 80%）

民族： 芬兰人，瑞典人，萨米人。芬兰人约占 91%

首都： 赫尔辛基

语言： 芬兰语，瑞典语

货币： 欧元

宗教： 基督教路德宗

经济： 人均 GDP 5.4 万美元（2021 年），以木材、金属加工、电子通信等为主。

气候： 冬长夏短，三分之一的土地在北极圈内，大部分地区属温带海洋气候。

走出机场，小雨来袭。一群来自万里之遥的东方客人，乘坐大巴来到了森林中的海滨花园度假酒店。

酒店房间宽敞，干净舒适。与老友几口小酒下肚，便倒头大睡，哪还顾得上倒什么时差。

早晨来到湖边，从芬兰湾吹来的海风冷飕飕的，真切感受到了北极圈的一丝寒意。四周的森林一片寂静，偶尔听到几声鸟鸣。

餐厅的装饰，体现了北欧简约的风格。原木色的桌椅，自然清亮。在清一色的西餐中，竟然还有酸黄瓜和热米粥，自然喜出望外。

赫尔辛基，建于500年前，面积448万平方千米，地处波罗的海岸边一个丘陵起伏的半岛上。城市内河流、湖泊星罗棋布。那些遍布城区的森林和绿地，把这座城市装扮得朴实、自然、宁静、祥和。每当白雪落下，以浅色花岗岩为主色调的城市一片洁白，变成了神秘的冰雪王国。

● 参议院广场

广场建于1812年，面积达7000平方米，地面用褐红色的花岗岩小方石铺就而成。一座乳白色的大教堂，坐落在正前方的百级台阶之上，希腊神殿式的廊柱和青铜大圆顶的构造，让整座教堂显得庄严而神圣。

广场的左侧是北欧著名的高等学府——赫尔辛基大学，右侧是议会大楼。中央有一座身穿戎装的铜像竖立在那里，此人是19世纪俄罗斯沙皇亚历山大二世。芬兰人为什么要纪念他呢？

原来在沙俄统治时期，这位俄罗斯的皇帝还兼任芬兰大公。他开朗友善，体贴民情，给芬兰很大的自主权。在他统治期间，芬兰经济得到了很大的

赫尔辛基大教堂

> **知识点**
>
> **酒店**
>
> 北欧有的酒店电梯一层标为"E"。北欧的酒店简洁环保，不备任何洗漱用品，也不提供开水。行前一定要备转换插头。

发展，人民生活也得到了改善，从
而赢得了芬兰人的尊重。

　　广场上，当地的市民有的在看
报，有的在散步，有的在遛狗。悠
闲中享受温暖的阳光。和西欧相
比，中国游客少得可怜。

秒读历史
READING HISTORY

　　芬兰最早的原住民是拉普人。到了 12
世纪后半期，芬兰被强大起来的邻居瑞典人
"收编"，在人家的羽翼下度过了 200 多年
忍气吞声的生活。之后，跟着瑞典、挪威加
入了由丹麦主导的卡尔马联盟。19 世纪初，
又被俄罗斯帝国揽入怀抱，一直到 1917 年
12 月 6 日，才摆脱外国的统治，宣布独立。

● 芬兰堡

　　芬兰堡是欧洲著名的海上军事
要塞。怀着对外国海防工事的好奇，自费乘船登岛参观。

　　这是一座全部采用大石块砌筑的古城堡，至今有 250 多年的历史。设
计者巧妙地把几个小岛串联在一起，形成了一个不规则的堡垒群，以阻挡
外敌从芬兰湾进入赫尔辛基。

　　望着厚厚的城墙和摆在那里的大炮，这座曾先后为瑞典、沙俄、芬兰
三国立过大功的要塞，不知受过多少次战争的洗礼。

　　芬兰堡从军事要塞、监狱，变成了今天的旅游景点，完成了战争向和
平的蜕变。原来的军营被改造成了博物馆，里边还设有咖啡店、工艺品店、
图书馆、酒店等。

　　1991 年，芬兰堡被联合国科教文组织评为世界文化遗产。

　　返回南码头广场，对面的那幢不起眼的总统府大楼，比不上中国一个
县政府大楼的气派。导游介绍说，它原来是俄国沙皇的行宫，到现在已有
200 多年的历史。

　　让人不可思议的是，总统府门前的这片广场居然变成了集贸市场。在
搭建整齐的小布篷里，各种生意做得风生水起。

　　在广场西边，一尊裸体少女的铜像竖立在喷泉中央。她是芬兰人心目
中的"大海女神"——阿曼达。

　　随着一阵悦耳的鼓乐声，有八位老人穿着民族服装，跳起了舞蹈。四
处漂移的目光立马向这里聚焦。前边是一处演出场地，市民们坐在那里欣

📍 自娱自乐的老人

赏台上的表演。受音乐节奏的鼓动，台下的观众开始手舞足蹈起来。

来到赫尔辛基你会发现，有轨电车是陆地上的主要公共交通工具，渡船则是它的水上巴士，这里的市民出门一会儿上车，一会儿下船，像旅游似的，一定非常开心。

• 西贝柳斯公园

公园是以芬兰的"音乐之父"西贝柳斯的名字命名。一座用 600 多根闪闪发光不锈钢管组成的、造型像一架大型管风琴的纪念碑成为公园的灵魂。在它一侧的岩石上，是西贝柳斯的金属头像，看上去英姿勃发，艺术范儿十足。

设计者用富有想象力的手法，把那一根根耀眼的钢管比作一片茂密的森林，而正是这些森林给了西贝柳斯无穷的创作灵感，写下了 100 多首音乐作品。最著名的《芬兰颂》被称为芬兰的第二国歌。

每当海风吹来，钢管会发出蜂鸣声，仿佛这位伟大的音乐家，又在为世界爱好和平的人们创作新的惊天之作。

📍 西贝柳斯纪念碑

为了这座纪念碑，芬兰女雕塑家艾拉·希尔图宁，花费了 6 年的心血，于 1967 年西贝柳斯逝世十周年时创作完成。它的小型复制品被放在联合国大厦永久展出。

● 岩石教堂

教堂建在了市中心。它是世界上唯一建在岩石上的教堂，也是我所见到的欧洲唯一收门票的教堂。

教堂建于 1969 年。设计者大胆地突破传统的思维，利用一块巨大的岩石，通过爆破、开凿，完成了这个让教堂和大自然浑然一体这一精妙构思的杰作。

整座教堂就像一个大石坑，顶部用铜管搭成了放射状，上面镶嵌了玻璃便于采光。环壁岩石裸露，凿痕斑斑，晶莹的水珠不断地从石缝中渗出，完全颠覆了欧洲教堂高大气派的阵势，反而给人耳目一新的感觉。

由于石壁有非常好的回音效果，这里成了举办音乐会的热门场地，也是许多年轻人举办婚礼的心仪场所。

　　走出像隧道口一样的大门，转身回望，它像一个天外飞蝶静静地停落在那里，向这个世界散发着力量。

📍 岩石教堂

　　午饭后，直奔芬兰的第二大城市——图尔库。

　　大巴行驶在一条双向四车道的高速路上，道路两边到处是茂密的森林，田野里，成片的麦穗发着金光，北欧到了收获的季节。

📍 赫尔辛基市内的一家书店

来到图尔库，登上了前往瑞典首都斯德哥尔摩的游轮。

这艘游轮特别的大，看上去有十几层楼高，冠名"维京号"。团友们迅速地放好行李，跑到甲板上观景拍照。几位中国大妈压抑不住内心的激动，把宽展的甲板当成舞台，兴高采烈地跳起了广场舞。

夕阳下，游轮劈波斩浪驶向远方。站在船舷，挥手向芬兰告别，渐渐远去的图尔库不过是旅行中一次美好的过往。

晚霞谢幕，甲板上空荡荡的，黑漆漆的海面上只有风还在那里游荡。海浪的拍打声，伴随我铺纸落笔直至午夜。

清晨，满心欢喜跑到甲板上，想看海上日出，结果被天边一缕乌云遮挡，只在朦胧中隐约看到了斯德哥尔摩的模样。

码头上，一个流着小白胡，梳着小分头，穿着小马甲，小个头的波兰师傅，正在等待着我们的到来。

> **知识点**
>
> **交通**
>
> 北欧与中国一样，汽车右行左舵。过马路一定要走人行道。

瑞典 *Sweden*

诺贝尔奖的故乡

瑞典是北欧最大的国家。它东与芬兰牵手，西与挪威相连，南与丹麦、德国等国隔海相望。它不仅拥有众多岛屿，还拥有在电子通信、医药、军工等领域领先世界的技术。在北欧各国中实力最强。

说到瑞典，地球人都知道它是诺贝尔奖的故乡。这项让世界英才翘首以盼的大奖，给瑞典带来了至高的荣耀，也为人类的发展进步做出了不可估量的贡献。

国家档案

全称： 瑞典王国

人口： 约 1040 万（2020 年），80% 集中在南部

面积： 约 45 万平方千米

民族： 瑞典人，萨米人

首都： 斯德格尔摩

语言： 瑞典语

货币： 瑞典克朗

宗教： 基督教路德宗

经济： 人均 GDP 6.02 万美元（2021 年），主要产业为木材、矿产、机电金属、汽车制造业、制药业、通讯业等。

气候： 北部为亚寒带针叶林气候，中部温带大陆性气候，南部为温带海洋性气候。

斯德哥尔摩，位于瑞典的东海岸，在波罗的海和梅拉伦湖的交汇处，由 14 个岛屿和 1 个半岛组成。每当夜幕降临，这些岛屿就像镶嵌在水面上的颗颗明珠，在宛如彩带的一座座大桥连接下，构成了这座城市最美的夜景图。

这座有 700 多年历史的文化名城，拥有 50 多家博物馆，其中最吸引全球注目的当属瓦萨沉船博物馆。

● 瓦萨沉船博物馆

博物馆建在一座岛上，是专门为海里打捞上来的一艘战舰而修建。

沉船的故事是这样的：

17 世纪时，古斯塔夫一世的儿子古斯塔夫二世，为了炫耀国威，开始建造这艘战舰，并以父亲的名字来命名。由于他刚愎自用，不顾船体所能承受的重力和自身技术水平的不足，下令将船体一层改为双层，又增加了船上的大炮数量。结果当战舰试航时，离港几百米就被海风吹得倾斜而沉入海底。

从此，战舰在海底沉睡了 330 多年，一直到 1961 年才重见光明。又经过 20 年的修复，终于呈现在游客的面前。

战舰建造的豪华程度让人惊奇。船上除了 64 门大炮外，它的船头、船舷、船尾到处都是精工细

秒读历史

READING HISTORY

大约 1000 多年前，瑞典才以一个国家的形象出现在北欧这片土地上。随着国力的不断强大，瑞典不断对外扩张，把它的邻居芬兰给吞并了。

历史终究是波浪式的。公元 1397 年，折腾多年的瑞典，开始由盛转衰，被丹麦"收编"，最终夹带着芬兰并到了丹麦国王玛格丽特一世女王的麾下。

这种被人统治的日子熬了 100 多年，心怀不满的瑞典贵族发动了起义，丹麦人镇压失败后，瑞典趁机独立。著名的古斯塔夫·瓦萨成为瑞典的新国王，开启了瓦萨王朝的统治。

17 世纪时，瑞典经过三十年的战争，势力更加强大，领土包括芬兰，还有爱沙尼亚、拉脱维亚、立陶宛等波罗的海沿岸地区，一跃成为北欧的霸主。

18 世纪初，国王卡尔十二世被俄国沙皇彼得大帝打败，王冠跌落，海外领地纷纷丢失，称霸的日子从此一去不复返。

19 世纪末，瑞典开始走向和平发展的道路。在两次世界大战中保持中立，没有受到战争的伤害。

20 世纪 50 年代，与我国建交，是西方国家中最早和中国建交的国家。

雕的人、动物、植物的图案。许多地方贴金涂银，装饰华丽，俨然像一座海上皇宫。这样的战舰就是不沉在海里，它也不可能走向战场。

● 皇后岛

皇后岛位于斯德哥尔摩郊区一座风景优美的小岛上，距市中心只有 15 千米，是皇家的管辖领地。几百年来，瑞典皇室一直经营这片土地，至今仍然是现任国王和王后的居住地之一。

传说当年瑞典国王约翰三世有一个心爱的王后，叫凯瑟琳，国王在这个岛上建造了这座城堡，作为礼物送给了她。"皇后岛"由此流传至今。

坐落在梅拉伦湖畔的皇宫，简洁明快，端庄大气，湖中的倒影，楚楚动人，被人赞誉为瑞典的凡尔赛宫，已被列入世界文化遗产名录。

皇宫的右边是皇家歌剧院，建于 18 世纪中叶。后来由于古斯塔夫三世在剧院中遇刺身亡，这座高贵的剧院从此关门闭户，多年后才被重新启用。

穿过一座铁艺镀金的大门，眼前是一片华丽的皇家园林。一边是上百年的橡树林，一边是被修剪成几何图案的绿植，还有盛开的花丛和绿茵的草坪，构成了一副让人眼前一亮的立体式大花园。

📍 皇宫

英式花园推崇自然田园风格，法式花园讲究高端大气。中轴线上雕塑成行，喷泉四射，徜徉其中，心神自宁。

在园林深处，有一幢建筑被称为"中国宫"。走近一看，让人大跌眼镜。它既没有红墙绿瓦、斗拱飞檐，也没有雕梁画栋、汉白玉台阶，只凭借屋顶外檐角上几个像龙模样的镂空小造型，和一排看似中式的小方格窗扇，就称为中国宫。究其原因是，当时信息闭塞，没有任何可参照的东西，设计师只能凭借道听途说，再加上自己的想象力将它设计而成。尽管外貌不尽人意，但里面摆设的物件确实是中国的。如宫灯、屏风、山水画、瓷器、文房四宝等。

这座中国宫也是当时的国王阿道夫·弗雷德里克，送给王后路易丝·乌尔丽克的一件生日礼物。国王把一幢神秘东方的建筑送给王后，就如同是从天上摘下的星星，王后看到后非常感动。

● 市政厅

市政厅位于国王岛的梅拉伦湖畔，是一幢用 800 万红砖砌筑的两座塔楼和裙楼组成的庭院式大楼。有人把它比作驶向梅拉伦湖的巨轮。塔楼最顶端是三个金光闪闪的王冠，分别代表了联盟时代的瑞典、挪威、丹麦三国。

这座有着百余年历史的大楼，在欧洲各国市政厅中独树一帜。眼下，无论它周围的海水有多蓝，雕塑有多美，人们最关注的还是著名的"蓝厅"和"金厅"。

蓝厅，其实并不蓝。当初设计者为了体现这个名字，要在红砖墙上贴上蓝色的瓷砖，后来发现红砖的本色，有一种古朴典雅的美感，而且能衬托热烈的气氛，于是放弃了原有的设想，但蓝厅的名字一直沿用了下来。

市政厅建成后，这里就变成了瑞典国王和王后，为诺贝尔奖获得者举办庆祝宴会的首选场地。每年的 12 月 10 日，这里嘉宾满座，呈现出一派喜气洋洋的节日气氛。国王的祝酒词，嘉宾的碰杯声，回荡在大厅上空。值得欣慰的是中国的屠呦呦、莫言曾获此殊荣。真心祝愿中国有更多的精英们来这里举杯同庆。

金厅，是国王举办大型庆祝活动的地方。为了凸显皇家的高贵，整座大厅用 1800 万块一厘米见方的金箔进行了粘贴，四壁还有用各种彩色玻璃镶嵌而成的一幅幅壁画。任何人站在这里都会被它的金碧辉煌所震撼。在大厅的正面墙上，有一幅布满墙面的壁画，画中的主人是瑞典的象征梅拉伦湖女神，各地的人们围在她的身边，她作为女神护佑着瑞典。

走出大楼，梅拉伦湖水碧波荡漾，漂泊的帆船驶向了远方。

由于时间的限制，著名的皇后街和图书馆街也只能匆匆一瞥。

要赶在太阳落海前，到达南部一个叫卡尔斯塔德的湖区小镇，那是今晚将要入住的地方。

4 个小时后，大巴停在森林边的一个叫"八福客栈"的中餐馆门前。老板是一个中国南方人，他不仅饭菜做得可口，还特别喜欢收藏。各种欧洲生产的瓷器、打字机、电话、留声机、微型放映机和动物的标本，充斥在餐馆的各个角落。

晚餐后，趁着夜色来到森林中的威斯顿酒店。

● 维纳恩湖

在卡尔斯塔德的南侧，有一座冰川融化后形成的大湖，它叫维纳恩湖。面积有 5550 平方千米，比中国的青海湖还大将近 1000 平方千米，为欧洲第三大湖泊。

来到湖边，湖水清澈，波光粼粼，一望无际。岸边的岩石千姿百态，茂密的森林簇拥在湖边，一棵从石头堆中生长出来的大树，红皮绿叶，弯曲向上，活像一个天然的大盆景。

维纳恩湖，还是一个未开发的处女地。我喜欢它自然淳朴的气息，或许有一天能再次坐在它的身边，聆听湖水拍岸的声音，看日出日落的美景……

挥别维纳恩湖，驱车奔向奥斯陆。

挪威 *Norway*

壮美峡湾的故乡

在遥远而神秘的挪威，隐藏着许多不同凡响的美景，而壮美的峡湾就是它展现在世人面前的世界奇观。

挪威位于斯堪的纳维亚半岛的西部。南北狭长，拥有漫长蜿蜒曲折的海岸线和众多的岛屿，号称"万岛之国"。

早前的挪威并不富裕，就连至高无上的王室也不例外。自从发现了油田，它完成了华丽的转身，从一个以渔业、加工木材为生的国家，迅速进入了发达国家的行列。

国家档案

全称： 挪威王国
人口： 约540万（2020年）
面积： 约38万多平方千米
首都： 奥斯陆
民族： 挪威人，萨米人
语言： 挪威语
货币： 挪威克朗
宗教： 基督教路德宗
经济： 人均约GDP 8.92万美元（2021年）。石油、木材加工、渔业为主导产业。
气候： 温带海洋性气候

奥斯陆位于挪威的东南部。是一座背靠青山，面朝大海，既有海滨城市的秀丽，又有山林粗犷风貌的城市。

这座具有近 1000 年历史的城市，由于生活水准高、幸福指数高和独特的自然环境，几度被评为世界上最宜居的城市之一。但受高收入、高福利、高税收政策的影响，它的物价也很高。1 千克牛肉要卖到 300 挪威克朗，约人民币 200 多元。

来到奥斯陆，单从建筑风格来看，和芬兰、瑞典区别不是很大，就连人的长相也很难分辨清楚，唯一区别明显的是景点和货币。

● 维格兰雕塑公园

公园以挪威雕塑大师古斯塔夫·维格兰的名字命名。占地 50 公顷，是世界上最大的人体雕塑公园。

秒读历史
READING HISTORY

挪威最初是北欧海盗的大本营。公元 9 世纪形成统一王国，哈拉尔一世成为挪威王朝的开拓者。由于他一头金发，被称为"金发王"。这位国王在位时，不断地进行武力扩张，打出了一片新天地，将挪威带入了辉煌时代。

到了 14 世纪中叶，挪威开始走上了下坡路。以至后来的几百年，一会儿加入了卡尔马联盟，奉丹麦女王为尊，一会儿被瑞典抢走，成为附属国。直到 1905 年，从瑞典独立出来，成立了挪威王国，彻底结束了长达 500 多年被外人统治的历史。独立后的挪威人，推选丹麦格吕克斯堡王朝的哈康七世为新一代国王。

第一次世界大战时，挪威保持中立，未被卷入战争。第二次世界大战时，却未能幸免，被纳粹德国占领。1945 年二战结束，重新获得了自由。

现任国王为哈拉尔五世（哈康七世的孙子），是格里克斯堡王朝的第三任君主。

为了建好这座公园，维格兰大师耗费了整整 20 年的心血。他用雕塑的形式、裸体的手法，在一条不足千米的中轴线上，用铜、铁、花岗岩雕刻了 192 座塑像，刻画出了 650 个人物的人生百态图。每一座雕塑都构思精巧，意境深刻，栩栩如生。同时，把对生命的思考表现得淋漓尽致。

生命之桥。在这座象征人生起点的大桥上，维格兰大师在桥的两侧各塑

生命之桥

愤怒的小孩

造了 29 座表现男女老少、喜怒哀乐、生活情趣的雕塑，这些雕塑呈现出的每一个姿态，都引人入胜，你甚至能看到曾经的自己。其中最受游人追捧的是那尊"愤怒的小孩"，他怒目跺脚的样子非常可爱，每个人看到他都会会心一笑。

生命之泉。泉水象征生命不息。一个巨大的水盆，被几个大力士高高托起，塑造出顶天立地之感，又蕴含负重前行之意。水盆四面哗哗飞落的水线表现了生命之花的绽放。喷泉的四壁，用浮雕的形式表现了人在生命的旅途中，从生到死的不同神态。几座围在喷泉四周的树丛雕，反映出人与自然息息相关。在这里，维格兰大师用雕塑的语言直抒人的一生必然要经历童年、青年、中年、老年四个阶段。无论你富贵和贫穷，也不管你愿意与不愿意，都要经历这四个阶段。所以活在当下，更应该珍惜拥有的时光。

生命之泉

生命之柱。沿着台阶而上，远远就看见直插云霄的生命之柱，它应该是雕塑园中最震撼人心的一件作品。大师在 17 米高的石柱上雕刻了 121 个体态不同、神情各异的男女裸像，密密麻麻，首尾相连，重叠而上。有夭折的婴儿、有悲伤的青年、有披头散发的女人、也有骨瘦如柴的老人……他们要从人

生命之柱

间走向天堂，需要经历许许多多的苦难历程。而为了这一刻，一路上要拥挤、挣扎、呐喊、不断向上攀爬。

石柱周围是36座石雕，诠释了人类社会中的母子、父子、夫妻、兄妹、朋友之间的亲情、爱情和友情的珍贵。它也是维格兰大师对其一生情感的抒发。他把对童年的憧憬、对父母的赞美、对爱情的眷恋，以及对生命走到尽头的无奈，全部在这里释放了出来。

生命之柱的创作，耗费的维格兰大师14年的时间。

📍 生命之环

生命之环，是公园最高处的最后一件作品。由两对男女和三个小孩构成了一个大圆环，寓意生命的轮回，也表示人类将在相互包容、相互依存中生生不息。

也有人这样认为，生命之柱和生命之环，是男女生殖器的象征，难道是维格兰大师要表达的真实意愿吗？

返回时，在大门边看到了维格兰大师的塑像，它是雕塑园中唯一穿着衣服的塑像。他用自己的生命雕刻出人类生命的真谛，直达心房而回味无穷，为奥斯陆和全世界留下一座不朽的丰碑。

● **市政厅**

它是这座海滨城市的政治中心，也是诺贝尔和平奖的颁奖地。

这座双塔凹字型的红砖建筑，看上去十分喜庆。它的外墙上有许多浮雕，展示了挪威人的历史、文化和社会生活的各个方面。一座天鹅展翅飞翔的喷泉，将一缕缕清水喷涌而下，飘来的水雾让人感觉一阵清爽。

市政厅的后面就是海湾。挪威的王宫和国家歌剧院也在它的附近。

● **王宫**

王宫建在一处山坡顶上，是一幢非常简朴的黄色建筑，至今仍然是哈拉尔五世国王和王后居住办公的地方。和欧洲其他还在使用的王宫一样，游人可以靠近观看，也可以按规定时间入内参观。

广场的中央，有一尊骑马铜像，马背上的这个人可不简单，他叫贝尔纳多特，是一个地地道道的法国人，曾经是拿破仑手下的一名元帅。后来，他以瑞典国王卡尔十三世养子的身份，同时当上了瑞典和挪威的国王。在瑞典的"家谱"中他被称为卡尔十四世·约翰，在挪威的"家谱"中被称为卡尔三世·约翰。

📍 卡尔·约翰大街

王宫前的广场是奥斯陆举行重大活动的地方，每年5月17日的国庆庆典就在这里举行。

王宫的后面是御花园，前边是著名的卡尔·约翰大街。从上向下望去，有一种君临天下的感觉。

● 奥斯陆歌剧院

这是一座由大理石和玻璃装饰的建筑。在峡湾蓝色海水的衬托下，像一座出水的冰川，成为继悉尼歌剧院后，又一座造型独特的著名歌剧院。

歌剧院占地3.8万平方米，全部采用太阳能发电。剧院内设三个舞台，可提供八种语言的服务。里面还设有消费区和休息区。

给人印象最深的是，用大理石铺成的大斜坡屋顶。站到这里，它就是一个大观景台，可以饱览奥斯陆风光和峡湾的美景。尤其是当地的市民，慵懒地躺在那里，沐浴那一缕缕温暖的阳光。原来，这个欣赏高雅艺术的地方，还是百姓休闲的广场，钦佩设计者的高明和亲民的理念。

正在这时，一位头发凌乱、满脸胡子的青年，推着自行车从斜坡顶走了上来。兴奋地邀请我为他拍下了到此一游的纪念照。

太阳西下，结束了一天的行程，乘车来到了郊外一座小山上，立刻被眼前准备入住的木式小楼打消了倦意。尤其是看到满山遍野的果树，挂满了熟透的苹果，顿时眼睛一亮。经店家同意，大家纷纷放下行李，钻进了树林，弯腰捡起掉下来的果实，擦了擦就送进嘴里。一位团友掩饰不住内心的激动，喊了一声"好吃"，逗得大伙哈哈大笑，难得在异国他乡分享秋天的果实。

第二天就要离开奥斯陆了。奥斯陆作为首都，又是挪威的第一大城市，它没有摩天大楼，也没有车流滚滚，但它山水纵横，森林茂密，环境非常优美。人们无论是坐在公园的长椅上，还是街头的咖啡座上，都享受着大自然馈赠的美好时光。那种北欧简约式的生活理念早已深入人心。

第二天早晨，来自东北的老友早早溜了出来，独自一人跑到了山坡下的居民区溜达，却被一个挪威老头挡住了去路。人家问话，他又不懂，情急之下冒出了一句"China"，哦，原来是个中国老头儿，对方态度开始缓和，又开始问话了，老友一看这咋整，赶紧随便点头退了回来。原来人家讲究的是私人领地，外人不得冒犯，他还沉浸在大东北走村串屯的自在中，无意中上演了一出中挪老头儿"巅峰对决"。

早餐后，大巴驶上了欧洲最美的公路，开启了峡湾之旅。

● 哈当厄尔峡湾

哈当厄尔峡湾地处挪威的西部，全长 179 千米，是挪威排行第二长的峡湾，是以田园风光为主要特征的峡湾，号称挪威的"大果园"。

传说 800 年前，这里来了一位僧侣，撒下了随身带来的苹果和杏树的种子，从此，哈当厄尔峡湾果树成林，芳香四溢。

哈当厄尔峡湾又是怎么形成的呢？简单地说，几万年前冰川融化时，在运动中形成巨大的能量，经过不断地侵蚀和冲刷山脉，出现了山谷，当海平面上升后，海水回流，形成了今天的哈当厄尔峡湾。

公路两边到处是黄橙橙的麦田和绿茵茵的草场。看不到人，也看不到牛羊，只有打包成捆的饲草从车窗一闪而过。

随着大巴驶进哈当厄尔峡湾，团友们一下子兴奋了起来，一首《高高的兴安岭》拉开了小型歌会的序幕。紧接着，日语版的《北国之春》、西北民歌《夸河套》和《老房东查铺》等纷纷登

📍 哈当厄尔峡湾首秀

场。歌声、掌声、笑声燃爆车厢。

也不知过了多久，眼前出现了一片荒凉的景色，仿佛来到了另一个星球。乱石裸露的山坡上，看不到一点绿植，只有几间孤零零的小木屋散落在那里。山上被挤压的岩石层层相叠，锋利的样子像被刀劈斧砍了一般……

大巴终于驶出了那片瘆人的不毛之地，缓慢地钻出隧道，停在了一处观景平台上。一座斜拉大桥在高山翠谷中横空出世，让奥斯陆到卑尔根天堑变通途。它是由中国和丹麦合作完成的桥梁工程，如今成为北欧的一大人文景观。作为中国人，我们自然骄傲，纷纷合影留念。

一路走来，哈当厄尔峡湾中独特的自然风貌，给人印象深刻。但最让人心动的是乌依维克小镇。

小镇坐落在哈当厄尔峡湾的尽头。山坡上绿色的森林、金色的麦田、白雪皑皑的山顶，还有五颜六色的房子，在一弯碧水的映衬下，宛如一幅浓墨重彩的油画展现在你面前。站在岸边，远望山泉飞流，云雾缭绕，仿佛又置身于人间仙境。

天渐渐黑了下来，海水变成了墨绿色，那一缕云雾还恋恋不舍卧在山腰，山坡上闪烁的灯光，疑是天上的星辰洒落在林间。唯一的一条街上除了游人，听不到任何嘈杂声。

小镇的早晨，虽然薄云笼罩，但依然很美。大巴从哈当厄尔峡湾爬上了山顶，依窗回望小镇，老伴深有感触地说："如果加拿大是童话世界，那挪威就是油画世界了。"

是啊，乌依维克小镇确实美得让人不忍离去。

来到挪威的哈当厄尔峡湾，不得不说山妖。

山妖是挪威家喻户晓的吉祥物。可以这么说，许多挪威人是听着山妖的故事长

📍 乌依维克小镇

📍临别一吻

大的。在挪威人的想象中，山妖是这个国家最早的原住民，他们分部落，有家庭，甚至还有国王。经常是昼伏夜出，一旦贪玩忘了回家，就要赶紧躲藏起来，要不然就会被太阳晒成石头。它让我想起了哈当厄尔峡湾中看到的怪石嶙峋的山坡，它们是不是山妖的化身呢？

山妖喜欢喝粥，每到晚上，山民们都会在自家门前放一碗粥，等到第二天就被山妖吃得干干净净。

山妖被挪威人视为幸运的化身，雕塑经常会被摆在门前屋后。他们大多被塑造成长鼻子、大肚皮、头发蓬乱、獠牙外露、手和脚都长着四个指头，身后拖一条牛尾巴的形象。别看他外表丑陋，内心却非常善良，而且天性活泼，很容易被孩子愚弄。每个碰见山妖的人都会摸摸他的鼻子，逗乐中沾点好运。

● 松恩峡湾

松恩峡湾也在挪威的西部。它是挪威最大的峡湾，也是世界上最长（204公里）、最深（1308米）的峡湾。

峡湾两岸，群山起伏，飞瀑万千。陡峭的花岗岩山崖，有一种刀斧劈过的感觉，曾经桀骜不驯的海水来到大山的脚下，被驯服成了一面巨大的镜子，在阳光的照耀下，泛起粼粼的波光。一缕白云缠绕在山腰，像一条蒙古族迎客的哈达……

大巴行驶在崎岖的山路上。望一眼险峻的山崖，那套上车睡觉的传统早已逃得无影无踪。是波兰师傅娴熟的车技，给了一车人的安全感，才使得那颗悬着的心渐渐地平复。此时，窗外的风景就像被风吹起的连环画，一页页迅速翻篇。还好，一会儿就要坐小火车了，那里的景色一定更加迷人。

在松恩峡湾有一条世界上最陡峭的铁路。从海拔2米的弗洛姆小镇修到了海拔 867 米的米达尔山上。一段只有 20 千米的铁路,修了整整 20 年,最终成为世界各地游客不可错过的体验项目。

峻峭的山谷

乘坐峡湾小火车,由高而下,穿悬崖、过峭壁、钻隧道、下陡坡、弯弯曲曲,一路惊险刺激。没走几站,又换成一列电气火车,车窗上留出的小窗口,给"长枪短炮"的摄影爱好者带来了惊喜。一时间,高山密林、飞泻的瀑布、湍急的河流都成了他们镜头中的目标。

正在兴奋之时,火车突然停了下来。原来这里有个瀑布观景台,游客们纷纷下车,抢占有利地形,抓住时机开始了一轮狂拍。突然间,瀑布旁边的山坡上响起了音乐,白茫茫的水雾中,一名红衣女子,肩披白发,幽灵般地出现在石头屋顶翩翩起舞,还没等人们发出惊叹声,一会儿她又在门前舞动,只见她边歌边舞,像仙女般漂移在山水之间。这不是中国版的《白毛女》吗?不是的,她扮演就是挪威的山妖。

小火车重新启动,而那悠远绵长又略带伤感的音乐,一直在车厢中盘旋。

一小时后,小火车停靠在弗洛姆小镇站台边。小镇三面雪山环抱,剩下一面是峡湾碧水。站在这里,满眼湖光山色,也让我感到神清气爽。又是一个漂亮的峡湾小镇。

看完壮美峡湾的景色,又将踏上冰川探险之路。

● 布里克斯达尔冰川

冰川位于约斯特谷冰原国家公园,曾经入选"世界八大最美旅游地"。每年有世界各地几十万名游客来到这里,一睹它洁白如玉的风采。

乘坐电动观光车,来到了冰川脚下。远望,冰川像镶嵌在山坳中的一块大奶酪;近看,又像一湾凝固的海水,白里透蓝,十分养眼。原以为能看到雄宏壮阔的冰川,而眼前的景象让人难免有点遗憾。

导游介绍说，远古的挪威被冰雪覆盖，大量的积雪通过千万年的挤压变成了冰块，年积月累，逐步形成了大大小小的冰川。

眼前的这处冰川，是从几百平方公里的约斯特谷冰原中"溜"出来的一个小小分支，别看它个头小，也是名副其实的"万岁爷"。

随着气候变热，冰川不断融化，湛蓝的冰川湖就这样在山脚下慢慢形成。

晚上入住另一个峡湾小镇。站在莱福特维尔德酒店的阳台上，又一次被峡湾的风景迷住了眼睛。

● 盖朗厄尔峡湾

盖朗厄尔峡湾位于挪威西南部，全长只有 16 千米，却是四大峡湾中最为惊险刺激的一个峡湾。

📍 峡湾中的游轮

📍 盖朗厄尔峡湾

游船在陡峭幽深、平湖般的水面上航行，有一种船在峡谷行，人在画中游的美感。望着从天而降的瀑布，李白描写的"飞流直下三千尺，疑是银河落九天"的情景仿佛就在眼前。一幅幅山水画面从眼前闪过，让人应接不暇，不由地发出了一阵感叹。

一个多小时后，在港口换乘大巴，来到了半山腰的一个观景台，著名的"七姐妹瀑布"就在前方。

乍听这个名字，中国味十足，也不知哪个高手所译。顺着手指望去，只有俩姐妹还在细水长流中守护着家园，其他五个很可能出去和山妖游玩了，只留下灰白色的痕迹。如果雨水充沛，七姐妹瀑布就像新疆姑娘的发辫，飘逸垂下，迷倒无数游客。

在七姐妹瀑布的后边，就是那条令人望而

生畏的"老鹰之路"。据说这里常有老鹰到访，上山的路又被修成"Z"形，很像老鹰的翅膀，老鹰之路由此而得名。

这条路从下到上共有 11 处弯道，每过一个弯道都在考验师傅的驾车技能。它也是出山的唯一通道。

雨后狭窄的道路又湿又滑，每到一个弯道处，需要司机师傅几次挪移才能通过，而窗外就是万丈深渊。此时的车厢内一片寂静，大家扣好安全带，紧抓把手，随着车身向前晃动。波兰师傅紧盯着路面，驾驶着大巴在云雾中忽而左转，忽而右转，晕车的人只得抿嘴闭眼忍耐，急盼早点离开这段望而生畏的山路。当车刚行驶到平缓的山坡上时，车厢内立即响起了一片掌声，大家向这位波兰师傅送去敬意。

站在观景台，眺望盖朗厄尔峡湾，壮丽的景色一览无余。两岸陡峭的岩壁，飞泻的瀑布，白雪覆盖的山顶，云中闪现的草原，水面上穿行的游轮，还有掩映在绿树丛中的彩色木屋，已经足够称得上大气磅礴、多彩多姿，让人感叹地球上竟有如此梦幻般的世界。

不知是不是一条定律，女团友们一旦遇上优美的环境，心中涌动的激情就缺一根火柴来点燃。这不，刚才还晕车的女团友们，面对美丽的峡湾，精神立马振作了起来，一经鼓动，就在一块大的石台上翩翩起舞，大叔们也不甘落后，来了一个跃马扬鞭入峡湾的表演。两拨人那个认真劲，好像是在给外国游客进行专场演出。还有两位老兄在激情之下，坐在石桌前，竟猜（划）起酒拳来。这种连喊带比画的形式，让外国游客看得大感不解。

📍 欢乐的团友们

一时间，情绪上来势不可当。在一番策划下，以家庭为单位的"求婚"小品轮番上场。大家就地取材，有的送上纱巾结成的花，有的揭开纱巾盖头，还有的站在"求婚瀑布"下，手捧野花相互拥抱。一群癫狂的老顽童，忘记了年龄，顾不上害羞，在挪威的峡湾中玩得不亦乐乎。

晚上入住的是盖朗厄尔联合酒店。它建在半山腰上，白蓝相间的外观显得新颖独特。大厅内陈列着"王室"的衣柜、老爷车，以及古朴的装修格调，应该是一家有年头、有品位的贵族酒店。

在酒店后边有一处被云雾锁住的山坡，一块巨大的石头横卧在那里，是拍摄峡湾的最佳位置。

酒店的前边有一条通向峡湾的木栈道。一条奔腾的小溪顺着栈道的阶梯咆哮而下，冲向海里。岸边人家的屋顶上绿草丛生，主人独自坐在露台上喝着咖啡，望着围栏里的羊群，一副悠闲自得的样子。再往前走是一个房车基地。在北欧，房车和游艇已是许多人家的"标配"。

酒店的晚餐和早餐都非常的丰盛，眼花缭乱的品种超出了想象。什么烤牛肉、烤鱼、小龙虾等等，应该说这是进入北欧以来最棒的美味佳肴。不愧是品牌酒店，让人感觉很厚道。

早晨起来，窗外又下起了小雨。带着一种恋恋不舍的心情，离开了行程中最后一个峡湾。翻越过海拔 1000 多米的雪山，朝着奥斯陆的方向奔去。在 500 多千米的路途中，再一次领略了挪威山川的秀美风光。

第二天，从奥斯陆出发，经过 4 个小时的长途跋涉，来到了瑞典的第二大城市哥德堡。

哥德堡是瑞典著名的旅游城市，有近 400 年的历史。由于它地处奥斯陆、哥本哈根、斯德哥尔摩三座城市的中心，又是通往西欧的水

📍 秀美的山川

上交通要道，所以战略地位十分重要。

来到哥德堡大街上，再次看到了"奶爸"的形象。有的怀里抱着小孩，有的脖子上骑着小孩，更有趣的是，几个爷们推着婴儿车聚在一起讨论着什么。经向导游探问，原来这是北欧的一种习惯。女人负责生育，男人负责带娃。否则，男人就认为自己不仅没有尽到责任，更是丧失了一种权力。政府也给予了政策关怀，男人和女人同时享受 6 个月的带薪产假。他们认为，孩子在父亲肩膀上成长，要比在母亲怀抱里更能获得一种坚强和勇敢。所以，男人溜娃，天经地义。

● 哥德堡大教堂。

教堂建在了一座山顶上，全部采用红砖砌筑，已有 300 多年的历史。60 米高的钟楼是它的一大标志，站在那里就可以俯瞰哥德堡的全貌。

进入教堂，里面没有奢华的装饰，一切简洁自然，最醒目的当数圣台上方那尊耶稣被钉在十字架上的浮雕和耶稣复活的油画。

教堂是欧洲人心中最神圣的地方。这里除了讲经传道，还可以举行婚礼和葬礼。它也是一个心灵慰藉的场所。这里不分贵贱，不分贫富，只要你带着一颗虔诚的心，来这里祈祷、忏悔。

哥德堡大教堂

在教堂的院子里，立着一块大石头，上面刻着一句话："最长的旅程是内心的旅程。"这句富有哲理的名言，出自瑞典的一位外交家，第二任联合国秘书长哈马舍尔德。

从教堂山下来，下面就是哥德堡码头，一艘具有百年历史的四桅杆帆船停泊在那里，已被开辟为海上餐厅。"口红大楼"成为游人眼中另一个海港"明星"。

今晚入住瑞典西南部的布罗斯小城。明天将跨过国境线，前往本次旅程最后一个国家——丹麦。

丹麦 *Denmark*
童话大王安徒生的
故乡

丹麦是世界著名童话大王安徒生的故乡，也是世界公认的幸福指数最高的国家之一。它北部与瑞典、挪威隔海相望，南与德国接壤，拥有法罗群岛和格陵兰两个自治领地。国土面积在北欧五国中最小。但就是这样一个小国，历史上曾称霸北欧乃至欧洲。

国家档案

全称： 丹麦王国
人口： 约580万（2020年）
面积： 约4.3万平方千米（不包括格陵兰和法罗群岛）
首都： 哥本哈根
民族： 丹麦人
语言： 丹麦语
货币： 丹麦克朗
宗教： 基督教路德宗
经济： 人均GDP 6.78万美元（2021年），能源业和食品加工业是它的支柱产业，海运和风力发电世界驰名。
气候： 温带海洋性气候

哥本哈根是丹麦最大的城市，也是北欧著名的旅游城市。坐落于丹麦西兰岛，与瑞典隔厄勒海峡相望。方圆 97 平方千米。

哥本哈根是从一个小渔村发展起来的城市，有点像中国的深圳。它曾被联合国人居署选为全球最宜居的城市。走进这座古老而又现代的城市，虽然不见高楼林立和宽敞的大街，却有着童话般的美景。一条条交错的运河，一个个被鲜花点缀的角落，这个北欧小国，带给人一种轻松和浪漫。这天参观的第一个景点是克伦堡宫。

哥本哈根市貌

• 克伦堡宫

克伦堡宫位于丹麦西兰岛北，与瑞典的赫尔辛堡市隔海相望。

古堡始建于 1420 年。100

克伦堡宫外景

多年后，时任国王弗雷德里克二世，请来荷兰的著名建筑师对古堡进行了改造，将军事防御的城堡和王宫合二为一。从此，克伦堡后面多了一个"宫"字。

这还不算完。当他发现这里是松德海峡中最狭窄的地方，又是波罗的海进入大西洋的必经之路时，又给这座城堡赋予了赚钱的功能，可谓一举三得。

其实他用的办法非常简单，和中国当年的山大王的"要从此路过，留下买路钱"如同一辙。他向所有过往的船只征收"通关税"，你要抗征，我就大炮伺候，你要报价过低逃避关税，我就全船收购，反正我的地盘我做主。就这一招，几百年来，为丹麦积累了大量的财富，应该说他是丹麦国王中顶尖的理财高手。

就是这样一座古堡，一部《哈姆雷特》，再次改变了它的命运。从原来的"克伦堡宫"华丽转身为"哈姆雷特城堡"，英国剧作家威廉·莎士比亚对此功不可没。

带着好奇，走进了这座红砖围起的城堡。站在空旷的大院向上望去，那些尖顶的房子和尖顶的塔楼，都被涂上了青铜色，给人一种古老，但不失高贵的年代感。

沿着旋转楼梯来到二楼，王室当年的生活场景展现在面前。

走进王后的寝宫，壁炉还在"燃烧"，可昔日的主人已经走进了画框。她叫苏菲，活了74岁。她不但是一位持家理财高手，也是成为弗雷德里克二世的贤内助，还通过女儿的联姻与北欧主要王室结成了联盟。

望着插满蜡烛的水晶吊灯，再看卧室床上轻柔华丽的缎被，还有那些精美的家具和精致的用品，王后的私密空间一目了然。

寝宫的门前有一条"王后的走廊"，可以直达宴会厅，表达国王对王后的呵护之情。

一路走下去，发现城堡中有许许多多的挂毯。特别是挂在宴会厅那块国王肖像的大型挂毯，是古堡中的镇宫之宝，尤为引人注目。

这块用羊毛和真丝编织的挂毯，以田园生活为创作背景，中间的弗雷德里克二世，头戴王冠，身着华服，手握权杖，宝剑配身，一派王者风范。挂毯的上边有十二行诗文，内容都是歌功颂德，下边织有国徽图案。

在当时的欧洲宫廷上层，油画已经充斥四壁，为了满足炫耀的欲望，挂毯作为提高身价的"奢侈品"应运而生。

● 长堤公园

长堤公园是丹麦人在波罗的海岸边，用拦海大坝打造的一座海上公园。

海边的那尊小美人鱼铜像，让全世界的游客慕名而来。

小美人鱼铜像被安放在岸边的一块花岗岩石上，是根据安徒生童话《海的女儿》中的故事，由丹麦雕塑家爱德华·艾瑞克森，于1913年8月23日创作完成。

童话故事的情节是这样的：

一次意外的海上施救，让小美人鱼喜欢上了被她救起的王子。为了追求王子，她让巫师将自己的鱼尾变成双腿。巫师提醒她，一旦王子不爱你，你就会变成泡沫死去，唯一解救的办法是用刀刺破王子的心脏，让血流到你的腿上，才能重新变成人鱼回到海底。当昏迷的王子醒来后，并不知道是她所救，后来就爱上了别的姑娘。善良的小美人鱼为了不伤害自己所爱的人，最终选择化作了泡沫……

小美人鱼的故事感动了无数的人，也感动了丹麦嘉士伯啤酒公司的创始人卡尔·雅各布森。当他看完《海的女儿》芭蕾舞剧后，心情久久不能平静，于是做出了为美人鱼制作铜像的决定。艾瑞克森接受任务后，先以

秒读历史 READING HISTORY

丹麦王室起源于公元940年，至今已有1000多年的历史，是欧洲最古老的王室。它的王朝更替和历史脉络是这样的：

大约在公元8—9世纪，丹麦人抱着靠海吃海的理念，开始了打家劫舍的海盗生涯，进入了历史学家所描述的"维京时代"。

公元958年，丹麦的第一位国王高姆去世，儿子哈拉尔继位。他利用丹麦人擅长航海的本领，继续在海上干着边经商、边捕鱼、边抢劫的营生。财富不断地积累，国家开始逐渐发展壮大。从11世纪到12世纪，强势的丹麦人已经把英格兰、苏格兰、挪威及瑞典南部全部纳入它的势力范围。此时的丹麦，扛起了"北海大帝国"的旗帜。

1387年，奥拉夫三世逝世，一直为儿子摄政的"无冕女王"玛格丽特霸气出山，成为丹麦第一代女王。后来，她率大军打败了瑞典，组建了卡尔马联盟，一举成为丹麦、挪威、瑞典三国的国王，创造了小国成为北欧霸主的传奇。

公元1448年，由于先王绝嗣，后继无人，王位只得传给近亲旁系奥尔登堡的克里斯蒂安。这样，丹麦就出现了新的王朝——奥尔登堡王朝。当时欧洲有个习惯，在继承人的名字前，往

皇家剧院的芭蕾舞演员为模特儿，后因芭蕾舞演员不愿在雕塑家面前展示自己的裸体，只能面容以芭蕾舞演员为原型，躯干则以雕塑家的妻子为模特儿，最终创作出这尊高约 1.5 米，重约 175 千克的铜像，完成了雅各布森的一个美好心愿。

恬静美丽的小美人鱼，脸上还带着几分忧郁的神色。她静静地坐在岸边，等待着她心中牵挂的王子。

小美人鱼

2010 年，小美人鱼曾经远渡重洋，作为丹麦的文化使者，参加了上海世博会。

走在长长的海堤上，有一种从大海中走来的感觉。著名的吉菲昂女神喷泉就在公园的尽头。

往要加上他居住的地名，王朝的名称随之而来。

400 多年后，王位再次无嗣可传，还由旁系接任，格吕克斯堡王朝诞生，该王朝延续至今。当今的玛格丽特二世就是第五代君主，而英国女王伊丽莎白二世的丈夫菲利普亲王和西班牙王后苏菲都是奥尔登堡王朝的后人。

在奥尔登堡王朝统治期间，欧洲开始流行名为"黑死病"的瘟疫，丹麦人口锐减。在对瑞典进行镇压惨遭失败后，瑞典脱离了丹麦的统治，宣布独立。之后，丹麦又与瑞典展开了拉锯式的战争，均以失败告终，让瑞典趁机抢走了挪威的统治权。卡尔马联盟正式结束。从此，丹麦王国开始衰落。

19 世纪中期，欧洲各地爆发民主革命，冲击着欧洲封建专制制度的统治。丹麦王室，于 1849 年主动废除国王统治权，改为了君主立宪制，从而使古老的王室得以保留。让人震撼的是，丹麦王朝虽然经历王朝更迭，但仍然保持了血统千年至今不变的辉煌历史。

第一和第二次世界大战中丹麦保持中立，但还是遭到德国占领，直到 1945 年才重获自由。

📍 从大海归来

📍 吉菲昂女神雕塑

　　站在喷泉边，被眼前夸张、豪迈的雕塑形象惊呆了。只见女神挥鞭执犁，深情果敢，动作刚健，驾驭着四头壮牛，奋力耕耘。再看那四头壮牛，双目睁圆，牛筋绷直，奋力蹬蹄，势不可当。从犁铧片和牛鼻中喷出的水线，如同翻飞的泥花落入池中。对面两只巨蟒喷出水柱射向铜牛。

　　整座雕塑，气势磅礴，蔚为壮观。在展现力量之美的同时，还隐藏着一段动人的故事。

　　传说很早以前，丹麦没有自己的土地，吉菲昂女神就向瑞典国王求情，希望能赐给她一块土地。瑞典国王有意戏弄她，让她用一昼夜的时间填海造地，到时这块土地就送给她，女神没有退缩，随即将四个儿子变成四头神牛，开疆破土，在短短的一昼夜，用从瑞典挖来的土，造出了如今丹麦的西兰岛，而那个被挖下的大坑，就是今天的维纳恩湖。

● 市政厅

市政厅和它门前的广场原来是一片具有 800 年历史的集贸市场。1905年，当局者将市政厅建在这里。但是，历史的基因至今没有消失，每到傍晚，这里仍然是小摊小贩们的自由天地。

市政厅全部采用红砖砌筑。从建筑的外表看，既有丹麦的风格，也有意大利文艺复兴时期的影子。历经百年风雨后，墙面斑驳可见。

市政厅的钟楼高高耸立，被誉为"世界钟"的大钟就安放在这里，据说它由上万个零件组成，每 300 年误差仅有 0.4 秒。这种神乎其神的数据，令人不可思议。

市政厅的正门上方，镶嵌着一尊镀金塑像，他是哥本哈根的开创者阿布萨隆大主教。

走进市政厅后发现，大楼的屋顶采用天井式设计，二至三楼采用通廊式布局，给人一种通透明亮的感觉。四周有壁画、雕塑、吊灯、罗马柱，到处充斥着文艺复兴的元素。当看到丹麦的国旗时，才意识到这里的庄重和尊严。

在市政厅的一侧，看到了安徒生的铜像。这位鞋匠的儿子，经奋发努力，最终成为享誉世界的童话大王。游客们纷纷和他合影留念。基于职业的臆想，如能在旁边开设一个书店，专卖他的作品和纪念品，并加盖纪念章，那生意一定火爆。

回到广场，看到一尊圆柱顶

📍 安徒生铜像

267

上有两个海盗吹号的雕塑，难道是纪念祖先海洋大盗的海盗文化？还有那座龙牛搏斗的雕塑喷泉，又在传递着什么？知识的贫乏限制了我的想象。

● 阿美琳堡王宫

在王宫广场上，有四幢建于 18 世纪长相一模一样的建筑，围成了一个八角形，所以有人也管这里叫"八角广场"。

想当初，弗雷德里克五世把这块土地赐给了丹麦的四大家族，要求他们各建一处外观相同的建筑，并在广场中央为他建造一尊骑马铜像。后来王宫遭到了火灾，国王移驾到此，这里就变成了王宫所在地，一直延续至今。每当女王在宫时，楼顶会升起丹麦的国旗。

来阿美琳堡王宫参观，一定不要错过中午 12 点皇家卫队的换岗仪式。卫兵

> **知识点**
>
> **洛可可风格**
>
> 　　它起于法国，是 18 世纪流行的一种装饰艺术风格。如果说巴洛克是"土豪"的话，那么洛可可就是一种小资情调。
>
> 　　洛可可风格的特点是典雅、精致、明快，同样主张不对称。在崇尚自然的理念下，喜欢用贝壳等自然界的一些东西进行装饰。喜欢用淡雅柔和的色彩，以人类的情爱为表现内容。它的代表人物是法国的艺术大师布歇。

们按照口令，变换队形，并玩起了花式持枪，很有仪式感。特别是卫兵头上那顶毛绒绒的高筒帽，一下子把你拉回到了 19 世纪。

广场正对面是弗雷德里克大教堂，采用大理石建造。巨大的穹顶内，有十二条放射线，射线中绘有耶稣的十二门徒肖像，构思精巧，有震撼之感。教堂外的栏杆和底座上，有 32 座圣经中的人物和神职人员的雕像，给教堂增添了更多神秘的传说。

从阿美琳堡王宫广场到新港，步行也就十几分钟的时间。

● 新港

新港是一条人工开凿的运河，修建于 17 世纪，波罗的海的海水通过河道被引到了城市的中心。

来到岸边，那些彩色的小船，彩色的阳伞和五彩斑斓的建筑，让我身

临童话世界。沿河两岸，开设了各种商店，一片繁华热闹的景象。这座最早的水手乐园，如今变成了哥本哈根的市民放松心情、消磨时光的好地方。

经导游指点，看到了色彩鲜艳的新港码头 20 号公寓，它是安徒生曾经居住的地方，他的第一部童话就诞生在这里。

离开新港，愉快而浪漫的北欧之旅宣告结束。下午将乘坐卡塔尔的航班返回北京。

知识点

购物

　芬兰刀和防寒帽，瑞典的玻璃制品，挪威的手工艺品，丹麦的琥珀等。

📍 新港一瞥

06

飞越波斯湾，飞到非洲南

凌晨一点十分，从北京乘坐的阿提哈德航空公司 EY889 航班腾空而起，经阿布扎比飞向了地球的另一端——南非。

这是一次激动人心的旅行。一想到那神秘的非洲世界，狂野的非洲草原，少年时遥不可及的梦幻之地——好望角，以及高楼林立、富商遍地、创造众多世界第一的沙漠之都——迪拜，一颗好奇的心就犹如脱缰的野马……

遇见
世界
Meet the World

南非 *South Africa*
一个令人神往的国家

　　南非，地处南半球，非洲大陆的最南端，面积略大于内蒙古自治区。东、南、西三面被大西洋和印度洋环抱，北面与纳米比亚等国接壤。它是非洲仅次于尼日利亚的第二大经济体。最奇妙的是它有三个首都，世界唯一。

　　南非，既有非洲的狂野，又有欧洲的高雅。生活在这里的不同种族给它带来了多样的文化，而它独特的地理环境，又使它呈现出多彩的世界。正像南非图图大主教所期望的那样，一个"彩虹之国"正在走向世界。

国家档案

全称：南非共和国
人口：约5900万（2020年）
面积：约122万平方千米
行政首都：茨瓦内（比勒陀利亚），政府所在地。
立法首都：开普敦，议会所在地。
司法首都：布隆方丹，最高法院所在地。
民族：以祖鲁族等9个部族黑人为主，约占80%。
　　　　阿非利卡白人（荷兰和英国后裔）约占9%。
　　　　其余为混血和亚裔人种。
语言：英语、阿非利卡语、祖鲁语等。
货币：兰特
宗教：基督教为主
经济：人均GDP 6994.2美元（2021年）。矿业、制造业、农业、服务业为它的四大支柱产业。
气候：以热带草原气候为主，沿海为地中海气候。南非也有四季，与中国正好相反，冬无严寒，夏有酷暑。

约翰内斯堡

一觉醒来，舷窗外还是一片漆黑。空姐端来了精致的西式早餐。这时，飞机跨越波斯湾，落在阿布扎比转机，又经过 8 个多小时的漫长煎熬，终于落在了南非的第一大城市约翰内斯堡。

走进机场大厅，满眼都是人，一个从未见过的非洲世界已经悄然来到了身边。

约翰内斯堡，坐落在南非东北部的法尔河上游。它是南非最大的城市，也是豪登省的省会城市，面积 269 平方千米。

1886 年建城，随着黄金大量开采，城市规模由小到大，发展迅速，被冠以"黄金之城"的美名。

让人意想不到的是，就是这样富有的城市，由于黄金实行了机械化开采，导致大批当地人失业。这些人每天无所事事，游荡在大街小巷，造成抢劫等案件频发。

黄昏时，来到一个高墙大院式的酒店。只见大门紧闭，双人持枪把守，犹

秒读历史 READING HISTORY

南非的近代史，就是一部殖民史。

这是一场躲不过的殖民侵略。1487 年，葡萄牙人在躲避一场海上风暴时发现了好望角。很快，这个重大的消息传到了荷兰人的耳朵里。他们通过长期准备，终于在 17 世纪中叶，凭借发达的航海力量，强登好望角，霸占开普敦，以此作为东去印度洋的一个物资补给基地。而那些手握长矛的当地黑人，在洋枪洋炮的镇压下，被迫变成了殖民者的奴隶。

荷兰人为了能长期统治下去，漂白了自己侵略者的身份，最终形成了"布尔人"的荷裔族群。从此，一场殖民者对当地黑人的百年统治正式开启。

18 世纪末，英国人曾一度闯进了开普敦，后因本土受到拿破仑的威胁，便匆匆退去。

19 世纪初，早已对南非垂涎三尺的英国人，再次挥师南下，占领了开普敦。并利用 1814 年召开的维也纳和会，以 600 万英镑的补偿，从荷兰人手中获得了开普敦的殖民权，为统治该地区披上了"合法"的外衣。

英国人占领了开普敦后，不想受欺的布尔人被迫赶着牛车，开始了南非历史上著名的大迁徙。他们一路向北，边走边打，终于到 19 世纪中叶，通过一场"血河战役"，打败了祖鲁人，

—————— 知识点 ——————

购物

　　钻石黄金成色好，鸵鸟画蛋有木雕。
　　买酒就买红葡萄，化妆不忘芦荟胶。

如进入了军事要地，一股紧张的气氛骤然袭来。当走进里边，看到花园般的环境和一排排漂亮的客房时，心情一阵轻松。于是，四位老朋友，坐在舒适的房间里，几根牛肉干，一瓶花雕酒，碰杯中期待南非第一个黎明的到来。

南非比北京时间晚 6 个小时。经不住时差的干扰，凌晨三点多就醒了，辗转反侧，直到天亮。

早晨外面的风很大，有点深秋的感觉，拍了几张照片，赶紧钻进餐厅。

早餐后，中巴驶出酒店的大门。不一会，高速公路边出现了大片贫民区。这些用废木、铁皮搭建的小房子，七高八低，一片残破景象。好在他们的水电都由政府免费提供。每

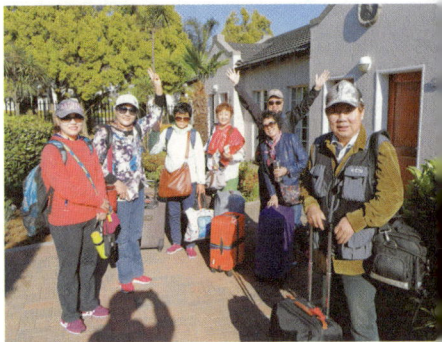

📍 迎来南非第一缕阳光

后来在当地建立了两个新的政权，一个叫德兰士瓦共和国，一个叫奥兰治自由邦。后来，英、布（荷裔）两拨殖民者打了起来，被打败的英国人承认了对方的独立。

到了 19 世纪 70、80 年代，布尔人的地盘上发现了钻石和黄金，第二次英布战争烽烟燃起。三年后，英国人吞并了布尔人的两个政权，把世界最大的金矿揽入怀中。1910 年，英国人转变思路，把布尔人视为统治南非的合伙人，将德兰士瓦和奥兰治与其他两个自治州（开普敦、纳塔尔）合并组成了南非联邦。至此，英国人完成了对南非的全面控制。

转眼到了 1948 年，由布尔人组成的南非国民党上台执政，开始推行种族歧视和种族隔离制度，遭到南非黑人的极力反抗，黑人领袖曼德拉因此被当局监禁，在狱中度过了漫长的 27 年。

1961 年 5 月 31 日，南非退出英联邦，成立了权力仍由布尔人掌管的南非共和国，继续推行种族歧视和种族隔离政策。

1989 年，时任总统德克勃克，仕国际舆论的压力下，释放了曼德拉。1994 年，在不分种族的选举中，曼德拉成功当选总统，这是南非历史上一件重大的历史事件。从此，种族歧视和种族隔离政策被彻底废除，南非进入了一个全新的时代。

当黑暗来临时，那星星点点的光亮就是他们生活下去的希望。

三个多小时后，一座由荷枪实弹警卫把守的、茅草搭建的大门出现在眼前，我们来到了比林斯堡野生动物保护区。

• 比林斯堡野生动物保护区

保护区占地 500 多平方千米，在南非仅排第四位。

这是一次走进非洲草原，近距离去看野性十足"非洲五霸"（狮子、豹子、大象、野牛、犀牛）的探险活动，大部分人毅然选择了乘坐敞篷汽车。

进入管控区，神经很快紧绷了起来。开车的黑人司机非常专业，在他的带领下，敞篷车从柏油路拐上了砂石路。所有人的眼睛都在盯着路边的灌木丛，唯恐饿疯的狮子冲出来扑向汽车。观望中，抢坐在外边的女人，有点害怕，赶紧求人调换座位。有一个同行的小妹妹，把头包裹得只剩下两只眼睛。突然间，右边有人发出了尖叫，还真以为狮子扑上来了，原来是几匹角马在树丛中晃动。角马的长相很古怪，有点"拼接"的感觉。牛的头，羊的胡须，马的身子，黑油油的皮肤很健壮。每年旱季时，数十万只角马就要集体大迁徙，场面蔚为壮观。

不一会儿，左边又发出了呼喊，前方的草原上出现了一群斑马。清晰匀称的黑白条纹，非常漂亮。马群中，有的昂头放哨，有的低头吃草，

健壮的角马

只供人类欣赏，不为人类服务的非洲斑马

两只张望的羚羊

非洲一霸——犀牛

几匹调皮的马驹在草地上撒欢。这种非洲独有的马科动物，由于脾气暴躁，至今不能被人类驯化。正在这时，一只受惊的野猪从车前夺路穿过，司机的一脚刹车，让车上的人又虚惊一场。

草原上的野猪生性警觉，为了防止被偷袭，它们在入洞时倒退着走，出洞时要百米冲刺。

随着汽车的深入，三五成群的羚羊进入了视线。它们边走边警惕地四处张望，只有可爱的小羚羊一点都不害怕，在它的父母面前不停地蹦跳撒娇。前方有一只长颈鹿，在树林中伸出高高的头，有一种傲视天下的姿态。

时间过去了大半，人们的情绪开始放松。这时，司机接到了同伴无线电的呼唤，迅速把车开到一棵大树前，用中文喊到"犀牛！""犀牛！"，全车的人神经再次绷紧。左边的树林中，一只庞大的犀牛卧在树荫下纹丝不动，黑人司机下去轰它，它却爱搭不理。虽然有点扫兴，但总算见到了"一霸"。

两个小时过去了，其他四霸不见踪影。返回途中，看到一头湖中洗澡的大嘴巴河马，填补了少许的遗憾。

保护野生动物是人类文明的一大进步，对于生活在保护区的动物，这里就是它们的天堂。

● 太阳城

这是一个又好听又响亮的名字。它紧挨比林斯堡野生动物保护区，距离约翰内斯堡也就 190 公里的路程。是南非富豪梭尔·科斯纳在 20 世纪 70 年代打造的一处非洲最奢华的娱乐度假胜地。

遥想当年，这里曾是一座繁华的城市。后来被地震和火山岩浆夷为平地，从此成为南非人心中挥之不去的"失落之城"。直到太阳城的诞生，才使得这块不该消沉的土地，重新发出耀眼的光芒。

如今，站在"时光之桥"一端，感受桥面晃动带来的震感，体会到设计者为了纪念那段灾难所表达的良苦用心。对面乱石堆砌成的红色崖壁上，隐现出大象、豹子、狒狒的图案，似乎在告诉人们，那场地震也给自然界的动物带来了灭顶之灾。回首再望，那座群猴托盘的喷泉，清流四射，一

太阳城的守护神

阳光下的美少女

种不屈的精神浮现眼前。最让人震撼的是，两边高大威猛的大象雕塑，像守护神一样，守护着这里的一草一木。

气度不凡的太阳城，是一个荒野中巧夺天工的建筑奇迹。它把人工造景与大自然完美契合，营造出一种原生态氛围中的奢华。这里有富丽堂皇的皇宫酒店，有疯狂下注的豪华赌场，有全球最大人造海浪的海滨浴场，有绿草茵茵的高尔夫球场，有自建水库、自建轻轨，还有许许多多让你应接不暇的娱乐项目。设计者通过建筑、雕塑等艺术手法，把非洲的粗旷和欧洲的典雅，一并呈现在人们的面前。商家用娱乐满足人的欲望，用美食勾住你的胃口，最终达到了你不来也想来，来了一定不会后悔的消费境界。

在太阳城举办的世界小姐评选总决赛，更是让这里名扬全球。

天空突然下起了大雨，只好站在赌场的门前避雨。里面赌客满满，而眼下的自己，就是一个有赌性没赌胆的过客。

雨过天晴，乘车前往今晚下榻的茅草屋酒店。

酒店坐落在茂密的森林中，一座座由茅草覆盖屋顶的建筑，有点儿像非洲的原始部落。

其实，这是一家高档型生态酒店。它用简陋的茅草顶，粗糙的石板地，简易的木头家具，还有那盏蝙蝠式的壁灯等，都体现了一种原始、朴素的风格，让客人有一种身临原始部落的

知识点

注意

少带现金多刷卡，危险区域少溜达。
小包相机胸前挂，要过马路少说话。
酒店物品要细查，摘花折柳要受罚。
洗浴切记防打滑，回国不带大象牙。

感觉。最让人舒心的是，房间的用品应有尽有，
床品和洁具都是星级酒店的标准。

这些茅草屋，造型各异，而且都有木栅围
成的小院。所有的空间，除了客房和小道，全
部被各种绿色的草木覆盖。树丛中隐藏着许多
动物的塑像。走路时稍不留心，就会让你大吃
一惊。沿着弯弯曲曲的小路走去，小湖幽静，
小溪哗哗，水车转动，一幅自然生态美景。它
和内蒙古的蒙古包，陕西的窑洞客房，有着同
工异曲之妙。

是酒店，还是部落民居？

晚上的百兽宴是非洲招牌大餐。对于喜欢吃肉的人来说，绝对是一次
千载难逢的好机会。

当你兴冲冲地走进餐厅，马上会被眼前的情景所迷住。首先是那个巨
大的垂直圆形烤炉，四周挂满了各种烤肉，肉中渗出的油不断地滴在火苗
上，发出滋滋的声音，使整个大厅弥漫着一股焦香的气味。再看四周，以
动物为主题的标本、雕塑、绘画随处可见。一名吉他手扭动着身躯，用琴
声欢迎远方的客人。而那些身着白衣的服务员正在有条不紊地穿行在各个
餐桌之间。一顿不寻常的非洲大餐已经让我们急不可待。

长条形的餐桌上，摆满了小菜、黄油、面包、啤酒和调味品。刚喝完
汤，烤肉就来了。只见服务员拿着一条烤好的牛腿，一边为客人削肉，一
边还笑嘻嘻地喊出"爸爸""妈妈"的中文单词，逗得大家非常开心。纷纷
端起南非啤酒，一阵"切尔斯"，互祝平安。

紧接着，猪排、鳄鱼肉和鸵鸟肉纷纷登场。见此情景，什么"三高"
通通忘得一干二净。吃货们一直尝到见了烤肉不是摇头就是摆手，最后也
没搞清究竟吃了多少种烤肉。正所谓：宁可肚子疼，也不想嘴受穷。

这是迄今为止吃过最丰盛的一顿烤肉。但有一点想不明白，这"兽"
从何来？为啥同样是动物，只要带个"野"字就能受到保护，而被圈住喂

养的，怎么就变成人家的桌上餐呢？

在昏暗的灯光下，七拐八拐找到了自己的"家门"，打开原始的锁具进入房间，在蝙蝠灯的陪伴下，写下了一天的日记。

清晨还是如约而至。酒店园区的鸟鸣声开始送别来自东方的客人。

比勒陀利亚

比勒陀利亚，也叫茨瓦内，位于南非的东北部，是南非总统府的所在地，历史上曾是布尔人德兰士瓦共和国的首都。1855 年建城时，布尔人用自己的领袖比勒陀利乌斯的名字命名。直到 2005 年，为消除种族隔离政策的烙印，恢复了原来的名字——茨瓦内。

📍 紫薇花开香满城

眼前的茨瓦内像一座大花园。层层叠叠的花草树木，装扮着殖民时期留下的一排排漂亮的欧式建筑。尤其是街道两旁茂盛的紫薇树，遮天蔽日，花香四溢，好像整座城市都在紫薇花的笼罩之中。

● 先民纪念馆

1949 年，身为荷裔的布尔人（又称阿非利卡人），深感自己祖先的伟大，便筹措资金修建了这座纪念馆。以此纪念从 1830 年开始，先人们从开普敦向内地大迁徙的这一历史壮举。

纪念馆巍然屹立在一座小山上，外墙的花岗岩雕满了带有牛车的图案。在大迁徙的过程中，牛车既是他们的交通工具，又是阻挡外敌进攻的屏障，更是繁衍生存的摇篮。

布尔人的领袖和一位无名英雄被塑造在纪念馆的四个角上。而那尊母子雕像，是为

📍 布尔人心中的"圣殿山"

让后人记住妇女在大迁徙中做出的特殊贡献。

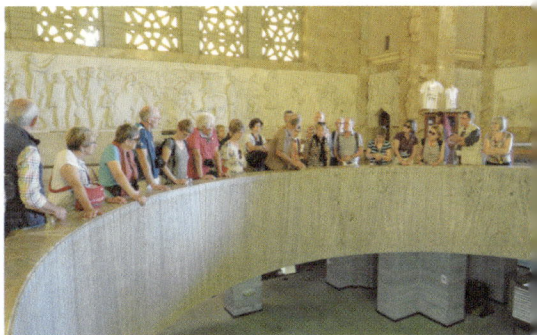

看表情，有点像布尔人的后代

大厅里，一幅长长的大理石浮雕如同一部历史的长卷，再现了当年大迁徙时的艰难场景。让人震撼的是，每年12月16日（血河战役纪念日）午时，一缕阳光就会从穹顶的斜孔中射向地下一层的石棺，这石棺是所有在大迁徙中死去的先民灵魂聚集的象征。来自各地的布尔人的后裔，都来此见证这一时刻。

地下展厅还展出油画、刺绣、蜡像和其他文物等。

先民纪念馆，黑人拒绝参观，还经常发出拆除的呼声。但在曼德拉的宽容下，保留至今。

离开先民纪念馆，来到了比勒陀利亚市中心的教堂广场。说是出于安全考虑，不能下车参观，只得随着中巴车慢慢绕广场外观了起来。

广场的四周，有教堂、市政厅、自然博物馆等一些欧式建筑。一尊德兰士瓦共和国首任总统保罗·克鲁格的雕像屹立在那里。这座城市的创建者比勒陀利乌斯父子的雕像摆放在市政厅的门前，在他们身后，是建城前黑人酋长茨瓦内的塑像。

这天是星期六，从广场到街口，行人很少。三三两两的行人，梳着满头的小辫，厚厚的嘴唇涂满了口红，谈笑间露出一排雪白的牙齿。她们穿着时尚，打扮得有模有样。还有一些身体强壮的行人，脸上散发着黑亮的光泽，一头寸卷，显得干练精神。无

街头的行人

论男女，都有一双炯炯有神的大花眼。

广场周边停放了大量的黑车。在政府的默许下，它们反倒成为维持城市运转的主力军。这里允许小商小贩兜售商品，广告也可以随意张贴，对做生意的宽容度超乎了中国人的认知。

从广场望去，一条整齐宽广的教堂大街向总统府延伸，大街两旁不同建筑特色的各国使馆，给这条街增添了非同寻常的神秘色彩。

● 总统府

坐落在比勒陀利亚城边小山上的总统府，是建于 20 世纪初的一座气势恢宏的欧式花岗岩建筑，当地人称它为联合大厦，因为总统府和政府机构都在这里。远远望去，红黄相间的大楼，庄重对称，半圆形的造型，像一个巨人敞开的胸怀，展现出博大包容的气度。

正前方，是一座下沉式的阶梯花园。花园里放置了各种人物雕像和纪念碑。在一战纪念碑的顶上，两位勇士驾驭着一匹昂首奋蹄的烈马，象征英勇的南非战士。

中轴线的广场上，伫立着南非总统曼德拉的巨型雕塑。他脚踏祖国大地，奋力张开双臂，仿佛在拥抱和平，迎接南非美好的未来。

尽管这里是庄严的总统府广场，但小商小贩随处可见。有一个非常机灵的黑人小伙，为了招揽照相生意，见到中国游客，手舞足蹈，不停地说着"老公""老婆""茄子"等汉语单词，成了总统府广场上的一大笑点。

接下来参观了一家犹太人开办的钻石加工厂。晚上返回约翰内斯堡。

🔖 南非最高权力中心

🔖 他笑起来很美

282

开普敦

开普敦，南非的立法首都，西开普省的省会城市，是南非的第二大城市，也是世界著名的旅游城市。曾有人这样说，没有好望角就没有开普敦，没有开普敦就没有现在的南非。

从开普敦机场出来，直奔第一个景点信号山。

● 信号山

信号山海拔 300 多米。与桌山、狮头峰、魔鬼峰一起组成了桌山风景区。

传说，当年西方的商船炮舰，进入这片港湾时，值守的人员就会在这座山上发出预警信号，从那以后，信号山的名字就一直流传下来。直到现在每天中午十二点，山炮轰鸣，让信号山不虚此名。

站在平缓的山顶，远望浩瀚的大西洋，心潮起伏，感慨万千。这片占据了地球表面积近 20% 的海洋世界，为人类进化和文明进步做出了巨大的贡献，几万年后仍然初心不改。近看海湾中的开普敦，城市建筑密密麻麻地像无数块彩色积木堆集在一起，和世界许多依山傍水的地方一样，山是它的靠，水是它的命。

从信号山看桌山，就像看一座巨大古堡的围墙。它深蓝色的外貌，拔地而起的雄姿，云雾缭绕的仙境，拨撩着游客一冲到顶的欲望。

● 桌山

也不知何年何月，非洲大地上出现了火山运动，地壳受到剧烈的挤压，最后一座高达 1087 米的大山拔地而起，它就是跻身世界新七大自然景观行列的桌山。

桌山的山顶长 1500 米，宽 200 米，平坦的像一张巨大的桌面，云雾降临时，仿佛一块白白的桌布铺在了山顶上，从峭壁倾泻而下的流云如同下垂的布帘。如此神仙般的景象，被当地人称为"上帝的餐桌"。

登桌山，还得靠运气。它每年二分之二的时间被云雾缠绕。今天非常幸运。刚才桌山上还被云层覆盖，等来到它的脚下时，刚好云开雾散。

上桌山的缆车建于 1926 年，当时全世界仅有两部，圆形的车厢可以

📍 桌山风貌

📍 桌山之花

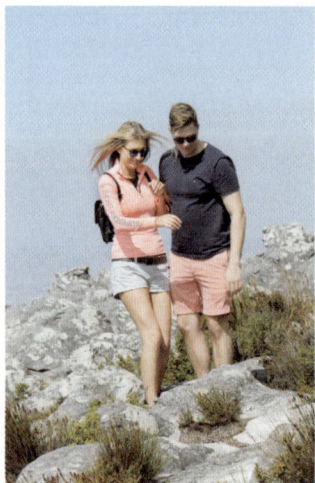
📍 桌山上的情侣

360° 旋转，游客可以进行全景式的观赏，感觉非常的爽快。

湛蓝的天空，云翻雾腾，犹如站在天上人间。一会儿，伸手能触摸白云的脸颊；一会儿，全身被融化在白云之中。此刻，多想让时光定格在这里，享受这种飘飘欲仙的感觉。走在这片荒凉的世界，到处是万仞绝壁，怪石嶙峋，仿佛来到了另一个星球。

让人惊奇的是，岩壁上石缝中，那白的如丝绢，红的像火焰，黄的似蜡染的各种野花，以顽强的生命力悄然绽放，把最美的容颜留给了桌山，也呈现给远方的客人。

山上还生活着一种小岩兔。毛茸茸，胖乎乎的，蹲在石头上四处张望。还有几只小蜥蜴从容不迫地在石缝中窜来窜去，见到游客都没有一丝的恐慌。

前边一块巨石上，一对情侣情不自禁地上演了一幕终身难忘的高山热吻，另一对情侣站在悬崖边拍照，看得人惊心动魄。这时，一对非洲姐妹邀请我合影，一张中非两种肤色的合影定格在桌山上。

从桌山向下望去，浩瀚的大西洋变成了江河湖海。山脚下的开普敦，如同一片散落的彩色石块堆在了海边。远处的海面上，隐约看到一座孤零零的小岛，它叫罗本岛，曾经是南非统治集团关押黑人反抗者的地方。著名的黑人领袖曼德拉就在这里被关押了近二十年。沧海桑田，世道翻转，这里现在已经变成了世界文化遗产。邻近海边，还有一座庞大的圆形建筑，是南非著名的"绿点球场"，2010 年，第十九届世界杯足球赛就在这里举行。

　　碎石铺成的山路上，游兴未尽的姐妹们，舞动纱巾，跳起了陕北的秧歌舞，引来了外国游客的围观。或许这是中国陕北秧歌舞第一次登上南非的桌山。不知是否可以申请吉尼斯世界纪录呢？

📍 秧歌扭在桌山上

　　假如等到日落大西洋，我想一定会看到海蓝蓝瞬间变成金灿灿的梦幻美景。假如等到满天星光，就一定会看到火树银花在海面上绽放。

　　桌山脚下，是风景迷人的豪特湾。巍峨壮观的十二门徒山就在眼前。

　　关于十二门徒山，曾经有这样的传说：当年欧洲的航海人途经这里遭遇风暴，生命垂危，他们赶紧祈祷上帝来拯救，就在这时，云雾中闪现十二座山峰，顿时，海湾风平浪静，遇险者转危为安。后来，这十二座山峰就被人们称为十二门徒山。

📍 云缠雾绕半遮面的十二门徒山

　　开普敦其实就是一座欧洲城。无论街道的规划，建筑的样式，还是城市公园的布局，到处能看到西方风格。

● 街心花园

　　它最初是荷兰东印度公司的一家私人花园。花园主人的名字叫塞西尔·罗兹。

　　走进花园，古树参天，绿草青青，五颜六色的鲜花把这里点缀的优雅漂亮。园中，跳跃的松鼠，飞落的鸽子，给花园增加了一种灵动。有几个

老顽童与小球童

非洲人对着一棵大树，不停地磕头倾诉。草坪上，一对白人青年在举行婚礼，围观的亲朋好友为他们送上鲜花和祝福。

最让人兴奋的是，一个三岁的非洲小孩，在父亲的指导下，正在操场上踢球。看他一招一式透出的那股机灵劲，将来一定是"绿点球场"的球星。受到感染，中国的爷爷奶奶们纷纷入场与他踢球。面对这些陌生的外国大人，他没有丝毫的怯意，反而兴趣更浓。他扭动着翘起的小屁股追球的样子，惹得大家笑声一片。

临别时，他没有马上吃奖励给他的中国牛肉干，而是小心翼翼地装进了小裤兜。再见了，可爱的小球童！

花园里，看到了南非最大的芦荟树王。这棵老树，主干粗壮，枝干发达，苍翠茂盛，胜似一盆巨大的盆景，颠覆了我对芦荟最初的认知。

花园的周围有著名的乔治大教堂、议会大厦、国家博物馆、图书馆等建筑，都是清一色的欧式风格。它们是今天的开普敦人的财富，也是搬不走的殖民见证。

开车的黑人司机来自津巴布韦，名字叫乔治。他身材高大魁梧，皮肤油光发亮。毫不夸张地讲，他是我一路走来见到非洲人中的大帅哥。

第一次和他见面时，他就用中文喊出了"帅"字，同时伸出了两个大拇指，搞不明白他在夸谁。更有趣的是，他每次和女游客合影时，笑得很灿烂；和男的合影时，表情变得一本正经起来。

一路上，"帅"声不断。一句"帅呆了"，被他反复背诵。由于我坐在驾驶室的左面，他只要看到我满头大汗，立马就会开启空调，看到我举起相机时，车速马上放缓。有一次，当我用手比画前挡风玻璃上有鸟屎痕迹，第二天玻璃被擦得干干净净。对乔治唯一能回报的是内蒙古的牛肉干。他边吃还没忘说"帅呆了"三个字。导游用英语逗他说："他要把你带回中国，你愿意吗？"他不假思索地说出了"愿意"，并且做了一个卖萌的表情，逗得大家都乐了。

早晨的开普敦，天气晴朗。街道两旁一幢幢现代化的建筑，改变了我对南非城市建设陈旧的印象。随着太阳的升起，上班族渐渐多了起来。这些年轻的黑人打扮时尚，显得从容自信，步履匆匆奔向了各个街区。

开普敦的早晨

● 好旺角

远处的桌山，被云雾笼罩。汽车驶向心心念念的好望角。

好望角是我第一个知道的非洲地名。这段延续到海里的岬角，低缓处像半个身子趴在海岸的一条大鳄鱼。它地处大西洋和印度洋的交汇处，常年风高浪急，被当地人称为"风暴角"。1487 年，一支由葡萄牙航海家迪亚士率领的船队，在寻找去往东方的黄金水道时，曾在这片水域遭遇了狂风巨浪，幸存下来的船队被推到了这片海湾，这是欧洲人对好望角的最早发现。后来，在葡萄牙国王的授意下，将它改称为"好望角"，希望能给南下印度洋的船队带来好运。再后来，欧洲各国的船队纷至沓来，这里就变成了当时最繁忙的海上运输线。300 多年后，随着苏伊士运河的开通，往日的光环逐渐消散。

时至今日还有许多人误认为它是非洲大陆的最南端，其实，最南端是离它还有 140 多千米远的厄加勒斯角。

从开普敦到好望角，只有 50 千米的路程。这里是一片典型的非洲草原，上百种动物和上千种植物在这里繁衍生长。1939 年，被南非政府设为保护区。

来到了好望角，几十年的梦想终于实现。沿着一条崎岖的山间小路，登上了山顶。远远望去，茫茫大海，分不清哪儿是大西洋哪是印度洋。当

📍 好望角下听涛声，海风中吹飘纱巾

📍 任凭东南西北风，乱石丛中仍从容

📍 你拦车我放哨，全家上路来讨要

大西洋的寒流和印度洋的暖流碰撞时，海面上掀起了一波又一波的巨浪，像一排排冲锋陷阵的士兵，前赴后继地冲向了岩石。刹那间，海浪滔天，浪花飞溅，雾气升腾中发出了隆隆的怒吼声。面对如此壮观的场面，男人们放声呼喊，抒发心中的豪放。女人们飘起了红色的纱巾，留下激动人心的画面。

好望角右边的海滩，是一片被海浪冲刷打磨掉棱角的卵石滩。五颜六色的卵石上面缠绕着被海浪冲来的海带。清凉透明的海水此时安静了许多。不知何方高手，非常巧妙地利用物体的平衡原理，垒起了一座又一座造型别致的小石塔，像从天而降的使者遥望着大海，祈望远航的人们平安吉祥。

离开好望角时，我还是很不舍地回头一望。

中巴继续飞驰在保护区，路边出现了一片又一片的"多肉花"，还有一种"沙漠干花"，像人工做出的白色绢花。当然，最让人提神的是南非的国花"菩提花"。因它姿态高雅，久开不败，属花中之王，所以给它取了一个霸气的名字——"帝王花"。

突然间，司机踩住了刹车，原来是一群狒狒挡住了去路，一看就是个拖儿带女的大家庭。它们分工明确，各司其职：有的蹲在路中挡道，有的跳上树枝放哨，有的直接爬在前面的小车玻璃上向你讨要。

在南非，人和野生动物和睦相处，但是有一点很明确，不许给他们随意投放食物。对峙了十几分钟后，狒狒们没有一点收获，只好在老大的统领下悻悻离去。

狒狒是灵长类动物，成年的狒狒，体型粗壮，两眼深邃，雄性为灰色，雌性为棕绿色。雄性之间为了抢夺配偶、争夺王位，都要进行一场殊死的决斗。它们的天敌是豹子。

前方海边，是漂亮、典雅的西蒙小镇。独特的荷兰建筑风格使这里变成了旅游度假的打卡地。在它的旁边是南非的海军港口。

● 企鹅滩

企鹅滩位于西蒙小镇东面方向。最初在这里荷兰夫妇收养了两只因迷路落难的企鹅，后来这块海滩逐渐发展成为今天3000多只的企鹅繁殖基地。

这里生长的企鹅叫斑嘴环企鹅。身高60~70厘米，比澳洲的袖珍企鹅大了许多。因叫声如同驴叫，被人戏称为"公驴企鹅"。

它们喜欢群居，严格实行"一夫一妻制"，一年只产两枚蛋。海里的小沙丁鱼、凤尾鱼是它们最喜欢的美食。

企鹅有翅膀不能飞翔，可到了水里，那就是一对船桨；在陆地上行走时，它就成了稳定身体的平衡器。

沿着栈道走下去，发现灌木丛中有许多用塑料、木板搭建的小房子。这是人类为它们打造的安乐窝。

一只小企鹅站在岩石上，呆头呆脑地观望着来访游客，成为第一位被拍照的小明星。一对企鹅"恋人"摇摇摆摆在沙滩上散步，一会儿对视细语，一会儿互啄羽毛，亲昵的表现，十分可爱。

还有几百只小企鹅，慵懒地在岩石和沙滩上沐浴着阳光。还有不计其数的黑色亮点在海水里晃动，享受着这这份清凉。乖巧的企鹅，个个像身

📍 企鹅幸福的家园

穿燕尾服的绅士。一黑一白的衣服，一摇一摆的姿势，一萌一呆的表情，迷住了人类无数双眼睛。

告别了小企鹅，去看大海豹。

● 海豹岛

在开普敦一侧的豪特湾，有一座距海岸只有几百米的德克小岛，也有人叫它杜克岛。它由众多的礁石堆积而成。经过海豹们千万次的爬行，上面的礁石变得油光发亮。每到夏日来临，岛上就会挤满黑压压的海豹，成了海豹理想的栖息地。

📍 拥挤不堪的海豹岛

290

海豹是海洋里的哺乳动物。它既是潜水高手，能下潜 600 米，又是游泳健将，游泳时速能达每小时 27 千米。主要分布在南极和北极周围的温带海洋中。实行"一夫多妻制"，一年只产一仔。鲨鱼是它们的天敌。

在码头边，几只调皮的海豹探出头来，四处张望。圆乎乎、光溜溜的脑袋，特别招人喜欢。

十几分钟后，游船停在了海豹岛的附近。一眼就看到无数只海豹横七竖八挤压在那里，小岛变成了拥挤着海豹的小山。周围还有成百上千只海豹在海里上下翻腾，追逐戏水。好一个真实版的海豹王国。

● 康士坦尼亚酒庄

来南非，不喝南非红酒，那就是太没有把自己当回事儿了。

这种带有法国基因的南非红酒，当下，已和法国、澳洲红酒平分天下，享誉世界。

康士坦尼亚酒庄位于开普敦的郊区，已有 300 多年的历史，是南非最古老的酒庄农场。它生产的葡萄酒，是南非重要的出口商品，很受市场欢迎。传说拿破仑身陷囹圄时，还忘不了这一口。

酒庄火灾后重建时，仍保留了荷兰人的建筑风格。一条入场大道，被两旁高大的橡树装扮得很有气势，门前竖立的大酒桶是酒庄最亮眼的标志。山峦环抱中，一眼望不到头的葡萄树，成行成排，像一片绿色的海洋，场面蔚为壮观。

在欣赏眼前的美景的同时我也闻到了酒香，此刻的我已经迫不及待地要去大厅品酒。

坐在宽畅的品酒大厅，一股酒香扑鼻而来。每个团员都端着酒杯在兴高采烈地谈天说地，根本没人在意酒的味道。5 种不同度数的酒下肚，一位老友迷着眼睛说，"喝得有点儿上头"，旁边夫人逗他，"你还上房了"，小姨子逗姐夫更夸张，"不怕，一会儿上树吧"。惹得大伙儿笑成一团。

结束了南非愉快的行程，晚上从约翰内斯堡飞往阿布扎比。

夜幕降临，号称"五星航空"的阿提哈德航空公司的客机关闭了舱门。

阿联酋 *The United Arab Emirates*

一个富得流"油"的国家

　　阿联酋，位于阿拉伯半岛的东部，北边紧邻波斯湾，与伊朗隔海相望，东靠阿曼海，西北与卡塔尔为邻，西和南与沙特阿拉伯交界。

　　阿联酋是以七个酋长国组成的一个联邦国家。其中阿布扎比和迪拜实力最大。七位酋长组成的联邦委员会，是国家的最高权力机构。但它不是轮流坐庄，总统和总理分别由阿布扎比和迪拜酋长世代担任，各酋长都有自治权。这种独特的国家治理体系，全球独此一家。

　　多少年来，阿联酋人被沙漠逼到了海边，近一半的国土被沙漠覆盖，缺水少雨，生存艰难。殊不知，天无绝人之路。20 世纪 60 年代，沙漠中突然发现了石油，让这个国家彻底摆脱了贫困，从此，阿拉伯人用他们的智慧，在这片荒凉的土地上，创造出了沙漠神话。

国家档案

全称： 阿拉伯联合酋长国

人口： 约 930 万（2020 年）

面积： 约 8.36 万平方千米，其中阿布扎比约 6.7 万平方千米，迪拜约 0.4 万平方千米。

首都： 阿布扎比

民族： 阿拉伯人约占 12%，外族移民（以印度、巴基斯坦为主）约占 80% 以上。

语言： 阿拉伯语

货币： 迪拉姆

宗教： 伊斯兰教

经济： 人均 GDP 约 7.4 万美元（2021 年），石油、天然气、金融、旅游为支柱产业。

气候： 热带沙漠气候。一年分夏、冬两季。

迪拜

迪拜是一个"一半是沙一半是海"的酋长国。20世纪50年代，它还是一个海滨小镇，到了90年代，一跃成为世界瞩目的大都市，是石油为它打开了富裕的大门。

聪明的迪拜人，把从石油赚到的钱，用来请世界顶级的设计和建筑大师，盖起了让世界瞠目结舌的摩天大楼，创造了许多世界第一的纪录。当地曾有人说过"谁都不会记得第二个登上珠穆朗玛峰的人是谁"的名句，就是对这一现象的最好诠释。

面对资源逐步枯竭的现实，盖好房子后，他们开始大力发展旅游业、娱乐业、航空业。用栽好的"梧桐树"，来吸引世界那些腰缠万贯、为富一方的"金凤凰"。经过这一番的神操作，一个只有300多万人口的迪拜，再次让世界刮目相看。

走进迪拜，给人留下了第一印象的是阿拉伯民族的形象，男人们身穿白袍，头缠白巾，长得浓眉大眼，仪表堂堂，常把微笑挂在脸上，这种阿拉伯式的绅士风度，不输西方；而女人们身穿黑袍，黑纱蒙面，一双扑闪的大眼睛，显得神秘莫测。他们一白一黑的装束，简单、素雅，没有华丽和炫耀，也看不出高低贵贱之分，行走的身影，如同飘然而至的天外来客。

秒读历史
READING HISTORY

公元7世纪，阿拉伯帝国将该地区收入麾下。

公元16世纪起，葡、荷、法等西方列强相继入侵阿联酋，后被阿曼驱逐。后来阿曼出现内乱，阿联酋境内的各个首领，趁机自立，利用沿海的优势，干起了打家劫舍的海盗勾当。到19世纪初，英国入侵了这里，并摧毁了当地的海盗据点。

转眼到了19世纪末，各地首领联合在一起，建立了一个联邦制国家——特鲁西尔阿曼，并接受英国人的保护。

1971年12月2日，阿联酋正式宣布独立。

知识点

阿拉伯人

一般来讲，阿拉伯人是以阿拉伯语为母语的民族，且信仰伊斯兰教。追溯起源，他们的祖先是以游牧为生的闪米特人。后来，随着伊斯兰教的兴起和阿拉伯帝国的建立，一个以伊斯兰教为纽带，说阿拉伯语的群体出现在世界的面前。现在的阿拉伯国家范围包括北非、阿拉伯半岛及中东等广大地区。总人口数量超过了4.5亿（2011）。

腰缠万贯的迪拜人

迪拜城（车中拍摄）

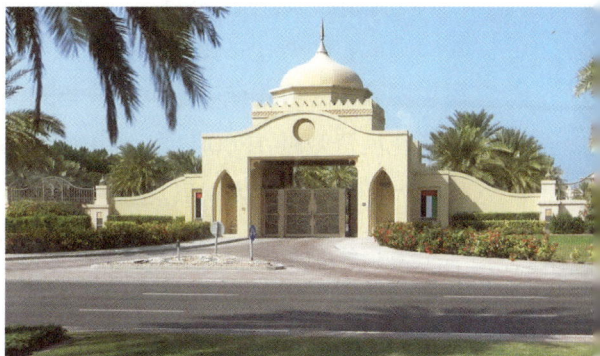
王室成员的住所

走进迪拜，高楼如同一片"森林"。每一栋楼都标新立异，长相出奇。有的高耸入云，有的扭曲向上，有的像出海的帆船，有的流光溢彩，有的梦幻无限……

假如有颈椎病的话，就来这里看楼吧。

一条条宽广的大道与高架桥连接在一起，构成了城市的立体交通网络，让那些豪车有了"上蹿下跳"的施展空间。而飞驰的轻轨，在带来便利的同时，也给人带来了仿佛在另一个星球旅行的快感。说满大街跑的都是豪车，确实有点夸张，说世界顶级豪车都能在这里找到，那是大实话。

现在正值迪拜的冬天，温度还高达 35℃。路边棕榈树的叶子，在太阳的炙烤下，有的卷起，有的枯黄。绿化带上的草坪，在高额养护费的支撑下，为这座城市送上了非常珍贵的绿色。

由于迪拜缺水，粮食和蔬菜大都要进口。在这里，1 千克的萝卜缨子能卖到 50 迪拉姆，约 90 元人民币。让人振奋的是，2018 年，袁隆平先生试种的沙漠海水稻在迪拜取得了成功。相信在不久的将来，有了中国智慧的加入，迪拜将再次书写沙漠的神话。

在迪拜，占据海岸线最好地段的是那些有权有势的王室成员，他们住的是二三层的别墅，每家高门大院，占地面积都很大，房子的外表全部为土黄色，看上去很低调且不显王室的张扬。

● 棕榈岛

棕榈岛是迪拜人豪掷 140 亿美元，在波斯湾打造的世界最大人工岛。从空中俯瞰，它像一棵巨大的棕榈树，因此取名为棕榈岛。

坐着轻轨上岛后，天气酷热难耐，在亚特兰蒂斯度假酒店前遛了一圈，就赶紧躲在棕榈树下乘凉。碧蓝的海面上，一道半圆形围坝将"棕榈树"团团围住，即将在这里建造水下酒店、购物中心、室内滑雪场、主题花园、写字楼等，另将建造向全世界发售的 2400 套带有私人码头的海景别墅，还准备花巨资栽种 12000 棵棕榈树来点缀岛上环境。届时，一个世界级的现代化大型娱乐、休闲、康居之都就会展现在世人的面前。

午餐是阿拉伯菜肴，有开胃汤、沙拉、甜点和一种鸡肉拌饭等。由于没有阿拉伯烤肉，饭菜感觉总体清淡。桌上的胡椒粉、番茄酱等调料都变成了摆设。

落日照海，朱美拉海滩上的那座享誉世界的帆船酒店，披上了金灿灿的光芒。

📍 棕榈岛上的亚特兰蒂斯酒店

> **知识点**
>
> **饮食**
>
> 阿拉伯国家有很多宗教禁忌，去当地旅游一定多注意。

● 帆船酒店

帆船酒店的官名叫阿拉伯塔酒店，建在了波斯湾的一座人工岛上。迪拜王储当初有一个大胆设想，要在迪拜打造一处和悉尼歌剧院比肩的建筑。最终在英国设计师的助力下，经过 5 年的建设，一座惊艳世界的七星级帆船酒店于 1999 年 12 月盛大开业。

按照王储的要求，酒店以 321 米、56 层的高度，超过了埃菲尔铁塔，满足了迪拜人"造神"的愿望。更让人惊讶的是，仅酒店装修就使用了 40 吨黄金。这种我行我素的大手笔又一次俘获了世界，让那些富豪名流纷至沓来。

走进酒店，就等于走进了奢华的世界。

♀ 举世无双的帆船酒店

♀ 迎宾大厅

迎宾大厅内，金光闪闪、富丽堂皇。两边巨大的金柱，在宛如星辰的灯光照射下，给人一种梦幻般的感觉。对面如行云流水似的喷泉随着灯光的变化，时而翻转，时而跳跃，一会儿呈扇面，一会儿变弧线，婀娜多姿，活力四射；尤其是地上的那块色彩艳丽的人地毯，与天花板上"天眼"的图案上下对应，让人浮想联翩。累了坐在沙发上休息，聆听潺潺流水声，喝一杯清凉的饮料，感觉十分惬意。

来到二楼，又是一座漂亮的葵花形状的喷泉。在迪拜人的眼中，水是胜过黄金的奢侈品。所以，在这种豪华的酒店，水不仅仅是一种装饰，更是一种炫耀。

在私人管家的带领下，走进了这间一晚上要花14000元的"黄金屋"。

客房分上下两层，共170平方米。一层是会客厅、洗漱化妆间，二楼为卧室。落地大窗的设计，让客人无论坐在沙发上还是躺在床上，都能看到外面蔚蓝的大海。特别有趣的是，大床上面的天花板，竟然镶嵌着一面金框大镜，这种超乎寻常的设计能让你轻松看到自己的睡姿。

既然被称为"黄金屋"，镀金就是它的一大亮点。大到楼梯扶手、电视柜，小到水龙头、门把手等都镀着黄金。房间内的用品也全部是世界名牌，就连化妆洗浴用品都是全套的"爱马仕"。

📍 漂亮的咖啡吧

在这套昂贵的"黄金屋"里，随处都能看到世界名家的油画，这高雅的文化品位，让房客体验了贵族般的生活。

据了解，酒店最豪华的房间是780平方米的皇家套房，每晚2.8万美元，听得都有点儿咂舌。酒店还有让你意想不到的服务：如果你想俯瞰迪拜的全貌，就去空中餐厅，一边品尝美味佳肴，一边远望脚下的繁华；如果你想看海底世界，就乘坐潜水艇来海底餐厅，端着酒杯和海鱼们来一次亲密的接触；如果你想举办空中婚礼或者打一场空中球赛，楼顶上的停机坪就有秒变的功能。在这里只有想不到，没有做不到，这就是迪拜。

酒店后边有一座海边游泳池。一眼

望去，无边无框，平镜般的水面感觉和大海连成了一片。

夕阳下，波光粼粼的大海，迷人的沙滩，花花绿绿的遮阳伞，柔软白净的躺椅，以及专人提供的服务，让作为访客的我享受了一次从未有过的富豪生活。

● 伊朗小镇

从繁华的都市，来到了宁静的古镇，仿佛在穿越时空。

这是一个百年小镇。1859 年，来自伊朗的商人到这里做生意。为了安身，他们就地取材，在用泥和海水搅拌时，加入了海草、海带、贝壳，然后制成土坯建造出这些土黄色的阿拉伯建筑。随着时间的推移，来的人越来越多，自然形成了一个商贸小镇。当时，伊朗人给它起一个名字——巴斯塔其亚。但当地人只管叫它伊朗小镇。

后来，由于石油的开发，小镇的生意受到了冷落，伊朗商人开始撤离，昔日繁华的小镇逐渐萧条。如今随着当地政府旅游战略的实施，小镇重新热闹起来。世界各地的游客来到这里，探寻这个沙漠小镇的前世今生。

● 迪拜博物馆

这次来迪拜，怀着极大的兴趣参观了由古城堡改建的博物馆。简易的展室内，当年迪拜人小船谋生、打井取水、柳编围墙、马灯照明等生活场景历历在目。因为天气炎热，迪拜人还发明了一种阿拉伯式的空调——通风塔，在当时起了很大作用。

在其他的展厅，博物馆通过视频、图片、塑像、实景等表现手法，采用声、光、电技术，向游客展示了 1930—2000 年迪拜发展的历史进程和阿联酋建国多年来的发展轨迹，尤其是石油的开采成就了阿联酋的繁荣。

● 哈利法塔

哈利法塔也叫迪拜塔。它以 828 米、162 层的高度荣登世界第一高楼。迪拜人用 15 亿美元，邀请多个国家共同参与，成就了这座世界级的建筑丰碑。

该塔内设有阿玛尼酒店、高级公寓、商业中心、高档餐厅等。乘坐世

📍 直插云霄的哈利法塔

📍 等待喷泉开启的人们

界最快的电梯，可以直达第 124 层的观景台。

从观景台向下望去，迪拜城尽收眼底。一栋栋拔地而起的摩天大楼，就像一颗颗拧在那里的螺丝钉，成片土黄色的建筑和远处的沙漠浑然一体。如果这里能出现一片森林，那就是中东人童话中的人间仙境。

黄昏时分，哈利法塔下世界最大的音乐喷泉开始了它的表演。当音乐响起时，喷泉中的水柱犹如万箭齐发，引起了围观人的一片惊叹。随着音乐节奏的变化，各种灯光开始交替照射，喷出的水柱时而像冲锋陷阵的勇士，时而像婀娜多姿的少女，时而如日中天，时而天女散花。各种新奇画面的出现，给炎热的夜晚带来了欢乐和清凉。

夜幕降临了，哈利法塔带领全城点亮了霓虹，又一场狂欢即将登场。

去了迪拜，少不了要去世界最大的购物中心（Dubai Mall）参观。

该中心占地 50 万平方米，仅停车位就有 16000 个，里面汇集了 1200 多家商店，囊括了世界各大品牌。

——世界最大的水族馆就建在这里。站在巨大的玻璃墙下，五彩斑斓的海底世界，看得让人忘记了来这里购物的目的。

——世界最大的黄金首饰市场也在这里。金灿灿的黄金，加上新颖精致的工艺，看得人眼花缭乱。

——世界上最大的巨屏影院在这里。还有沙漠喷泉、人造瀑布等。

这座庞大的购物中心，把购物、娱乐、休闲、饮食等各种消费业态集于一身。推崇一种文化内涵的延伸，让人与自然和谐共生，让购物与休闲轻松转换，让快乐不仅仅只停留在舌尖上。

在这里购物，你只要钱包鼓，有体力，有时间，最终会让你离开时恨不得再多长几只手拿大包小包。

短暂的迪拜之行最让人兴奋的是亲眼见识了阿拉伯人的优雅，体验了帆船酒店的奢华，目睹了无与伦比的世界第一……

知识点

购物

黄金珠宝工艺佳，名表名包很高雅。
世界名牌大荟萃，有钱你就任性花。

07

印度洋吹来暖暖的风
——斯里兰卡、印度之旅

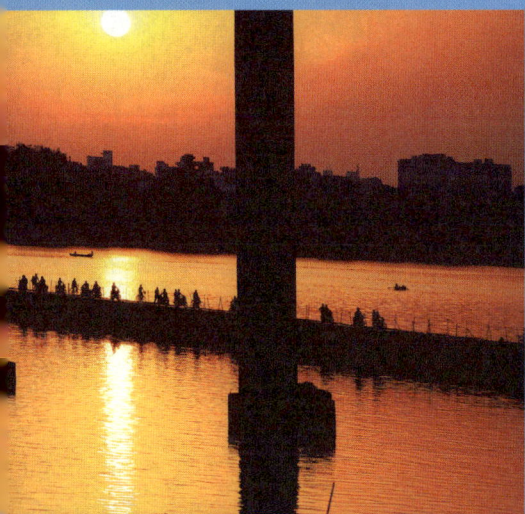

　　假如你从高空俯瞰，斯里兰卡如同佛祖在印度洋丢下的一片菩提叶，被胸怀宽阔的大海轻轻托起，引来了人类的刀耕火种。从此，纯净的海水映照出一张张淳朴的笑脸。

　　与它隔海相望的印度，却是一个文明古国，吸引了无数探秘者的目光。从新德里的莲花寺到斋普尔的风之宫，再到阿格拉的泰姬陵，都会给人一种从未有过的震撼。

斯里兰卡 *Sri Lanka*

印度洋上的一只玉坠

斯里兰卡，旧称锡兰，坐落在印度洋的东南部，北边是印度，其余三面环水。佛教徒说，它是漂流在印度洋上的一片菩提叶。基督教徒说，它是上帝的一滴眼泪。食客说，它像一颗水灵灵的大梨。我说，它就是印度洋上的一只玉坠。

在这片光彩夺目的国土上，不仅有迷人的沙滩、浓香的红茶、耀眼的宝石，还拥有 8 个著名的世界文化遗产。人们传承了古老的生活方式，靠海的打渔，靠山的种茶，与大自然共生共存，坚守着这片清静高远的净土。

国家档案

全称：斯里兰卡民主社会主义共和国
人口：约 2190 万（2020 年）
面积：约 6.56 万平方千米
行政首都：斯里贾亚瓦德纳普拉
商业首都：科伦坡
民族：主体民族为僧伽罗族，另有泰米尔族、摩尔族
语言：僧伽罗语，泰米尔语
货币：斯里兰卡卢比
宗教：印度教、伊斯兰教、佛教、基督教
经济：人均 GDP 约 3800 美元（2021 年）。以农业为主，红茶和宝石为主要出口产品。
气候：热带季风气候

尼甘布

2018 年 10 月，广州的夜空，霓虹璀璨，令人迷醉，白云机场一片繁忙。凌晨 3 点，跟着团队朦朦胧胧地登上前往斯里兰卡的航班。5 个小时后，降落在班达拉奈克国际机场。

清晨的风吹来一丝清凉。用力睁开惺忪的眼睛，一排排椰子树、铁木和睡莲从大巴的车窗前一闪而过，一个陌生的热带风情岛国向你走来。

从机场出来用过早餐后，乘坐中国制造的大巴前往尼甘布，车上配有司机、导游、翻译、行李员。我从未见过如此豪华阵容的服务团队。

尼甘布，距离科伦坡 30 千米，是一个只有七八万人口的港口城市。这里有一条长达 129 千米的人工运河，被当地人称为汉密尔顿运河，是当年荷兰人将香料等物资运送欧洲的一条水上交通要道。

从桥上向下望去，运河穿城而过，河水变得有些浑浊，五颜六色的小船停放在岸边。运河对面，是一片开阔的潟湖，这里渔业资源丰

秒读历史
READING HISTORY

2500 年前，僧伽罗人的祖先发现了这座岛。他们登岛后在这里安家创业，并建起了属于自己的国家——僧伽罗王朝。后来，受印度孔雀王朝的影响，他们改信佛教。再之后印度南部的泰米尔人也发现并迁徙到这座岛。从此，岛上又新增了一个新的民族，也为后来的战乱埋下了祸根。

公元 5—16 世纪，两个民族为了争夺地盘，交战不断，元气大伤。还没等他们喘息，就被来自西方的葡萄牙、荷兰、英国人轮番殖民几百年，直到 1948 年才获得了独立。

然而，独立后不甘寂寞的泰米尔人，成立了"泰米尔猛虎解放组织"，寻求重新建国，引发了持续 40 多年的内战，最终被政府军打败。从此，斯里兰卡进入了和平发展时期。

明代的中国还跟斯里兰卡之间发生了一段小插曲：

15 世纪时，明朝的郑和曾奉命率船队下西洋，途经锡兰。然而锡兰的权臣亚烈苦奈儿竟然派大军攻打友好的郑和船队，可结果反被郑和擒拿，并带回明朝交皇帝处置。永乐皇帝当时为了从长计议，将亚烈苦奈儿放回锡兰。从此，两国关系恢复友好，锡兰主动称臣进贡。其间，来中国上贡的王子世利巴交喇惹，因受到国内篡权者追杀，就在中国的泉州定居下来，取第一个字"世"为姓，过上了娶妻生子的隐居生活，一度成为泉州的大户人家。至今他的后裔仍为中斯两国的友好使者。

富，是百姓的水上粮仓。那一艘艘原始的独木舟，就是保障生活最简单的工具。

马路上，一种搭着彩布顶的三轮车，突突突地冒着黑烟，钻来钻去，它是这里最方便、最廉价的交通工具。

来到尼甘布，不能不去海鲜市场。

印度洋海岸上的天然晒渔场

来到海滩还没等下车，就闻到了一股刺鼻的鱼腥味儿。这股特殊的味道，不仅招来了顾客，也招来了觅食的乌鸦、贪婪的狗，尤其是乱飞的苍蝇。

凌乱的摊位上摆放着渔民们刚从印度洋上捕捞的各种海鲜，有龙虾、金枪鱼、石斑鱼等。只要花30元人民币，就可以在这里品尝一顿美味的海鲜大餐。

海边的沙滩是一个天然的晒渔场，渔民们忙着把捕来的鱼摆在网片上，一排排、一片片特别壮观。

皮肤黑亮的渔民，分工明确。男人们一身短裤半袖衫，戴顶遮阳帽，负责捕鱼、洗鱼，女人们把头包得严严实实，着一身长裙穿梭在晒渔场。他们延续最原始的方法，起早贪黑重复着沙滩晒鱼的繁忙工作。

一波又一波的乌鸦从天空飞过，斯里兰卡人把它视为神鸟，希望它们把自己的祈愿一同带到天主教堂。

● 圣玛丽教堂

斯里兰卡是个宗教多元的国家，生活在尼甘布的百姓大都信仰天主教。有了信徒，就得修建教堂。1874年，圣玛丽教堂在尼甘布破土动工，整整用了50年才得以竣工。这座看似平淡无奇的教堂，已经成为信徒们不可缺少的精神家园。

离开尼甘布，走了一段中国援建的高速公路，自豪感油然而生。望着路边大片的椰子树和橡胶林，心想前方的红树林一定不同寻常。

● 红树林

红树是一种生长于热带地区的树种。它上面绿茵茵，下面红溜溜，一丛丛、一簇簇，盘根错节，密密麻麻地挤在一起，形成奇妙壮观的水上森林。

我们来到了红树林所在的马渡河。河中大大小小的岛屿，把马渡河分割成宽窄不同的河道，每个岛屿又是不同动物的领地，在红树林的包围下，透出一种自然王国的神秘气息。

马渡河红树林

游船在河道穿行，游客们像一群探秘者，四处观望。一旦发现林中的猴和水中的鳄鱼、蜥蜴，就会发出惊恐的尖叫声。每当穿过树洞时，必须低头弯腰，否则，轻者被划伤面部，重者就会被带入水中。

前面出现了一个孤零零的小岛，上面有一座小小的印度寺庙。对于信奉印度教的水上人家来说，这座寺庙就是他们的精神寄托。

游船向马渡河的入海口驶去。沿岸简陋的房子、摇曳的芭蕉叶，还有独木舟上垂钓的老人，使我感觉自己走进了一处与世隔绝的原始部落。停船后远望入海口，马渡河义无反顾地投入了印度洋的怀抱。

随着红树林的开发，那些原本以打鱼为生的水上人家，开始做起了旅游生意。一种利用水上浮箱的"鱼SPA"，吸引了众多的游客。

坐在浮箱边，把脚伸到水里，一群小鱼立马围了过来，对着脚丫子啃咬起来。顿时，一种奇痒难忍的感觉传遍全身。尖叫声变成了嬉笑声，心情得到了彻底的放松。

昨晚的大雨把酒店周围的草坪冲刷得干干净净。站在露台上大口呼吸着新鲜的空气，远望海天一色的壮观景色。沙滩上色彩斑斓的游船，在阳光下迎来了又一个新的早晨。

街道两旁自建的房子高低不齐，乱糟糟的电线上还滴着水珠。店铺门前的广告牌，想怎么立就怎么立，完全看主人的心情。

街上的行人逐渐多了起来。他们的皮肤是棕色的，体型普遍瘦小，脚下的"人字拖"成了标配。上了岁数的男人，还保留着穿裤裙的习惯。如果没有女人身上鲜艳的纱丽，眼前的世界留不住更多的日光。

上午参观完乳胶馆，直奔加勒古城。

小鱼啃大脚，有点吃不消

"兰卡"少女的微笑

加勒古城

加勒古城位于斯里兰卡西南部，也叫加勒要塞。16 世纪时，葡萄牙人成为第一批入侵斯里兰卡的殖民者，并开始在此建城。后来，荷兰人、英

走在古城墙上的女人们

国人、法国人先后踏上这片土地，成为这里的统治者，由此建造了不少欧式风格的建筑。

1988 年，加勒古城被列入世界文化遗产。

站在古城墙上，浩瀚的印度洋一望无际。汹涌的海浪拍打在礁石上，发出了阵阵的轰鸣声。突然，"大海呀，你怎么这么大"的感叹声，引出了"黄河呀，你怎么这么黄"的回应声。一时间，笑声随着浪花四溅。

古城墙像一座拦海的大坝，宽厚而坚固。它不仅经受住了几百年战火的洗礼，还抵御住了 2004 年大海啸的考验。

一座白色的灯塔，至今仍在那里坚守初心，而以海神命名的炮台早已失去了往日的威风。古城里街道小巷纵横，一座座教堂、钟楼、官邸、市政厅、邮局、法院等小楼，把古城装扮得精致典雅。在礼品商店里，木雕和香料是这里的宠儿。

面对酷热的天气，水果摊上的国王椰子成了游客的首选，它表皮金黄，椰汁清甜，几口下去，顿时感到一阵凉爽。

一个多小时的规定时间，早被"消费"得精光。浮光掠影后，草草收场，驱车直奔印度洋海滩。

● **高跷渔夫**

高跷渔夫是一个很有特点的旅游项目。当地人在海边的一处浅水区，立了许多木桩，每个桩的中部绑着一个支架，你只要花上 50 卢比，就会

印度洋上的高跷渔夫

被又黑又瘦的男人扶坐在那里，迎着
风浪，在大海里挥动鱼竿，体验最原
始的海钓方式了。出于好奇心，游客
们不惧海浪的拍打，卷着裤腿勇敢地
坐了上去。

　　海水蓝，浪花白，一浪一浪打过
来。咆哮的海浪撞击着木桩，冲到了
沙滩上，留下了一道道水痕。大家戏
水踏浪，享受着印度洋带来的欢乐。

📍 浪花起舞

● 海上小火车

　　早晨起来用过早餐，准备乘坐小火车前往科伦坡。

　　站台上，一辆老式小火车停靠在那里。走进车厢，车窗下只摆放着两
排长椅，为了应对高温炎热，车门都敞开通风。

　　一路上小火车叮铃当啷地向前驶去。那些没有座位的旅客，只能抓着
车顶上的铁管随车摇晃。车厢内，有穿着整齐、打扮时尚的上班族，也有
衣衫褴褛的乞丐，还有不停在车厢内穿行的卖艺人。坐在斜对面的两个小
孩特别可爱，我示意要送他们糖果，姐弟俩蹑手蹑脚地走了过来，腼腆地
拿到糖果后，开始和我玩起了游戏。几个夸张滑稽的动作，逗得坐在斜对
面的她的母亲也跟着笑了起来。周围随行的团友纷纷送上小食品，姐弟俩
如获至宝，笑容挂满了脸上。

　　最美的风景还是车窗外。一边是印度洋汹涌的海浪一次又一次扑向海
岸。一边是绿色的橡胶园、椰子林、香蕉树连成一线，此时此刻，谁还在
意什么老式、新式火车呢？几个当地的年轻人毫无畏惧地把半个身子探了
出去，接受海风的吹拂。但意外还是发生了：坐在车厢门口的"兰卡"小
伙子正在打瞌睡，小火车到站停车的突然晃动，把他震进了近两米深的轨
道坑内。见此情景，领队和导游赶紧跳下去，将他扶到了站台的长椅上。
他坐在那里，面无惧色，好像对这种意外已经习以为常。等火车开动后，

他又躺在长椅上睡了起来。

沿途两边民居的屋檐几乎触手可及，一条铁道就像是他们的街道，面对隆隆而过的火车，人们只顾低头干活，平静得有点不可思议。尤其是那些奔跑在铁道上的孩子，看得着实让人揪心。为什么不把房子盖得远一些呢？

难得的一次旅行体验结束了。车厢里的所见所闻，让我从一个侧面看到斯里兰卡人的善良和他们生活的状态。特别是那对姐弟俩闪亮的大眼睛，至今难以忘怀。

到了科伦坡，在"大北京酒店"用过午餐，随即去品尝世界四大红茶之一的锡兰红茶。

科隆坡

科伦坡，斯里兰卡的第一大城市，位于该国的西南方向，紧邻印度洋，是去往太平洋的必经之地，因此被称为"亚洲的门户"。

这里常年雨水充沛，树木茂盛，在中国几十年的援建下，正在发生不同寻常的变化。宽广的街道两旁，一幢幢摩天大楼拔地而起，一座整洁、漂亮的海滨都市，正在迈向现代化的未来。

📍 总统府

● 维哈马哈德维公园

行进在科伦坡大街上，那些没有车门的公交车和冒着黑烟的突突车依然在车流中穿行。男人的裤裙、女人的"凉拖"早已见怪不怪。

维哈马哈德维公园，原名叫维多利亚公园。斯里兰卡独立后，为了纪念国王杜度格姆努的母亲，将它改为维哈马哈德维公园。

相传，维哈尔马哈德维的父亲因误伤僧侣，惹怒了天神。为了父亲和国家免于受难，身为公主的她挺身而出，跳入大海以身祭祀。不料，她的这一举动打动了天神，她得以生还。当她飘到斯里兰卡的南部后，与一位国王成亲，她们的儿子就是杜度格姆努。后来，杜度格姆努继位，打败了印度入侵者，重新夺回了被占领土，成为斯里兰卡光复祖国的民族英雄。

> **温馨提示**
>
> 1. **礼仪：** 斯里兰卡人习惯左手如厕，右手进食，所以忌讳用左手接递东西或触摸佛像。
> 2. **酒店：** 电源使用三孔插头。酒店不提供被子，只有一块白床单。斯里兰卡是一个收小费的国家，早晨离开酒店时，要在床头放 20 卢比的小费。

走进公园，第一眼就看到了释迦牟尼金身坐像，其后是大片的西方园林。喷泉和雕塑相伴、花圃与草坪斗艳，参天的大树记载着岁月的变迁。

公园内有一处气势庄严的建筑是斯里兰卡的独立纪念厅。1948 年 2 月 4 日这一天，斯里兰卡正式脱离了英国殖民统治，自己当家作主了。为了纪念这一重大事件，兴建了这座纪念厅。

纪念厅基座四周，放有 60 头石狮子，每一只代表一位国王。而斯里兰卡开国总理唐·斯蒂芬·森纳那亚

📍 独立纪念厅

313

克的雕像矗立在独立广场上。一座小型博物馆内，艺术家们用浮雕展现了斯里兰卡从公元 5 世纪到 1948 年的漫长历史。

1957 年，周恩来总理曾受邀出席了斯里兰卡独立 9 周年的庆祝大会，当时就在这里发表了热情友好的讲话，为中斯友谊谱写了新的篇章。

● 班达拉奈克国际会议中心

该中心位于贝塔区的中心地带，由中国 1973 年无偿援建，以前总理班达拉奈克的名字命名。

从广场向前望去，整座建筑宏伟壮观，特别是代表国庆年份的 48 根白色大理石柱组成的围廊，洁白、雅致、清新，与主体建筑浑然一体。既具有鲜明的民族特色，又带有古希腊神庙的风格。这里是科伦坡最重要的标志性建筑，也被誉为中斯友谊的象征。

一楼大厅中间的走道上铺设了一条长长的红色地毯，两侧竖立着几十面五颜六色的各国国旗，五星红旗赫然列首。大厅的尽头，陈列着班达拉奈克夫妇的汉白玉头像。

班达拉奈克家族是斯里兰卡著名的政治世家，包括他们夫妇和女儿相继出任过五任总理和一任总统，班达拉奈克夫人曾是世界上第一位民选女总理。

来到二楼大厅，惊喜地看到这里摆放着毛主席和周总理的汉白玉头像。身为中国人，看到一个国家如此敬仰自己国家的领袖，骄傲中备感全身温暖。

为了体现对中国人民的友好，会议中心和展览中心对中国人免费开放。会议中心的对面就是中国大使馆。

在市区观光，还看到了中国援建的莲花剧院和莲花电视塔。中国银行的红色大楼以及华为的标志也非常醒目。前不久，一个更宏伟的填海造城大项目，正在如火如荼地进行中。

该项目全部由中国投资、规划、建设，建成后中国将拥有 99 年的租赁权。届时，一座现代化的集吃、住、玩、购为一体的海上巨无霸，将矗立

📍 班达拉奈克国际会议中心

在科伦坡的海岸。它将与中国在斯里兰卡南部新建的、同样租赁期为 99 年的汉班托塔港遥相呼应。

　　太阳落海了，科伦坡华灯初上。期待明天去印度一睹文明古国的别样风采。

印度 *India*
西天佛祖的故乡

印度位于南亚次大陆，在中国西南方向，是一个拥有 100 多个民族，50 多种语言，多种宗教并存的大邻居。作为世界四大文明古国之一，在这里起源的佛教文化，至今被亚洲许多国家尊崇。

印度拥有 28 个邦（省），6 个联邦属地，一个首都辖区。除联邦属地和首都辖区由国家派人管理外，其余统一实行民主选举。

我们原来从媒体上看到的，街道乱哄哄，食品不卫生，火车挂满人，治安混乱，只是印度当下的一个侧面，而它的另一面是高楼窗明净，天上有卫星，IT 很先进。

国家档案

全称：印度共和国
人口：约 14.08 亿（2021 年）
面积：约 298 万平方千米
首都：新德里
民族：主体民族为印度斯坦族，约占 46%
语言：印地语，英语
货币：印度卢比
宗教：包括印度教（82%），伊斯兰教（12%），锡克教（2%），佛教（1%）等
经济：人均 GDP 约 277 美元（2021 年），支柱产业为农业、IT 业、制药业和服务业。
气候：热带季风气候

新德里

走进英迪拉·甘地国际机场，刹那间眼前一亮。宽敞的大厅、松软的地毯、精美的雕塑，一派现代化的气势，完全刷新了印度是穷国的残留印象。尤其是入境大厅上方的那组佛手的造型，新颖独特，让所有的来客刹那间意识到已经踏上了佛祖故乡的土地。

📍 看一眼就不会忘记的佛手

秒读历史 READING HISTORY

严格地讲，印度只有宗教神话，没有自己记载的历史。原因很简单，所有能数起来的王朝都是外族入侵后建立的。每天不是打仗，就是念经，也就没有记载历史的习惯了。就这样，从欧亚其他地区来的"租房客"，最后变成了"大房东"，开创了印度王朝更迭的历史。

古印度只是一个地名，内部拥有许多的小国。它的疆域包括了如今的巴基斯坦、尼泊尔、孟加拉国等地区。

如果把印度分为南北两大板块，就会发现南部三面环印度洋，北部被三座山脉包围。这个看似独立于外界的世外桃源，有山有水，日子过得高枕无忧，可偏偏老天爷给它留下的开伯尔山口，成了印度遭遇劫难的北大门。那个时候，波斯人、希腊人、阿拉伯人、突厥人，一波又一波，从这个山口涌进印度……

北方虽有山脉，但有两条大河，东边的是恒河，西边的是印度河，形成了印度大平原。而南方虽有海洋，却地处高原，易守难攻，最终成为被驱赶打压的达罗毗荼人最后的落脚地。

达罗毗荼人是印度的原住民。他们祖辈生活在印度河附近，创造了举世闻名的"哈拉帕文明"。

大约在公元前 1500 年前后，一支来自中亚的民族雅利安人，用武力把达罗毗荼人赶向了南方，建起了属于自己的国家。为了更好地统治，推行了至今阴魂不散的"种姓制度"。从此，"哈拉帕文明"走向衰亡。

几百年后从开伯尔山口又冲进一群波斯人。当时波斯帝国很强大，他一边敲打印度，一边挑战希腊，结果被希腊马其顿的亚历山大打败。野心勃勃的希腊人趁机进入了印度。但此时的希腊士兵经过多年征战，早已人困马乏，士气低下。无奈之下，亚历山大只好班师回国。就在这时，一个名叫旃陀罗笈多的年轻人率众揭竿而起，把留守的希腊人赶出了印度，建立了孔雀王朝。他通过征战，最终成就了统一印度北部地区的宏伟大业。

在孔雀王朝的发展中，还有一位非常厉害的国王，他叫阿育王，属于孙子辈。他把佛教推向了世界，中国的宁波就有阿育王寺。

前来接机的是一位印度小伙，高个帅气，从中国东北学来的汉语还有点半生不熟，他将陪我们走完印度的全部行程。

来到酒店，一位包着红头巾，留着大胡子的锡克汉子，双手合十站在大门前迎接我们，并热情地为每位游客送上了鲜艳的花环。

新德里位于印度的西北部，恒河支流亚穆纳河的西岸。在漫长的历史长河中，几经战火毁

📍 威武神气的大胡子门童

100 多年后，孔雀王朝衰落，印度又回到了四分五裂的状态。当时地处中亚的大月氏，挥兵南下，从开伯尔山口入侵印度，建立了与大汉、罗马、安息并列称霸的贵霜帝国。

然而历史总是无情地捉弄人，有兴旺必有衰落。200 多年后，贵霜帝国同样逃不出这种魔咒，印度再一次分裂为众多的小国。

公元 4 世纪初，旃陀罗笈多一世创立了笈多帝国。7 世纪的戒日王时代不仅统一了印度北部，还将势力范围扩大到中西部地区。他还亲自接待了来印度取经的唐僧。戒日王一死，印度又重回到混乱的年代。

大约公元 8 世纪，阿拉伯人从山口进来，占领了印度的西部地区。一直到公元 11 世纪，中亚的突厥人，也从开伯尔山口进入了印度，并以德里为中心，建立了第一个伊斯兰教政权——德里苏丹国。当时他们已信仰了伊斯兰教，首领从"可汗"变成了"苏丹"。

到了 16 世纪初，中亚帖木儿的子孙巴布尔从山口杀进了印度，推翻了德里苏丹国，开启了莫卧儿王朝 300 年的新时代。同时，也确立了伊斯兰教的主导地位。

在莫卧儿王朝期间，巴布尔的孙子阿克巴国王只用了短短的几年时间，就完成了祖父统一印度的宏愿。他实行的宽容宗教政策和一视同仁的民族政策，让这个国家成为与中国明朝、土耳其的奥斯曼帝国齐名的世界强国。至今，印度人把他和孔雀王朝的第三代国王阿育王尊为印度最伟大的国王。

后来，葡萄牙、荷兰、英国和法国人依次践踏了这片土地。

1858 年，英国人彻底占领了印度，莫卧儿王朝灭亡。印度就此沦为殖民地。

1947 年，被英国殖民统治近百年的印度宣布独立。同年印巴分治。

1950 年，印度成立了共和国，成为英联邦成员国。

历史上，中国对印度的称谓几经改变。西汉时称为"身毒"，东汉时改称"天竺"，到了唐朝正式更名为"印度"。

坏，又几次被重建。作为几朝古都，留下了包括孔雀王朝、莫卧尔王朝以及英国殖民统治中心等著名的历史遗迹。

渴望中迎来了印度的第一个早晨，天灰蒙蒙的，连太阳都不肯露脸。走到餐厅门口，一股浓浓的咖喱味扑鼻而来。

这天参观的景点是印度门、莲花寺。

大巴缓慢地驶入旧城区狭窄的街道，眼前的景象把昨天机场留下的美好印象敲打得支离破碎。街道两旁，垃圾满地，苍蝇乱飞，尘土飞扬，污水横流，突突车和人流搅在一起。就在这样的环境下，小摊小贩的生意照做不误。还有几个年轻人坐在台阶上，一边吃着手抓饭，一边看着街景。看来无论在哪里生活，一切习惯就好。

● 印度门

印度门是新、旧城区的分界线，以南为新德里，以北是旧德里。一边是旧德里的脏乱差，一边是新德里的高大上，有一门两世界之说。

📍 印度门

雄伟庄严的印度门呈米黄色，建于1921年，用以纪念在第一次世界大战以及阿富汗战争中阵亡的士兵，所以也称战士纪念碑。

广场上的参观者正在兴致勃勃拍照，身穿纱丽的环卫女工抡起大扫帚扫起一片黄尘，追得人们左右躲闪。而那些卖吃喝的小商贩们却无动于衷。还是那句话，一切习惯就好。

印度门前有一条宽阔的国王大道，现改称责任大道，和广场连成一片，是印度举行重大集会和阅兵的地方。它的另一头是印度的总统府，当年是英国殖民时期的总督府，原名叫维多利亚宫，建于1929年。在它的东北边是国会大厦。

📍 尘土飞扬，一如既往

新德里的大街，宽敞、干净、整洁，花圃修剪整齐，建筑漂亮，交通有序，也看不到拥挤不堪的场面。富人区内，别墅小楼错落有致，并有保安把守，与旧德里有天壤之别。

● 莲花寺

莲花被印度尊为国花，在佛教徒和印度教徒的眼中，它是最神圣的花。

在新德里东南部的广场上，一座莲花式建筑，洁白如玉，妩媚动人，彻底颠覆了人们对寺庙建筑的传统认知。它像一件巨大的艺术品，吸引了全世界成千上万双眼睛。

莲花寺，又名巴哈伊寺，建于1986年，全部用白色的大理石建成，是新兴教派巴哈伊教的庙堂。该教主张"人类同源，世界同一""天地各界都属于神""团结之光必定普照全球"，推崇男女平等、世界和平等思想。

走进这不同凡响的寺庙，一切空空荡荡。既无供奉的神像，也无精美的绘画雕塑，只有一排排大理石长椅。只要你有一颗"大同"的心，无论你是什么教派，也不分你是哪个种族，都可以来这里静心祈祷。

一群又一群穿着不同制服的学生，在老师的带领下也来这里参观，脸上洋溢着快乐的表情，他们是印度的未来。

📍 莲花寺

中午用餐来到停车场。被几名脸黑黑的、身材瘦得像麻杆似的印度女人团团围住，她们每人抱着瘦弱的孩子，伸出黑乎乎的手向游客乞讨。那可怜的目光，让心慈好善的人无法拒绝。于是，掏出刚刚换来的零钱分发出去，没想到不知从哪里又钻出一群拖儿带女的女人，后悔没听导游的告诫。从餐厅返回时又被尾随，她们哪里知道被追的这个外

📍 可怜的一家人

国老头儿，其实也是囊中羞涩的工薪阶层。

● 斯瓦米纳拉扬神庙

它是印度教最大的神庙，坐落在亚穆纳河岸边。远观气势恢宏，拔地倚天，犹如天宫降临。近看，由 148 头大象托起的整座庙宇，通过红砂岩和白色大理石的搭配，呈

雾霾中的斯瓦米纳拉扬神庙

现出一种历史和未来对话的感觉。通体雕刻，叠层向上，人物和动物的雕像充斥着寺庙内外，几乎没有多少留白的地方。

神庙的顶部由 9 个大小不等的穹顶组成，很像空中盛开的一朵莲花，和地面上莲花水池上下呼应。这种大手笔的设计，让神庙更加神奇。

神庙的大厅中央供奉着全身镀金的纳拉扬神像，传说他是毗湿奴的化身。那尊三只眼的毁灭神和其他 2000 个神也在供奉之列。

离开新德里，踏上了前往斋普尔的行程。

城区外，出现了大片破败的贫民区。真不知这些乱搭乱建的小房子怎么能熬过南亚夏天的酷热。

印度的交规非常宽松。小小的突突车，里面塞满了人，长途客车的顶上也坐着许多旅客。相比电视上印度火车挂满了人的情景，属于小巫见大巫了。还有那些牛，因自己在印度教中的身份，偏要卧在公路中间的隔离带里，你觉得好奇，它过得悠闲。还是那句话，一切习惯就好。

从新德里到斋普尔，250 千米的路程足足走了 6 个多小时。夜幕降临后，才到了入住的贝拉卡萨凯瑞华晟酒店。

斋普尔

斋普尔是印度拉贾斯坦邦的首府，也是印度重要的珠宝交易中心。由于城市建筑外观采用粉红色的居多，被人们亲切地称为"粉红之城"。

关于"粉红"的缘由是这样的：当年为了后来的英国爱德华七世的到来，斋普尔的王公下令将城市粉刷成粉红色，以此表达热情好客之意。从那以后，粉红色成了这座城市的不可撼动的颜色。

这座印度的古都，人口 400 万，有近 300 年的历史。它与新德里、阿格拉称为印度的"金三角"。

这天是十月最后的一天。早早起床的女团友们，都兴冲冲地跑去参加酒店提供的瑜伽活动，美其名曰"笑瑜伽"。你还别说，俩人打坐相视而笑，越笑越开心，竟然笑得停不下来。旁边观看的人也跟着笑个不停。接下来的练功，教练再怎么努力也改变不了这老胳膊老腿的僵硬，也只有傻笑最轻松。

清晨的斋普尔，露出了她的容颜。正当感受这座城市古老和现代相互交融的气息时，车窗外出现了更大一片的贫民区，眼前的情景令人震撼。

斋普尔市区

斋普尔市平民区一角

在政府提供的土地上，那些收入低下的人们，使用各种废旧材料，搭建自己的住房。木板铁皮，砖块摸泥，七高八低，形状各异，相互拥挤。男人们穿戴陈旧，女人们身上的纱丽失去了原有的光泽。那些跑在小巷中的孩子，手和脸都脏兮兮的，但并不影响他们嬉笑打闹的乐趣。

导游介绍说，居住在这里的人们，有自己的生活方式。电力和饮用水由政府免费提供，住在这里的人能找到一份别人不愿意干的苦力活儿，就能养家糊口，虽然生活质量很低，但生活成本也很低，所以他们也有自己的满足感。

无论如何，贫民区是印度社会的一颗毒瘤。由于受几千年来种姓制度的影响，同时也受宗教"善恶有因果，灵魂有轮回"的影响，印度的穷人没有嫉妒和仇富的心理，他们只盼神灵保佑，把他们从苦海中早早解脱出来。

马路的对面就是富人区，一幢幢漂亮的洋房、别墅掩映在绿荫之中。两者之间虽有天上地下之别，却和谐共生，相安无事。

● 风之宫殿

来到一条熙熙攘攘的大街，一座粉红色的宫殿出现在面前。它就是迷惑过无数游客的世界上最奇葩的"假宫殿"。所谓"假"，就是它既没有宫，也没有殿，只是一面高大的墙体。设计者巧妙

📍 风之宫

——— 知识点 ———

种姓制度

印度的种姓制度来源于印度教，而印度教又源于婆罗门教。当时的统治者为了束缚百姓，利用宗教中神的力量来达到自己的目的，就用婆罗门主神身上的四个部位对应划分出四种人群，开启了3000多年种姓制度的先河。

婆罗门：对应神的嘴巴。他们负责掌管宗教，属于最高等级的神职人员。

刹帝利：对应神的手臂。他们负责掌管军政大权，如王公贵族和士兵等。

吠舍：对应神的腿。他们属于平民，大多为商人和农民。

首陀罗：对应神的脚。指奴隶、佣人及小手工业者。

除了这四大种姓外，还有一种叫"达利特"的种姓，是社会的最低层，被称为"贱民"。一生只能从事扫大街、掏厕所等最低下的工作，出门时还要带着铃铛，提醒周围的人躲避。

印度的种姓制度是世界上最森严的等级制度，各个种姓的人群世代相传，不能随意更改。低种姓人要想改变自己的身份，唯一的办法就是低种姓女人嫁给高种姓的男人。

1947年，印度脱离英国统治，种姓制度被正式废除。然而，受几千年历史传统的影响，在现代社会生活中难以根除。

利用墙的厚度，在上面开设了953扇窗，看上去让人真假难辨；有一种高不可攀、深不可测的感觉。

风之宫殿建于18世纪末，采用斋普尔特有的红砂石建造。当时，辛格二世为了能让久居深宫的王妃、宫女们在不露面的情况下，既能观赏街景和庆典活动，还能享受微风吹来的凉爽，下令建造了这座伊斯兰教风格的宫殿式大墙。

在这条斋普尔最繁华的大街上，车流人流不断，就连大象、牛、猕猴也混迹其中。一时间，人、车、动物同框，构成了一幅轻松自由的市井图。

📍 街边玩蛇的老人

● 城市宫殿博物馆

城市宫殿博物馆与风之宫殿仅一墙之隔，是辛格二世统治时期兴建的王宫。后来经过不断的扩建，规模变得越来越大。如今，将部分房屋改为博物馆。王公的后人仍然住在这里。

在宫中大院内，有一座用大理石建造的主殿，两侧的雕花门楼和两尊大石像，显示出权力中心的威严，另一座是用于接见外宾和宣布重大事项的"接见厅"，全部采用大理石柱支撑，形成四面敞开的格局，中间悬挂的水晶灯是主人身份的象征。

最抢眼的是两把巨大的银壶，引发了游客的猜想。原来，斋普尔王公要前往英国参加爱德华七世的加冕活动，为了在途中还能喝到恒河的水，就下令制作了这两把银壶。现在变成了博物馆不可多得的藏品。

宫中有一座漂亮的庭院，四扇不同雕饰的宫门非常精美，称为四季门。绿门代表春，莲花门代表夏，孔雀门代表秋，玫瑰门代表冬。至今没人知道住在这里的王公为什么要这样划分。

在服装馆有三件衣服特别引人注目。一件是古代国王的长袍，尽管制作精良，但肥大得有点难以想象，据说当时的国王体重700多斤；另一件是王后的纱丽，用金银丝线缝制而成，重达9千克，看上去非常的华丽；还有一件是献给中国皇帝的龙袍，以为皇帝都应该是肥胖之人，制作时加大了尺寸，结果送不出去，成了现在的文物。

武器馆陈列了许多兵器，包括刀、枪、剑等。有的锈迹斑斑，有的寒光闪闪，见证了又一个时代的消亡。不过这些冷兵器有一个共同的特征，那就是手柄上有很精美的纹饰，体现主人身份的尊贵。长廊里停放着王公贵族的专用马车，正所谓人已去，楼已空，马车歇下无人问。

尽管城市宫殿距今有300多年的历史，但莫卧儿王朝的伊斯兰教风格犹存，是印度保存最完整的宫殿。为了增加收入，这里经常外租，用于庆典、婚礼、演出等。

正要走出大院时，发现围墙下一群中学生坐在那里休息。在我舞动的手势下，几位学生高兴地围上来拍起双手扭动起来，坐在一边的年轻男老师，激情瞬间被点燃。他舒展炫酷的舞姿，吸引了一大波学生跟着他的节奏跳了起来。围观的游客受到这种热烈场面的影响，也纷纷加入。转眼间，掌声、呼喊声，在大圈小圈中，此起彼伏。一场气氛热烈的中印即兴大联欢燃爆王宫。假如能有一首欢快奔放的印度乐曲奏响，那场面一定会轰动世界。

📍 欢乐的海洋

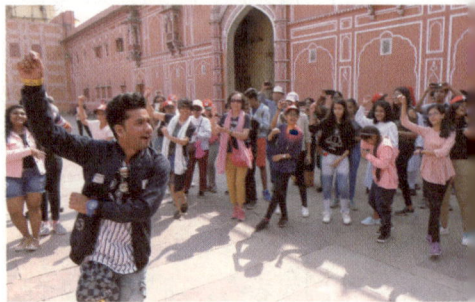

📍 来吧，大家一起跳起来

带着一种不舍和孩子们告别。虽然语言不通，但此时此刻我们的心是相通的。当彼此回忆起这段欢快的场面时，一定还会喜形于色，激情澎湃。

斋普尔还有一座中央博物馆，是当年斋普尔王公请英国人设计的一幢建筑，1886 年建成后，曾作为英国殖民时期的总督府而炫耀一时。由于博物馆当天闭馆，只能外观。

中央博物馆

● 简塔·曼塔天文台

这是印度最古老、最大、保存最好的天文台，是天才王公杰伊·辛格二世留给印度的宝贵遗产。这位王公作为一名政治家，敢于探索宇宙的奥秘并大有作为，全世界恐怕难有第二。

为了方便自己研究观测，辛格二世把天文台建在宫殿的旁边，大理石制作的各种探测仪器，分布在平坦宽敞的大院里，有"日晷""经纬仪""子午线仪"等。利用日照光线投影，推算时间和宇宙星体的位置，还能用它推测雨量的大小，为农业生产提供科学服务。

天文台全貌

这些看似简单的仪器，却包含了深奥的科学原理。虽然许多游客对天文知识知之甚少，但还是对几百年前这位斋普尔王公的举动产生了浓厚的兴趣。

站在日晷旁，发现阳光投影下的时间刻度能细到几点几分，几乎和手表上的时间一致，引发了游客一片惊叹声。

求知的欲望

这时，一位印度男子带着他的夫人和女儿要求合影留念，并用中文说出了"我爱中国"。是啊，中印是两个文明古国，又是搬不走的邻居，和睦相处符合两国人民的心愿。

● 琥珀堡

琥珀堡位于斋普尔郊外 11 千米处的小山上，建于 1592 年。它把印度

327

教和伊斯兰教的建筑风格巧妙地融合为一体，让这些不同时期建造的宫殿，依然保持着宗教特有的魅力。

吉普车沿着弯曲的山石路，穿过村庄来到了古堡脚下。

山巅上的古堡巍峨壮观。从高大的城门进去，就是一片开阔的广场，用于重大活动和士兵的操练。四周的建筑层层叠叠，蕴藏了无数被历史沉淀的故事。

沿着台阶上去，用大理石廊柱建造的接见大厅坐落广场中央。它是古堡的第二个功能区域。朝拜的高官和远方的来客都聚在这里。从象神门进去就是内宫，眼前是一片华丽的景象：有胜利厅、中庭花园、欢喜厅和镜宫。在众多的宫门中，象神门尤为尊贵。传说，象神是印度三大主神之一湿婆神的儿子，代表着智慧、财富和幸运。王公把它镶嵌在这里，有出门见喜之意。再看宫门上的各种图案和纹饰，精美繁华，看得让人眼花缭乱。

镜宫是王公的寝宫。四壁连同宫顶都镶嵌了满满的宝石和镜片。白天阳光一照，整个宫殿熠熠生辉。晚上，只要在这里点燃一支蜡烛，满屋子就会出现无数跳动的火苗，仿佛置身于万花筒般的世界。遗憾的是，宝石早已被人"偷梁换柱"。

最后一个院落是后宫，是王后和王妃居住的地方。为了避免争风吃醋，十二个房间设计了互不相通的路，足足让王公费了不少时间。

和世界上其他古堡一样，琥珀堡也兼有军事要塞的职能。除了地势险要，城内还修了许多暗道，以防不测。从城堡的瞭望亭向外望去，四面山峦起伏，一段沿山而上的外宫墙，有一种似曾相识的感觉。一条护城河成为古堡的又一道安全屏障。

琥珀堡

正要返回，同行的一个团员被困在了暗道，导游急忙去找。这时，一群猴子冲进了古堡，为了防止猴子伤人，几个保安拿着长棍将它们驱赶到了墙上。

黄昏时分，眺望了在水里泡了 260 年的水上宫殿，我想应该是古代王公们为了躲避炎热的夏天，突发奇想，在湖中修建了这座避暑宫殿。

天渐渐地黑了，四处有灯光亮了起来。为了不错过新的景点，大家还是拖着疲惫的身体，在暮色中浏览了比拉庙。

● 比拉庙

比拉庙，全称比拉·拉克希米·纳拉扬庙，建于 1986 年。是一座由印度比拉家族捐建的寺庙。

它是一座多宗教文化融合的建筑。既有印度教的莲花塔顶，又有佛教的金刚宝顶，还有伊斯兰教的大圆顶。窗口上的彩色玻璃，仿照了基督教的传统手法。这种四教合一的大胆设计，呈现给世人一副与众不同的崭新面孔。

比拉庙全部采用白色大理石砌筑。远看它像一个大萝卜，直立苍穹，近看又像层叠的山峰，巍峨耸立。在灯光的照耀下，宛如一座白色的宫殿，与山上隐约可见的古神庙，形成了古老和现代的强烈反差。

比拉庙是一座印度教的寺庙。长方形主殿里，供奉着印度教三大主神之一毗湿奴（保护神）及其妻拉克希米的神像。人

知识点

佛教、印度教、伊斯兰教在印度

印度人最先信奉的是由雅利安人吠陀教演化而来的婆罗门教。后来在列国纷争，"沙门思潮"盛行的时代，提倡"众生平等"的佛教在印度诞生。到了孔雀王朝时，佛教进一步对外传播。

后来随着阿拉伯人大举入侵印度，伊斯兰教传入印度，形成了三种宗教并存的格局。为了生存，信徒严重流失的婆罗门教痛下改革决心，吸收各教优点，形成印度教。此时的佛教，在各教派的夹击下，渐渐失去了往日的辉煌，直到今天只留下了百分之一的份额。

比拉庙

们排队领到由祭司代发的小糖丸后，便席地而坐，双手合十，祈祷静思。

寺庙的基柱和廊柱上，雕刻了各大宗教领袖的雕像。据说中国儒家的开创者孔子也"榜上有名"。由于天色已晚，看得似像非像。

寺庙的旁边还有一座亭子，里面供奉着印度教另一位主神，长着三只眼的湿婆神（毁灭神）。

从比拉庙返回，入住的酒店已灯火辉煌。

第二天要去"金三角"之行的最后一站阿格拉。乘车从斋普尔出发要走6个多小时。途中，导游向大家简单介绍了印度人结婚和包头的一些风俗习惯。

在印度，重男轻女的思想根深蒂固。女儿出嫁时，娘家要把近一半的家产陪给男方。婚宴一摆就是十几天，也由女方出钱。这种规矩让女儿多的人家无法忍受。

"包头"最初是印度男人的一种防晒习俗，后来变成了一种礼节，讲究的是一个体面。但印度的锡克教徒不同，他们包头是为了信仰。用鲜艳的头巾把头包得看不见耳朵，包得越大表示地位越尊贵。

中午时分，经过长途奔波，终于来到了阿格拉。入城时遇到了堵车，车流中那些摩托骑手左穿右插，这见缝就钻的驾驶行为，看得让人惊恐。还是那句话，一切习惯就好。

知识点

梵天

印度教三大主神之一，创造宇宙之神。相当于中国开天辟地的盘古。此神长着四颗头，有四只手臂。手里分别拿着仙杖、念珠、莲花和水罐。坐骑是一只大天鹅（一说孔雀）。梵天也是印度佛教中的护法神，东南亚的华人将他称为"四面佛"。

毗湿奴

印度教三大主神之一，保护宇宙之神。具有惩恶扬善的大无畏精神，是最受印度教徒敬仰的神。此神也长着四只手，分别拿着法轮、法螺、仙杖和莲花。肚脐长着一朵莲花，坐骑是一只金翅大鸟。

湿婆

印度教三大主神之一，宇宙毁灭之神。此神三眼四臂，额头上的第三只眼睛，拥有毁灭世界，重启宇宙的能力。四只手中持有三叉剑、斧头、手鼓和棍棒等，坐骑是一只白色的公牛。虽然湿婆主宰毁灭，但毁灭可以带来重生与改变。因此，也深受印度教徒的爱戴。

阿格拉

阿格拉是印度北方邦的一座重要城市，亚穆纳河是它的母亲河。16 世纪到 17 世纪，曾两度为莫卧儿王朝的首都。这座城市里，保留着泰姬陵、阿格拉堡、法塔赫布尔西格里古城（胜利之城）三处世界文化遗产。

阿格拉街景

● 泰姬陵

泰姬陵恐怕是世界上最大的王后陵园。文学家夸它是伟大爱情的见证，史学家说它是一代王朝的辉煌，而建筑家称它为伊斯兰教建筑的巅峰之作。它以端庄、典雅、肃穆和宏大的气势，被称为世界新七大奇迹之一，也入选了世界文化遗产名录。

泰姬陵是莫卧儿王朝第五代君主沙贾汗，为爱妻泰姬·玛哈尔修建的一座豪华陵园。

泰姬陵

泰姬·玛哈尔原名叫阿姬曼·芭奴。在几千嫔妃中，她以自己绝色的美貌，赢得了沙贾汗"三千宠爱在一身"的偏心。婚后的 19 年中，又以一年多一个的速度，为沙贾汗生下了 14 个儿女。不幸的是，在她刚满 39 岁时，被第十四个孩子的出生夺走了生命。深爱泰姬·玛哈尔的沙贾汗于她去世的第二年据说每天动用 2 万名工匠耗时 22 年，建成了这座泰姬陵。

陵园占地 17 万平方米。从门楼向里望去，一座洁白的陵寝安卧在高高的基座上。四座高塔和两座清真寺将它围在了中央。中央水系像一条小河，用喷涌的水花，倾诉着昨天那动人的故事。水系两边挺立的松树，如同列队守陵的卫兵，默默无闻地忠于职守。左右两侧绿草如毯，鲜花艳丽，让整座陵园充满了祥和的氛围。

陵寝内，昏暗阴森。巨大的穹顶下，两副镶嵌花草图案的石棺摆放在

浩大的陵园

那里，沙贾汗最终回到爱妻的身边，与她同穴共眠。按照穆斯林的规矩，死者必须入土为安，因此，俩人埋在了石棺下面。

陵寝的四壁上镶嵌了无数的珠宝，据说有来自中国西藏的宝石，参观时所有锐器包括笔都不得带入。

它是一座陵墓，一座爱的殿堂，一件超凡脱俗的艺术品，更是印度的一张不朽名片。

在距离泰姬陵十几千米的地方，是印度莫卧尔王朝的又一座著名的城堡——阿格拉堡。

● 阿格拉堡

阿格拉堡，也叫红堡，坐落在亚穆纳河畔的山丘上。

城堡从 1573 年开建，耗费了莫卧儿王朝第三代国王阿克巴大帝的十年心血。之后，在他儿子贾汗吉尔和孙子沙贾汗的统治时期，王宫得到了进一步的扩建。深受王室喜爱的白色大理石得到了广泛的使用。城堡内保留着贾汗吉尔宫、珍珠清真寺以及集市、花园等建筑。1983 年，它被收入世界文化遗产名录。

在这座一度辉煌的城堡里，留下了三代帝王的历史传奇，也留下了一串撕心裂肺的故事。

阿格拉堡

阿克巴大帝在位时，遭到了儿子的反叛，无奈之下，将王权交给儿子贾汗吉尔，后来贾汉吉尔也曾遭遇儿子的谋反。到了沙贾汗继位后，同样遭到了儿子篡位夺权，直到把沙贾汗囚禁到死。

历史无情地重复着。为了权力，人性疯狂到了如此地步，不得不说，这都是古代王室的一大悲哀。

那个痴心不改的沙贾汗，虽然为了自己的爱妻修建了泰姬陵，但自己却身陷囹圄。八年来，每天站在八角小楼上，眺望那幢魂牵梦绕的白色建筑，把一腔思念洒进了亚穆纳河，祈盼能带到爱妻的身旁。

一抹夕阳照在红砂岩砌筑的城墙上，映红了整座山丘，成就了阿格拉最美的血色黄昏。

🔴 瞬间被快乐包围

清晨的阳光特别温暖。城郊处，到处是喝奶茶的摊点。原来这里的穆斯林早晨起来第一件事就是喝奶茶，然后回家洗澡、净身、朝拜，最后才能吃饭。一杯奶茶约一元人民币，就是环境差了一些，一切习惯就好。

返回新德里，即将启程回国，一段印度随想有感而发：

花园地铁高架桥，贫富只隔门一道。

突突小车满街跑，垃圾乱扔习惯了。

公交涂彩花忽哨，车顶坐人有点飘。

用手抓饭吃得饱，咖喱顿顿不可少。

锡克男人把头包，女子身穿纱丽俏。

人人信教遍地庙，不见佛教香火绕。

宫殿陵园看古堡，天文古台日月照。

印度文化很奇妙，不去你就不知道。

温馨提示

1. 印度教徒不吃牛肉，他们对牛格外推崇。

2. 印度人认为左手不干净，所以要避免用左手接物。

3. 印度人视头部最为神圣，所以不要随意去摸小孩子的头。

4. 印度人左右晃头表示同意。

08

巴尔干四国见闻录

　　欧洲的巴尔干半岛，留给中国人印象最深的国家是前南斯拉夫和阿尔巴尼亚，而那几部经典电影《桥》《瓦尔特保卫萨拉热窝》《宁死不屈》功不可没。

　　20 世纪 70 年代，前南斯拉夫一跃成为社会主义阵营中发展最好的国家。然而，到了 90 年代，情况急转直下。铁托的离世，西方的挑拨，让潜伏多年的民族矛盾迅速上升，最终走向分裂。

　　如今的前南斯拉夫已一分为七，而阿尔巴尼亚，早已偏离轨道，变了模样。2019 年 9 月 16 日，几位老友相约从北京出发，开启了期待已久的巴尔干之旅。

塞尔维亚 *Serbia*

曾经的"巴尔干之虎"

塞尔维亚，位于巴尔干半岛的中部。北有匈牙利，南有阿尔巴尼亚，周边与8个国家接壤。由于地理位置独特，被称为"欧洲的十字路口"。

塞尔维亚受过屈辱，也有过辉煌。在南斯拉夫崛起的时代，作为主体民族，曾经一度被誉为"巴尔干之虎"。

如今的塞尔维亚，受20多年前科索沃战争的影响，经济发展缓慢，城市建设落后。特别是失去出海口后，变成了一个内陆国家，处处受到掣肘，有一种"虎落平阳被犬欺"的窘状。但不被征服的塞尔维亚人，通过自身顽强的努力，正在创造一个更加美好的明天。

值得塞尔维亚人骄傲的是，他们有世界一流的网球明星，足球队、篮球队、排球队都属于欧洲劲旅、世界强队。

国家档案

全称： 塞尔维亚共和国
人口： 约846万（含科索沃地区177万，2020年）
面积： 约8.85万多平方千米（含科索沃地区1.09万平方千米）
首都： 贝尔格莱德
民族： 塞尔维亚人、阿尔巴尼亚人
语言： 塞尔维亚语
宗教： 东正教为主
货币： 第纳尔
经济： 人均GDP 9215美元（2021年），化工业和纺织业为主导产业，农业以粮食、水果和畜牧为主。
气候： 温带大陆性气候

贝尔格莱德

贝尔格莱德位于多瑙河与萨瓦河的交汇处，是巴尔干半岛的第四大城市。战略地位重要，被称为"巴尔干的大门"。

这是一座饱受战火蹂躏的城市，曾有人统计，说它经历了 115 次战争，40 次被占领，38 次获得重生，因此被称为"欧洲火药桶"。也有人对它做出了如此的总结，"和平是例外，战争才是规则"。

这也是一座英雄的城市。在这片 360 平方千米的土地上，生活着众多英勇、坚强、热爱和平的人民。

熬过了九个半小时的漫长飞行，来到了慕尼黑转机，又经过一个半小时的飞行，终于安全降落在用著名电气工程师、美籍塞族人名字命名的尼古拉·特斯拉国际机场。

接机的导游是一位俄罗斯美女，在她的带领下，大巴很快驶入贝尔格

秒读历史 READING HISTORY

公元 6 世纪，一群斯拉夫人来到欧洲南部的巴尔干半岛，从此定居下来，被外界称为南斯拉夫人。

公元 9 世纪，这群斯拉夫人逐渐强大起来，在这片陌生的土地上，建起了自己的国家，后被拜占庭帝国灭亡。

公元 12 世纪到 14 世纪，历史上著名的尼曼雅王朝达到了空前的强盛。到了斯特凡·杜尚统治时期，版图达到了巴尔干半岛的大部分，就连保加利亚也成了它的附庸国。从那时起，红色盾牌上的双头鹰，作为国家的象征，延续至今。可是，这种好日子过了 200 多年，就被外来的土耳其人搅黄了。

公元 14 世纪，奥斯曼帝国的入侵，让尼曼雅王朝寿终正寝。马其顿、波黑、黑山也被奥斯曼帝国划入了势力范围。也就在这一时期，早已虎视眈眈的匈牙利人和奥地利人趁机占领了克罗地亚、斯洛文尼亚。这些列强们，将南斯拉夫人打拼来的江山进行了瓜分。从此，这片土地进入了两个帝国的统治时期。形成了南斯拉夫人原有的东正教、奥匈帝国带来的天主教和奥斯曼帝国的伊斯兰教三教并存的局面。

19 世纪后期，经过不断的反抗斗争，塞尔维亚和黑山获得了独立。又通过两次巴尔干战

莱德的夜幕中。

　　清晨的第一缕阳光唤醒了沉睡的贝尔格莱德。那些粉刷一新的楼房、飞速行驶的汽车和跑步锻炼的年轻人，给这座刚刚苏醒的城市增添了生机和活力。

　　明媚的阳光同样驱散了昨日的车马劳顿。尤其是俄罗斯小姐，用塞语向大家问候，"多不了由斗"（早上好！），团友们的心情更加振奋。兴致勃勃地前往参观的第一个景点——圣萨瓦教堂。

📍 贝尔格莱德早晨的笑声

● 圣萨瓦教堂

　　圣萨瓦教堂坐落在老城区的一处丘陵上，由白色的大理石墙体和绿色的青铜穹顶组成，在四座钟楼的簇拥下，给人一种圣洁典雅、气宇轩昂的感觉。

　　圣萨瓦教堂，号称世界上最大的东正教堂，是为了纪念塞尔维亚东正

争，奥斯曼帝国败退，南斯拉夫人彻底摆脱了奥斯曼帝国长达 500 年的统治。

　　1914 年 6 月 28 日，奥匈帝国的王储和他的妻子在萨拉热窝遇刺，由此引发了第一次世界大战，战争结束后，战败的奥匈帝国也终于退出了巴尔干半岛。

　　1929 年，由塞尔维亚、克罗地亚、斯洛文尼亚组建了联合王国，后改名为南斯拉夫王国。一个以南斯拉夫命名的国家就这样诞生了。

　　1941 年，第二次世界大战爆发后，南斯拉夫遭到了德、意等国的再次瓜分。

　　1945 年，二战结束。以铁托为首的南斯拉夫人，取得了反法西斯武装斗争的胜利。建立了第二个以南斯拉夫命名的国家。全称为南斯拉夫社会主义联邦共和国。铁托当选国家的最高领袖。在他的带领下，这个全新的国家开始走上了繁荣、富强的道路。

　　1980 年，铁托逝世，国内矛盾浮出水面。

　　1991 年，曾经一度辉煌的南斯拉夫正式解体。

　　1992 年，塞尔维亚和黑山两国正式组建了南联盟。这是历史上出现的第三个以南斯拉夫为名的国家。到了 2006 年，黑山宣布独立，南联盟正式退出历史舞台。

📍 圣萨瓦教堂

教的创始人萨瓦大主教而修建的。

萨瓦是尼曼雅一世的三王子。他不从父命去当国王，却对宗教情有独钟，创建了塞尔维亚东正教会。在潜心修行的同时，还将父亲拉入教会，为东正教在塞尔维亚的传播，立下了汗马功劳。他耗费大量精力，制定了塞尔维亚的第一部宪法，为尼曼雅王朝奠定了法治的根基。在塞尔维亚人的心中，他是圣人，如同俄罗斯的彼得大帝一样伟大。

由于战争等因素，教堂从 1935 年开始修建，到现在还没有彻底完工。

走进唯一开放的地下一层，就像走进皇宫一般。巨大穹顶下，充满神秘的宗教画像和绚丽多彩的油画，在水晶吊灯的照射下，熠熠生辉。一根根方柱与穹顶相接，犹如架起了一道道圣门。无论你站在任何角落，都会被它的色彩、装饰和设计所迷倒。圣萨瓦教堂是塞尔维亚人的精神港湾。在这里，不管是有权的、有钱的，还是贫穷的、年老的，都是平等的。人们的脸上都会出现祥和的表情。

教堂的广场上，有一座圣萨瓦的塑像。他左手握着宪法，右手捧着十字架，把国家和宗教装在了自己的心中。

● 铁托墓

铁托是个传奇人物，是塞尔维亚人心中的英雄。二战时，他率领南斯拉夫人民与德国法西斯进行了顽强的斗争，最终取得了胜利。二战结束后，他以卓越的才能，在战争的废墟上，建立了社会主义联邦共和国，受到了世界的瞩目。

在铁托时代，南斯拉夫国家有地位，人民有尊严，成为社会主义阵营中一支重要力量。

1980 年，88 岁的铁托逝世。

铁托墓安置在阳光照射的大厅内，四周鲜花开放，当地人就把这里称为"花房"。他的墓旁是他第三任妻子的墓。在"花房"的墙面上，贴满了铁托一生传奇的历史照片。其中有一张 1955 年赫鲁晓夫弯腰和铁托握手的照片，引人深思。

"花房"的旁边是一座博物馆。里面陈列了各国赠送的国礼。有飞机、火车、拖拉机等模型，也有电视机、收音机、留声机等实物。中国赠送的镂空牙雕出现在展柜里。另一组展柜里摆放着各式各样的勋章和枪支，是铁托元帅戎马生涯的历史见证。

在众多的礼品中，火炬的数量最多。其中很多是联邦各地的青少年，送给铁托元帅的生日礼物，以表达对领袖的敬爱，同时也表达将共产主义事业一代接一代传递下去的决心。

来到后院，看到草坪上有一尊铁托元帅的铜像，是低头沉思状。

● 卡莱梅格丹城堡

城堡位于老城区西北角的山坡上，萨瓦河和多瑙河的交汇处。这是一处绝佳的军事防御高地，居高临下，可以轻松监视两河，让从水路进犯的敌人难逃警惕的眼睛。可悲的是，这座用石头砌筑的城堡只能挡住冷兵器的攻击，却挡不住炮弹的摧毁。从中世纪开始，它几易其主，几经损毁。现在的内城几乎被夷为平地。但惊奇的是，竟然还有中世纪的大门和塔楼逃过了一次次劫难，成了战争后的"幸运儿"。

站在残墙断壁的遗址上向下望去，川流不息的萨瓦河一头撞进了多瑙河的怀抱，汇成了滚滚的洪流奔腾向前。望着波光粼粼的河水，忽然想起了奥地利音乐家约翰·斯特劳斯的名曲《蓝色的多瑙河》。那激荡的旋律，引发了多少人对欧洲母亲河的向往，现在我也终于看到了这条串连欧洲十国的大河风采。

太阳西沉。人们站在余晖下，欣赏着色彩变化中的城堡、河流和耸立在岸上的那座"胜利者纪念碑"。

回眸凝望，摆放在城墙边的火炮、坦克等武器，是在告诫人们，战争无论胜败，都将会带来灾难，追求和平应是人类永恒的目标。

从卡莱梅格丹城堡出来，前面不远处就是贝尔格莱德著名的、也是最繁华的米哈伊洛大公步行街。

● 米哈伊洛大公步行街

它以米哈伊洛大公的名字命名，在这条 1 千米长的街道上，19 世纪 70 年代不同风格的建筑集中亮相。随着旅游的兴起，这个当年的富人区，变成了今天贝尔格莱德一张开放的名片。

在商店林立的街边，咖啡店成了最聚人气的地方。遮阳棚下，西方人喜欢用喝咖啡来消磨时光的生活态度，让匆忙赶路的东方人有了一丝的羡慕。这时不知从哪里飞来了一群鸽子在地上觅食，几个孩子高兴地上前追逐，而那些大人们只顾盯着自己的咖啡杯，毫不在意他们在游人中穿行的举动。

来到街中心，五位女青年用大、中、小提琴演奏的旋律，吸引着围观的人群。一个发型时尚留着长须的男子，牵着两条狗狗走过，原来戴着眼镜的狗狗更加可爱，可谓人帅狗酷，一副洒脱的样子。当得知要给他拍照时，一句 OK，爽快得让你都觉得意外。

走在大街上，发现塞尔维亚人无论男女普遍个头很高，属于帅哥美女的级别。尤其是年轻的塞尔维亚姑娘，她们长发披肩，描眉画唇，紧身的衬衣搭配湛蓝的牛仔裤穿出了曲线和精干，走起路来很有张力，显示出她们的青春活力。看来，贝尔格莱德美女如云的传说是真的。

在街的尽头，有一家小型收藏品市场，琳琅满目的藏品，看得让人眼花缭乱。

"人模""狗样"，哪个更酷？

● 共和国广场

共和国广场和步行街仅一步之遥。米哈伊洛大公的铜像耸立在广场中央，这位叱咤巴尔干半岛的民族英雄，一生坎坷，命运多舛。16 岁继位，19 岁下台，37 岁重新执政，45 岁被刺身亡。他为塞尔维亚做的最大贡献，就是打败了奥斯曼帝国，让国家实现了真正的独立。

夜幕降临时，拐进了广场附近一条鹅卵石铺成的斜坡小巷。两边的餐馆、酒吧早已灯火辉煌。小乐队演奏着欢快的乐曲，吸引着过往的游客。

📍 迎宾小乐队

诺维萨德

早晨，驱车向北前往诺维萨德。它距贝尔格莱德约 80 千米。中途瞻仰了中国驻前南联盟大使馆旧址。

1999 年，以美国为首的北约，为了支持科索沃阿尔巴尼亚族的分裂活动，对南联盟进行了大规模的空袭，并公然对支持前南联盟的中国使馆进行了导弹袭击，制造了骇人听闻的惨案。

站在黑色的大理石纪念碑前，心情有些沉重。想到代表国家主权的大使馆竟然被炸，邵云环、许杏虎、朱颖三条年轻生命就这样被夺去，让每一个中国人感到前所未有的耻辱和悲痛。这笔血债迟早是要还的。

大巴飞驰，成片的玉米地从车窗前闪过。玉米个头不高，好像最原始的那种，黄黄的一片连着一片，构成了塞尔维亚深秋田园最美的景色。

彼得罗瓦拉丁要塞建在了半山腰上。这里地势险要，易守难攻，山脚下是宽广奔腾的多瑙河，对面就是诺维萨德市中心。

从 17 世纪开始，要塞经历了近百年的建造。设计者不仅构筑了多角形的防御工事，还特意为它配置了纵横交错、上下相连且长达 17 千米的防御地道。它是欧洲最大、最坚固、最复杂而且保存最完好的地下堡垒。

走进昏暗、阴冷的地道，里面不仅设有枪炮口、通风口、暗防点、陷

📍 城堡外景

阱等，还有储藏室、水井等各种生活设施。整条地道设计巧妙，防御周密，全部采用砖砌完成，比中国冉庄的土地道显得又高又宽。当然了，一个是国家层面打造，一个是民间组织实施，自然不可相提并论。

来这里除了看城堡，望大河，还参观了要塞里的一家博物馆。里边除了展示着各个时期出土的文物及各种武器，还有 18—19 世纪达官贵人使用过的家具和生活用品。最亮眼的是那些精美绝伦的座钟，原来只在故宫见过一二，今天算是大饱眼福。

要塞旁那座高大的钟楼既是要塞的象征，也是诺维萨德的城市地标。它最大的特点是，时针长，分针短，与正常的钟表正好相反。目的是让河面上的渔夫们看清时间，在当时也有迷惑敌人的作用。

城堡里，一家塞尔维亚特色的餐厅开门迎客。按照当地的规矩，四道菜依次端上。举杯眺望多瑙河及对岸的诺维萨德市，心情格外高兴。一想到下午就要跨过大桥揭开诺维萨德市的面纱时，跃跃欲试的情绪已经难以阻挡。

位于多瑙河与巴奇卡运河交汇处的诺维萨德市，是伏伊伏丁那自治省首府，也是塞尔维亚的第二大城市，至今已有 300 多年的历史。塞尔维亚人、匈牙利人和德意志人是这个城市族群中的主角。

每一座城市都有它独特的魅力，诺维萨德那就更不例外了。在历史的长河中，奥斯曼帝国和奥匈帝国的文化熏陶，给这座城市留下了太多不可磨灭的印记。多元的民族，多元的文化，多元的建筑和它特有的地理环境，让诺维萨德被《孤独星球》评为 2019 年世界十大最佳旅行城市。它还是欧洲著名的 EXIT 音乐节的主办地。

到了诺维萨德，不可不去自由广场参观。周围建有图书馆、艺术馆、歌剧院等精致的欧式建筑。与贝尔格莱德相比，欧洲人喜欢的艳丽色彩在这里随处可见。五光十色的咖啡店里，老人们在漫无边际的闲聊，情侣们在诉说衷肠，那些喜欢谈天说地的人更是这里的常客。这就是诺维萨德，悠闲的慢生活从一杯咖啡开始。

如果把广场周围的建筑比作羊群的话，那么圣母玛利亚大教堂就是羊群中的骆驼。由于不是周末，教堂除了几位游客外，显得很空荡。正好坐在油光发亮的长条椅上，让心慢慢地静下来，体会那份独有的安宁。

这是一座很有特点的天主教堂。教堂内的白色大圆柱，由几根小圆立柱组成，看上去庄重、圣洁、活泼，巨大的彩绘玻璃窗在阳光的照射下愈加色彩斑斓。射进教堂里的光束犹如上帝之光的降临。就连直插云端的哥特式大尖顶也被彩画了一番，显得更是与众不同。

步行街的另一头，是一座名为圣乔治教堂的东正教堂。它既没有洋葱顶，也没有高尖塔，表现出当初设计者的一种复杂的宗教心态。

圣母玛利亚大教堂内景

和所有东正教堂一样，入口的大门设在西边。不时有市民轻轻地进来，在神像前鞠躬敬礼，低头静默。有的用鼻尖儿触碰画像，有的用手抚摸十字架，离开时不忘用拇指、食指和中指并拢，从头到胸，从右到左熟练地画一个十字。

在市政厅前面的广场上，有一尊该市首任市长的塑像，成为市民永久的纪念。与中国不同的是堂堂的政府广场上竟然挤满了小商小贩的摊位。一群放学的孩子们正在那里踢球。听到"哈罗"的叫声，高

再见了孩子们！明天要去你们的邻居黑山"串门"了

345

兴地跑来和团友们合影。在一片"你好"声中，留下了他们灿烂的笑容。

兹拉蒂博尔

今天的天气非常好。乘车离开贝尔格莱德前往距离首都 200 多千米的兹拉蒂博尔。

贝尔格莱德郊外的秋色的确很美。一幢幢五颜六色的别墅、一片片金黄的玉米、一堆堆伞字型的草垛，还有围栏下泛绿的草场从眼前一闪而过。这是一个收获的季节，也是农民最开心、最炫耀的季节。

进入山区，山谷一片绿荫。崎岖的盘山公路，一会儿盘旋向上，一会儿弯曲向下。为了缓解人们的紧张情绪，导游放映了南斯拉夫电影《桥》。随着那熟悉的旋律和铿锵有力的歌声，人们情不自禁地跟着唱了起来《啊，朋友再见》。这首歌旋律明快，节奏感强，唱起来声音有力，是中国一代人的记忆。

前边就是德里纳河，宽阔的河面中央，有一间小木屋搭建在几块巨石上，看上去很神秘，难道是河神的住所？NO，原来是游泳爱好者小憩的地方。40 多年来，不论风吹雨打，还是河水冲击，它始终屹立在那里，成了德里纳河上一处独特的风景。

在麦卡尼克山上，有一个为电影而生的木头村，人称"云端上的木屋"。埃米尔·库斯图里卡导演的《生命是个奇迹》，让它出尽了风头。

木头村，是依照 19 世纪的风格搭建的一处外景地。无论地面还是建筑，除了

📍 木头村

📍 任凭风吹雨打，我自岿然不动

木头还是木头。有木头教堂、木头别墅、木头饭店、木头旅店、木头小桥、木头玩偶，还有木头电线杆和围栏，等等。几辆粉刷一新的老爷车停在那里，给这片木色的世界，增添了另一番景色。

站在半山腰，望着青山绿水、林海茫茫、白云飘浮的峡谷，有一种置身童话世界的感觉。一处人造景观与大自然的景色结合得如此美妙，不得不说，库斯图里卡导演确实高明。

离开木头村，旅行车开进了浓密的森林。火车的鸣笛声打破了寂静的山谷，一座深藏在山谷中的小火车站，渐渐地露出了它精致、复古的外表。一列墨绿色的老式小火车静静地停在站台边，不一会儿，就成了游客们合影的"明星"。站台上，一位头戴礼帽留着长须的老人，神情自若地端着一扎啤酒，在穿梭的游客面前，喝得自在潇洒。

这是一条 1925 年修建的窄轨铁路，全长 70 千米。有 22 个隧洞，5 座桥梁，还有一段八字形的爬山路，但用于旅游的只 13.5 千米。

随着一声哨响，小火车发出吼声，叮叮咚咚地向前跑去。一路上穿森林、钻山洞、跨桥梁，"气喘吁吁"冒出了一道白烟。车厢内的长条木椅开始摇摇晃晃，好像坐在了当年拖拉机的拖斗上。

笑容依旧那样灿烂

到了观景台，所有的人纷纷下车拍照。一块被命名为"爱情石"的大青石，在导游"摸了它爱情就会天长地久"的诱导下，顿时成了众多手掌下的宠儿。一时间让这块冰冷的石头有了人间的温度。

离开小火车站，大巴驶向兹拉蒂博尔。兹拉蒂博尔是塞尔维亚西部的一个边境小镇。这里山地优美，空气清新，有天然的温泉，有欧洲人青睐的滑雪胜地。成百上千的假日小屋，成为这里的一大特色。

黑山 *Montenegro*

群山对大海的呼唤

　　黑山位于巴尔干半岛的中西部，濒临亚得里亚海。它与塞尔维亚、波黑、克罗地亚和阿尔巴尼亚接壤。

　　黑山不是一座山，而是一个多山的国家。虽然国土面积只有 1.39 万平方千米，但它美丽的峡湾景色、多元的文化交融、温暖的地中海气候以及慢节奏的生活和淳朴的民风，都会带给你一份从未有过的温馨，难怪它被众多的欧洲人选为度假的胜地。

国家档案

全称： 黑山共和国
人口： 约 62.2 万（2020 年）
面积： 约 1.39 万平方千米
首都： 波德戈里察
民族： 黑山族约占 43%，塞族约占 42%，其余为克罗地亚族、阿尔巴尼亚族
语言： 黑山语
货币： 欧元
宗教： 以东正教为主
经济： 人均 GDP 9367 美元（2021 年），制铝业和旅游业是经济支柱。农业以小麦、大麦、玉米、土豆的种植为主。由中国援建的一条南北高速公路分段陆续通车。
气候： 温带大陆性气候

早晨，告别了兹拉蒂博尔，开始向黑山进发。大巴沿着崎岖的山路盘旋着，过了边境检查站，山脉相连的黑山就在眼前。沿途山坡上，一座又一座的木材加工厂和草场上网围栏中的黄牛，让沉寂的山区有了一丝烟火气。

来到黑山，要看的第一个景，就是塔拉河大桥。在它身上发生的扣人心弦的故事，特别是那首《啊！朋友再见》的主题曲，给70年代的中国人留下了深刻的印象。

塔拉河大桥

塔拉河大桥位于黑山北部的塔拉河谷。是前南斯拉夫电影《桥》的原型和外景地。大桥建于1938年，是一座钢筋混凝土拱桥，全长365米，高172米。是当时欧洲最大的公路大桥。1942年，为了阻止德国人的撤退，游击队员冒着生命危险，带领大桥的工程师将它炸毁。1946年修复使用至今。为了纪念游击队员等人的英勇行为，在桥头修建了游击队员塑像和工程师的纪念碑。

从景观台远远望去，塔拉河大桥气势恢宏，宛如一条巨蟒静卧在

秒读历史
READING HISTORY

黑山最早的原住民是伊利里亚人，由于这个族群势单力薄，常受别人入侵。先被古罗马征服，后落入哥特人的手里，再后来被拜占庭占领，到大约公元6世纪，又与新来的移民斯拉夫人相遇，最终被后者完全融合。

到了公元9世纪，留在这里的斯拉夫人建立了自己的国家——"杜克利亚"。从那以后，一直到1918年，黑山两次并入塞尔维亚。中途还遭到了奥斯曼帝国的入侵。一战和二战期间，还分别受到奥匈帝国和意大利的占领。二战结束后，加入了铁托领导的南联邦。南联邦解体后，它与塞尔维亚组建了南联盟。2006年，与塞尔维亚分道扬镳，再次宣布独立，成为欧洲最年轻的主权国家。

📍 塔拉河大桥

雄伟宽广的塔拉峡谷之间，汹涌澎湃的塔拉河，穿过桥孔奔腾而去，那湛蓝湛蓝的河水，给人有一种掬水一饮而尽的诱惑。

峡谷之间的高空溜索成了勇敢者的选择。其实它是一个原始的娱乐项目，利用高低差和惯性形成一种动力，在体重的作用下，最终达到冲刺的速度。当"嗖"的一声飞过时，滑的人惊险刺激，看的人心悬半空。

聪明的商家把餐厅建在了桥头上方的半山腰，悬空的大露台变成了观景、就餐的绝佳之地。午餐的主菜是黑山烤羊肉。吃了几天的烤猪、烤鸡，今天终于闻到了羊肉味。还是黑山人最懂来自内蒙古人的心。吃着美食，望着大峡谷的美景，听着滔滔的河水声，一盘外焦里嫩的烤羊肉吃得精光。味道真的美极了，原来山地的羊到哪儿都好吃。假如黑山人到中国开这样一家烤肉店，也一定会大受欢迎。

离开大桥奔向黑湖。真不知黑山这个小国家还有多少姓"黑"的地名。

黑湖

第一次听说世界上还有黑湖，这种特别的名字拨动了人们好奇的心。

在海拔 1500 米被评为世界自然遗产的杜米托尔国家公园内，有一座经过千年冰川融化而形成的冰川湖，人们把它称为黑湖。

走出森林，一片嘈杂声，打破了这里的宁静。两尊用树根制作的大型雕像摆放在入口处，俨然像守护黑湖的卫兵。周围山峦环抱，奇峰突起。茂密的原始森林中，松树和杉树比肩齐高，形成一个巨大的天然屏障。一湖碧水波光粼粼，清澈透明，深藏在密林中的黑湖终于露出了它真实的面容。为什么非要给这么漂亮

📍 黑湖你让我怎么说你好呢？

351

的湖"抹黑"呢?

别看它面积只有 0.5 平方千米,但水深却高达 49 米。越深的地方,水变得越蓝,蓝得深沉,蓝得纯净。几条色彩艳丽的小船漂浮在湖面上,一群小鸭子也不甘落后,红掌拨清波,身后留下了一条长长的弧线。喜欢探险的游客沿着湖边的步道绕湖而去,而那些慵懒的游客,悠闲自得留在湖边看景、拍照。

当太阳西斜时,对面大山的影子覆盖了半个湖面,湖水由蓝变黑。难道是山体的倒映让这湖有了黑湖之名? 带着这个疑问,一路翻山越岭来到了波德戈里察。

波德戈里察

波德戈里察位于黑山的东南部。它既是黑山的首都,也是黑山最大的城市。二战期间,整座城市几乎荡然无存。二战后,它曾有个新名字,叫铁托格勒。

这是一座年轻的城市,街道上高楼大厦很少见,但公园绿地随处可见。和贝尔格莱德一样,每到夜晚看不到霓虹闪烁,只能见到街道上昏暗的路灯。

晚上入住波德戈里察时,偏巧赶上发生地震,开始时,感觉床在轻微晃动,紧接着窗外传来了吵杂声,片刻又恢复了平静。还好,是一次有惊无险的小震。感谢苍天护佑!

带着倦意,迎来了波德戈里察的第一个早晨。这天是周六,上午参观基督复活大教堂。

● 基督复活大教堂

该教堂建于1993年至2014年。它是波德戈里察的教徒们一所精神家园。

教堂呈灰白色,采用坚固的石块砌筑。粗糙的外表,有一种回归自然的感觉。两座钟楼耸立两旁,顶上的十字架在阳光下闪闪发光。

走进礼拜大厅,就被它华丽的结构、辉煌的穹顶、鲜艳的壁画和地板上镶嵌的精致双头鹰图案所震撼。那些由顶到壁的绘画，有点像中国的连环画的风格，描述了圣经的故事和东正教发生的大事件。画中的人物形态逼真，散发出宗教世界的生活气息。

在市内还有一座 16 世纪的小教堂，名字叫圣乔治教堂。和木头村的教堂大小相仿，幸运的是，它和土耳其钟楼、清真寺是仅存为数不多的古迹。

虔诚从不分男女

其实，到欧洲旅游，参观教堂、广场、市政厅是跟团游的三大"必修课"。相比之下，到教堂参观，既能感觉宗教的神秘超脱，也能欣赏到宗教建筑和绘画的高超艺术。

斯库台湖

结束了波德戈里察的行程，继续向南就是阿尔巴尼亚。午饭安排在边境线上的斯库台湖畔。清一色的中老年男性服务员穿梭在店堂，程序照旧：一汤、二沙拉、三主菜、四甜点，主菜是烤鱼。

斯库台湖湖面很大，是巴尔干地区最大的淡水湖，长达 48 千米，对面就是阿尔巴尼亚。微风荡漾的湖面上，水草茵茵，小船、游艇在自由穿行。一对老伙计正在钓台上，用面包屑"打窝子"，一会儿挂上新鲜的鱼肉，甩出了长长的海钩。那黝黑的皮肤，娴熟的动作，一看就是一对"老渔民"。当看到我比画钓一条大鱼时，他也比出夸张、幽默的手势。

在黑山听到这样一个有趣的民俗，对上门求婚的小伙子，女方用递咖啡的方式来表明态度，如咖啡里加糖，则表示同意，若递上的是一杯苦咖啡，那就是拒绝，让小伙子能非常体面地离开。

昨晚的咖啡的确很甜。我爱上了姓"黑"的她。

阿尔巴尼亚 *Albania*

崇尚山鹰的国度

阿尔巴尼亚位于巴尔干半岛西南部，西与意大利隔海相望，南与希腊接壤，东边是马其顿、塞尔维亚，北边和黑山山水相连。

对于我们这一代人来讲，阿尔巴尼亚是再熟悉不过的名字了，那个年代对它的关注度远远超过了任何一个欧洲大国。

20 世纪 60、70 年代，阿尔巴尼亚在恩维尔·霍查的领导下，成为社会主义大家庭的一员。和中国的关系走进了蜜月期。为了援助阿尔巴尼亚，中国人勒紧自己的腰带，节衣缩食，送去了大批的援助。

国家档案

全称： 阿尔巴尼亚共和国
人口： 约 279 万（2020 年）
面积： 约 2.87 万平方千米（3/4 为山区）
首都： 地拉那
民族： 阿尔巴尼亚族为主体民族
语言： 阿尔巴尼亚语
货币： 列克
宗教： 伊斯兰教为主，另有天主教、东正教
经济： 人均 GDP 约 6494 美元（2021 年），工业以机械、纺织、食品加工为主，农业以小麦、玉米、土豆的种植为主，畜牧业较为发达，农牧业占了半壁江山。
气候： 亚热带地中海气候

到了 70 年代的后期，中国开始"断奶"，阿尔巴尼亚马上翻脸，两国关系急转直下，最终分道扬镳。之后，苏联解体，东欧剧变，阿尔巴尼亚摘下社会主义的帽子。

阿尔巴尼亚，对中国最大的贡献是在恢复中国联合国席位时，它是提案的主要发起国之一。

40 多年过去了，这个国家淡出了中国人的视线，记忆中的碎片随着我踏上这片土地，重新浮现出来。

地拉那

地拉那是阿尔巴尼亚首都和第一大城市，它距亚得里亚海只有40公里。

来到地拉那已是下午时分。城市的入口处，有一座大型喷泉环岛，白色的水柱或高或低，落在水面上形成一层跳跃的水花。街道两旁，苏式居民楼，简陋的公交站，老式的公交车和稀稀拉拉的行道树，让人忽然感觉这里不如中国的一座三线城市。难道这就是《北京—地拉那》那首歌中的城市吗？是啊，由于失去了外援，自身造血功能不足，今天的阿尔巴尼亚已经变成了欧洲的"差班生"。他们为了生存，有近百万人在外国打工，靠劳务输出养家糊口。当看到大街上那些青春靓丽、穿着几近一色牛仔裤的青年们时，又觉得阿尔巴尼亚说不定哪天还会重新崛起。

秋天的阿尔巴尼亚，气候温暖，人们走出家门，喜欢来步行街上的露天咖啡店里小聚，一张小桌，一杯咖啡，一起聊天，让时光从身边悄悄流逝。

聪明的书商，把图书一本本地

秒读历史
READING HISTORY

阿尔巴尼亚人的祖先也是伊利里亚人。从罗马帝国的统治开始，它不是被侵略就是被统治，这种苦难屈辱的历史一直延续到20世纪中叶。

公元9世纪后，阿尔巴尼亚先后被拜占庭帝国、保加利亚王国、塞尔维亚王国和威尼斯共和国统治。一直等到1190年，才总算建立了自己独立的公国。然而这种扬眉吐气的日子，只过了200来年，就被奥斯曼帝国的入侵打破，开始了被奥斯曼帝国500年漫长的统治。其间，出现过不断的起义、失败、再起义的反抗斗争，终于在1912年11月28日，脱离了奥斯曼帝国的统治而宣布独立，组建了自己的国家。

第一次世界大战期间，这个刚刚组建的国家就被奥匈帝国、意大利、法国等军队占领。一战结束后，它再次宣布独立。后来几经内部争夺，于1925年1月，成立了阿尔巴尼亚共和国。1928年又改为君主制，名头由共和国换成了王国。

第二次世界大战期间，又先后被意大利和德国占领。直到1944年，重新获得了自由。

1946年，成立了阿尔巴尼亚人民共和国。恩维尔·霍查为国家最高领导人。

1976年，改为阿尔巴尼亚社会主义人民共和国。

1985年，霍查病逝。

1991年，改为阿尔巴尼亚共和国。

现在，阿尔巴尼亚是北约成员国和欧盟的候选国。

摆在了台阶上，花花绿绿的封面形成了一面彩色的"瀑布"，吸引着过往人群的眼球。

参观的第一个景点是碉堡博物馆，也是它最大最有影响力的一座碉堡。

● 碉堡博物馆

阿尔巴尼亚，被人称为世界"碉堡王国"。

20 世纪 60 年代，中国和阿尔巴尼亚都受到了来自苏联的核讹诈。这让山区小国同样产生了强烈的危机感。于是，受中国毛泽东主席"深挖洞，广积粮"的启发，用中国援助的大量钢筋和水泥，修建了几十万个碉堡。在半山腰，公路边，农田里，甚至房前屋后，到处都是明碉暗堡，远远望去就像一个个散落的坟头。随着世界形势的变化，这些本该用来改善民居的材料就这样被丢弃在荒山野地中。如今想拆，都成了一个大难题。

阿尔巴尼亚的地导，是一位会讲英语的中年女性，人长得很漂亮，看上去非常干练有气质。在她的带领下，顺着台阶走进了昏暗的地道。

这是一处阿尔巴尼亚共产党领导人使用过的像迷宫一样的地下掩体，号称"一号堡垒"，也是战时指挥所。堡垒分上下多层，面积有 2600 多平方米，内设 106 个房间，还有一个能容纳 200 人的小礼堂。在 2 米高的地道串联下，形成了一个纵横交错的地下网络。

在霍查的办公室墙上，挂着他的一张英俊中年照。里边小会议室，还挂着其他当时主要领导人的照片。

接下来参观的陈列室里，摆放着各种武器、防化服、窃听器等。最引人注目的是，一台没有使用过的中国发电机，竟然也成了这里的陈列品。看到这一幕，心里五味杂陈。要知道，当年大多数中国人可都是靠煤油灯过日子啊！或许这就是百姓的小格局，看不透国家的大战略。

钻出地道，趁着黄昏的夜色，赶往斯坎德培广场。

● 斯坎德培广场

斯坎德培广场是阿尔巴尼亚最大的广场，也是地拉那最热闹的地方。落日余晖下，三三两两的市民，在广场上漫步。但观光的游客却寥寥无几。

斯坎德培——阿尔巴尼亚人的骄傲

铺满彩色大理石的广场，中间高两头低，有山脊的寓意。广场南边，一尊骑马武士的铜像安放在高高的基座上，他就是阿尔巴尼亚的民族英雄——斯坎德培。

15世纪中叶，他率领阿尔巴尼亚人采用游击战术，和奥斯曼帝国进行了长达20多年的斗争，最终打败了入侵之敌，守住了克鲁亚城。他使用过的双头鹰图案，现在放在了国旗的中央。

广场的周围，有国家博物馆、国家大剧院，还有一座五星级的大酒店。远处，18世纪的清真寺和19世纪的塔楼，在昏暗的灯光下依稀可见。

克鲁亚城堡

早晨起来，跑到酒店外的街区拍照。发现临街的居民楼一律是"苏式"的面孔，但因年久失修，显得陈旧不堪，有的经过涂料粉刷，墙面好看了许多。

大街上，老旧的奔驰车一闪而过，都是打工族带回来的劳动果实。而

温馨提示

1. **电器：** 准备好充电宝和电源转换器，统一为欧标。手机要存大使馆的电话。
2. **购物：** 带好银行卡，并开通短信通知，方便获取消费信息，以防盗刷。刷卡时一定要看清消费金额，然后再输密码。记得索要发票，以此为证。
3 **证件：** 出行前复印一份带上作备份，最好证件与钱分开保管。

那些无车一族拥挤在公交站牌下，一边等车一边翻看着手机。路边一位满头银发搭着披肩的老太太，独自坐在街角的小桌旁喝着咖啡。当她知道我们是中国人时，笑盈盈地起身，送来了一个大大的拥抱。看来 50 年前播下的友谊，今天仍然有它的温度。

这天的天气非常好，随团前往克鲁亚城堡游览。在出城口，一座白色豪华建筑从车窗闪过。原来是地拉那最大的赌场。无意间看到了一个国家堕落的一隅。

克鲁亚古城堡，是当年斯坎德培战斗过的地方。当年他率领家乡的子弟，在这里顽强抵御外敌 20 多年，留下了一生的英名。

登城堡先要经过一个 16 世纪的古市场。狭窄还带有坡度的街道上，密密麻麻的卵石被磨得油光发亮，走起路来很不自然。两边挤满了大大小小的商铺，窗前门下，摆满了各种商品，如毡帽、毡鞋、围巾、手套、刺绣、咖啡壶、酒具、手工制品等。还有年代久远的古董器皿和二战留下来的战利品。在一家店铺里，看到了毛主席像章和几本 1968 年的外文杂志，封面上印有毛主席的照片。

16 世纪风貌的古市场

这里买东西可以"砍价"，也可以用欧元结算。

克鲁亚古城堡建于 5—6 世纪，为了防止外敌从海上入侵，城堡建在了山顶上，对面就是亚得里亚海。

从城堡向下望去，山坡上盖满

古城堡遗址

359

了各式各样的房子，山脚下是一条宽阔的大川，或许就是当年厮杀的古战场。古城堡遗址上一位老者拨响的琴声激昂奔放，似乎在向游人叙说着，当年斯坎德培英勇抗敌的那段可歌可泣的故事。

古城堡的遗址上，一座具有 300 多年历史的家族私宅被完整地保留并改建为民俗博物馆。

这是一座具有东方风格的建筑，分上下两层，全部用坚固的石头砌筑。一层有水驱动的石磨和人推的石碾子。还有酒坊、油坊、铁匠炉等作坊。当我看到木匠用的推刨、斧子、凿子等工具时，有一种似曾相识的感觉。二层的门框较低，必须低头才能进去，有"敬意"一说。男主人的房间挂着武器，女主人的房间摆放着嫁妆箱。两件带有民族特色的男女婚服挂在了那里，看上去华丽、精美。会客厅很宽敞，铺着地毯，一圈沙发上面铺着毛茸茸的羊皮，彰显着主人的地位。

午餐安排在城堡酒店的宴会厅。摆着大圆桌，上的是本地菜。一支头戴白毡帽，身穿红马甲的小乐队，来到大厅为游客们唱起了民歌。他们深情并茂，声音高亢激昂，吸引了所有人的目光。在欢乐气氛的感染下，团友们干脆放下刀叉，加入了演唱的行列中，让歌声回荡在整个大厅。

📍 琴声飞扬，歌声嘹亮

伴着音乐，我们结束了阿尔巴尼亚简短的旅行，再次返回了波德戈里察。

布德瓦

每个国家都有自己的古城，就连最年轻的黑山共和国也不例外，布德瓦就是其中之一。从波德戈里察到布德瓦要走 60 多千米的山路。一路小雨绵绵，谈笑中，一座海边古城出现在眼前。

布德瓦有着 2500 年的历史，曾被意大利、奥地利、法国、沙俄先后占领，其中，意大利的威尼斯共和国对它统治时间长达 400 年，并把这座古城变成了一座非常坚固的军事要塞。

现在的布德瓦是黑山著名的旅游城市。它以宁静恬美的港湾、古朴沧桑的街道和独具特色的餐厅、酒吧，吸引了众多外国游客前来休闲度假。

雨下个不停，在导游"下去溜达溜达"的动员下，大家还是打着雨伞，钻进了狭窄的城门。

古城的街道宽窄不一，在石条铺成的路面上，一手打着雨伞，一手护着相机，还要防止踩到水坑里，游览的心情大打折扣，就想赶紧转一圈儿走人。

来到一座石头砌筑的房子边，墙面上每一块石头，都标注了红色的阿拉伯数字。原来在 17 世纪时，这里发生了大地震，上面的数字是重建的顺序编号。

拐过去是一处小广场，天主教堂和东正教堂相邻而建。俩"兄弟"在这里和睦相处，风雨同天。登上城墙的平台，亚得里亚海一望无际，悬崖上巍峨挺立的古堡遥望着对面的意大利。

走出古城时，大雨倾盆。导游开玩笑地说："老天看到我们要走生气了。"

科托尔

其实从布德瓦到科托尔只有 22 千米的路程，由于隧道堵车，中午才到达。

科托尔古城，背靠大山，身居峡湾，是黑山在亚得里亚海边保存最为完整的一座中世纪古城。它几经地震，几经修复，成为巴尔干半岛的又一处旅游胜地，被联合国科教文组织列入世界文化遗产名录。

由于和布德瓦相邻，所以它俩的历史几近相同。

从"临海门"进入古城游览。这座门楼是 16 世纪建造的，上面有前南斯拉夫的双头鹰国徽图案，下方刻着"1944-11-21"，这是铁托率军解放古城的日子。

古城内，依照使用功能命名了许多广场。如武器广场、面包广场、教堂广场、作家广场，还有猫咪广场等大大小小 36 个广场，其中武器广场是最大的。广场上的钟楼是科托尔古城的标志性建筑。那座绿色门窗、拥有长长阳台的楼房，是威尼斯统治时最高行政长官的官邸，称为公爵宫。在它的尽头，有一座拿破仑剧场，紧挨剧场的小楼曾是存放武器的军火库，武器广场由此得名。塔楼前有一座不被人注意的三角锥形石柱，是专门用来惩罚犯人的工具。把犯人锁在这里挂牌示众。作家广场，原本是一个刑场，摆在那里的大石头就是杀人的断头台，后来在作家们的反对下，当局取消了这一刑法，广场因此也正式改名为作家广场。

最有趣的是猫咪广场，这里是猫咪的天堂。说到爱猫，可能世界上没有几个国家能像这里的人们对猫的钟爱。他们把猫作为古城的一员，城内设有猫咪主题商店和猫咪博物馆，并以它的形象制作成各种旅游纪念品向世界传播。走在街巷中，除了能看到猫的海报和标志外，还经常和各色花猫不期而遇。它们在游客面前悠闲、淡定，主人范儿十足。有时它还会跟在你左右与你同行，当你坐下休息时，它会毫无惧怕地跳到你的身上，安然地蜷缩在那里，显得乖巧可爱。

科托尔人爱猫起源于 14 世纪中叶，当时欧洲爆发了由鼠疫引发的"黑死病"，夺走了成千上万人的性命。从此，劫后余生的科托尔人开始养猫捉鼠，防止鼠疫卷土重来，后来猫就成为科托尔人生活中的一员。

古城的石板路，被时光打磨得又光又亮。走进街巷，望着不同时期的建筑，有一种穿越时光隧道的感觉。它们有宽有窄，有直有弯，有横有纵，如同迷宫一般，很容易让没有方向感的游客在困扰中不知所措。而那座建于12世纪的圣特里芬大教堂（天主教），以其高耸的双塔，成为游人的路标。

古城后面高耸的山坡上，有一段4.5千米长的古城墙，蜿蜒曲直，盘山而上，很像中国的长城。它和要塞连成了一道海陆两防的防御线。记得在印度也见过类似的城墙，由此看来，在防御外敌入侵的这件事上，世界人民的心是相通的。

漫步海湾，一艘庞大的游轮停靠在码头，黑压压的游客涌上岸来。码头的另一边，游船进进出出，帆船桅杆林立。一艘艘海盗船和小艇穿梭在海面。这些热闹的景象让峡湾和古城从此不再寂寞。

科托尔，以它山水环抱的自然美景和沉淀在这里的多元文化，触碰着每一位游人好奇的神经。你走了，他会来。相信时间不会过得太

又一批兴高采烈的参观者

久，将有越来越多的人把对科托尔赞美传遍全世界。

离开科托尔，大巴沿着迷人的峡湾向莫斯塔尔方向驶去。望着青翠起伏的山峦，碧波荡漾的海水，还有掩映在绿荫中的红顶别墅。真想停留在这山水之间，感觉这份梦幻般的宁静。

黑山并不黑，那波黑又是怎样的"黑"呢？

波斯尼亚和黑塞哥维那

Bosnia and Herzegovina

巴尔干神秘的一角

　　波斯尼亚和黑塞哥维那（简称：波黑），位于巴尔干半岛的中部。东接塞尔维亚，西与意大利隔海相望，东南连黑山，西北与克罗地亚为邻。境内山多，河流多，温泉多。海岸线只有 25 千米，是世界上海岸线最短的国家之一。尽管它海陆交通不发达，没有大型港口，高速公路几乎忽略不计，铁路更是寥寥无几，人均收入在欧洲排名倒数。但它靠优越的地理环境、丰富的旅游资源和独特的人文历史，已经成为欧洲人向往的又一处旅游胜地。

　　《孤独星球》中有这样一段话，"无论你是真的囊中羞涩，还是只想躲开人潮探索欧洲大陆这神秘的一角，波黑都不会让你失望。"

国家档案

全称：波斯尼亚和黑塞哥维那
人口：约 350 多万（2020 年）
面积：约 5.12 万平方千米
首都：萨拉热窝
民族：波斯尼亚人，塞尔维亚人，克罗地亚人
语言：波、塞、克三族语言为官方语言
货币：可兑换马克
宗教：伊斯兰教、东正教、天主教
经济：人均 GDP 约 6916 美元（2021 年）。工业以食品、木材、金属加工业为主，农业以小麦、玉米、土豆的种植为主。矿产资源丰富。
气候：北部为大陆性气候，南部为地中海型气候

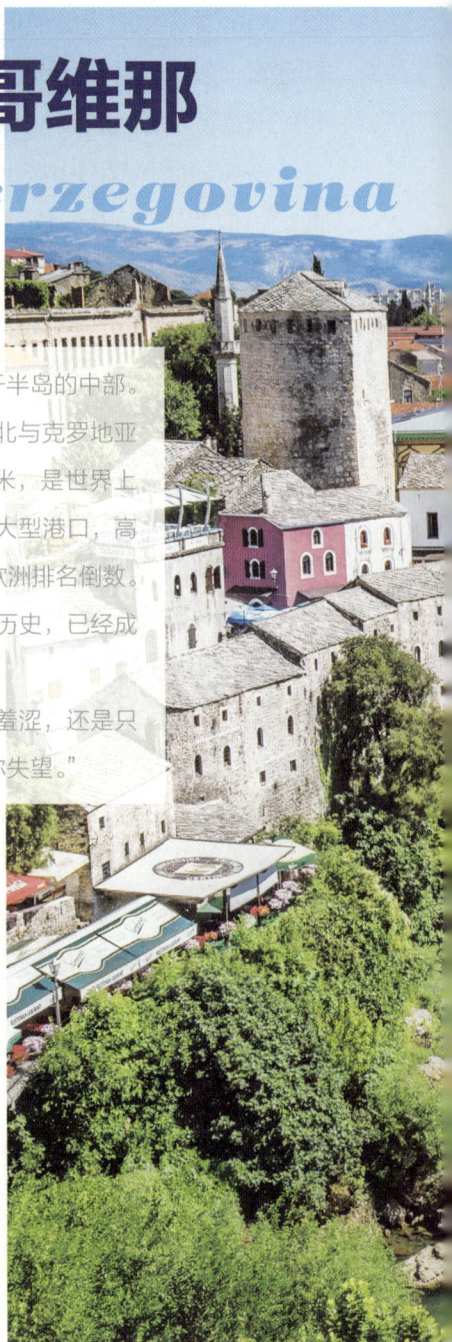

莫斯塔尔

莫斯塔尔是波黑南部的中世纪小城，因一座古桥而知名。

古桥的名字与小城同名，是一座横跨内雷特瓦河的石拱桥，1566 年建造，1993 年在波黑战争中被炸毁，2004 年重建，2005 年被评为世界文化遗产。

在前往古桥的路上，有一个小男孩在路边乞讨，破旧的纸盒里放着几枚硬币，黑黑的小手在膝盖上搓来搓去，两只明亮的眼睛，紧盯着过往的行人。为了不让他失望，我把兜里仅有的硬币全部送给了他，他抬头对我笑了，至少现在他是快乐的。

📍 小城风景

大桥上游人涌动，两岸的美景和跳水表演吸引着桥上过往的游客。只有那条大黑狗，双目紧闭并卧在桥面上，一副若无其事的样子。桥

秒读历史 READING HISTORY

　　波黑国内有历史上受法兰克王国影响而信仰天主教的克罗地亚人，俗称"克族"；另一部分人因受拜占廷帝国影响，皈依了东正教，变成了塞尔维亚人，俗称"塞族"。奥斯曼帝国统治后，采用税收打压的手段，逼迫占领区的百姓信仰伊斯兰教，而那些改信伊斯兰教的人变成了波斯尼亚人，俗称"穆族"。

　　波黑最初被罗马帝国占领。当帝国没落时，哥特人和匈人前后入侵这里。到了公元 6—7 世纪，斯拉夫人迁徙至此，开始侵占拜占廷帝国的这块属地。14 世纪中叶，波黑终于有了自己的国家——波斯尼亚王国，可还没等到百年寿诞，就被军力强大的奥斯曼帝国吞并，一占就是几百年。后来，奥匈帝国挥兵南下打跑了奥斯曼帝国，成为波黑的新统治者。但没人能想到仅隔 6 年，奥匈帝国王储在萨拉热窝被刺杀，引发了地动山摇的第一次世界大战。随着同盟国的战败，奥匈帝国遭到了瓦解。波黑重新获得了自由。

头两边，各有一座桥头堡，黑洞洞的窗口，好像猫头鹰的眼睛。

由北向南的内雷特瓦河水湛蓝湛蓝的，看上去非常迷人。它把小城分为两半，河东是穆族的居住区，河西是克族的居住区。清真寺的宣礼塔和天主教堂的尖塔都指向了蓝天。是啊，在欧洲没什么都不能没有宗教场所，宗教的魅力超乎你的想象。

📍 穆族女店员

过了桥是一座古街市场，狭长的街道，鹅卵石的地面，好像又回到了克鲁亚。

桥头边是一家工艺品商店，高明的店家用电视反复播放当年大桥被炸时的纪录片，以此来吸引了众多外国游客。货架上陈列的手工艺品，件件精巧别致，尤其是采用镶嵌工艺制作的咖啡具、酒具、小糖盒、果盘，我不断地拿起放下，到了爱不释手的程度。店员是一位穆族姑娘，欣然同意

第二次世界大战期间，波黑又被它的邻居克罗地亚占领。二战结束后，才回归南斯拉夫阵营。1980年，铁托去世，国内矛盾浮出水面。

1991年，南斯拉夫开始解体。波黑境内的穆族、塞族、克族，在国家的走向问题上，发生了严重的分歧，穆、克两族主张独立，但塞族坚决反对，于是在外国势力的支持下，内战全面爆发，史称"波黑战争"。

这场内战从1992年波黑宣布独立开始，一直打到了1995年。用20万人生命的代价换来了一张"代顿和平协议"。

2006年，终于成立了三族联合政府，三族领导人轮流执政。这种执政方式，恐怕全世界没有第二个。还有一个更有意思的事，它的国歌没有歌词，和西班牙成为世界上仅有的有国歌没有歌词的两个国家。

我为她拍照。那双深邃的眼眸，高挺的鼻梁，粉红的双唇，甜美的微笑，是我在巴尔干拍到最美的肖像。

走累了，团友们坐在河边的一家咖啡店，开始品尝土耳其咖啡的味道。绿荫下，河岸边，清风佛面，好不惬意。相约午餐后，一起去"包围"萨拉热窝。

萨拉热窝

大巴经过大片的葡萄园和果园后，开始进入山区，萨拉热窝就在这群山环抱之中。

最初认识这座城市，是看了一部名叫《瓦尔特保卫萨拉热窝》的电影。影片中的瓦尔特一下子成为我们那个年代崇拜的英雄。从那以后，瓦尔特和萨拉热窝就被深深地印在了心里。

萨拉热窝是一座饱受战争创伤的城市。现代历史上，它是一战的导火索，二战的争夺地；在波黑内战时，曾被塞族围困长达500多天。虽然现在硝烟已褪去，但弹痕累累的建筑和百姓心里的阴影，还沉淀在大街小巷。

米里雅茨河穿城而过，将萨拉热窝分为老城和新城。热闹繁华的巴什察尔希亚大街就坐落在老城区。在奥斯曼帝国统治时期，这里曾有上万家店铺开门迎客，是巴尔干半岛上最大的商贸中心。直到现在，这里依然保留着穆族的风貌。

受到多元文化的影响，这里产生了多样的文化，表现在建筑、衣着、饮食、习俗等各个方面，给这片土地增添了神秘的色彩。

在老城区的广场上，几百只鸽子起起落落，惹得孩子们不停地追赶。有一座专供穆族净身和饮水的八角形建筑，成了人们休息的地方。

在世人的心中，鸽子象征着和平。每一个善良的人，都希望这世界上没有战争，没有贫困，祈愿安宁和快乐永远陪伴左右。

萨拉热窝有一条著名的步行街——费尔哈迪大街。它笔直宽阔，充满了现代的气息。中间有一条文化分界线，将步行街分为两个世界。东边是昔日奥斯曼帝国的中东风情，西边是昔日奥匈帝国的欧式风格。欧式建筑，庄重、高雅、简洁，而中东建筑，简朴、大方、变化丰富。穆族的勤奋，让这半条街有了烟火味儿，一串土耳其烤肉，一杯土耳其咖啡能让人消磨一下午的时光。

附近的米里雅茨河上有一座小石桥，叫拉丁桥。别看这座小桥不起眼，每年却吸引大批东西方游客纷至沓来。因为这里曾发生过一件震惊世界的大事。

花色诱人的甜点

1914 年 6 月 28 日，前来参加阅兵仪式的奥匈帝国的王储斐迪南和他的妻子苏菲，在接受市民欢迎时，遭到了炸弹袭击。躲过一劫的王储不听劝阻，执意要到医院看望受伤的副官，可偏偏又遇司机走错了路，等转回来时，赶上了波黑塞族青年普林西普射来的子弹。平民出身的妻子，想用自己的身体保护亲爱的丈夫，结果夫妻双双丧命，最终酿成了 1000 多万条生命被死神夺走的第一次世界大战。

面对每一次战争的来袭，苦难的波黑人民，却得不到上帝、耶稣、真主的保佑。尽管这样，他们对宗教的信仰矢志不移。教堂的钟声照常响起，还在为众多的亡灵送去祷告，为活着的人们迎来黎明。所以，人们把萨拉热窝称为信仰之城。

来到萨拉热窝，总想寻找电影中的蛛丝马迹。在导游的指点下，见到了萨拉热窝最大、最古老的贝格清真寺。它是奥斯曼帝国统治时期，由当时的总督贝格主持兴建，至今已有 400 年的历史。当年瓦尔特被德军追到了这里，他随即爬上了附近的钟楼，与敌展开了激战，最后得以脱身。

如今，那座钟楼依旧在斜阳中耸立，只是瓦尔特已经化为一种永久的记忆。

在一条狭长的街巷中，顺着叮叮当当的敲击声，找到了当年掩护游击队的那间铜匠铺。老板是当年参演电影的铜匠的儿子，门上贴着"欢迎中国朋友"的字样。店铺里摆满了各种手工铜制品。如果喜欢，买一件作为纪念是不错的选择。

那座当年作为游击队交通站的钟表店，挤在密密麻麻低矮的商铺中。电影里店老板为了掩护瓦尔特死在了清真寺，现在的老板是当年参演电影的老板徒弟的儿子。

离开热闹的街巷，又去外观了耶稣圣心大教堂和圣母大教堂，两座教堂在萨拉热窝有着举足轻重的地位。

📍 老街今还在，小巷故事多

太阳落山了，萨拉热窝进入了昏暗的灯光之中。我望着这座城市，不禁感慨，一个年轻的国家，一座古老的首都。

特拉夫尼克

特拉夫尼克位于波黑中部的山区，距萨拉热窝大约 100 千米。中世纪时，波斯尼亚王国在这险峻的高山下建造了军事要塞。如今这座破败的石头城堡，只有一座塔楼高高地立在那里。站在残缺的城墙上向下望去，对面山坡上层层而建的红顶房子，掩映在绿水青山之中，唯有奥斯曼帝国统治时期清真寺的宣礼塔"鹤立鸡群"。

每一座城市都有它的故事。这座小城是因前南斯拉夫文学大师、诺贝尔文学奖得主伊沃·安德里奇著的《特拉夫尼克纪事》而一夜成名。

亚伊采

　　亚伊采距离特拉夫尼克约 70 千米，它曾被评选为波黑最美的城市之一。理由是，它是整个欧洲唯一在城市中有瀑布的。普里瓦河要和弗尔巴斯河在这里交汇，急不可待地从悬崖落下，形成了 30 多米高的落差，才有了如此的瀑布景观。

　亚伊采城中瀑布

　　亚伊采，坐落在山坳里，曾是波斯尼亚的首都，留存了大量的中世纪建筑，包括 14 世纪建造的石头城堡，以及圣玛丽教堂、圣卢克钟楼、苏丹艾斯玛清真寺和云济修道院等。离小城 10 千米外，还有一座圣约翰教堂，规模虽小，名气很大，每年的 6 月，世界各地的信徒都要来这里参加宗教活动。

　亚伊采城市风貌

　　进入老城区时，刚好碰上一群小学生，看到我们示意要和他们照相，纷纷跑过来挤在一起，大声喊出了"你好"。看着这些活泼可爱的孩子们，我似乎看到了波黑美好的未来。

　　返程中，导游唱起了她家乡的歌曲《莫斯科郊外的晚上》，甜美的歌声，赢得了大家的喝彩。受到感染，一首《找和我的祖国》在老伴的带领下，从车厢飘向波黑的上空……

　　夜幕降临了，萨拉热窝星空闪耀。

　　晚上入住拉顿广场酒店，这是萨拉热窝最高档次的五星级酒店。据说，各国来访的国家领导人和明星都在此下榻。波黑战争时，酒店被炸毁，后又重建。

　　酒店门前的草坪上，一颗既像橄榄球，又像炮弹的石头造型摆放在那里，它的用意是什么？至今找不出答案。

　　鲜红的太阳再次升起，给萨拉热窝披上了金光。就要和萨拉热窝说再见了。她美丽的山川，古老的文化，多样的宗教和人民坚韧不拔的精神，给我留下了深刻的印象。衷心地希望萨拉热窝永远充满和谐欢乐，衷心地祝愿和平的钟声在巴尔干半岛乃至全世界永久地敲响！

　　我们把脚印留在了这片土地上，把美好的记忆带回万里之遥的东方。

后　记

出版一本自己创作的书，是我多年的一个梦想。直至今天，才得以实现。

说来也奇怪，我一生都和书打交道。上学时是"读书"，到图书馆工作是"藏书"，调到新华书店是"售书"，后来参加单位史志编撰是"编书"，现在再补一个"出书"，算是和书的缘分打上了一个完美的句号。

这种以书为伴几十年的经历，也被朋友调侃："你千万不能打麻将，否则肯定是输。"

这是我第一部游记作品。将近几年来到国外旅游的经历通过整理、润色、打磨，写成一部集子，并附以自拍的照片，以求在黑压压的字里行间，透出一抹艳丽的色彩。

说实话，在文学创作上，我是属于无知者无畏的那一种。虽然在工作期间写过论文，曾获得国家和自治区级层面的奖项，但毕竟和文学创作是两回事。当萌发了要写一本游记的大胆念头后，每次出游就带上纸笔，开始了点滴的记录和创作。每当夜深人静时，不顾一天的疲劳，趴在灯下，记录着当天看到的新鲜事物，第二天还得早早起来随团游览。在颠簸嘈杂的旅行车上，为捕捉导游的解说，用过书写的衬板，用过手机，用过录音笔。有时为了一个问题，不厌其烦地找导游询问核对。行程结束后，看到本子上十几页密密麻麻的文字，当时的苦累早已变成了一种欣慰。

转眼到了 2017 年，终于下了决心铺纸动笔。本着每一篇游记要体现语言生动活泼，内容翔实可读，知识和艺术叠加的创作理念，第一次"赤脚"踏上创作之路。

五年来，无论春夏秋冬，还是夜半三更，汗，浸透了内衣，体，磨破了坐垫，臀部几度疼痛不能落座。笔芯用过无数，稿纸垒下一摞……

我心知肚明，对于我来说，创作是自己给自己找罪受，但唯有这样才能梦想成真。一路下来，让我尝到了创作的艰辛。如果让我再回新华书店去售书，再不会轻易把一本作品当废纸去卖，因为那是糟蹋人家的辛苦，是对作者最大的不敬。其实，为了消化库存，也采取过捐赠的方式，这也是给书留出了一条活路。

我出书不是为了出名，全都是退休生活中一种兴趣使然，一种了却愿望的尝试。

为了这本书的完成，我的夫人一次次送上鼓励和安慰。她是亲历者，对书中的章节和细节以及图片的取舍，提出了许多好的意见，常常让我有一种茅塞顿开的感觉。所以，对她的意见我几乎全盘照收，尤其在收尾最后的打磨中，每一篇她都陪我斟字逐句，直到深夜。儿子站在年轻人的角度，也提出了文字不要过于传统、呆板，要容易被年轻人接受等修改建议，大有上阵父子兵的味道。

在这里，要特别感谢已到迟暮之年的老领导石玉平先生，在身体休养期间还能为本书作序，让我非常感动。感谢张可献先生、王宏经先生，对本书的出版发行给予了兄弟般的支持。也感谢刘乃先生为本书提供欧洲游自拍照片，还感谢刘颖女士和陈永健兄弟提供的无私帮助。更要感谢出版社的编辑们，能让作品走向大众。

"千磨万击还坚劲，任尔东西南北风。"我期待，通过本书的出版，激发更多的国人走出家门，走向世界。

最后，我想说的是，尽管本人尽心尽力，但毕竟水平有限，书中难免有错漏之处，恳请大家见谅并予以指正。

苗　源

2022.11.22